我们的古典文学课 | 高青 著

# 最美的约会

南京师范大学出版社
NANJING NORMAL UNIVERSITY PRESS

图书在版编目（CIP）数据

最美的约会：我们的古典文学课 / 高青著. —— 南京：南京师范大学出版社，2019.8
ISBN 978-7-5651-3933-8

Ⅰ.①最… Ⅱ.①高… Ⅲ.①古典诗歌-诗歌欣赏-中国 ②散文集-中国-当代 Ⅳ.①I207.2 ②I267

中国版本图书馆CIP数据核字(2018)第275849号

| | |
|---|---|
| 书　　名 | 最美的约会——我们的古典文学课 |
| 作　　者 | 高　青 |
| 责任编辑 | 刘自然 |
| 出版发行 | 南京师范大学出版社 |
| 地　　址 | 江苏省南京市玄武区后宰门西村9号（邮编：210016） |
| 电　　话 | （025）83598919（总编办）　83598412（营销部）　83598009（邮购部） |
| 网　　址 | http://press.njnu.edu.cn |
| 电子信箱 | nspzbb@njnu.edu.cn |
| 照　　排 | 南京凯建图文制作有限公司 |
| 印　　刷 | 南京工大印务有限公司 |
| 开　　本 | 787毫米×1092毫米　1/16 |
| 印　　张 | 23.75 |
| 字　　数 | 410千 |
| 版　　次 | 2019年8月第1版　2019年8月第1次印刷 |
| 书　　号 | ISBN 978-7-5651-3933-8 |
| 定　　价 | 68.00元 |
| 出 版 人 | 彭志斌 |

南京师大版图书若有印装问题请与销售商调换
版权所有　侵犯必究

# 借诗还魂
## ——一位语文老师的诗学课

田崇雪

借的什么"诗"?

——千载之下犹能想见其景、共鸣其情、妙悟其理的那一首首一阕阕一曲曲古老的经典。

还的什么"魂"?

——环宇之内因功利主义全面覆盖而随处可见的那一颗颗倨傲的头颅,一张张空洞的面影,一缕缕无家可归的魂灵。

这并非一部"高大上"的书稿,然而,却是一位大学教师在仅仅拥有教室、课堂和学生那么一丁点权力之后试图有所思、有所忆、有所为而做出的努力。相比于校园之外无处不在的那些更为庞大的"权力逻辑",相较于花花绿绿琳琅满目的那些更为励志的"成功宝典",作者的这点"权力"和"努力"显得可怜,显得不自量力,然而,正是作者的这些可怜的、不自量力的"权力"和"努力"才使我这个幸运读者蓦然想起上世纪初年那一拨儿雄心万丈的启蒙者:"新民"的梁启超,"悲剧"的王国维,"美育"的蔡元培,"立人"的周树人,还有,"濡羽救火"的胡适之。

---

田崇雪,男,1967年生,山东省巨野县人。江苏师范大学文学院教授,文学博士,文艺学、戏剧与影视学专业硕士研究生导师。

  昔有鹦鹉飞集普陀山。山中大火，鹦鹉遥见，入水濡羽，飞而洒之。天神言，"尔虽有志意，何足云也？"对曰，"尝侨居是山，不忍见耳。"

  在《人权论集》的序言里，胡适先生引用了周栎园《书影》里的这则寓言，来表达他们那一代知识分子面对横行无忌的庞大的权力逻辑所做出的选择和努力。在此想起，应该送给作者，送给那些虽然仅仅拥有三尺讲台但却时时忧怀天下的教书匠们："今日正是大火的时候，我们骨头烧成灰终究是中国人，实在不忍袖手旁观。我们明知小小的翅膀上滴下的水点未必能救火，我们不过尽我们的一点微弱的力量，减少良心上的一点谴责而已。"

## 一

  这是一部接通了传统血脉的"诗教"文本。

  ……让我们每一个文学的接受者都能感受到文学对于人的心灵和性情的引领，让我们活得朴素、干净、理想、诗意，让我们获得美与善的力量。

  我们有一年的时间，160节课，共度的日子里，让我们一起静静聆听，那穿越了千山万水的，母亲的声音。

  这是作者自撰的"前言"——《母亲的声音》，不枝不蔓，开宗明义地道出了她撰此著的真实用意：用聆听穿越了千山万水的"母亲的声音"的方式，提升灵魂的高度，探寻精神的深度，锻造人生的亮度。

  国之"诗教"，源远流长。"兴观群怨""温柔敦厚""思无邪""不学诗，无以言"……

  传统中国，虽然还没有什么"胎教""零岁教育方案"等等的现代设计，但是，那些至今读来仍能陶醉忘我、摇荡心旌的蒙学教材，无论哪一部都具备了"诗"的品性，更不必说《诗三百》《古诗十九首》《乐府诗集》《唐诗三百首》《宋词三百首》等等这些脍炙人口的经典诗词集。传统士子们的成长教育与诗歌关系之紧密，如血肉，如水乳，如空气和阳光。

  "聆听母亲的声音"，这比喻实在是精妙。汉语是母语，诗词是母亲的声音，"诗教"亦即"母教"，吟咏诗词，也就成了聆听母亲口中哼唱出的古老的歌谣，从的材料和观点,"对话"则是忤逆,"质疑"则不亚于犯上作乱。即便是看起来循循善诱的孔夫子也做不到与他的弟子们平等地"对话"。真正做到"对话"的是柏拉图笔下的苏格拉底,他常常被他的论敌批驳得张口结舌。整部《论语》看起来好像是孔子在与他的弟子们"对话",其实不过依然是孔子的"一言堂"。因为《论语》里有"尊卑",有"上下",有"强加",有"中心"与"边缘",完全不符合"对话"精神。

"对话"不单单是两个人或两个之上的人之间的交流,其更是一种理论、思想和精神,即"对话"的前提是人与人,而非人与物;对话的精神是民主、平等和自由;对话的意义是新思想的创造。在目前的中国教育界,只有真正具备了现代意识的人才能"对话",才愿意"对话",才能有意识地"对话"。也只有具备了"对话"精神的教育才能成为一种"颠覆性的力量"。在"对话"精神的感召下,学生会不自觉地培养起一种"自信",树立起一种"自我",获得一种"自省",赢得一种话语权利的"自觉",并开始学会批判。

教育就是要促使人觉醒,让每一个人看到自己的价值,承担起自己的责任,"无论一个人有多么无知,也不论一个人被'沉默文化'淹没得有多深,他都可以通过与别人的对话接触来批判性地看待这个世界",最终改造世界,追求更完善的人性,创造一个更容易使人爱的世界。

值得欣慰的是作者将"对话"精神贯穿始终,这是一个具备了现代意识的教师,一个对话理论的真正的践行者,一个借助于"诗教"使得师生双方均能走向"自我完善"的启蒙者。由此不免想起另一个话题——职业的尊严!是的,有了这样的教师,教师这个职业就不可能没有尊严。

2018 年 8 月

# 语文课，可以这样上吗

教了那么多年语文，我一直是个没有什么"教学思想"的老师。其实，何止教学思想，我甚至没有一种什么像样的教学主张，更没有一个自己的教学模式。我一直不明白，每一篇好文章都是不一样的，都是独一无二的，可是为什么教学的时候，我们总是要找到一种办法去"对付"它们。

语文，该怎么教？好像更多的时候，我在凭感觉。这感觉，来自我自己对文本的理解，来自我对我的学生的理解，来自平日里我们那些无所不在的阅读，还有，来自课堂上我们自由的对话和我们彼此的信任。

我只知道，语文课，是应该让学生有所期待的。因为这是母语的教与学。母语是什么，是母亲讲的话。如果，一个孩子对母亲和母亲讲的话都没有感动，没有期待，那不是一种悲哀吗？

我只知道，语文课，是应该让学生有思考、有表达的。他们思考，他们存在；他们表达，他们存在。我喜欢那种感觉，就是，我们在一篇篇"过去"的诗文中看到了"现在"，在"别人"的悲欢里看到了"自己"。

我只知道，语文课，应该是最具"审美"意义的课。语文教材中的篇目很多都是经典的文学作品，其文本本身就是"美"的，就是历史长河中那些美好的人内心开出的美丽的花。而"审美"的语文课，就成为我们一起追寻美、探索美的"历程"，就成为构建一个个审美主体的过程。

我只知道，语文课，应该是民主而自由的。课堂，不是老师的，而是学生的。

作为母语教学的语文课更是如此。老师，不是学生的指路人，只是他们的伴侣。所以，我喜欢学生在课堂上展示一个大大的"我"，我喜欢他们对我、对文本的怀疑，甚至否定，我常觉得，是那些怀疑和否定一次次照亮了我，照亮了语文。

如果一定要用"正面回答"的方式来说说我的"语文课"，我想，我常常努力追求并和学生们一起尝试的，是这些东西——

贴着文本，要多元，不要一元。面对伟大的优秀的作品，我们总是能从中找到属于自己的东西，找到别人看不到的东西。我以为，阅读的体验，没有对和错，因此，我希望我和学生都能尊重自己的阅读体验，尊重那一份独特的感受。没有什么所谓"中心思想"可以概括一个优秀作品的全部内涵，有时候，恰恰是我们多元的阅读赋予了作品更多的价值。但是，审美的能力，会有高和低。这种区分，首先来自我们对作品的尊重和理解。离开作品，离开文本，我们的"多元"就会变成自以为是的歪曲和误解。

在课堂上，我也不太喜欢用视频，不喜欢那些所谓的"现代化手段"。即使是用简单的PPT，我也不会找一些莫名的图片贴在上面。我总以为，任何一个具体的直观的东西，都会损害我们对文字的感受力和想象力，都会消解我们多元解读和丰富想象的可能性。我喜欢白的纸和黑的字，因为有时候，信息的传递越是简单，就越是有力，越是抽象，就越是丰富。

贴着心灵，要共鸣，不要附会。每一篇文学作品都是那个时代，那个人在那种情境下的心灵和智慧的结晶。所以，我常常提醒大家，面对伟大和优秀的作品，我们要学会"将心比心"，要努力让自己有一颗和作者"对等"、和文本"匹配"的心。否则，我们将看不到它真正的"好"，或者，我们将牵强附会，言不由衷。"教学相长"，其实，好的作品和好的读者也是"相长"的。关键是，我们如何让自己在好的作品中找到"共鸣"，找到那个心灵与智慧的对接点。那个对接瞬间碰撞的火花，会让我们和作品一起璀璨。也正因为如此，我会在课堂的交流与发言之外，让学生用一个本子，写下自己的那些很私人的，不愿与人分享的阅读体验。我相信，有些时候，阅读和学习，是自己的事。

贴着时代，要贯通，不要割裂。经典，总是经历了岁月的洗礼和时间的淘汰的，因此，常让人敬而远之。可是经典之所以流传，就是因为它所传递的是普世价值与核心价值，就是因为它世世代代接续着同一文化话语中的同样的思想和心情。它不仅记录和积淀了一段历史，它还同时形成一个开放的系统，影响现在，面向未来。所以当我们用自己真实的生命去对接古人的真实的生命的时候，那些悲欢离合，不仅会让我们"懂得"，还会在"现实"中不断生成新的意义，帮助我们完成人生的反思和观照。因此，如果一个语文老师，能架一座桥梁，连接起过去和现在、作者和读者，那么，走在这座桥上的人，谁还会认为语文是"无用"的呢？

感谢命运，让我在一所师范学校做了20年语文老师，由此，我可以距离"高考"远一点，可以有一点点自己的声音，可以和我的学生一起走向更加广阔的文学与文化的灿烂春光。还要感谢命运，让我做了一门古代文学课的老师，由此，我可以徜徉在那无边的深邃的大海里，再小心地掬几朵浪花，和我的学生们一起欣赏、赞叹。

大家说，最难教的就是语文，可我常常把它想得很简单。我常想，文学，就是人学，如果我们的语文课，可以让学生更加深刻地懂得人，懂得人生，懂得该怎样生活，就像孔子说的那样，可以做到"己欲立而立人，己欲达而达人"，不就够了吗？我也很少刻意地去讲语法、讲修辞、讲句式，很少让学生去分段、概括段意、找主题思想。因为，在我看来，"讲或者不讲，它就在那里"。当我们一起阅读、欣赏、思考的时候，当我们一起喜悦、痛苦、感伤的时候，那些语言的外在的形式，那些语文的基本知识，会自然而然地被理解和接受，会不知不觉地融化在我们的心里。

大家说，教材无非是例子。可是，我从不敢把教材"仅仅"看作例子。那千古流传至今的一篇篇佳作，那聚集了大悲悯大智慧的一粒粒明珠，本身就是熠熠闪光照耀我们的灵魂和生活的啊，本身就是有着独立的文本价值值得我们去细细地品味和涵泳的啊。很多时候，我不着急，也是因为，我不认为它们只是"例子"。它们不是语文教学中的"工具"，也不是"路径"，它们本身就是目的。所以，我愿意慢下来，甚至很多时候，就像饥渴的人得了一杯甘醴，舍不得一饮而尽，而要一点点地品尝、回味。

同时，我的学生似乎并没有因为不"应试"就在学习上大打折扣。这门在现代社会就业生存中看似最"没有用"的课，却成了很多年后一届届同学聚会时谈论得最多的一门课。他们在一起，最喜欢提及的就是当年在学校宿舍里怎样连做梦都背诵古诗的情景，最喜欢模仿的就是每个人背古诗词的习惯和样子。而最令我没有想到的是，这门课还让他们收获了很多意想不到的"功利"的价值。一个学生参军，做了潜水兵，在军校集训期间，要轮流做"教员"，为其他学员上一节课。轮到他的时候，刚好上级首长来巡视。那天，他讲的是曹植的《白马篇》。在他流利地背完这首诗后，他就正式升职做了"班长"。另一位在小学做了体育老师，本来是"边缘"学科，不被领导重视，可是有一次，他和人打赌，背了全篇的《春江花月夜》，从此被校长视为"最有文化的体育老师"，悉心培养。还有一位，后来在南京大学读完了文学博士。他说，是我的古代文学课使他这么一个从小提起唐诗就厌烦的人开始能够平静地躲在书斋里读书，开始明白任何事物都有它的表层意象和深层旨趣，开始感受文学对心灵的净化并学着去思考中国的传统文化……这样的事情还有很多。而它们让我必须去追问：人文和工具，语言和思想，真的是无法统一的吗？我们真的要因为应试去消解语文的美丽和诗意吗？高考，到底是今天语文不景气的罪魁祸首，还是我们不作为，甚至成为考试专家来自肥的借口？

我常常记起那个美丽的四月，我和我的学生一起读《牡丹亭》，杜丽娘幽幽道出一句："不到园林，怎知春色如许？"我们都静默了。在四月的阳光里，我想起这些如园林一样的经典，而我的学生说，他们想到了青春和爱。

语文课，我愿意把它变成我们的葳葳郁郁、春光灿烂的园子，我愿意和我的学生们一起做一场精神的遨游。

高　青

2018 年 9 月

# 目录

| | |
|---|---|
| 借诗还魂——一位语文老师的诗学课　田崇雪 | 〇〇一 |
| 语文课，可以这样上吗 | 〇〇一 |
| 母亲的声音 | 〇〇三 |
| 那一根美丽的菱草 | 〇〇五 |
| 美的『虚』和『实』 | 〇〇七 |
| 五百年后的诗 | 〇〇九 |
| 黄昏的思念 | 〇一一 |
| 心悦君兮君不知 | 〇一四 |
| 当浮云遮盖了白日 | 〇一六 |
| 为了爱，好好活 | 〇一八 |
| 爱的深情与风度 | 〇二一 |
| 对酒当歌 | 〇二三 |
| 一颗谦卑的心 | 〇二五 |
| 当露为霜 | 〇二七 |
| 惺惺相惜 | 〇二九 |
| 两难的选择 | 〇三一 |
| 成为自己 | 〇三三 |
| 知音难觅 | 〇三五 |
| 无话可说 | 〇三七 |
| 做你的影子 | 〇三九 |
| 什么是『诗眼』 | 〇四二 |
| 陶渊明的小题大做 | 〇四五 |
| 己所欲 | 〇四八 |
| 重要的是，你想要什么 | |

| 慢下来 | ○五一 |
| --- | --- |
| 「不真实」的可爱 | ○五四 |
| 美在不言 | ○五六 |
| 揣想的忧郁 | ○五八 |
| 随风飘落 | ○六○ |
| 那颗星，那轮月 | ○六二 |
| 那无忌童言的一击 | ○六四 |
| 芳意竟何成 | ○六六 |
| 陈子昂为什么哭了 | ○六九 |
| 我拿什么报给你 | ○七二 |
| 「凝妆」的合理 | ○七四 |
| 在那一声叹息 | ○七六 |
| 何夜无月 | ○七九 |
| 爱如红豆 | ○八二 |
| 王维的「空山」 | ○八四 |
| 诗中的画 | ○八七 |
| 爱的「同情」 | ○八九 |
| 两小方能无猜 | ○九一 |
| 因为痛着你的痛 | ○九三 |
| 无怨的相思 | ○九六 |
| 仍怜故乡水 | ○九八 |
| 人不来，香永在 | 一○一 |
| 相思，不只是缠绵 | 一○三 |
| 李白的天真 | 一○五 |
| 往事何必重来 | 一○八 |

| 无主的花 | 一一〇 |
| --- | --- |
| 敦厚，不只是一种语气 | 一一二 |
| 『诗圣』的另一种解读 | 一一五 |
| 君子之交 | 一一七 |
| 过客 | 一一九 |
| 好玩的杜甫 | 一二一 |
| 东风不择木 | 一二四 |
| 最美的人性 | 一二六 |
| 有些话，不说也罢 | 一二九 |
| 胜在何处 | 一三一 |
| 无题 | 一三三 |
| 为何而『苦』 | 一三五 |
| 一切都是你最美的『回首』 | 一三七 |
| 爱的真相 | 一三九 |
| 嫦娥之悔 | 一四一 |
| 有所忧 | 一四三 |
| 一网打尽 | 一四六 |
| 李将军是旧将军 | 一四八 |
| 文学，不过是人之常情 | 一五〇 |
| 苦死了等的人 | 一五三 |
| 为谁断肠 | 一五五 |
| 一个让你们一错再错的书生 | 一五七 |
| 读不懂的『报复』 | 一五九 |
| 青花瓷 | 一六三 |
| | 一六七 |

| | |
|---|---|
| 那些凋零的花 | 一七〇 |
| 美丽的悲哀 | 一七二 |
| 怎一个『了』字了得 | 一七四 |
| 没有更好 | 一七六 |
| 梦醒时分 | 一七九 |
| 读词牌 | 一八一 |
| 那些燕子 | 一八六 |
| 那一片荷 | 一八八 |
| 那封寄不出的信 | 一九〇 |
| 情到深处 | 一九二 |
| 快乐，永远是过去 | 一九四 |
| 最美的约会 | 一九六 |
| 优雅的代价 | 一九八 |
| 这是谁的思念 | 二〇一 |
| 人生如梦 | 二〇三 |
| 高处不胜寒 | 二〇五 |
| 还好 | 二〇八 |
| 可怕的不是风雨 | 二一二 |
| 那是眼泪在飞 | 二一四 |
| 陌上花开，可缓缓归 | 二一六 |
| 多情者谁 | 二一八 |
| 最像词的词 | 二二一 |
| 春天，是要用来睡觉的啊 | 二二三 |
| 是否相信 | 二二五 |
| 赠你一枝梅花 | |

| | |
|---|---|
| 几多闲愁 | 二三七 |
| 无情才无惧 | 二三九 |
| 文学的风度 | 二四〇 |
| 风雨之后 | 二四二 |
| 谁阻归程 | 二四四 |
| 原来是首五言诗 | 二四六 |
| 看不见的雨 | 二四八 |
| 最美的比喻 | 二四九 |
| 为何要「轻解罗裳」 | 二五三 |
| 美丽的错 | 二五五 |
| 人生忧患识字起 | 二五七 |
| 过去的事 | 二五九 |
| 向前读 | 二六一 |
| 拍手笑沙鸥 | 二六四 |
| 佳人何在 | 二六六 |
| 有多少欲说还休 | 二六〇 |
| 闲愁最苦 | 二七三 |
| 辛弃疾的「读书无用」论 | 二七五 |
| 时间，到底是什么 | 二七八 |
| 想人非非 | 二八一 |
| 秘密的价值 | 二八四 |
| 闲愁，还是闲快活 | 二八六 |
| 与鞋子告别 | |
| 渔父和樵夫 | |
| 「放下」的尊严 | |

| | |
|---|---|
| 伤怀于内，往往佯狂于外 | 二八八 |
| 爱，从来是百转千回 | 二九一 |
| 要的就是这份斑斓 | 二九三 |
| 量词的意境 | 二九五 |
| 听一出戏吧 | 二九七 |
| 生命的行李 | 二九九 |
| 千古一状元 | 三〇二 |
| 冤在哪里 | 三〇五 |
| 可恨还是可怜 | 三〇八 |
| 半推半就之间 | 三一一 |
| 从偶像爱情到家庭伦理 | 三一三 |
| 第四种答案 | 三一六 |
| 只为你似水流年 | 三一八 |
| 为何而死 | 三二四 |
| 一生爱好是天然 | 三二七 |
| 好文章，总是常读常新 | 三三一 |
| 慢慢走 | 三三五 |
| 有多少咫尺天涯 | 三三八 |
| 喜欢猪八戒 | 三四二 |
| 不过是顺其自然 | 三四四 |
| 男人去干什么了 | 三四六 |
| 何必相亲 | 三四八 |
| 不敢叹风尘 | 三五一 |
| 「缘」与「分」 | 三五四 |
| 爱情的策略 | 三五八 |
| 只为自己的心 | |
| 最好的名字 | |
| 在文学和文学史之间 | |

# 美的"虚"和"实"

## 硕人

硕人其颀，衣锦褧衣。齐侯之子，卫侯之妻。东宫之妹，邢侯之姨，谭公维私。

手如柔荑，肤如凝脂，领如蝤蛴，齿如瓠犀。螓首蛾眉，巧笑倩兮，美目盼兮。

硕人敖敖，说于农郊。四牡有骄，朱幩镳镳，翟茀以朝。大夫夙退，无使君劳。

河水洋洋，北流活活。施罛濊濊，鳣鲔发发，葭菼揭揭。庶姜孽孽，庶士有朅。

我去上课的时候，你们正热烈地讨论着什么，看到我都笑了。"老师，您来说说吧，谁最美？"

原来，我们一下子学习了那么多美丽的诗，原来，我每次都说这是一个美丽的女子，你们不服气了，你们在争论哪一个"最美"。

"手如柔荑，肤如凝脂，领如蝤蛴，齿如瓠犀。螓首蛾眉，巧笑倩兮，美目盼兮。"——这是《诗经》里的一首《硕人》，写的是齐庄公的女儿庄姜。

"蒹葭苍苍，白露为霜。所谓伊人，在水一方。"——这是不知名姓却永远活在每一个人心中的"伊人"。

"北方有佳人，绝世而独立。一顾倾人城，再顾倾人国。宁不知倾城与倾国，佳人难再得。"——这是李延年的一首诗，相传描写的是他的妹妹，后来嫁给了汉武帝的著名的李夫人。

谁最美？

庄姜之美，美在她的健康高大，美在她的真实生动：初生茅草般纤细白嫩的双手，凝脂般温润柔滑的肌肤，天牛幼虫般白皙细长的脖子，瓠瓜子一样整齐光洁的牙齿……最妙的是那摄人心魄的一笑，和那顾盼生辉的眼神啊，仿佛正从时光隧道缓步走来，馨香如昨。

"伊人"之美，美在她的缥缈神秘，超凡脱俗。在那芦苇丛生、草木幽香的岸边，在那秋水如练、白露为霜的洲畔，在那迂回曲折、磊磊涧石的水域，你看不清她的容颜,却感受着她的神韵,你拽不住她的衣襟,却追寻着她的忧伤。她有和庄姜一样的皮肤和牙齿吗?她是高大还是纤弱的呢?你不知道,你只知道,她的美,让你永生追随。

李夫人之美,美在她的气魄逼人,美在她的光彩夺目。只是那样一回头,只是那样一个眼神,一个微笑,你便无法再呼吸。不要再评论那是怎样的眼睛,怎样的鼻子,怎样的额头。你看到的就是一个完整的人,你感受到的就是她散发的光与热,神和气。

谁最美?柔弱的与健康的,身体的和神韵的,矜持的与耀目的,水墨的和油彩的,可观的与可感的,真实的与想象的……

这就是"虚"和"实"啊。这是中国艺术表现里的虚和实,这是人审美能力里的虚和实,这也是美本身的虚和实。

可是,当我把这三个美丽女子的命运告诉你们的时候,你们都沉默了。

庄姜美丽贤德,却陷入了一场没有爱情的婚姻,终生寂寞。李夫人红颜薄命,年纪轻轻就去世了。据说,为了葆有在汉武帝心中的美好形象,李夫人自病至死都不肯再以面示武帝。只有那个不知名姓的"伊人",可望而不可即,留给我们一个扑朔迷离的背影……

女人的美,真的这样脆弱吗?我们要怎样的美丽,又为谁而美丽呢?

我想,美对别人来讲,是仁者见仁,智者见智的。美对我们自己来说,却是可以自认和坚守的。如果我们最终只能将自己美丽的价值依附于外在的评判,那么,我们也很难摆脱同样的悲剧。

所以,让我们为别人更为自己美丽,让我们追求外表的美丽但更追求内心的美丽!

# 五百年后的诗

## 蒹葭

蒹葭苍苍，白露为霜。所谓伊人，在水一方。溯洄从之，道阻且长。溯游从之，宛在水中央。

蒹葭凄凄，白露未晞。所谓伊人，在水之湄。溯洄从之，道阻且跻。溯游从之，宛在水中坻。

蒹葭采采，白露未已。所谓伊人，在水之涘。溯洄从之，道阻且右。溯游从之，宛在水中沚。

  学习了元曲的起源和发展，你们有了一个重大发现："老师，唐诗过后是宋词，宋词过后是元曲！"

  是的。可是我们还要看这背后的原因。词产生于初盛唐，那时候，正是诗歌发展成熟的阶段，也是创作最为辉煌的时期。曲产生于南宋，同样，那也是词发展到极致，无所不能的时期。而词和曲都与音乐密不可分，它们的产生都离不开一个目的：娱乐。

  你们很聪明，很快就明白了艺术"生于民间，死于庙堂"的路子，而这其中，又显示了"雅"和"俗"这对审美范畴中相辅相成的概念。很多艺术形式，它产生的时候，是源于民间的质朴生活，带着泥土的芬芳气息，后来，文人的介入使其越来越趋于"雅"，越来越成熟，越来越精致，当然，也越来越远离大众。但是我们好像并不用担心，因为，总会有一种新的艺术形式再从民间兴起。而另一方面，成熟和完备也意味着衰落和死亡，这新的艺术形式便成为一股活水，是它的补充和激荡，保持了艺术之河的长清。

  你们甚至举出了很好的例子。《诗经》中的国风，当时就是地方的歌谣，比如今天我们视为高雅的《蒹葭》，那时也只是秦地的一首民歌。同样，词最初产生不过是供歌女们演唱而用，是纯粹的"通俗娱乐"产品，可是后来，不都成为我们诗歌的瑰宝吗，不都是最高雅而清醇的文学艺术吗？

  但更让我没有想到的是，你们居然说："老师，这些东西在当时不就是流行音乐吗？那五百年后，我们现在的流行歌曲是不是也变成了诗？"

　　这是一个多么聪慧的问题啊。让我好好想想。在五百年后，某一个和今天一样的上午，窗外阳光明媚，绿草如茵，窗内，一位美丽的女教师正和她的学生们一起，诵读着古老而永恒的诗歌，那是什么呢？是刘欢的《弯弯的月亮》，还是周杰伦的《青花瓷》？是《大约在冬季》的优雅缠绵，还是《长江之歌》的气势磅礴？

　　"老师，你不要再责备我们不爱诗了！"你们调皮而得意。

　　也许真的呢，我那样责怪你们不爱诗，不爱千古传诵至今的曲词歌赋，却也许，你们所喜爱着的流行歌曲正是多年以后的诗！我那样担心着诗的低迷和衰落，却也许，今天繁盛的通俗音乐也是诗的一种！

　　可是，我不会让步。我不会就此同意你们放弃唐诗宋词，因为，那是经历了岁月的磨砺和洗礼后，祖先留给我们的经典，那是超越了疆土和权力，跨越了时间和空间后的永恒。就像今天，当我们一起诵读着《诗经》的时候，那蒹葭苍苍的湖畔，那杨柳依依的路旁，那鹿鸣呦呦的原野，那伐木丁丁的歌唱，并不是三千年前定格的图片，而是我们每个人心中激荡的深情。

　　其实，诗的本质并不在于它是什么样的形式，而在于，它是什么样的情意。我们喜欢诗，也不在于喜欢的是唐诗还是宋词，或是你们今天唱着的流行歌曲，而是，我们要有一颗诗心，一份诗情，一种诗意的存在……

　　所以，我会更释然地看你们追星，听你们唱着喜欢的歌。也许，这里有诗人，有诗。

　　当然，你们还要有一双慧眼，识得出真伪，辨得清是非。

# 黄昏的思念

## 君子于役

君子于役，不知其期。曷至哉？鸡栖于埘，日之夕矣，羊牛下来。君子于役，如之何勿思！

君子于役，不日不月，曷其有佸？鸡栖于桀，日之夕矣，羊牛下括。君子于役，苟无饥渴！

---

学习《君子于役》这首诗，你们并没有太多的感动，相反，会因为其中反复出现的"鸡栖"和"羊牛"而发笑。我想，对你们来说，爱是风花雪月，分手是盈盈粉泪，相思是寸寸柔肠，总之，是和这鸡鸭牛羊扯不上关系的。

那么，我们先撇开这首诗，来思考这样几个问题吧。

你会因为什么而想念远方的亲人呢？而对于远方的亲人，你最挂念的又是什么呢？

最初的回答是踊跃的：

"过节的时候最想念，'每逢佳节倍思亲'啊。"

"出门在外最想念，所谓羁旅情怀嘛。"

"遇到困难的时候最想念，'在家百日好，出门万事难'！"

……但是，我不得不打断你们，请你们换一个角度，不要再说那些游子之思，现在，你们就在家里，而那个人在遥远的地方，在戍边，在劳作，在服役。你会在什么时候最想念他？

有一会儿的安静。好像不太好回答了。

是的，当我们在温暖的家里，甚至，也许说不上温暖却至少是在家里，我们会因为什么，又会在什么样的时候更加思念那个远方的人呢？是劳累的时候？是需要帮助和呵护的时候？还是觉得自己孤独寂寞的时候？

"不会吧？那个人的处境还不如我呢。"有人小声地说。

"我好的时候，会更加想念他，担心他，因为不知道他是否好，我会希望他也好，希望他能和我一样。"有人回答。

"我但愿他身体健康，不要生病，不要太劳累，然后，能早点回来。"

"你不希望他升官发财，衣锦还乡吗？"我追问。

"太贪心，太不人道了吧！他能活着回来就万幸了！"你们立刻嚷嚷起来。

是的，这才是真的爱啊，不是因为自己的需要而想念，是因为对方的需要而牵挂！他还好吗？能吃好睡好吗？工作辛苦吗？很多时候，当爱的那个人在远方受苦，我们会觉得自己的"舒服"也是一种罪过，当我们"享受"任何一点的快乐的时候，我们都会不由自主地更加想念那个人。

现在，回到这首诗。

亲人在远方服役，妻子在家里操劳，日出而作，日落而息，白天是无尽的农活和家务。而当黄昏降临，鸡鸭归巢，牛羊入圈的时候，当她终于可以稍事休息，坐下来长长舒一口气的时候，当各家炊烟袅袅，散发出饭菜的香气的时候，她不由自主想到了丈夫，想到了他的孤独和辛苦。她不知道丈夫的情形怎样，她只希望他可以吃得饱，可以穿得暖，可以健健康康，她只祈求丈夫能早日归来，能和她一样拥有家的温暖。

"老师，我觉得最美的是'日之夕矣'这句，黄昏的时候是最容易思念的时候。"

是的，日暮而归，人之常情，日暮而人未归，那思念之情自然更加醇厚。我们学过很多这样的诗歌，谢朓的"夕殿下珠帘，流萤飞复息。长夜缝罗衣，思君此何极"，李清照的"梧桐更兼细雨，到黄昏、点点滴滴"，还有"夕阳西下，断肠人在天涯"……可是，相比之下，我还是更喜欢这句"日之夕矣，羊牛下来"，不说"思君"，不说"断肠"，却在连羊牛也知归家的诉说中让人肝肠寸断。含蓄得多，也深远得多。

我想，黄昏的美，其实是在于那一种归家的感觉，在于那袅袅炊烟，点点灯光，在于母亲站在家门的那一声呼唤，在于一家人围坐的宁静、安详。爱的本质，最初的时候也许是"恋"，依赖，缠绵，难舍难分。但后来，爱的本质就变成了"念"，惦记，担忧，心疼。所以，那诗中的"鸡栖于埘，日之夕矣，羊牛下来"也许没有了"恋"的悱恻，却多了一份"念"的深沉。你们看，这就是最古老的歌谣，最质朴的歌唱，就是生命最本根处的呼唤。这一声呼唤，才是真正的亲人的挂牵，才是真正的故园的思念。

## 心悦君兮君不知

### 越人歌

今夕何夕兮，搴舟中流。今日何日兮，得与王子同舟！蒙羞被好兮，不訾诟耻。心几顽而不绝兮，得知王子。山有木兮木有枝，心悦君兮君不知！

我没有想到，你们居然因为冯小刚的《夜宴》，记住了这首《越人歌》。其实关于这首歌，有很多不同的说法。刘向《说苑·善说》记载：春秋时代，楚王宠弟鄂君子皙在河中游玩，钟鼓齐鸣。摇船者是位越人，趁乐声刚停，便抱双桨用越语唱了一支歌。歌中表达了越人对子皙的那种深沉真挚的爱恋之情，歌词声义双关，委婉动听。但我宁愿采用诗人席慕蓉的说法：鄂君子皙泛舟河中，打桨的越女爱慕他，用越语唱了一首歌，鄂君请人用楚语译出，就是这一首美丽的情诗。我想，所有多情的女子都会相信这样的解释吧。

这真是一支美丽动人的歌。青山碧水兰舟，在默默的相对中，在女子摇动的桨橹中，在王子伫立的凝望中，是无言的情思，是流淌的温柔，是微妙的离合。

"今夕何夕""今日何日"，每次读到这里，我都会有深深的感动：今天是怎样的一个日子啊，我竟然可以和王子同舟而行？这样的疑问中，有惊喜，有感恩，有谦卑。这样的感叹里是对上苍的感谢，对时空的俯首，对命运的膜拜！而这一切，只是因为"得与王子同舟"！

但王子，不会看到这个姑娘。他静立船头，凝神远望。也许，他在思念着另一个女子；也许，他要借了这舟这橹去赴一场既定的约会；也许，他在对面的青山上看到了心上人的发髻，在眼前的碧波里看到了心上人的眼睛。

船的那头，是轻摇桨橹的女孩，她是不是像极了安徒生笔下的"海的女儿"？那是一见钟情的痴迷，那是无所顾忌的爱恋，那是忘掉自我的投入。可是，她只有这一段距离，可以和王子相对，她只有这一段路程，可以和心爱的人同舟共济……

要把手中的橹篙放得慢些再慢些吗？要让日日划过的水路变得长些再长些吗？

而最终，只能剩下那句"山有木兮木有枝，心悦君兮君不知"！这是多么伤感而动人的歌唱啊。屈原也曾说，"沅有芷兮澧有兰，思公子兮未敢言"，都是一样的感情，都用了类比的方法。但后者的"沅有芷""澧有兰"是并列的，平铺的；而前者却是纷繁的，层生的。山上有木，就如木上有枝，再想下去，就如枝上有叶，就如叶上有脉……它让人觉得，爱是那样层层叠叠、无所不在，无论你高大如一棵树，还是渺小如一片叶，都需要爱，都可以爱。

其实，在另一首词里，我们也见到过类似的场景。那是朱彝尊的《桂殿秋》——思往事，渡江干。青娥低映越山看。共眠一舸听秋雨，小簟轻衾各自寒。

也是一次同船共渡的回忆，也是青山碧水兰舟中的默默相对，也是无可奈何心和身的背离，也是一样的忧伤和美丽。所谓"修百年好方成夫妻，修千年行才同舟共济"，因此无论中国的"风雨同舟"还是《圣经》的"挪亚方舟"，都在传达着一份相爱、互助、温暖、幸运。可在朱彝尊的笔下，"同舟"几乎成了一种讽刺。你看，一边是小舟"共眠"，一边却是"各自寒"；一边是强烈的要接近、要相互温暖的主观愿望，一边却是现实环境的约束所造成的难以逾越的阻隔之苦。如此强烈的反差，让相爱的人何以自处！

还有韦庄的一首《思帝乡》，可与之对比来读：

春日游，杏花吹满头。陌上谁家年少、足风流。 妾拟将身嫁与、一生休。纵被无情弃，不能羞。

这里也有一个一见钟情的女子，也一样地痴情，一样地忘我。但比起越女，她似乎大胆得多，也爽利得多。那句"陌上谁家年少、足风流"，让人看到她热烈的眼神；那句"纵被无情弃，不能羞"，让人看到她决绝的态度。词，本来是以含蓄为美的，但这首词却颇有后来元曲的风味。而《越人歌》中的女子呢，内心的热烈掩藏在那流水和桨声中，真诚的爱恋化成一声轻轻的叹息："心悦君兮君不知！"

这才是爱的真相吗？无论我们怎样单纯而真诚地爱着一个人，我们的爱都未必圆满。甚至，我们的爱只能藏在心底，无法表白；甚至，我们表白了依然无奈；甚至，我们相爱了依然无法相依……

我不用讲得太多，如果你们读过泰戈尔的这首诗，你们就会明白，这种种的无奈都被泰戈尔一网打尽了：
    世界上最遥远的距离，
    不是生与死。
    而是我就站在你的面前，
    你却不知道我爱你。

    世界上最遥远的距离，
    不是我就站在你面前，
    你却不知道我爱你。
    而是明明知道彼此相爱，
    却不能在一起。

    世界上最遥远的距离，
    不是明明知道彼此相爱，
    却不能在一起。
    而是明明无法抵挡这股想念，
    却还得故意装作丝毫没有把你放在心里。

    世界上最遥远的距离，
    不是明明无法抵挡这股想念，
    却还得故意装作丝毫没有把你放在心里。
    而是用自己冷漠的心对爱你的人，
    掘了一道无法跨越的沟渠。

## 当浮云遮盖了白日

### 行行重行行

行行重行行，与君生别离。
相去万余里，各在天一涯。
道路阻且长，会面安可知？
胡马依北风，越鸟巢南枝。
相去日已远，衣带日已缓。
浮云蔽白日，游子不顾反。
思君令人老，岁月忽已晚。
弃捐勿复道，努力加餐饭。

还没有读这首《行行重行行》，我就向你们问了这样一个问题："当浮云遮盖了白日，该怎么办呢？"

几乎没有停顿，你们就喊起来：

"那就等云过去呗！"

"乌云是遮不住太阳的！"

每一个人都没有把这个问题当作"问题"，每一个人都轻松而乐观。浮云遮盖了白日，这太正常不过了，浮云遮不住白日，这也是客观事实啊。

"那如果，这片云遮住了我们的心呢？比如，我们的心爱着一个人，这个人却抛弃了我们；比如，我们的心向往着一种美好，这美好却不属于我们；比如，我们有人生的理想，却总也无法实现。"

这一次，你们沉默了很多，小声议论，或自言自语。

"没有可比性。"我听到这样一个声音。但并没有追问为什么，谁都希望那些不好的事情永远不要类比到自己的身上。可是，心想事成只是个美好的祝愿，事与愿违却像浮云遮盖了白日一样平常啊。

《行行重行行》就是这样一个事与愿违，思念落空的故事。那个人越走越远，终于相隔天涯，只剩下日日的思念，把泪眼望穿，让衣带渐缓。可是，游子的心却像被浮云遮盖，再也记不得分离时的誓言和故乡的等待，一任岁月流逝，美人迟暮……

这次，你们都忍不住地感慨，有无奈，有伤心，有愤恨，有不甘。

　　"别让我再见着他！"一个声音愤愤的，大家都笑了。那见着又怎样呢？给他一个巴掌吗？给他身边那个"新人"一个巴掌吗？还是拉住他不放，凄凄怨怨哭上一场？或者，要求青春损失的赔偿呢？

　　诗中的女子什么都没有做，她仍然承认自己的爱与思念，甚至，仍对那个"负心人"温婉有礼。她说："思君令人老，岁月忽已晚。"——一个女人最大的悲哀，在思念和等待中憔悴了自己，苍老了自己，而那些空空逝去的青春，是再也不会回来了。可是你看，这样的悲哀在她那里表达得如此平静，没有故意的掩饰，也没有刻意的夸张。她说："弃捐勿复道，努力加餐饭。"——面对这被抛弃的现实，她也没有寻死觅活，只淡淡劝慰自己：被抛弃的这件事就不要再说来说去了，努力多吃一点饭吧，生活还得继续！

　　这是怎样的隐忍与敦厚啊。往事如昨，但爱已不在，还反反复复地说什么呢？青春已逝，但等待成空，为什么不自我珍重呢？虽然沉默是痛苦的，忘却是不易的，但还是要努力啊！

　　你们看，没有埋怨，没有牢骚，没有自怨自艾，只有自励自勉。

　　"这个女子真是太坚强了！"你们一边说，一边摇头叹息。而在我看来，这不是坚强，这是温柔。很多时候，我们的承受、坚忍不是来自我们的坚硬，而是来自我们最温柔的心。

　　其实，接下来，我们还会学到很多这样的作品，我们会发现，一个个女子倚栏远望，站成了一道道风景。这是中国文学的温柔敦厚，是中国性情的温柔敦厚。正像孔子所说："质胜文则野，文胜质则史。文质彬彬，然后君子。"这样的涵忍、宽恕和渊雅，是中国文学最动人之处吧。

　　只是，今天的我们做得到吗？当浮云遮盖了白日，我们可以静静等待，相信浮云过去，光明仍在。我们也可以努力自强，冲破浮云，重新光芒万丈。前者要的是隐忍，后者要的是勇敢。

## 为了爱，好好活

### 饮马长城窟行

> 青青河畔草，绵绵思远道。
> 远道不可思，宿昔梦见之。
> 梦见在我傍，忽觉在他乡。
> 他乡各异县，展转不相见。
> 枯桑知天风，海水知天寒。
> 入门各自媚，谁肯相为言！
> 客从远方来，遗我双鲤鱼。
> 呼儿烹鲤鱼，中有尺素书。
> 长跪读素书，书中竟何如？
> 上言加餐饭，下言长相忆。

看到这首诗的第一眼，你们就哼唱了起来。我知道，这是一部电视剧里的歌，琼瑶改写的。但是，我不喜欢，因为，太柔美轻快的调子，完全失去了它本来的震撼人心的悲剧之美。

读这样的诗，是会让人流泪的。

"梦见在我傍，忽觉在他乡。"这不是我们每个人都曾有过的经历吗？梦，常常带给我们一份惊喜和满足，但梦的美好永远凸显着现实的悲凉。梦的残酷在于，它给你一个你日思夜想的幻境，仿佛一片云，托着你上升，上升，然后，它忽然随风而去，让你跌落在万劫不复的深渊。记得梭罗说过："神往往不过是叫许多人看到幸福的一个影子，随后便把他们推上了毁灭的道路。"而我常常觉得，美梦也有这样的力量。

"入门各自媚，谁肯相为言！"这就是每个人都需要"亲人"的原因啊。友情是雪中的炭，抑或是锦上的花，它会在某个时刻闪烁它的光华。爱情，是熊熊的火，或是汹涌的潮，它会在一段时间让你燃烧或者澎湃。只有亲情，像绵延的水，让你的生命永不干涸。但当夜晚来临，万家灯火闪烁的都是各自的温馨，谁的眼里能看到那扇紧闭的窗，那个孤独的人？

"长跪读素书，书中竟何如？"这一句，你们颇有疑义。有的说，看一封信为什么"跪"着呢？是不是那时女人的地位很低？有的说，在古代，"跪"就相当于现在的"坐"，没必要大惊小怪。

但是，我想说的是，在通信极为发达的今天，你们是无法理解"一封信"的珍贵的。还记得杜甫的"烽火连三月,家书抵万金"吗?还记得晏殊笔下那个"欲寄彩笺兼尺素,山长水阔知何处"的女子吗?在"生离"几乎等同于"死别"的时代,一封信几乎就是全部,就是所有啊。我还想说的是,"跪",其实是一种谦卑和郑重。即使今天,不也有很多东西会让我们愿意用这样谦卑的姿态来接受和珍惜吗?你们有没有因为一个挚爱的人的一条短信而泪流满面?有没有把一个失而复得的爱情信物紧紧贴在胸前仿佛得到整个世界?这里的"跪"不仅是一种姿态,更是一份惊喜,一种敬重,一份感恩,或者,一种敬畏。在对一切都没有了敬畏的今天,很多感情,我们已无法体会。

"上言加餐饭,下言长相忆"。我不知道你们会怎样,但请原谅,即使在课堂上,我也会因为这样的诗句忍不住流泪。没有深情的告白,没有华丽的辞藻,只有一句最朴素的话——好好吃饭,别忘了我,但在我看来,这一句却胜过说一百遍"我爱你"。

爱是什么呢?爱是衣带渐宽,是众里寻他,是独上西楼。但,爱更是等待和相守。不要说你可以为爱去死,真正的爱,是要为所爱的人好好活,是希望所爱的人好好活。

爱要相守,所以如果你爱他,就要好好活着,才能等待他、陪伴他、照顾他,才能"执子之手,与子偕老"。即使远隔天涯,即使终身别离,真正的爱也可以跨越时空,可以永远用心灵来相互守候。

爱是什么呢?爱全部的真谛就是对自己说,为了他,我要好好活;对对方说,为了我,你要好好活。不管哪一天,只要你回来,我就会在这里,敞开家门和胸怀……

简单的表达,源于丰富的感动,而往往,最丰富与深情的爱,只需要最简单的表达。

"齐秦的《大约在冬季》就有这样的!"你们说。

是的,我也喜欢这首歌,喜欢那一份只有真正相爱、懂得爱的人才会有的彼此的珍重,"没有你的日子里,我会更加珍惜自己。没有我的岁月里,你要保重你自己……"

而我想起的,是史铁生的《我与地坛》,当20岁的史铁生突然瘫痪,陷入绝望时,母亲握着他的手说:"咱娘儿俩在一块儿,好好儿活,好好儿活……"

是的,命若琴弦,爱却可以如磐石。为了爱,让我们好好活。

# 爱的深情与风度

## 短歌行
【魏】曹操

对酒当歌，人生几何！
譬如朝露，去日苦多。
慨当以慷，忧思难忘。
何以解忧？唯有杜康。
青青子衿，悠悠我心。
但为君故，沉吟至今。
呦呦鹿鸣，食野之苹。
我有嘉宾，鼓瑟吹笙。
明明如月，何时可掇？
忧从中来，不可断绝。
越陌度阡，枉用相存。
契阔谈䜩，心念旧恩。
月明星稀，乌鹊南飞。
绕树三匝，何枝可依？
山不厌高，海不厌深。
周公吐哺，天下归心。

"白脸的曹操"是你们对这位杰出历史人物最感性的认识。所以，我一再要求你们回到历史中去，回到曹操的诗歌中去。我想我们在他自己的作品中看到的"他"一定要比小说中描写和塑造的"他"更真实些。你们看，"老骥伏枥，志在千里""日月之行，若出其中""生民百遗一，念之断人肠"……哪一首不是悲慨与豪迈，不是胸襟和气度？

学习《短歌行》时，诗中起伏的感情和多处的用典给你们的理解带来一些困难，但你们还是喜欢上了这首诗。只有一句，你们因有了不同的看法而争论起来。"明明如月，何时可掇？"这"明明如月"的东西到底是什么呢？书上注释说，这是写诗人的忧伤像天上的月亮，运行不止，无法断绝。但你们却以为，这和下一句"忧从中来，不可断绝"之间不和谐，既然已经说我的忧伤像月亮不可断绝，那"忧从中来"的"中"又是什么呢？要么重复，要么矛盾。你们从前面的"青青子衿，悠悠我心"中找到了自己的理解，这"明明如月"的是曹操心中所渴慕的贤才，他在说："你们这些人就像天上的月亮，什么时候才能被我摘下，放在手心？"

我和你们一样，也是这样的理解。那"明明如月"的，不是诗人的忧思，而是他渴慕的贤才。但只这样还不够。

关于月亮的诗歌实在太多。你们都想起了自己会唱的流行歌曲。"你问我爱你有多深？……月亮代表我的心"，"你像那天上月亮，停泊在水的中央"……天上美丽皎洁的月亮，是我们对心中所爱之人深情的歌唱。那么，在这首诗里呢？是不可一世的曹操，是四海纵横的曹操，是天下在握、霸气十足的曹操，对着那些"贤才"，对着他所欣赏的"青青子衿"，发出了那样深情而缠绵的感慨，那样真诚而率直的赞美！

"这也太深情了！"你们说。是的，深情到像恋歌一样。可是，即便回到那部已经在丑化他的《三国演义》中，我们也会看到曹操对贤才的珍惜和呵护。对刘备，有"青梅煮酒论英雄"的欣赏和信任；对关羽，极尽关爱拉拢之能事，不惜把自己降得低一点，再低一点；对赵云，没有他的"不杀"之令，又如何有子龙长坂坡的一战成名？这里所表现出的，已经不仅仅是英雄对英雄的惺惺相惜，而是一个真正伟大的政治家的襟怀和气度了。

我们能够像曹操一样吗，对也许永远不能属于我们的"美好"由衷地赞叹，对那些美却冷冷的、高高在上的存在表达我们深情的渴慕？这真的并不容易，因为在人的天性中，既有爱美、占有美的本能，也有嫉妒美、亵渎美的本能。特别是对那些不能占有的美，我们似乎与生俱来一种怨恨和毁坏的冲动。这也许就是为什么那种拿起硫酸泼向自己原本深爱着的美丽容颜的事情会不断发生，那种吃不着葡萄就说葡萄酸的人比比皆是。

而曹操的"明明如月"的赞美，"悠悠我心"的表白，让我们看到了一种大家的风范，那就是对所有的美好事物的欣赏和珍惜。

北宋有位叫贺铸的词人，写过一首《青玉案》，大家都赞赏其中的一个比喻"试问闲愁都几许？一川烟草，满城风絮，梅子黄时雨"，甚至将作者称为"贺梅雨"。但我却钟爱那句"凌波不过横塘路，但目送，芳尘去"。曹植的《洛神赋》有"凌波微步，罗袜生尘"，后多指女子轻盈袅娜的脚步；"横塘"是当时作者的贬谪地，他正被贬横塘。我们且不管这首作品中是否有屈原《离骚》那样的香草美人的寄托，只看其字面的意思，已经足够令人感佩。你看，那个美丽的女子款款走近，走近，给人无限遐想和渴望，可是，她并没有走到作者身边，而是一转而去。说到这里，你们都笑了，"小品吗？"是的，就像我们看到的小品，一个人热情伸出手去，而对面那个同样满脸笑容的人却将伸出的双手送给了旁边的另一个人。真是令人失望和尴尬。

可是，我们来看作者的反应吧。他说："但目送，芳尘去。"没有恼怒，没有怨愤，依然是深情地注视，目送，赞叹。并且接着说"锦瑟年华谁与度？月桥花院，琐窗朱户，只有春知处"，他在想，这样一个美丽的女子，与我无缘，但她一定生活在一个美丽的，只有春天知道的地方。——爱而不得，却依然怀着深深的欣赏和真诚的祝福，这就不仅仅是深情，而是一种风度了。

现实中，爱美的人多，会爱的人少。我们的爱中，太多占有的欲望，太多嫉妒的种子。所谓"羡慕嫉妒恨"，就是我们爱得自私与狭隘的三部曲。

爱美，追求美，是一种自我的完善；爱美，珍惜美，是一种加上了善良的胸襟；爱美，呼唤并保全美、成就美，是一种善良之外又"向上"的气度。

让我们学会爱，爱得深情，也爱得有风度。

# 对酒当歌

## 短歌行
【魏】曹操

对酒当歌,人生几何!
譬如朝露,去日苦多。
慨当以慷,忧思难忘。
何以解忧?唯有杜康。
青青子衿,悠悠我心。
但为君故,沉吟至今。
呦呦鹿鸣,食野之苹。
我有嘉宾,鼓瑟吹笙。
明明如月,何时可掇?
忧从中来,不可断绝。
越陌度阡,枉用相存。
契阔谈䜩,心念旧恩。
月明星稀,乌鹊南飞。
绕树三匝,何枝可依?
山不厌高,海不厌深。
周公吐哺,天下归心。

    曹操的《短歌行》改变了你们对他的一些源于演义和戏曲的看法。人生短暂的哀叹、求贤若渴的深情、统一天下的雄心,再加上那样委婉而真诚的表达,让我们看到了一个可以金戈铁马,也能横槊赋诗的政治家。

    争论来自诗的第一句:"对酒当歌,人生几何!"这个"当"字该怎样理解呢?本来是两种历来都被认可的说法,大家取其一即可。但是,你们却彼此不愿让步,一定要争论个孰优孰劣。

    "当",一作"面对",与"对酒"的"对"字同义,而另一个解释为"应当"。于下文也罢,于诗的主题也罢,这样的两种解释都是讲得通的,所以,我并没有把它作为教学的重点。可是,你们却说:"这怎么可能是一样的呢?"

    "当"作为"面对"来讲,实在是再合适不过了,不仅与"对"字相当,而且,整句诗表达了一种悲慨在里面,你看,当我们面对着美酒和音乐,那该是怎样的快乐与豪纵。可是,在这一刻,忽然想起人生的短暂,快乐的无常,忽然在那最热闹最激情的时刻,对比出人生最终的寂寞和孤独,这是每个人都会有的孤独,这更是曹操这样的人所独具的伟大的孤独。所以,他才会"慨当以慷",才会"忧思难忘",才会如此深情而急切地发出对贤才的呼唤!只有这样理解,我们才能看到曹操当时的忧心如焚,才能读出一份深沉的感慨。

    "当"就是"应当"的意思。对着美酒,那就应该纵情高歌。既然人生短暂,为什么不及时行乐,为什么总要伤感、叹息?要知道,他是曹操,不是曹丕,他的气概与豪迈只能用"应当"解释才是准确的。何况及时行乐并不就意味着消极啊。李白也说"人生得意须尽欢，莫使金樽空对月"，可这并不影响他的豁达与乐观啊。理解成"应当"才看到一个不仅仅是文学家，更是政治家的曹操啊。

　　……

　　你们说的都是对的。两种意思也确有区别，一悲慨，一豪纵。

　　李白有诗曰"高楼当此夜，叹息未应闲"，这个"当"字是多少无奈和思念！

　　杜甫有诗曰"会当凌绝顶，一览众山小"，这个"当"字透露着多少自信与自豪！

　　而相传苏武的那句"生当复来归，死当长相思"，这个"当"字包含了多少沧桑和悲凉！

　　这就是中国的诗，那样简单的一个字，却可以含蕴着那样丰富的思想和情感，塑造那样丰满而独特的艺术形象。

　　在这首《短歌行》里，我原本是喜欢"应当"这个解释的，以为它更顺畅，更有一种潇洒的风度在里面，更符合我们在《三国演义》中看到的"横槊赋诗"的豪气。但是，现在，我犹豫了。

　　当我们面对着美酒和音乐，当我们处在最热闹和最快乐的时刻，我们不是会一下子陷入"人生几何"的感伤中吗？不是会在那莫名的一瞬感受到人生无限的寂寞和虚空吗？这种寂寞和孤独，对曹操来说，就像后来陈子昂的《登幽州台歌》所写，是一种"前不见古人，后不见来者，念天地之悠悠，独怆然而涕下"的孤独，是政治家的胸怀和诗人的气质交织在一起才有的诗意的伟大的孤独。

　　而在另一个意义上，悲慨和豪迈其实是孪生兄弟。悲的本质，就是在生和死之间，在生的快乐和死的悲戚之间产生的体验，愈是珍视"生"，愈是要在有限的人生做出无限的事业的人，就愈是比普通人更能感受到这种生与死的悲慨。又因为这样努力要在有限中创造无限的人，往往是时代的英雄，所以，他们的悲哀中必然是带着积极和豪迈的。或者，我们毋宁说，悲慨与豪迈是英雄的特质，并不矛盾。

　　关于这一点，我们还可以读一首唐代的边塞诗，王翰的《凉州词》：

　　　　葡萄美酒夜光杯，欲饮琵琶马上催。醉卧沙场君莫笑，古来征战几人回。

　　那举杯的豪饮，那醉卧的纵情，都因为最后一句"几人回"而充满了无边的悲感。但是，这悲感换来的不是逃避，不是眼泪，而是战场上的拼死一搏，是"壮志饥餐胡虏肉，笑谈渴饮匈奴血"！

　　悲愤而坚决，哀感而豪纵。这是英雄的气质，英雄的诗篇。

# 一颗谦卑的心

## 燕歌行
【魏】曹丕

秋风萧瑟天气凉,草木摇落露为霜。群燕辞归鹄南翔,念君客游多思肠。慊慊思归恋故乡,君何淹留寄他方?贱妾茕茕守空房,忧来思君不敢忘,不觉泪下沾衣裳。援琴鸣弦发清商,短歌微吟不能长。明月皎皎照我床,星汉西流夜未央。牵牛织女遥相望,尔独何辜限河梁?

    你们小时候,都读过曹植的《七步诗》,并因此记住了那个聪慧而可怜的弟弟,也因此不由自主"恨"了那个残忍的哥哥。所以,当我们一起学习曹丕的《燕歌行》时,你们都惊讶了。"秋风萧瑟天气凉,草木摇落露为霜。群燕辞归鹄南翔,念君客游多思肠……"这是多么凄清缠绵的文字,多么敏锐善感的心灵!

    如果曹丕不是曹操的儿子,不是身处那样的宫廷,也许就成为中国第一流的诗人了吧?

    这是一首写女子相思的作品,"慊慊思归恋故乡"的敦厚,"不觉泪下沾衣裳"的深情,"援琴鸣弦发清商"的温婉,"短歌微吟不能长"的悲凉,就那样一点一点打动了我们。

    但是每次读到"贱妾茕茕守空房,忧来思君不敢忘"两句,你们就有些愤愤不平了:"为什么要称自己'贱妾'啊?这是当时女子地位低下的表现?太不公平了!""为什么要说'不敢忘'呢?难道连'忘'的权利也没有吗?"

    那样的着急和不满是我能够理解的。可是,不管你们理解不理解,我都还会在黑板上写下这样一行字——因为爱,才有了一颗谦卑的心。这个"敢"字,和胆量无关,和权利无关,和地位无关,那只是一个女子对她所爱的人的一份敬重和谦卑。

    真的。我从不相信,一个人可以对他真正爱的人盛气相凌,气势汹汹,指手画脚。每当听到有人说,相爱双方中的一方如何"幸福",如何可以对对方为所欲为而对方却百般迁就,我就怀疑他们是否真的是"相爱"的。我就想,也许有一方是爱的，因为在"爱"中，只有"不爱"的一方可以骄傲得像个王子或者公主。要知道，孤傲如张爱玲，也会因为爱，写下那行字——见了他，她变得很低很低，低到尘埃里。

你们问怎样是有了一颗谦卑的心，我也常张口结舌，给不出一个令自己满意的答案。我记得席慕蓉有一篇小文章，就叫《谦卑的心》，文中有这样的文字。

有一阵子，我住在布鲁塞尔市中心，上学途中必定经过拉莫奈广场，在广场的角落经常有位老太太在那里摆个小摊子卖花。

有一个春天的早上，天气好冷，行人不多，她的摊子上已摆满了黄水仙，嫩黄的花瓣上水珠晶莹，在朝阳下形成一种璀璨的诱惑。我停下来向她买了一束，她为我小心地包扎起来，然后，在她把零钱找给我以后，我看到她匆匆地低头画了个十字。

我觉得很奇怪，忍不住问她：

"请问你这是为了什么呢？"

她抬起满是皱纹的脸来向我微笑：

"小姐，我每天在卖出第一束花时，都要向天主道谢。"

以后，每当我起了骄傲的意念时，我就会想起这位卖花的老妇人，和她谦卑的心。

——这里，谦卑是谦虚，是感恩，是尊重，是信仰，是对生活所赐予的一切的敬意。

回到这首《燕歌行》。我想，当我们思念一个人，不仅怀着苦涩和无奈，还怀着敬重和善意的时候，我们就有了一颗谦卑的心；当我们爱一个人，不仅愿意吻她的唇，她的双手，还愿意吻她的脚的时候，我们就有了一颗谦卑的心；当我们爱自己的母亲，不仅爱她的风华正茂，优雅得体，也爱她的粗陋木讷，白发皱纹的时候，我们就有了一颗谦卑的心；当我们身处困境却依然对生活充满感激和赞美的时候，我们就有了一颗谦卑的心。

你们说，用"不能爱"不是更好吗？我也是同意的。想忘却不能忘，那是刻骨的思念啊。可是，"不敢忘"里却多了一层歉意和尊敬。还记得那句"天地合，乃敢与君绝"吗？一个"敢"字，是面对日月山河、苍天大地才有的无奈，是自己对这份爱再也无从把握无从坚持之后还要表达的深深的歉意啊！

爱了，就让我们真诚付出；无法再爱，就让我们含泪告别……

# 当露为霜

**燕歌行**
【魏】曹丕

秋风萧瑟天气凉,草木摇落露为霜。群燕辞归鹄南翔,念君客游多思肠。慊慊思归恋故乡,君何淹留寄他方?贱妾茕茕守空房,忧来思君不敢忘,不觉泪下沾衣裳。援琴鸣弦发清商,短歌微吟不能长。明月皎皎照我床,星汉西流夜未央。牵牛织女遥相望,尔独何辜限河梁?

　　所谓情景交融营造的诗歌意境,早已经成为你们的"口头禅",几乎对所有有关写景的诗歌的欣赏,你们都会说这句话,并且笑言:"老师,这个管用,考试时屡试不爽。"你们的话没有错,一方面,我们的考试能"考出来"的就是这些了,更主要的是,情景交融营造构成的美好的诗歌"意境",的确是中国诗歌的特色。

　　但是,仅仅是考试"不错"是不够的,否则,你们还如何去感受和领悟诗歌中的美与深情呢?

　　这一次,你们又搬出"撒手锏"是因为这样一个问题:曹丕的《燕歌行》,"秋风萧瑟天气凉,草木摇落露为霜。群燕辞归鹄南翔,念君客游多思肠……"好在哪里?好在情与景的交融。可是,我知道,你们并没有感受到,只是"说说而已"。

　　那就让我们停下来,你们应该学会"读诗",而不是"说诗"。就来读这一句吧,"草木摇落露为霜",请你们不要着急,一个字一个字读来,把所有和这些字有关的信息、场景和记忆都联系起来,在这些联系中去感受、去领悟这七个字到底传达了什么?

　　传达了一种萧瑟和凉意。你看,桐庭多落叶,慨然知已秋。那落叶,那白霜,让人感到萧瑟、衰败和冰冷,这不正是女主人公孤独寂寞的心情的写照吗?

　　这就是所谓的"情景交融"了。可是,这样的场景除了加重内心的凄凉和思念,没有更让人心痛和无奈的吗?

　　有。那是时间的流逝,当葱茏的树木变得一片光秃,当晶莹的露水变成一片白霜，这一年就又匆匆过去了，可以回来的是绿叶，是露水，回不来的却是青春，是生命。所谓"思君令人老，岁月忽已晚"，还有什么比在等待与思念中老去更让人绝望和悲凉的呢？

　　当露水变成白霜，意味着的，又仅仅是时间的流逝吗？让我们好好想想吧，夏日的清晨，每一片叶子上都闪烁着珍珠一样圆润晶莹的露水，每一株生命都因这露水的滋润而光鲜、饱满、亭亭玉立……而当深秋到来，白霜流泻，就会"草拂之而色变，木遭之而叶脱"……

　　气肃而凝，露结为霜，同样是"水"啊，却在"露"和"霜"的转换之间改变了它对生命的态度，改变了我们内心的感受！所以，当露为霜，我们的心情也那样不知不觉地随着改变，我们原本那份生命饱满的喜悦就一点点变成了生命衰败的悲叹！

　　这样的诗句，在《诗经》里就有，"蒹葭苍苍，白露为霜。所谓伊人，在水一方"，只是，我们把它放在了朗朗的读书声里，却没有放在自己心灵的深处。白露为霜，是求美人不得的忧伤，是时间流逝的哀婉，是一点点加深的无奈和失望，当露为霜，"伊人"会老去，梦想会落空，生命会凋零。

　　唐朝诗人颜粲有一首诗就叫《白露为霜》，前四句是这样的："悲秋将岁晚，繁露已成霜。遍渚芦先白，沾篱菊自黄。"不知不觉间，我们是不是看到那夏秋之间季节的更替？是不是眼前的一切已经从鲜润翠绿的饱满变成了秋风萧瑟的清冷？是不是感受到那一点点袭来的寂寞与寒意？是不是觉得生命在流逝，在消耗？这才是情景交融，才是王夫之说的"情景名为二，而是不可离，神于诗者，妙合无垠，巧者则情中景，景中情"。

　　情景交融，自为美文，只是，这四个字和类似的中国文字中，有太多的东西，需要我们去阅读，去体味。

# 惺惺相惜

## 白马篇
### 【魏】曹植

白马饰金羁，连翩西北驰。借问谁家子，幽并游侠儿。少小去乡邑，扬声沙漠垂。宿昔秉良弓，楛矢何参差。控弦破左的，右发摧月支。仰手接飞猱，俯身散马蹄。狡捷过猴猿，勇剽若豹螭。边城多警急，胡虏数迁移。羽檄从北来，厉马登高堤。长驱蹈匈奴，左顾陵鲜卑。弃身锋刃端，性命安可怀。父母且不顾，何言子与妻。名编壮士籍，不得中顾私。捐躯赴国难，视死忽如归。

  你们常把这个"惺惺相惜"的"惺"字写错，"腥腥"，甚至"猩猩"。我的纠正似乎也不太见效，因为，你们不理解什么是"惺惺"。我说这是"聪明"的意思，你们又困惑了——那"假惺惺"该如何解释？都睡眼"惺忪"了，还"聪明"？

  这真是汉字的麻烦和魅力。

  但对于"惺惺相惜"的故事，你们却理解得颇为透彻。

  曹植的《白马篇》，我和你们一样读得热血沸腾。"仰手接飞猱，俯身散马蹄。狡捷过猴猿，勇剽若豹螭"，多么帅气英武！"羽檄从北来，厉马登高堤。长驱蹈匈奴，左顾陵鲜卑"，多么潇洒神勇！

  可是弄清了诗句的意思后，你们很多人笑了，对我说："老师，曹植太自信了，骄傲得像李白一样。"我没有吃惊于你们说的"自信"和"骄傲"，这就是曹植的本色，也就是他的青春意气，这也恰恰是他的诗总能在第一时间打动我们的地方，但我惊讶你们居然说"骄傲得像李白一样"，居然还举了那么多的例子加以证明！

  "敌人有备而来，一定是场恶战，曹植却说'长驱蹈匈奴，左顾陵鲜卑'，敌人有那么不堪一击吗，被他说得像游戏一样！怎么可能？"

  "对！李白在《将进酒》中说'天生我材必有用，千金散尽还复来'，好像他们家就是印钞票的，怎么可能？"

  "就是，有些天真。他做不了皇帝是不是也因为他的性格啊，就像李白、谢灵运虽然有用世之心，但也做不了政治家是一样的。"

……

你们是多么聪明啊，不用理性的分析，只凭那样一种"感觉"就一语中的了。曹植、李白、谢灵运，都是才子型的诗人，都是不乏天真烂漫的性情中人。他们率真、自信，天赐才华，纵情任性，有时候甚至有一点孩子气的自负。如果说，性格即命运，那么的确，这样的性格决定了他们三个人共同的命运，那就是，都不会成为政治家而会成为杰出的诗人。

可是，我还有更有趣的东西给你们。让我们一起读这样的诗句，了解这样的故事吧。李白曾有诗云："昔时陈王宴平乐，斗酒十千恣欢谑。"又有诗说："脚着谢公屐，身登青云梯。"这里的陈王就是曹植，谢公即灵运。作为后来者的李白，饮酒时想起曹植的痛快淋漓，并以此劝自己的朋友："将进酒，杯莫停！"登山时他想起谢公的潇洒浪漫，以脚穿"谢公屐"而自豪。而那个高傲的不可一世的谢灵运呢，他曾说："天下才有一石，曹子建独占八斗，我得一斗，天下共分一斗。"可惜，李白生在其后，否则，他一定也会出现在谢灵运的诗中。

这是什么？这就是"惺惺相惜"啊，是聪明人之间的互相欣赏和怜爱，是境遇相同之人的互相支持和同情，是心灵与心灵之间的契合与相通！千古文人，无论他们个人的际遇如何，他们都不寂寞，因为，无论隔着多么遥远的时间，他们都能在历史的长河中，在代代相传的文字里，找到那一颗与他相知相怜的心。贾谊赞屈原，杜甫祭诸葛，苏轼爱陶潜，都是一样的啊。就像我们今天的阅读，又何尝不是一种寻找，在茫茫宇宙渺渺时空中，找一颗让自己温暖和勇敢的心。

不过，回到"惺惺"这个词，我们还是要费些工夫去理解和记忆。"惺惺"，原指一种美好、动听的声音，也指一个人清醒或者聪明机灵的样子，因此"惺惺相惜"是说聪明的人、美好的人之间的相互理解和欣赏，所以它一定是要用"惺"字，不仅是心心相印，而且也以此区别了"无心"的"狐朋狗友""臭味相投""一丘之貉"。

至于"惺惺作态"这个词，很多地方解释说"惺惺"是"虚伪的样子"，我以为不妥。"惺惺"二字依然是"清醒、聪明"之意，因为"作态"，也就说，故作聪明，装作清醒，这才是"虚伪""不老实"。

# 两难的选择

## 白马篇
【魏】曹植

白马饰金羁,连翩西北驰。借问谁家子,幽并游侠儿。少小去乡邑,扬声沙漠垂。宿昔秉良弓,楛矢何参差。控弦破左的,右发摧月支。仰手接飞猱,俯身散马蹄。狡捷过猴猿,勇剽若豹螭。边城多警急,胡虏数迁移。羽檄从北来,厉马登高堤。长驱蹈匈奴,左顾凌鲜卑。弃身锋刃端,性命安可怀?父母且不顾,何言子与妻。名编壮士籍,不得中顾私。捐躯赴国难,视死忽如归。

    曹植用自己的创作成就了中国五言诗的事业。铺陈、排比、对偶,精致的结构,华美的辞藻,他的觉醒正是中国诗歌的觉醒。但你们最喜欢的还不是这些,而是他诗中的那股子"气",那股子冲口而出、潇洒飞扬的"豪气"和"意气"。《白马篇》中"捐躯赴国难,视死忽如归"感动了你们。是的,他说得真好,把死看得像回家一样。我们每个人,都从黑暗中来,又要走回黑暗中去。我们从"生"的那一刻开始,就奔向了死,这是宿命,所以,"死"并不可怕。只是,我们都是凡人,常常生得仓促,死得昏昧,实在谈不上"视死忽如归"。

    英雄往往是能够直面死亡的那些人,但曹植的这两句诗,实在值得我们细细品味。比起王翰的"醉卧沙场君莫笑,古来征战几人回"少了一分悲慨,比起王昌龄的"黄沙百战穿金甲,不破楼兰终不还"又多了一分沉着。我常以为,"视死如归"这个词,所表现出的不是一般意义上的勇武和决绝,而是带着对生命的哲学的思考与领悟的,那种走向死亡的姿态,与其说是无畏,不如说是优雅。

    我喜欢《相约星期二》中莫尔教授告诉学生的话。他说,死亡不过是走过一座桥,到远方去旅行,肉身是无法永恒的,永恒的是人类的精神和爱。

    可是现在,我却一次次要求你们品味诗中的另外两句——"父母且不顾,何言子与妻。"我要你们好好揣摩"且"与"何"表达的感情。你们多么聪明啊,很快就领会了:如果连父母都顾及不了,那还谈什么儿女、妻子?显然,曹植是把父母放在第一位的,其次才是儿女、妻子。

真有意思，这样的"排序"让我们不约而同想到了那个经典的问题："我和你的母亲同时落水了，你会先救哪一个？"

一边是年迈的生养了自己的母亲，一边是年轻的将相伴一生的妻子，先救谁？你们相互看着，谁也不说话。看来，这真是个艰难的选择。

曹植的选择一目了然，不假思索。

汶川地震时那个第一个跑到安全区并在事后声称除了女儿还值得他一救，连母亲也不能顾及的"范跑跑"的选择也是斩钉截铁的。

那么我们，何去何从？

你们把目光投向我。作为一个女人，一个女儿，一个妻子，一个母亲，我该怎样回答呢？

我想说，我不会这样问，也希望你们将来不要对自己的爱人问这样的问题，并以他的回答来判断和求证他对你的爱。如果一个人，连自己的母亲都可以放弃，你凭什么相信他可以为你付出一切？

我想说，人在生死关头做出什么样的选择都无可厚非，因为，很多时候，那是一种本能。但是，人之为人，是因为他不仅是动物，有本能，还因为他是"人"，有感情，有理性。不惜生命保护下一代是任何一种动物都有的本能，但反哺和报答，感恩和回馈则是人的尊贵所在。所以，我们唾弃"范跑跑"，不是因为他没有牺牲和奉献，而是因为，他没有一个正常人对生命和爱的理解。

我想说，曹植做不了帝王，但可以成为中国第一流的诗人，"范跑跑"学问再大，都可能是不入流的文人。因为，文学的最终价值不在于"文字"，而在于"品性"，曹植的精神高度是"范跑跑"永远也无法企及的。

我还想说，曹植的诗之所以有一股子"气"，是因为他的内心有这样一种精神，有这样一种"品性"。巴赫金说："人的行为是潜在的文本，而且只有在自己时代的对话语境中（作为对白、作为意义立场、作为动因体系）才能被人理解（理解为人的行动，而不是物理作用）。"这首《白马篇》是曹植青年时期的写照，也打上了那个时代的慷慨之气。孟子说："吾善养我浩然之气也。"而曹植，就是因为有了这样的浩然之气，才能充满自信，无私无畏。

选择是艰难的，但如果我们首先选择做一个有"正气"的人，就能在关键时刻做出正确的选择。

# 成为自己

**咏史（其二）**
[晋] 左思

郁郁涧底松，离离山上苗。
以彼径寸茎，荫此百尺条。
世胄蹑高位，英俊沉下僚。
地势使之然，由来非一朝。
金张藉旧业，七叶珥汉貂。
冯公岂不伟，白首不见招。

  要学习左思的《咏史》时，我精心准备，踌躇满志要上一节"文以载道"的课，那个门阀时代的士子的悲慨应该可以给你们一些启迪和思考的吧？

  "郁郁涧底松，离离山上苗。以彼径寸茎，荫此百尺条。"这真是一组令人回味的形象的对举。郁郁葱葱的山涧中的大松树，风过而动的山顶上的小树苗，可是，后者却可以用它寸把长的茎叶遮蔽了这百尺高的松树！为什么呢？就是因为它们所处的位置不同啊！这样的诗句自然是左思在那个"上品无寒门，下品无士族"的时代的愤慨和不平，但又何尝不是一个至今依然如故的存在呢？时至今日，我们依然可以看到"权力"和"地位"的横冲直撞、呼风唤雨。我们常常呼唤重建道德、重建价值，其实，说到底，不如重建权力。没有对公权力的约束，普通百姓仍然很难过上有尊严的生活。

  回到这两句诗吧。哪个更高？你们争论不休，我又想起刘欢曾经风靡一时的一首歌："山上有棵小树，山下有棵大树，我不知道，我不知道不知道，哪个更大哪个更高。"

  玩笑般的争论后，我提出了这样的问题："你们愿意做哪个呢？山上的小苗，还是山下的大树？"然后等待着你们的选择，等待着我想象中的"自立自强""人生价值"。

  但是，你们，几乎所有的人都选择了前者！

  我一定是大大地意外了，然后是深深地不满，心里嘀咕着：这就是现在的年轻人，这就是所谓80后的孱弱和依赖！

"老师，你给我们几个做山下大树的理由吧！"是我的不满"刺激"了你们吗？你们开始向我提问了。望着你们调皮甚至有点挑衅的目光，我忽然就觉得理屈词穷了。是啊，我能说什么呢？我原本准备的那些大道理大事例吗？我的自强不息努力奋斗实现自我价值的演讲词吗？如果我不用奋斗就可以站在同样的高度，我还会奋斗吗？虽然一棵小草自身比不过大树，但当社会评判和认定的不是它自身的高度而是它的海拔的时候，谁不愿意寻找一个更高的平台？当每一个年轻人终身的努力都比不过一个"有用"的老爸的时候，谁能阻止"拼爹"时代的到来？当"官二代""富二代"都不足以表达现实中的不平等，连演员、教师都出现"二代"的时候，谁还相信靠自己可以改变命运？当生活一次次地告诉我们，人生而平等是伦理上哲学上人格上的平等，而不是社会认可的平等的时候，谁还会深情地朗诵"我如果爱你——绝不像攀援的凌霄花，借你的高枝炫耀自己"？

　　上课前，我以为我知道什么是对的，但此刻，我的语言显得苍白。

　　就在我陷入窘境的时候，你，一个平日安静而沉默的女孩站起来，轻轻说："我做山下的大树，因为我没有机会做山上的小苗。"

　　轻言细语，却让我如梦初醒。原来，我的问题从一开始就错了。选择？人生真正的难题不是怎样选择，而是很多时候，你无从选择！

　　那么，请允许我重新开始吧，请允许我说，在山上还是在山下，也许不是我们可以选择的，但是，我们可以选择成为自己。

　　回到作者这里。左思，西晋文学家，才华横溢。但是，他不仅出身贫寒，而且其貌不扬，又不善交际。在那个时代，他是很难有出头之日的。但是，就是这个人，以十年时间写出《三都赋》，惊艳世人，以至"豪贵之家竞相传抄，洛阳为之纸贵"。也是这个人，面对着道德沦丧的时代，选择了急流勇退，不为眼前的功名利禄左右，从而保全了自己和家人。而千年之后，当年的那些世袭官N代早已灰飞烟灭，左思和他的诗文却流传至今。

　　"可是，左思也是因为不满才写这样的作品啊。"你们说。

　　有不公，自然有不满。但是，在不满中站立，还是在牢骚中毁灭？这是个值得思考的问题。左思无疑还是选择了前者，选择即使身处深涧，也保持一棵树的姿态。

　　记得比尔盖茨说过一句话："社会是不公平的，我们要试着接受它。"所以，无论是大树还是小苗，让我们坚守脚下的土地，领悟自我人生的意义，放射自我个性的光华，让我们成为自己。

# 知音难觅

## 咏怀（其一）
【晋】阮籍

夜中不能寐，起坐弹鸣琴。
薄帷鉴明月，清风吹我襟。
孤鸿号外野，翔鸟鸣北林。
徘徊将何见，忧思独伤心。

---

阮籍的《咏怀》是一组并不容易理解的作品，最痛苦的心和最富智慧的灵魂造就了这些作品的意旨悠远、寄托遥深。但你们已经一点点学会了用联想、用比较来领会作者的难言之隐。

学习《咏怀》的第一首，只读一句，你们就说："哎，又是一个睡不着起来弹琴的人。"

是的，又是一个。

《古诗十九首》中那个"一弹再三叹，慷慨有余哀"的女子，曹丕《燕歌行》中那个"援琴鸣弦发清商，短歌微吟不能长"的思妇。现在又有了"夜中不能寐，起坐弹鸣琴"的阮籍。

一样的吗？

"一样的啊！"你们异口同声。但旋即，又迟疑了。

"那两个女子孤独弹琴是因为爱情，一个是追求理想中的人却不得，另一个是思念远方的人却不归，但阮籍是为什么呀！"

是的，这首诗中，我们看到阮籍的苦闷和孤独，可是，直到最后，他也没有说出原因。

你们在自我的不断质疑和否定中一点点走进作品中去。其实，不一样的往往是生活的表象，而揭去那些表层，裸露的是一样的内核。否则，还有什么可以穿越千年万年直击我们的内心呢？

如果要在男子里找"弹琴者"，你们还应该记得岳飞和他的《小重山》："欲将心事付瑶琴。知音少，弦断有谁听？"男人也罢，女人也罢，一生中苦苦追寻的其实都是赏识，是理解，是同情，是契合，是"知己"。有则幸福，无则痛苦。只不过，女子所渴望的往往是一个男人，男人要追求的却是一个世界。

知音难觅，这是一种高贵的痛苦。因为这是心灵的对话，是精神的诉求，是意念的默契。它要求着同等的境界、足够的宽容、高贵的品性，还有，不用多说就深深理解，不要承诺就信守一生，一个眼神就心照不宣，彼此独立却你中有我，我中有你……

知音难觅，所以，就有了孤独和寂寞，有了苦闷和忧伤。但是，一个人的品格就是在这样的时候经受了最严格的考验。

一个女人，没有了理想的知音，会怎样？等待？寻找？还是退而求其次？或者干脆自我堕落？一个男人，没有了赏识和重用，会怎样？苦苦坚持？孤军奋战？还是自我放逐，或者干脆屈膝迎合？

就是在这里，我们的人生有了重大的区别。

"那阮籍是哪一种？他到最后也只是说'忧思独伤心'啊？"你们问。

阮籍是哪一种？也许，我们可以先把这个问题放一下。"诗穷而后工""文章憎命达"，你们以后会发现，中国最好的诗人都是不"得意"不"命达"的，都是缺少知音和赏识的。陶渊明、李白、杜甫、苏轼……淡然如陶潜，豪放如李白，自律如杜甫，超脱如苏轼，性格不同，面对苦难的方式不同，解脱痛苦的方法不同，但有一点是相同的，那就是，无论他们怎样需要并渴望"知己"的欣赏，他们都不会接受那些不正当的或不够资格的赏爱，都不会因眼前的孤寂而放逐自己的灵魂于滚滚红尘。

阮籍是痛苦的。在那个权力争斗、道德沦丧的时代，他既对现实心怀不满，又感到世事已不可为，所以虽然曾两次出仕，但都是迫于无奈，也一直采取着不涉是非、明哲保身的态度，或者闭门读书，或者登山临水，或者酩醉不醒，或者缄口不言。他用这样的方式对抗着，焦灼着，也孤独着。

这种知音难觅的高贵的痛苦，使阮籍和陶潜一样有别于那些吟风弄月的文人墨客，但痛苦之中的持守和持守之中的超越又区分了阮籍和陶潜之间的"高低"。所以，请你们记住陶潜的"采菊东篱下，悠然见南山"，记住李白的"人生在世不称意，明朝散发弄扁舟"，记住杜甫的"葵藿倾太阳，物性固莫夺"，记住苏轼的"回首向来萧瑟处，归去，也无风雨也无晴"……这些人在现实中知音难觅，却可以持守，并超越，于是强大而伟岸。

阮籍，没有超越，但至少做到了"持守"。

# 无话可说

**咏怀（其一）**
【晋】阮籍

夜中不能寐，起坐弹鸣琴。
薄帷鉴明月，清风吹我襟。
孤鸿号外野，翔鸟鸣北林。
徘徊将何见，忧思独伤心。

　　每一年讲到"正始之音"都觉得很困难。最痛苦的岁月里绽放得最奇异的花。可是，我该怎样才能让你们懂得那样一种"词旨渊永，寄托遥深"的艺术特色呢？

　　照例，我的问题是："作者为什么'夜中不能寐'呢？"我的用心是显而易见的，诗中其实对"不能寐"的原因只字不提，只在那白色的月光、清冷的晚风和孤鸿的号叫中传达出一份凄凉和绝望。

　　而且，在刚刚学过的作品中，我们看到的那些"不能寐"的人总是有具体的原因。无论是曹操"明明如月，何时可掇。忧从中来，不可断绝"的求贤若渴，还是曹丕《燕歌行》中"贱妾茕茕守空房，忧来思君不敢忘"的刻骨相思，都是源于具体的人或事。而阮籍《咏怀》中的"伤心"却像一个谜。

　　最早的回答完全在我的预想之中。"在那个动乱而残酷的年代，很多话是不能说的啊，老师讲的'清谈'不就是这个意思吗？"

　　是的。不能说。这种"含蓄"不是艺术上的追求，而是现实的压迫。所谓魏晋风度，说到底，不过是黑暗时代的产物，是苟全性命于乱世，纵酒放达以偷生而已。最好的解释是鲁迅先生的《为了忘却的记念》，其中这样说："年轻时读向子期《思旧赋》，很怪他为什么只有寥寥的几行，刚开头却又煞了尾。然而，现在我懂得了。"何止是《思旧赋》，正始诗歌中处处是这种"刚开头却又煞了尾"的笔法，即使不"煞尾"，也充满着压抑和苦闷，那种苦闷是无法排解又无所诉求的。

　　我想，你们能懂得这份"无奈"就够了，太多的话，是想说却不能说的。

但我没有想到，还有这样的回答："也许，根本就无话可说。"——一片愕然。但你却从容不迫："我想，也许根本就没有什么具体的原因。就像我们的烦恼，有时候，是因为某一件具体的事，可也有一些时候，并没有什么具体的事，就是突然袭来的一种莫名的怅惘，甚至绝望。正始时期的诗人其实表面上看还是活得很洒脱的，饮酒、吃药、闲谈，他们的苦闷不一定是因为今天没酒喝，或者没药吃，但恰恰不是因为具体的事情，才让我们感受到那是时代赋予他们的，是黑暗、动荡的时代在每一个人心中留下的阴影，所以，我从诗中是看不到具体的原因的。"

我该怎样为你击节喝彩呢？

是的。我在你的回答中找到"词旨渊永"的真切含义了。那不仅仅是不敢直言，而借比兴、象征等手法来抒怀、寄托。那其实可能是源于生命深处的一种空虚和绝望。在那样一个年代，人命危浅，道德沦丧，死亡如影随形，精神支柱分崩离析，让他们困扰和迷惘的，怎么会是一件具体的事情呢？那是无所不在的绝望，那是放浪形骸的"佯狂"。

还有一组数据似乎也证明了你的回答。阮籍的五言《咏怀》一共有82首，开创了中国文学史上政治抒情组诗的先河。这样一个庞大的数字，却用了同一个诗题，实在是因为每一首所咏都非一人一事，而是一种难以排解的生命孤独的感慨与体验啊。

你的回答也让我更加懂得了《晋书》中隐士孙登的故事，孙登是当时的隐士，他居住在一个山洞中，以草结衣，披发取暖，嵇康与他交往了三年，他却始终不发一言。这令嵇康深感困惑与震惊，嵇康离开时忍不住问："先生真的没有话可说吗？"那么现在，我们不妨用这句话来问阮籍的这首诗："先生真的没有话可说吗？"

在很多人看来，"词旨渊永"是一种写作的技巧和手法，而实际上，它是不得已而为之后形成的一种结果。它也不是简单的"有话却不能说，不敢说"，实际上，它是无话可说。是的，还有什么比"无话可说"更准确的理解呢？

# 做你的影子

**车遥遥篇**
【晋】傅玄

车遥遥兮马洋洋,追思君兮不可忘。
君安游兮西入秦,愿为影兮随君身。
君在阴兮影不见,君依光兮妾所愿。

　　傅玄的这首《车遥遥篇》一下子就引起了大家的兴趣,我也因此发现,你们对楚辞开创的"兮"字体诗歌总是很喜爱的。的确,它朗朗上口,多写情恋,充满了一种音韵的美。

　　这首诗让我们感兴趣的,是那奇妙的比喻。

　　"君安游兮西入秦,愿为影兮随君身。"那个人离家远游,到故乡之外的地方去了,而"我"呢,多希望变成你的影子,这样就可以跟随你天涯海角,永不分离。

　　可是,即便做了你的影子,还是有很多的担心和顾虑,还是怕一不小心就离开了你,所以,"君在阴兮影不见,君依光兮妾所愿"!你如果站在了阴暗的地方,影子就会消失,所以,希望你可以永远站在光明里,有身影,我才可以和你相偎相依,永不分离!

　　这是多么奇妙而深情的想象啊,让我做你的身影,愿你永远皎洁光明。这个自说自话的女人啊,痴情得让人心疼。

　　"君依光兮妾所愿",我常常会对这句话做出无限的感慨和怀想。这是一个女人带着感伤的善良和祈求,无论如何,她希望自己所爱的人生活在光明里,只有这个人幸福了,她才有存在的意义和价值。或者,这也是对那个男人的一点提醒吧,你若在光明里,有一颗磊落的心,就不会忘了我,就不会辜负曾经的山盟海誓。

　　"太可怜了。"你们说。甚至还搬出了一首新歌的歌词,这首歌的名字就叫《做你的影子》,其中说:"我只能做你的影子,有一些讽刺,看不清你的样子……"是的，谁甘心只做一个影子呢？影子是一个虚幻的存在，貌似有形却无形，道是有情却无情。影子是一个冰冷的存在，没有温度，没有重量，承不起爱情的火热，也抗不了身体的重量。影子更是一个孤独的存在，只能默默跟随，却无法言说所有的爱与伤。最可笑的是，当他真的转身要给你一个拥抱的时候，你却发现，你们一旦亲密无间，你就没有了生存的空间……

年轻的你们显然并不能欣赏这样的爱情，你们有太多的理由希望自己的爱情像舒婷的《致橡树》说的那样——我必须是你近旁的一株木棉，作为树的形象和你站在一起！

可是，我们为什么不能换一个角度看影子呢？

影子是一个最忠诚的存在。正所谓形影不离，即使你暂时站在了黑暗里，也不要担心，你要相信，她就和你在一起，你要勇敢地走下去，当光明到来时，她就在那里等着你，不离不弃。

影子是一个有距离的存在。距离会产生美，你不用担心她想占有你，或者覆盖你，她懂得陪伴，也懂得隐藏，你对她可以安慰，也可以遗忘。

影子还是一个真实的存在。如果你愿意，你会在她那里看到一个平日里不曾发现的自己。

其实，做不做"影子"并不是最重要的，重要的是，我们是因为一份深情才会有生命的感发，才会有无边的想象。才会在那么琐碎、日常的情景之中生发出无边的诗意和无限的感慨。记得上大学时，我有一个同学，每次去给男友寄信都特别庄重，也特别温柔，她说："在我眼里，那个邮箱就像他的上衣口袋，我就站在他身旁，把信轻轻塞在他的口袋里。"那时我们都忍不住感慨，真爱，原来可以让人变得如此美丽和诗意。

当我们有这样深沉的爱在心中的时候，我们可以是影子，也可以是橡树，可以是云雨，也可以是琴瑟，可以是高山流水，也可以是春蚕蜡炬。傅玄同时期的诗人陆机曾说："石蕴玉而山辉，水怀珠而川媚。"同样，如果我们的感情是纯洁和博大的，那么我们的诗就会是美丽奇妙的，我们的人就会是高尚优雅的。

所以，这个有趣的比喻其实是源于内心的深情。做什么，成为什么，只是我们爱的方式不同。

# 什么是"诗眼"

## 饮酒（其五）
【晋】陶渊明

结庐在人境，而无车马喧。
问君何能尔？心远地自偏。
采菊东篱下，悠然见南山。
山气日夕佳，飞鸟相与还。
此中有真意，欲辨已忘言。

陶渊明诗的"好"是很难讲的。你们这个年龄，正是喜欢修辞、排比、夸张、辞藻、气魄的时候，陶诗显然过于"平淡"了。你们学习过他的作品，却所记不多，用你们的话来说："没有什么名言警句啊！"

是的，在中国的诗词中，有太多"名言警句"，甚至有时候只是那么一个字，却让人回味无穷，有胜过千百言的力量。臧克家曾有这样一段论述："古典诗词，字数有限制而含蕴丰富，所以在选句下字上，要覃思深虑，一再推敲，使篇中有警句，成为星群之中的北斗，撑起诗词殿堂的梁柱，使读者不禁击节，拍案叫绝。而一句之中，又有警字，即所谓'诗眼'是也。……"

但这段话似乎并不适用于陶渊明的作品。因为说到"诗眼"，大家可能想到"红杏枝头春意闹"或者"春风又绿江南岸"，正所谓"着一字而境界全出"。可是，陶渊明的"结庐在人境，而无车马喧""暧暧远人村，依依墟里烟""种豆南山下，草盛豆苗稀"，哪一句是警句，哪一个字又是警字呢？

你们的问题让我一时无言以对。但我想起了钟嵘《诗品》中评价《古诗十九首》时曾用过的一句话："可谓几乎一字千金。"最早的时候，我也以为"一字千金"是用来形容诗中那个"奇字"，那个所谓"诗眼"的。但真正读了《古诗十九首》，才明白，其实钟嵘的意思是说，这里的每一个字都很好，每一个字都有"千金"的力量和价值，是堪称"字字千金"的，只不过，你要"涵泳"其间，一点点地去品味，去领会。

那么，陶渊明的诗也可以说是"一字千金"了。在他的作品中，你找不到"推敲"，找不到"雕刻"，他只是用极普通的话娓娓道来，并没有一些特别鲜明和动荡的形象，也并不会一下子给你刺激和感动。你可能找不到一个凸显的"字"，但每一个字都是不可或缺的。这很像中国的水墨画，那意境的深远恰恰在不着笔不用力的地方。

我们于是讲到了那句都熟悉的诗："采菊东篱下，悠然见南山。"为什么好？我想，依然不在哪个字上。因为"菊"的原因，你们以为这是多么美好而浪漫的生活，其实，那不过是陶潜归隐后清贫的乡村生活的写照。今天的农村依然有碧绿的田园，丛丛的野花，我们可以偶一入住，感慨田园的美景，可是，当我们日日劳作于其中，挥汗于其间的时候，我们还可以坚守吗？还可以日日采菊，漫步东篱吗？何况，陶渊明不是不得已而为之，而是辞官不做，唱着"归去来兮"回来了；也不是腰缠万贯，来追寻什么"返璞归真""绿色生活"，而是要"披星戴月""种豆南山"才能维持生计的。

最可贵的是后一句啊，"悠然见南山"，清贫却坦荡，辛苦却安然，布衣粗粝却胸襟飘逸，举目远望，顿觉地阔天宽……

陶渊明回来的时候，没有牢骚满腹，也没有怨天尤人，甚至没有我们所想象的"不愿与黑暗社会同流合污"的表白。他只轻轻说："既自以心为形役，奚惆怅而独悲！"那么现在，当他东篱采菊，悠然远望的时候，他的心灵必定是超越了形体的束缚，拥有了无限的遥远和自由。那么，如果说"采菊东篱下"是一种坚守清贫的人生态度，"悠然见南山"就是一种超越清贫的人生境界了吧？

没有"诗眼"，只有自然。没有"浓墨重彩"，只有飘逸柔软。或者说，所谓"诗眼"既是诗的客观存在，也是我们阅读者的"性灵慧心"，当我们的心在某一个地方感觉到触动、共鸣，让我们可以真正为之击节拍案的时候，这个地方就称为"诗眼"也未尝不可吧。

至于陶渊明及其诗歌的风格，我们不妨来看这样几句话。宋代陈后山说："渊明不为诗，写其胸中之妙尔。"黄彻也说："渊明所以不可及者，盖无心于非誉、巧拙之间也。"我想，这是陶渊明对待诗歌创作的一种态度。而苏轼说陶渊明的诗"质而实绮，癯而实腴"。元好问则评价说"一语天然万古新，豪华落尽见真淳"。这是指其作品的风格。一个全无功利心的人，一些不想"藏之名山，传之其人"的诗，哪里会有刻意的雕琢和推敲呢？

"欲辨已忘言"，说得真好。越是丰富的思想，越是深厚的情感，化为语言的时候越是平淡，但是，"平淡"不是寡味，在这里面，有一颗诗心，有一种诗意。只是，静水深流。所以，我很喜欢"涵泳"这个词。浸润其中，潜游其中，被包裹，被浸染，被整个儿溶化。

所以，在中国的好诗里，让我们做一条鱼。

## 陶渊明的小题大做

**时运并序**
【晋】陶渊明

时运，游暮春也。春服既成，景物斯和，偶景独游，欣慨交心。

迈迈时运，穆穆良朝。袭我春服，薄言东郊。山涤余霭，宇暧微霄。有风自南，翼彼新苗。

洋洋平津，乃漱乃濯。邈邈遐景，载欣载瞩。人亦有言，称心易足。挥兹一觞，陶然自乐。

延目中流，悠想清沂。童冠齐业，闲咏以归。我爱其静，寤寐交挥。但恨殊世，邈不可追。

斯晨斯夕，言息其庐。花药分列，林竹翳如。清琴横床，浊酒半壶。黄唐莫逮，慨独在余。

  讲到陶渊明，不能不提到他"不为五斗米折腰"的故事。故事记载于《晋书·陶潜传》，"郡遣督邮至县，吏白应束带见之，潜叹曰：'吾不能为五斗米折腰拳拳事乡里小人邪！'义熙二年，解印去县，乃赋《归去来兮辞》。"算是白描的手法，并无太多渲染。但出乎我的意料，你们对这个故事完全不买账。
  "有点小题大做了。"你们说。
  "其实只是需要'束带见之'，也没什么呀。"
  我想我能明白你们的意思。在你们看来，"束带见之"实在是很正常的事情，没有必要大惊小怪，更没有必要因此就"辞官不做"。或者说，"官"可以不做，但只因"束带"见人就辞了，有些"夸张"和"矫情"，就是你们所谓的"小题大做"。是啊，不过是穿戴整齐而已，这不算什么过分的要求。君不见，今日的官场中人，每见上级，唯唯诺诺，点头哈腰，手足无措的不在少数。更有甚者，把全部的智慧都用在怎样"讨好"上级上，其心思之缜密，揣度之细腻已经到了"只有我们想不到，没有他们做不到"的地步了。比如，会议临近结束，要提前通知司机把专车上的空调打开，以免领导们上车"热着"或"冻着"；领导上车，为其开车门关车门不在话下，还要用手护着车顶，以防领导不小心碰了头。说真的，我不知道领导们是如何消受得起这样的"待遇"的，因为在我看来，这样的服务把我们的一个个人民公仆搞得尊严几无。更有意思的是，很多人这样做的时候，还不忘口口声声宣称："我的职责就是为领导们服务好！"简直是"肉麻当有趣"。当我们对这些都见怪不怪的时候，陶渊明的辞官的确是小题大做了。

可是，何谓"小"，何谓"大"呢？我想，大和小是相对的。一个人，把名利看得很大的时候，自由与自尊就会变得很小。相反，一个人把自由和自尊看得很大的时候，所谓名利就不值一提。就拿刚才说到的那群"侍官"者为例吧，在他们眼里，"官"是大的，那自然"自我"和"百姓"就是小的，反之亦然。

对陶渊明来说，自由和尊严是和生命一样重要的东西，因此，凡有损于这二者的，就像是会要了他的命一样，所以，他会小题大做。

"还有些借题发挥。"有人接。大家都笑了。

其实，这句话也没有错。陶渊明是在借题发挥了，因为，对官场的厌恶应该不是一天两天了，对这种不自由的、没有尊严的生活也早已是忍无可忍了，所以，"束带"见官不过是一个导火索，借题发挥一下，那早已澎湃激荡在胸中的自由之水就决堤而出，汩汩滔滔了。

可是，何止是这件事呢，就是陶渊明的诗，也常常是小题大做的，那些在我们眼里根本看不上的鸡鸣狗跳、榆树柳树，在他那里就全是"诗"了。我们来看看这首《时运》吧。所谓"时运"就是时间的行走。

"这样吧，在看这首诗之前我们先来回忆一下小学时写过的作文——《春游》，怎么样？"

我的一句话，引爆了你们的笑声。是啊，只要上过小学的，谁没有写过三五篇这样的作文呢？以至于我们后来对学校组织的春游又喜又怕，喜的是终于可以和小伙伴们一起走出校园痛痛快快玩一天了，怕的是回来后无一例外地要完成一篇"春游"的作文。

没有意外。虽然我们的年龄已经相差了20岁以上，但是我们儿时的作文基本还是一样的——

> 时间过得真快啊，转眼春天到了。我和小伙伴们穿上漂亮的衣服，带着鲜艳的红领巾一起到郊外春游。郊外的景色真美啊，远处的青山，近处的红花，还有碧蓝的天空中飘着的朵朵白云，一阵微风吹过，柳枝和麦苗一起跳起了舞……

你们像唱歌一样，故意拖着小时候的"读书腔"，摇头晃脑地"复述"着"春游"的作文。

那么现在，我们来看陶渊明的这首诗吧。"迈迈时运，穆穆良朝。袭我春服，薄言东郊。山涤余霭，宇暖微霄。有风自南，翼彼新苗。"——时间走啊走，一转眼又来到了美丽的春天，我换上春装，来到了东郊。山峰涤除了最后一点云雾，显得清朗秀丽，天空轻笼着一层若有若无的淡淡云气，一阵南风吹来，那些禾苗欢欣鼓舞，像鸟儿掀动着翅膀。

"天啊！就是我们的作文！"你们忍不住叫起来。

不就是我们每个人小时候都写过的作文吗？不就是我们每次春游都看到的一样的景色吗？这就是"经典"？这就是被后人一再称道的好诗文？

是的。我点头并不是因为别人怎样评价这首诗，而是，在这最简单的景物中，在这最朴素的文字里，在那看似不经意的白描里，我们感到了单纯与满足，我们领会了明朗与欢欣。当一个人的生命与大自然如此平等、和谐地交融在一起的时候，当他和青山绿水相视而笑的时候，这本身就已经是诗了。

这首诗很小，没有大江东去，没有金戈铁马，没有家仇国恨，但是，它却给了我们一个那样广大而平和的自然世界，还有一个那样自由而独立的精神世界！

再往下看，我们会发现陶渊明的理想也是"小"的。所谓"童冠齐业，闲咏以归"，就是一群年龄不一的人，完成了各自的课业，游玩过沂水，再一起唱着歌回家。没有要"从头收拾旧山河"，也没有要"了却君王天下事"，简直就是"胸无大志"。可是，可是，这样轻松自由、和平安宁的生活不正是人类千百年来梦寐以求却不可得的东西吗？不就是后来岳飞辛弃疾们苦苦抗争奋斗想要达成的事业吗？不就是最大最高远的理想吗？

……

陶渊明的"小题大做"，是不是该让我们静心反省呢？我们的社会、我们自己真的知道什么是"大"，什么是"小"吗？对很多人而言，功名利禄是大，心灵自由是小，高官厚禄是大，生命尊严是小。对某些为官者而言，权力斗争是大，民生疾苦是小，政治运动是大，公共事务是小。这真的正常吗？

还好。这个总是小题大做的陶渊明在经历了历史长河的洗刷和淘汰后，愈来愈显示出他的价值，愈来愈散发出璀璨夺目的光芒。我相信，一个愈来愈成熟的人会愈来愈喜欢并懂得陶渊明，一个愈来愈文明的社会会愈来愈认同陶渊明看似极小却代表着人类终极追求的伟大理想。

# 己所欲

## 与殷晋安别并序
【晋】陶渊明

殷先作晋安南府长史掾，因居浔阳，后作太尉参军，移家东下，作此以赠。

游好非久长，一遇尽殷勤。
信宿酬清话，益复知为亲。
去岁家南里，薄作少时邻。
负杖肆游从，淹留忘宵晨。
语默自殊势，亦知当乖分。
未谓事已及，兴言在兹春。
飘飘西来风，悠悠东去云。
山川千里外，言笑难为因。
良才不隐世，江湖多贱贫。
脱有经过便，念来存故人。

孔子说："己所不欲，勿施于人。"如果我们不希望别人以怎样的方式和态度对待我们，我们就首先不要这样对待别人。但是，与它相对的另一个命题是否成立？"己所欲"，是否一定要"施于人"？

陶渊明是我们所喜欢的诗人，喜欢他的恬淡自然，喜欢他的安贫乐道。而这首《与殷晋安别》更让我们看到他宽容温厚的一面。

陶渊明是"隐士"，他从官场回来，吟唱着"归去来兮"，他回首往日生活，感慨着"误入尘网中，一去三十年"。但是现在，他的朋友要去做官了，这个朋友是热衷功名的，请大家想一想，他会怎样告别这位朋友呢。

你们热烈地讨论，并且"有理有据"地猜测着他的"告别"方式：

他会和这位朋友断绝关系。所谓"道不同，不相为谋"。既然彼此的政治态度、人生理想都不一样，何必勉强为友呢？以陶渊明的直率，会把内心的感受说出来，并以此诀别。

他会婉言相劝。陶渊明是做过官的，他知道官场的黑暗，既然他自己不愿为五斗米折腰，也一定希望朋友不要为身外之物丧失了尊严，还是赶紧"回来"，过自由自在的生活。

他未必阻止朋友，但心里一定很不舒服。两人的志趣迥然不同，就意味着这样的友谊不会长久，所以，虽然这时陶渊明的态度不一定很决绝，但他心里会和这位朋友告别，从此也不会再有交往。

……

那么，谁的猜测是对的呢？我们来看这首诗。

"游好非久长，一遇尽殷勤。"其实，作者和殷景仁的交往是没有任何功利性的，无非是客观的机缘，无非是曾为邻里，且很谈得来。既然所交并非刻意，所亲源于彼此的好感，那么成为朋友是极自然的事情。

"语默自殊势，亦知当乖分。"作者深知与殷景仁之间的不同，所以，也清楚二人的亲密盘桓不会很久，分开是必然的。可见，陶渊明是随性的人，好就是好了，能在一起自当去珍惜，但在一起了，也清楚彼此的不同，也知道分开的必然。

"良才不隐世，江湖多贱贫。"表面看这是自谦，也是对朋友的褒扬。称自己是"江湖贱贫"，但称赞对方是"良才"，既然是良才，自然应该走出去。所谓"显贵"又何尝不可？

"脱有经过便，念来存故人。"如果将来方便的话，希望你还能来坐坐，看看老朋友，叙叙往日友情。

没有愤激，没有尖酸，没有挽留，没有伤心，没有遗弃，没有谄媚。一切是那样自然而然，一切是那样温柔敦厚。

嵇康因朋友相邀为官，愤而写"绝交书"，并说："间闻足下迁，惕然不喜；恐足下羞庖人之独割，引尸祝以自助，手荐鸾刀，漫之膻腥，故具为足下陈其可否。"把做了官的山涛比喻成屠夫，言辞激烈，毫不留情。就是杜子美，面对无常之人生，落魄之命运，亦感慨："同学少年多不贱，五陵衣马自轻肥。"

但陶渊明不是，他尊重自己的心，所以选择了隐逸，他也尊重别人的选择，所以只作淡淡的告别。正如方东树所说："一语不假借，亦无讽刺轻慢，青天白日，分寸不溢，公所以为修辞立诚为有道之言也。"（《昭昧詹言》卷四"陶公"）。

而在现实生活中，我们可以尽量努力去做到"己所不欲，勿施于人"，但同时，我们又会理所当然地认为，"己所欲"，应"施于人"。父母会把自己的理想强加给孩子，老师会用自己的标准衡量学生，朋友要把自己的好恶分享给彼此。我们常为自己的付出感到委屈，挂在嘴边的一句话就是："我是为你好！"其实，我们不知道这种所谓的"施与"也是一种软暴力，只不过它更具有欺骗性，更具有亲和力。小到一种审美标准的流行，大到一种政治体制的推进，当"己所欲"一定要"施于人"的时候，我们甚至很难说清这到底是善良的愿望还是美丽的借口，或者是不可告人的目的。历史足以证明，太多的"己所欲"最终要用无数人的青春甚至生命来买单。

我们姑且不说得这么沉重，只在朋友亲人之间，我依然希望你们能像陶渊明这样。因为，对待他人最好的方式，莫过于"尊重"，而我相信，一个真正懂得尊重自己的人，也一定会懂得尊重别人。也是在这个意义上，我很喜欢李宗盛的一首歌："如果你的生命注定无法停止追逐，我也只能为你祝福。如果你决定将这段感情结束，又何必管我在不在乎。如果我的存在只是增加你的痛苦，为何你不对我说清楚。莫非我早该知道我将要孤独，在我们相识的最初。你走你的路，直到我们无法接触，我也许将独自跳舞，也许独自在街头漫步……"我喜欢那种姿态，尊重对方的选择，哪怕剩下一个人，也会独自跳舞，独自漫步。

　　当然，这种"尊重"并不妨碍我们疾恶如仇，也不应该成为我们"事不关己高高挂起"的借口，在大是大非面前，我们自当别论。

## 重要的是，你想要什么

### 归园田居（其三）
【晋】陶渊明

种豆南山下，草盛豆苗稀。
晨兴理荒秽，带月荷锄归。
道狭草木长，夕露沾我衣。
衣沾不足惜，但使愿无违。

我让你们说说这首诗的"译文"时，你们都笑了。还故意地大声喊："南山下种豆，豆苗稀草盛。"是啊，这样地平白如话，这样地浅显易懂，还需要什么"译文"呢？

就像那首《饮酒》一样，当我们想去"欣赏"这首诗的时候，却有一种无从着手的感觉。没有让人拍案叫绝的"对子"，没有堪称经典的用字用词，有的只是最平常的生活和最平常的语言。

那我们就来看看这个最平常不过的诗人吧。诗本身的"平淡"让你们很放松，于是，你们七嘴八舌起来，不乏小小的调侃和幽默。

"陶渊明不是个种地的行家，这应了那句话——百无一用是书生。"

"他倒是挺忙活的，早出晚归，但结果不太理想。"

"与晨光为伴，与月亮为友，是一种最朴实也最浪漫的生活吧。"

"他不仅在南山下种豆，也在南山下采菊。前者是为生存，后者是一种生活。"

"对，陶渊明不只是过着简单的生活，还有很诗意的享受。"

……

是的，在这首诗中，你们看到的是这样一个人，他过着最简单的生活，享受着最平凡的快乐。当他走在晨露和月光中的时候，他甚至不是这景物中的一个欣赏者，他就是这些景物本身，或者说，他和他走过的那一切构成了一幅和谐而美好的画面。因此，没有炫耀式的快乐，没有自我欣赏式的告白，他和"它们"是一体的。

夕露打湿了衣服。诗人说，这有什么，关键是，我没有违背自己的心愿。

我们做得到吗？不违背自己的心愿？

"我们每天都在做自己不愿意做的事。"你们说。

"但是，你们想做的事是什么？"我问。

这一次，没有响亮的答案等待我。让我们静静地思考一下吧。我们每个人好像都很烦恼，因为就像你们所说的，总在做一些自己不喜欢也不愿意做的事。可是，我们想做的事到底是什么呢？更多的时候，我们没有自己的方向和目的地，我们困惑于正在走的路，那是因为我们根本没有自己的路。

陶渊明也是做过官的。他的前半生也很"纠结"，在仕与隐之间彷徨、徘徊。那时候他已经厌倦官场，但他不知道自己要的到底是什么，而当他知道自己要什么的时候，他才清楚自己可以不要什么。于是，转身离去，高唱"归去来兮"！

我们的一生，往往总是知道自己的"厌倦"，却找不到自己的"热爱"。我们想放弃一些东西，但因为没有自己"持守"的东西，所以一旦放弃，就一无所有。"有"聊胜于"无"，于是，抓着那些我们并不喜欢的东西，在困惑与无聊中，度过了乏味又惨淡的一生。

"陶渊明的生活是不是也太平淡了？"你们虽然懂了一点我的话，但还是对诗人这样的生活感到疑惑。是啊，我们太想活得轰轰烈烈了，太想张开双臂拥抱当下纷繁复杂又飞速向前的时代了。其实，陶渊明从来没有要求别人和他一样，他享受着自己的生活，也尊重他人的生活。我想，问题的关键并不在于我们选择哪一种方式，而在于，这种方式是我们所选择的，是跟随了我们的真心的，是可以让我们勇敢地放弃一些东西的，不是随波逐流，不是盲目跟风。

"只要是自己想要的生活，那其他外在的形式就都无所谓了吧？"

我想是的。清贫还是富奢，住别墅还是茅舍，吃青菜还是鱼翅，恐怕都变得不再重要。因为，心，是丰富而满足的。

建议大家去看看梭罗的书。毕业于哈佛大学的他单身只影，拿着借来的一把斧头，跑到自己家乡马萨诸塞州康科德城无人居住的瓦尔登湖畔，砍树伐枝，盖了一座木屋，并在这里度过了两年自耕自食的生活。很多人不能理解他的这种生活，他却说："看四季的轮回难道不就是一种职业吗？"我真是喜欢这句话，我常常想说，躲在阴雨的下午一个人翻看着古老的书，不是一种生活吗？关闭了手机让自己一边流泪一边回忆小时候的那些故事，不是一种享受吗？

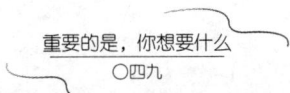

梭罗为我们留下了一本叫《瓦尔登湖》的书，一部美国文学中最受读者欢迎的作品。那样干净、纯洁，字字句句都可净化我们的心灵。当然，年轻的你们还有太多的路要走，太多的东西要体验。记住黑塞的一句话吧："人只应服从自己内心的声音，不屈从任何外力的驱使，并等待觉醒那一刻的到来；这才是善的和必要的行为，其他一切毫无意义。"

# 慢下来

**归园田居（其一）**
【晋】陶渊明

少无适俗韵，性本爱丘山。
误落尘网中，一去三十年。
羁鸟恋旧林，池鱼思故渊。
开荒南野际，守拙归园田。
方宅十余亩，草屋八九间。
榆柳荫后檐，桃李罗堂前。
暧暧远人村，依依墟里烟。
狗吠深巷中，鸡鸣桑树颠。
户庭无尘杂，虚室有余闲。
久在樊笼里，复得返自然。

  学习陶渊明的这首诗，你们也对那悠闲自在的农村生活感起兴趣来。特别是"狗吠深巷中，鸡鸣桑树颠"，是你们这些生活在城市的孩子很难见到的情景。

  其实，我最喜欢的是"暧暧远人村，依依墟里烟"这句。每读到此，就想起那样的画面：周末，或者其他时候吧，在外读书的孩子，或者在外打工的大人，终于一路奔波，来到了离家不远的地方，那熟悉的村庄就在不远处，在田野和绿树的那一边。正是黄昏时刻，夕阳为大地披上了暖暖的颜色，有一点红，有一点金，但柔和，还有一点氤氲的质感。而那村庄，就在这氤氲里朦胧着。正是做晚饭的时候，袅袅的炊烟从草房子里冒出来，没有风，那烟就缓缓地向上飘着，最初还是柱状的，不久就散开去，散开去，弥漫在庄子的上面，像雾一样，但比雾更柔和，更温暖……每一个归来的人都会在这一刻找到家的感觉吧，都会在这一刻有一点想流泪的幸福吧。陶渊明是写诗的高手，因为他几乎不费任何力气，随手一描，温暖祥和就在那里了。

  "太羡慕陶渊明的悠闲自在了。"你们说。

  "可是你们没有看到他的清贫。"我说。

  "像我们这样不清贫，可是也不快乐呀。每天都在忙，又不知道为什么。"你们苦恼地反驳我。

  是啊，这就是我们要思考的，我们每天都在忙，在拼命向前冲，可是我们不知道到底是为了什么。很多时候，是看到别人都向前，我们也就跟着随波逐流；很多时候，是那些莫名的欲望，像洪流一样裹挟着我们，让我们无法脱身。

也许，我们需要慢下来。

慢下来，才能领略无限风景。阿尔卑斯山山谷中有一条路，旁边竖着一块牌子，上面写着"慢慢走，欣赏啊"，它的用意在于提醒路人不要忽视了身边的美景，不要让那些原本属于我们的美擦肩而过。的确，太多的人在路上，但只有很少的人会慢下来欣赏身边的风景。爬一座山，我们的目标总是那最高处的险峰，却忘记了通向山顶的路边也是鲜花盛开、绿草茵茵。走一条路，我们的心里总是想着路的尽头，却忘记了最美的风景原来就是一路上那果实累累的大树，那泉水叮咚的小溪。我们常说，过程比结果更重要，可是，人生的路上，我们常常只看结果，却不懂得享受过程。于是，本来丰富华丽的世界却变成了无趣的牢笼，本来奋勇向前的攀登却变成了一种苦役，多么可怕啊。

慢下来，才能感受幸福时光。当所有的时间都被用来拼命赶路的时候，我们就会忘了享受生活中点点滴滴的幸福和快乐。你看，很多家长都在忙着工作、赚钱，以为这样就可以给孩子幸福。可是他们忘了，对孩子来讲，幸福就是爸爸妈妈陪着他们，一起读一本书，聊一会儿天。很多老师都在忙着上课、改作业，以为这样就可以培养出好学生。可是他们不知道，真正的学习和成长都是很慢的事情，每一个孩子都希望老师能够慢下来，有耐心等待他们的成长，哪怕用一生的时光。

慢下来，才能思索人生真谛。滚滚红尘，欲望无穷。多少人就在欲望的追逐中忘记了责任、正义、自尊，甚至亲情、友情，直至忘记了自己。陶渊明，也曾在仕途上一路奔波，可是，当他意识到这样的奔波换来的是心灵和身体的双重束缚时，当他必须要为"五斗米折腰"时，他选择了放弃，选择了隐居，在方宅草屋间过起了他"采菊东篱下，悠然见南山"的慢生活。虽然清贫，却随性自由，虽然简单，却守住了心灵的清净，感悟了生命的真谛。

苏格拉底说："未经思索的人生不值得一过。"可是疲于奔命的人哪有时间思索！

"我想起一个故事，是一个材料作文里给的故事。"一个学生说。

于是，我们一起分享了这个故事：有一支西方的考察队深入非洲腹地考察，请了当地部落的土著人做挑夫和向导，由于时间紧，需赶路。这些土著人很能吃苦耐劳，背着几十公斤的装备物资依然健步如飞。一连三天，考察队都很顺利地按计划行进，大家都很开心。可是第四天早上，考察队准备出发的时候，土著人都在休息不走了，好说歹说也不愿意出发。队员们很奇怪，不知道是不是不小心得罪了他们。这时土著人的头领解释说，按照他们的传统，如果连续三天赶路，第四天必须停下来休息一天，以免自己的灵魂跟不上脚步。

这是一个多好的故事啊，土著人最朴素的动机却也是最深奥的哲理。没有时间回首，没有时间思索，灵魂就会落在后面，把我们变成一个个"假人"，一副副"空皮囊"。

慢下来吧，像陶渊明这样，听得见鸡鸣狗叫，看得见杨柳依依，闻得见桃李芬芳。等等自己的灵魂，寻找生命的价值，过有意义的人生。

## "不真实"的可爱

### 登池上楼
【南朝】谢灵运

潜虬媚幽姿，飞鸿响远音。
薄霄愧云浮，栖川怍渊沉。
进德智所拙，退耕力不任。
徇禄反穷海，卧疴对空林。
衾枕昧节候，褰开暂窥临。
倾耳聆波澜，举目眺岖嵚。
初景革绪风，新阳改故阴。
池塘生春草，园柳变鸣禽。
祁祁伤豳歌，萋萋感楚吟。
索居易永久，离群难处心。
持操岂独古，无闷征在今。

学习谢灵运，是从两句诗开始的，一是刘禹锡的"旧时王谢堂前燕，飞入寻常百姓家"，一是李白的"脚着谢公屐，身登青云梯"。前者让我们了解了谢灵运那个功勋卓著、不可一世的大家族，后者让我们知道了他郁郁不得志而纵情山水的一生。有意思的是，你们都知道谢灵运这个名字，却没有人能背诵一首他的诗，所知道的不过是那句"池塘生春草，园柳变鸣禽"。

家族的传奇和他本人独特的人生经历激发了你们学习的热情，但当我拿出这首《登池上楼》的时候，你们都有莫名的失望。那么多生僻的字，那么奇怪而深奥的句法让人泄气，特别是与刚刚接触过的自然而质朴的陶渊明的诗相比，更是天上人间。

但我还是要求你们认真地对照注释理解这首诗的意思。因为在这个过程中你们所体会到的语言上的艰深、用字上的生僻、语法上的讲究，正是中国诗歌"性情渐隐，声色大开"的新特征，正是陶渊明到谢灵运、古朴诗风到新诗风的嬗递。

最后还是回到了诗的内容和感情上来。我让大家从中找出喜欢的句子讲讲自己的理解和感受，你们对此表示无奈——哪有喜欢的？哪有感受？除了"池塘"二句尚可理解，尚显清新，其他哪有什么可说的？

你喜欢吗？老师。

其实，我最早的时候和你们一样，对这首诗是不愿意再读第二遍的。但现在，我会读，而且，我喜欢那个向来被人批评的结尾——持操岂独古，无闷征在今。

不要那样看着我，我也不是要哗众取宠。我知道，你们在参考资料上分明看到对这两句的批评，分明说，这是谢灵运诗的通病，他总喜欢在最后加一个"玄言"的尾巴，不是真实的情感，却是牵强附会的表达。

这两句的确不是他的真情实感，他那样自视甚高，目空一切，骄纵任性，怎么会愿意浪迹江湖，怎么会心平气和甘于寂寞？我喜欢它，恰恰是因为那可以被一眼看穿的"不真实"啊！

想一想，你们小时候，有没有这样"不真实"过，有没有这样"口是心非"或"口非心是"过？明明因为小朋友手里的棒棒糖直咽口水，嘴上却说："我才不想要呢，一点儿都不好吃！"明明被护士阿姨手中的针管吓得要死，却因为人家夸了句"勇敢"就大声表白："我才不害怕呢，我一点儿都不嫌疼。"

你们大笑。会意而开心。

"可是，那是小孩子干的事啊。"你们直嚷嚷。

"可是，谢灵运就是一个到死都没有长大的小孩呀。"我马上说。

真的，我们且不去深究谢灵运的一生，请你们课后查阅资料。我们只再来看看这首诗，再看看前面那句"徇禄反穷海，卧疴对空林"，他说："我追求高官厚禄，结果却来到这荒凉的海边，卧病不起只能面对寂寞的山林。"有多少追求高官厚禄的人敢于这样说呢？有多少仕途不顺的人在困境中愿意这样说呢？这样的表白是否有些"童言无忌"的意思呢？而在这样的表白之后他又说："持操岂独古，无闷征在今。"——坚持节操哪里仅仅是古人才做得到呢？所谓的"遁世无闷"今天在我的身上已经验证、实践了啊！——你们看，这简直就是"此地无银"，简直就是那个一边流口水一边说"棒棒糖不好吃，我不喜欢"的孩子！

"真"是美的前提。所以，我喜欢杜甫"葵藿倾太阳，物性固莫夺"的真诚，也喜欢李白"仰天大笑出门去，我辈岂是蓬蒿人"的直率，还喜欢李煜"凤箫吹断水云间，重按霓裳歌遍彻"的纵情。但谢灵运的"真"往往是因为那些孩子般的"小把戏"而显示出来的，或者说，我们是通过那些人人都看得到的"不真"感受到了他可爱而单纯的一面。

有很多人，他们脆弱，他们任性，他们不讲道理，有时甚至像个暴君或无赖，但只要这其中有孩子气的一面，就总是可爱的，至少是可以原谅的。

所以，我宁愿再读一遍《登池上楼》，却不愿意看那些满口仁义道德的文章。要知道，"小把戏"只是孩子笨拙的表演，虚伪却是成人自觉的欺骗。

# 美在不言

**梅 花**
【南北朝】庾信

当年腊月半，已觉梅花阑。
不信今春晚，俱来雪里看。
树动悬冰落，枝高出手寒。
早知觅不见，真悔著衣单。

  课前的预习，我们查了大量写"梅花"的诗歌，很多你们早已熟悉，并且，也学会了总结。比如，你们告诉我，历来诗人写梅花不外着眼其"香"，着眼其"寒"，也不外表达一种虽孤独却高洁的人生理想。的确。"遥知不是雪，为有暗香来""零落成泥碾作尘，只有香如故""疏影横斜水清浅，暗香浮动月黄昏"……那清冷月下的悠悠芳香，是一个个孤芳自赏的寂寞的灵魂。

  所以当我们学习庾信的《梅花》时，你们先是惊讶于整首诗都未寻到"梅"，但题目却叫《梅花》，继而又恍然大悟了："是故意的吧？这也是无言之美？"你们试探的目光和口气让我知道，你们这样的"悟"是基于前面学习积累的经验，并不是基于阅读的真实感受。

  其实，诗的字面并不难以理解，只是说，踏雪寻梅，但梅树上还是寒冰高悬，只好失望而归。作者还带着点自嘲和戏谑的口气说："早知觅不见，真悔著衣单。"本来，梅的高洁在于它寒冷中的绽蕊吐香，但这里没有"蕊"，也没有"香"。那，还有没有"美"呢？

  你们很聪明地说："一定是有的，不然怎么会作为佳篇选在这里。"

  大家都笑了。

  是啊，"无"就是"美"吗？可能并不成立。就像一张白纸，它是可以画最新最美的图画的，但白纸本身并不是最美的图画。

  我的回答是一系列的"问题"，你们的反应则迅速而敏捷。

"明明还是'树动悬冰落'的时候,作者为什么就出来寻梅了呢?"

"因为过去这个时候梅花早已开放了。"(当年腊月半,已觉梅花阑)

"为什么他不因时而异,就穿着单衣出去了?"

"因为他相信今年也应该是这样子的。"(不信今春晚,俱来雪里看)

"你们有没有这样已经'习惯'的事情,却因为一切已经改变而失望伤心呢?"

"当然有了。"……

而接下来的一切,让我意外了。你们的"举例"让我不得不一次次背转身去,偷偷擦掉眼里的泪水。

那次放假,你匆匆回家,习惯性地一进院就喊"妈妈",你习惯了母亲微笑着走出家门,轻轻说:"回来了。"但那天,母亲因病住进了医院,你一下子觉得家不再像家,扑在床上痛哭了。

那年你和兄妹一起回到儿时生活过的"老家",一路上想着那些可爱的伙伴,想着彼此的问候、拥抱,想着那个小时候为保护你总和别人打架的邻家哥哥。但回去才发觉,时过境迁,那个哥哥见了你,只低头一笑就回去关上了自家的院门。

那个休息日,你准备了最漂亮的一件衣服要和同学一起去郊外,但从夜里开始,大雨就持续下个不停,浇灭了你那么多的希望和热情……

你们的失望和难过我都是懂得和明白的呀,可是,我们为什么会失望,为什么会痛哭?是母亲的爱,是回忆的甜蜜,是憧憬的美好。当我们那些"习惯性"的寻找忽然落空的时候,我们才更加深刻地体会到那些东西的可贵。那么,庾信呢?为什么会习惯这样的时候出来,为什么那样的失望而归?因为过去梅花总是这样的时候就开放了,因为它从来是这样冰清玉洁,盛开在寒气袭人的枝头。它在那里时,它是美的,它不在那里时,却反而更令人思念和赞叹了。

有梅花了吗?

原来,它在我们的经验里、想象里、牵挂里,原来它今天的失约更让我们懂得它的美与可贵。

什么是无言之美?是语言无法言说的美?是不用多说就有的美?是因为想象和联想才有的美?还是因为无言反而更美?

让我们慢慢体会。

## 揣想的忧郁

### 木兰辞
北朝民歌

唧唧复唧唧,木兰当户织。不闻机杼声,唯闻女叹息。问女何所思,问女何所忆。女亦无所思,女亦无所忆。昨夜见军帖,可汗大点兵。军书十二卷,卷卷有爷名。阿爷无大儿,木兰无长兄,愿为市鞍马,从此替爷征。

东市买骏马,西市买鞍鞯,南市买辔头,北市买长鞭。旦辞爷娘去,暮宿黄河边。不闻爷娘唤女声,但闻黄河流水鸣溅溅。旦辞黄河去,暮至黑山头。不闻爷娘唤女声,但闻燕山胡骑鸣啾啾。

万里赴戎机,关山度若飞。朔气传金柝,寒光照铁衣。将军百战死,壮士十年归。

归来见天子,天子坐明堂。策勋十二转,赏赐百千强。可汗问所欲,木兰不用尚书郎。愿驰千里足,送儿还故乡。

爷娘闻女来,出郭相扶将。阿姊闻妹来,当户理红妆。小弟闻姊来,磨刀霍霍向猪羊。开我东阁门,坐我西阁床。脱我战时袍,著我旧时裳。当窗理云鬓,对镜贴花黄。出门看火伴,火伴皆惊忙。同行十二年,不知木兰是女郎。

雄兔脚扑朔,雌兔眼迷离。双兔傍地走,安能辨我是雄雌。

---

在学过的长诗中,你们背诵得最熟的是《木兰辞》,它的清新流利、朗朗上口是让人很难忘记的。

你们喜欢这首作品,喜欢木兰带有传奇色彩的勇敢,喜欢揣想那十二年的沙场征战,喜欢那句"安能辨我是雄雌"的自豪和风趣。当然,你们最感兴趣的,还是木兰怎样聪慧地躲过了别人的眼睛,让她的伙伴"同行十二年,不知木兰是女郎"。

这也是我最喜欢的作品之一,总觉得,它用最质朴的语言写尽了英雄气概,也写尽了儿女情长。总觉得那生活的气息、生命的温柔为那残酷的厮杀、艰苦的征战注入了一份深情和宁静。

但引起我长久的揣想的,并不是那十二年的征战,而是她告别爷娘,独自一人离开家乡的那些夜晚。很多年了,每当读到"旦辞爷娘去,暮宿黄河边。不闻爷娘唤女声，但闻黄河流水鸣溅溅。旦辞黄河去，暮至黑山头。不闻爷娘唤女声，但闻燕山胡骑鸣啾啾"的时候，都会忍不住泪流满面，都会忍不住停下来，揣想木兰离家远去时，一个人向着未知的将来跋涉的那一个个夜晚。

亲人的呼唤还在耳边，但家乡已渐离渐远。离开的是曾给予自己无限关爱现今却已老迈的父母，是从小一起长大昨天还无话不说的姐弟，是家前院后的那些树、那从草和昨天还采下戴在头上的花……而今夜，是孤独的身影，是疲惫的马，是黄河的涛声，是黑黢黢的山峦，是胡骑的悲鸣，是无限的牵挂。

前方，等待着自己的，又是什么呢？战争、厮杀、大漠、寒烟，抑或者，是流血、伤残、牺牲？那未可知的路，该怎样去面对和挑战？

我常揣想，那些夜晚，木兰一定害怕过，一定被那风的呼啸，被那水的奔流，被那马的嘶叫惊吓过，她一定紧紧地抱住了自己，彻夜未眠，直到东方欲晓，才抵不住深深的疲倦沉沉睡去。

我常揣想，那些夜晚，木兰一定后悔过，一定怀疑过当初的少年意气，后悔过这个根本不现实的决定，一定因为想家而无声地哭过并决定明天一早就掉转马头回家去。

我也常揣想，那些夜晚，木兰一定是孤独、紧张、无助而又脆弱的，一定无数次想起了曾经的欢乐，想起了自己虽朴素却温暖洁净的闺房，想起了窗前那架织布机，唧唧复唧唧……

我常因为这样的揣想而叹息、忧郁。

可是，她没有回头。

当初升的太阳驱走那可怕的夜晚，她再一次翻身上马，奔向那未知的战场，所有的热血和勇气也重回她的身上。

为什么呢？我问。你们不语，许久，才有一个声音：为了爱。当爱一次次战胜了脆弱，心就会越来越坚强。又是良许的安静之后，我听到了你们的掌声。

是的，支撑着她走下去的，不是赫赫战功，不是加金封爵，甚至，不是厮杀的英勇，不是战争的胜利，而是内心深处那一点温柔的爱，那一点难舍的牵挂，是故乡傍晚袅袅的炊烟，是小弟放学回来那声稚气的呼唤……

所以，我只想说，其实，力量往往源于我们内心的柔弱，最强大的力量往往蕴藏于最温柔的心。

## 随风飘落

**山中**

[唐] 王勃

长江悲已滞,万里念将归。
况属高风晚,山山黄叶飞。

　　王勃的这首《山中》,本是要大家自读的篇目,但你们竟把它和杜牧的《山行》弄混了,还没有看书,就背起了"远上寒山石径斜……"我于是"惩罚"你们多做了一项作业,写一篇读后感。

　　作业本身并没有给我太多的惊讶,我知道,为这样一首20个字的小诗写读后感,是很困难的事情,就好比我们练字,笔画多的反而容易写好。这样的小诗,字数少而至极,又不用典使事,哪有什么话要说。

　　但我还有话想说,那就是,读书不是为了解释,读书是一种释放,是一种寻找,也是一种唤醒。我也常常用这样的想法反思我的教学,我希望自己的课堂不是为了向你们解释什么,说明什么,而是和你们一起寻找些什么,唤醒些什么,而最终的目的,不过是希望我们各自更好地找到我们自己。

　　所有的好诗都不需要解释和备注,但需要联想和想象,需要我们把自己放进去,进去后你可以自由飞翔。

　　这首《山中》让我着迷的,是最后那一句"山山黄叶飞"。每读到这里,我似乎就有一种眩晕的感觉,那阵阵寒风卷起的漫山的黄叶,会在心里撩拨起无限的惆怅和轻轻的叹息。

　　可以寄托我们的乡愁的,总是那些可以和故乡相连的东西。李白的乡愁是窗前的那抹月光,他乡、故乡,总是天涯共此时;王维的乡愁是九月的那根茱萸,插在家乡兄弟们的身上,也插在王维的心上;余光中的乡愁是那张窄窄的船票,一头连着异地，一头连着故乡。而王勃呢，他的乡愁是这漫山飘舞的黄叶，苍茫缭乱、无所皈依。

为什么？你们问，为什么迷茫而无所皈依？

我想，所谓的皈依是心灵的依附和归属感。我们每个人都是在流浪的吧？如果我们能找到精神的所在，其实，何处不家园？苏轼在远离故土的蛮荒之地依然可以吟出"日啖荔枝三百颗，不辞长作岭南人"。当然，这需要的是历练，是痛苦之中一层又一层的挣扎和蜕变。但那一年，王勃还太年轻，他正值弱冠，并已经以高才惊动皇都，却在沛王李贤府因事获罪被高宗下令逐出王府。这对于少年得志、以为功名唾手可得的王勃来说，不啻是一个巨大而沉重的打击。于是，他漫游蜀中，避迹山川，以抚慰心灵的创伤。可是，内心的失落和人生的迷惘却如这漫山的黄叶，翻滚，无息。

落叶的"飞"总是带着些悲凉和无奈的。就像我们每个人，都有过要"飞"的梦：随风而起，大鹏展翅，轻舞飘扬，自由俊逸……可是，多么奇怪啊，这个"飞"的梦最终大都以"飘落"的姿态出现，我们往往是在生命凋零的那一瞬间，找到了"飞"的感觉，然后坠落，然后消逝。

这最后的一"飞"是什么？

是坠落？终于耐不住岁月的磨砺，终于经不起风霜的打击，终于意识到所有的坚持不过是一篇美丽的童话，最终都会醒来，都会落下。

是圆梦？既然人生只能扎根在泥土，既然"飞翔"只能是一个幻梦，那就做最后的一拼吧，即使迎接自己的只能是大地而不是天空，也要在最后的飘落中圆满一个翩跹的梦。

是回归？因为梦想已在枝头经历了雨雪风霜，已向四季展示了生命的华章，那，飞或者不飞就已经不再重要，重要的是，收拢起最后的美丽和已然宁静的灵魂，回到来的地方去……

这漫山随风飘落的黄叶啊，你是王勃浓郁纷乱的乡愁，还是他失坠的功名事业之梦？你是一声声失落的叹息，还是一只只疲倦的蝴蝶，或者，是一个美丽的誓言，是生命的最后的奇迹？

## 那颗星，那轮月

### 春江花月夜
【唐】张若虚

春江潮水连海平，海上明月共潮生。
滟滟随波千万里，何处春江无月明。
江流宛转绕芳甸，月照花林皆似霰。
空里流霜不觉飞，汀上白沙看不见。
江天一色无纤尘，皎皎空中孤月轮。
江畔何人初见月？江月何年初照人？
人生代代无穷已，江月年年只相似。
不知江月待何人，但见长江送流水。
白云一片去悠悠，青枫浦上不胜愁。
谁家今夜扁舟子？何处相思明月楼？
可怜楼上月徘徊，应照离人妆镜台。
玉户帘中卷不去，捣衣砧上拂还来。
此时相望不相闻，愿逐月华流照君。
鸿雁长飞光不度，鱼龙潜跃水成文。
昨夜闲潭梦落花，可怜春半不还家。
江水流春去欲尽，江潭落月复西斜。
斜月沉沉藏海雾，碣石潇湘无限路。
不知乘月几人归，落月摇情满江树。

我们用《春江花月夜》拉开了唐诗学习的序幕。闻一多先生是这首诗的知音，他在《宫体诗的自赎》一文中给予该诗至高的评价，也因此成为我们学习理解这首诗的重要参考。但你们不理解的是那句"宇宙意识"。你们问："老师，什么是宇宙意识？为什么说这首诗里有宇宙意识？"

这真是一个深奥的问题，多少学者用了多少论文也没有把它阐释得很清楚，有人说，这是对无限宇宙和时空的叩问；有人说，这是人对宇宙和自身在宇宙中地位的认识；有人说，这是一种神性……但是，我只想和你们一起聊一聊你们最喜欢的两个童话故事。

你们都还记得那个卖火柴的小女孩吧？她最后擦亮了手中的火柴，看到了慈祥的奶奶，她想起奶奶曾经说过的话——天上的一颗星落了，地上的一个人就走了。

你们也一定记得《狮子王》里的小辛巴吧，它常在那些繁星密布的夜晚静静望着天空，它知道那颗最亮的星星是它死去的父亲，它聆听着父亲来自天国的温柔而庄严的声音。

这都是你们从小就看过、就熟悉的故事，但你们依然困惑：这和宇宙意识有什么关系吗？

为什么我们愿意相信天上的一颗星星就是地上的一个人？为什么我们会愿意在那样的夜晚凝望星空，感受着遥远的神秘和庄严？

你们的思绪还在小女孩和辛巴的身上。你们说，只有这样才感到欣慰啊，就好像奶奶和父亲都没有离去，就好像他们还在身边，就好像生命永恒。

可是，为什么要在一颗星星上感受永恒？

因为在我们看来，人生脆弱而短暂，星星却是永远悬挂在天空。

是的。人生苦短，也许正因为人类从一开始就必须面对这种短暂和无奈，才会有"对酒当歌，人生几何"的感慨，才会有"人生寄一世，奄忽若飙尘"的悲叹，才会有面对永恒的山川河流和日月星辰的思索、追问与深深的喟叹，就像那句："江畔何人初见月？江月何年初照人？"但是，人必须从这困惑和忧伤中走出来，必须直面自己的渺小和短暂，所以，他们把目光投向了远方，希望在自然界中找到自己的对应物，在这个对应物中看到"自我"的永恒。这不是自欺，这是一种认同，对现世生命短暂和自然永恒的认同。这也是一种畅想，它把生命带入无限的宇宙时空，使渺小与短暂的人生在最后的"振作"之中展翅飞翔，获得永恒。

这就是宇宙意识！我还没有说完，你们就叫了出来。

对。这就是我理解的宇宙意识。就像《春江花月夜》里江边的那个人，困惑于月与人的相约，欣慰于人与月的相望，并在这其中感受生命的短暂和永恒。

我们一起吟诵着那句"人生代代无穷已，江月年年只相似"，你看，人类生命的绵延相继战胜了个体生命的短暂渺小，于是，人和月，有了永不离弃的美丽相约。

原来，宇宙的全部神秘在于我们对自身的不断探求，原来，宇宙的意识就是生命的意识。

# 那无忌童言的一击

**回乡偶书**
【唐】贺知章

少小离家老大回,乡音无改鬓毛衰。
儿童相见不相识,笑问客从何处来。

我拿出这首《回乡偶书》要"考"你们的时候,你们都笑了,因为这是你们小时候就已背下来并熟记于心的一首小诗。——少小离家老大回,乡音无改鬓毛衰。儿童相见不相识,笑问客从何处来。

我的考题是,请你们把它改成一幕戏。于是,十分钟后,你们开始了自己的表演。但每一组似乎都遇到同样的问题。开始,总是一位"老人"颤巍巍地上场,然后是那群"孩子",欢快而天真,一边笑一边问:"客人,您是从哪里来的呀?"再然后,就剩下那"老人"在台上,不知所措,茫然地看着下面的观众,最后,在大家的笑声中匆匆收场。

该是怎样的呢?接下来的表演是爽朗的笑声,还是不知所措的茫然?是微微的颔首,还是流泪的心酸?

但你们都同意一点,那就是,这里有喜剧性的镜头,但不是喜剧。

其实,贺知章的归乡是荣耀的。史书记载,他三十多岁在京任官,直至八十六岁才因病上表还乡。唐明皇优诏褒许,并御制送行诗。这样的归来,本应该是值得欣慰和炫耀的,可是,在这首诗里,你却读不到衣锦还乡,读不到志得意满。对作者来说,所谓仕途宦情都和故乡没有太多的牵连,不能忘记的,是少小时的家园,是依然如故的乡音。

那故乡总该张开双臂敞开胸怀了吧?总该掀开许多尘封的记忆和游子一起享用岁月积淀的深情了吧?但等待着他的,是那样一群孩子,他们好奇地望着这两鬓斑白的老人，他们天真而不乏热情地询问："您是从哪里来的呀？"

我望着你们再次问："你是从哪里来的呀？"你们相互看看，没有回答。

"那你来做什么呀？"我接着问。你们面露难色。——不做什么呀！这不是回家吗？回家还要理由啊？

是啊，童言无忌，却是那样沉重的一击！原来，故乡，有时候也淡忘了她的游子，原来，我们魂牵梦绕的地方有时候也忘记了我们的模样！原来，我们自以为是的那些想念和深情有时候会变得莫名其妙！原来很多问题，我们无法深究，无法回答。

酸甜苦辣，百感交集。是微笑中的眼泪，是颔首时的叹息，是平静海面下潜藏的激流。

你们看，同样的一首诗，小时候，我们读那"儿童相见不相识"的有趣；后来，我们读那"少小离家老大回"的沧桑；现在，我们读的是"笑问客从何处来"的震惊和酸楚。

所以，好东西都是可以读一辈子的。

至于童言，即使有时残忍，却也是因为它是最真实的。就像《皇帝的新装》里那个道出真相的男孩；就像小王子说，大人们不知道自己想要的是什么，只有孩子知道自己在寻找什么。所以，无论什么时候，多大年龄，请不要抛弃了那些美丽的童话。

# 芳意竟何成

**感遇（之二）**
【唐】陈子昂

兰若生春夏，芊蔚何青青。
幽独空林色，朱蕤冒紫茎。
迟迟白日晚，袅袅秋风生。
岁华尽摇落，芳意竟何成。

我们先来看这首席慕蓉的诗，《一棵开花的树》——

如何让你遇见我
在我最美丽的时刻　为这
我已在佛前　求了五百年
求它让我们结一段尘缘

佛于是把我化作一棵树
长在你必经的路旁
阳光下慎重地开满了花
朵朵都是我前世的盼望

当你走近　请你细听
那颤抖的叶是我等待的热情
而当你终于无视地走过
在你身后落了一地的
朋友啊　那不是花瓣
是我凋零的心

你们很喜欢，读了一遍又一遍。诗的意思也不难理解。其实，这首诗最初感动我的，是"慎重"那两个字。谁没有小心翼翼地爱过一个人呢，谁没有郑重而庄严地等待过一个人呢。可是，很多等待是我们自己的一厢情愿，是我们永远无法启齿的期盼和爱恋，是永无结果永无相遇的寂寞与孤单。

为什么一定要等待？为什么要为别人而伫立，而花开？

好，我们来进入今天的新课吧。陈子昂的《感遇（之二）》——

兰若生春夏，芊蔚何青青。
幽独空林色，朱蕤冒紫茎。
迟迟白日晚，袅袅秋风生。
岁华尽摇落，芳意竟何成。

你们很快找到了关键的句子——"芳意竟何成"。这世上，多少美好的人和事，可是，总是随着岁月的流逝凋零了，老去了。甚至，他们最美丽的时刻，也是无人欣赏的。

我们不也是一样吗？这一生，那些美好岁月，锦瑟年华，总是希望与心爱的人共度；那些绚烂才情，宏伟抱负，总希望有知音来理解和懂得。但结果，大都是孤独更多，失落更多，大都要感慨"芳意竟何成"！

价值何在？或者，简单地说，我们为什么而活着，而美丽呢？

于是，我们希望被赏识，被喜爱。这是古往今来男男女女都一样追求的。即使屈原、陶潜、李白、杜甫、苏轼，也概莫能外。但多不能如愿。于是有了失落、焦急、苦闷，甚至愤慨。

退而求其次吧，东篱采菊，独钓江雪。可是，那条寂寞而虚空的蛇常常醒来，咬噬着心与灵魂。

怎么办？

其实，区别不在于不甘寂寞，不在于对功业的追求，而在于当怀才而不遇、当许国而无门，我们该何去何从？屈从权贵以求功名，不择手段投机钻营，放浪形骸以寄悲慨，梅妻鹤子逍遥世外，还是，像屈原一样选择"世人皆醉我独醒"，像杜甫一样选择"葵藿倾太阳，物性固莫夺"，像李白一样选择"安能摧眉折腰事权贵，使我不得开心颜"？

路总在脚下，只是很多时候，功名之路向上，人格之路却向下，反之亦然。二者总难以和谐或成正比。

回到我们自己。这个问题似乎就更难了。人为什么而活？为自己吗？那人生岂不是太寂寞，太无聊？为别人吗？那生活岂不是太辛苦，太虚伪？为自己就是为别人？可明明二者常常是对立矛盾的啊！……

你们争执不下的时候喜欢看着我，其实我也没有答案，我和你们一样困惑。但我记得加缪曾经有过一句话："人们可能拒绝整个历史，而又与繁星和大海的世界相协调。"我的理解是，除了进入历史，除了功成名就，我们还可以拥有一种最自然的生活方式，那也是生命的一种价值。周国平曾说，有个现象挺有意思的，那就是，当一个总是为了别人而活的人偶尔想到了自己，或者当一个总是为了自己而活的人偶尔想到了别人，都是异常美好而动人的时刻。

至于这首诗，我想就像孟子所说的："颂其诗，读其书，不知其人，可乎？是以论其世也。"课后，请大家查阅资料，陈子昂所在的时代和他的处境会帮助我们懂得更多。

# 陈子昂为什么哭了

**登幽州台歌**
【唐】陈子昂

前不见古人，后不见来者。
念天地之悠悠，独怆然而涕下。

讲到唐诗的崛起，总是不能绕过陈子昂的。提到陈子昂，似乎也不能不提这首《登幽州台歌》。简单的22个字，却成为千古绝唱。

"神一样的作品。"你们说。网络语言在你们那里不禁脱口而出，而且常常颇为贴切。

"不是'神'一样的作品，是'神化'了的作品，我真的不知道它到底好在哪儿，有多好。"有人说。

我知道你们说的是真话。这首小诗，得到过那么高的评价，可是对于我们很多人而言，都是知道它"好"，但不知道"好在哪里"。

此刻，我也依然不能很清晰很自信地告诉你们它"好"的理由，所以，只能和你们一起来欣赏，来探讨。并且希望，我们的探讨是更加具体的，更加贴近文本的。

"我小时候就会背这首诗，但我一直不明白，诗的前面写得挺大气的，可是为什么后来忽然作者就流泪了呢？"

真是一个好问题。是的，那么大气的诗，为什么作者却哭了？

因为孤独。在这首诗里，我们是可以看到作者的形象的。他站在那里，站在高台之上，却也是站在旷世的孤独中。"前不见古人，后不见来者"，并不是说没有"古人"和"来者"，而是，没有同气相求的人，没有理解和懂得自己的人，没有欣赏与重用自己的人，或者，再简单些，没有知音。

"孤独的人很多，怀才不遇的文人更多，为什么陈子昂的孤独就与众不同？"

又是一个好问题。知道吗，每当你们这样问的时候，我都觉得很幸福，真的，是那种真正的来自"语文"的幸福。我觉得，我和你们之间，我们和文学之间，和这些历史上伟大的人之间，离得很近。

我知道，你们的现当代文学课上，已经讲到了鲁迅，那么请先允许我问一个问题，那就是："你们是否能理解鲁迅的孤独？"

鲁迅，在他的那个时代，得到过很多人的爱戴和赞美，被称为民族的灵魂，死后有声势浩大的送殡仪式和无止无休的纪念（当然，也有谩骂），可是，他又终生孤独，并且可能永远孤独，为什么？

你们的讨论和回答比我预想的要好。

"因为，虽然有人赞美他，但并没有人真正懂得他。"是啊，赞美和懂得相比，前者要廉价得多。

"因为他的思想超越了同时代的人，根本不可能被理解。"一个人，站得太高，看得太远，就自然只会剩下孤独。

其实，我无意拿陈子昂的孤独与鲁迅的孤独相比，只是希望你们的思想能够更自由些，更深刻些。只是希望你们知道，孤独，有身体的，有灵魂的，有个人的，有时代的。所有伟大的孤独，都是时代的，甚至超越了时代的。陈子昂，初唐诗人，他的身后，将是一个伟大的时代，将是一段巅峰的历史。而此刻，他站在那里，仿佛预感到什么，却又把握不住，他有无限的向往，却不知何去何从。

"这就是时代风气之先吗？"有人小声说。

是的，这就是时代风气之先。陈子昂走在了时代的前面，而走在前面的人，总会和最辉煌的时刻擦肩而过。前贤后杰，他都无缘。

讲到这里，你们若有所思。但是，我想要的东西还在后面。

"这里，咱们只讲了一个'独怆然而涕下'的'独'字。可是，我觉得陈子昂流泪是因为那一句——'念天地之悠悠'，也就是说，不仅因为孤独，更是因为渺小，他感到了自己的渺小。"

渺小，你已经抓住了最最诗性的东西了！

我们说，伟大的灵魂都是孤独的，可是，孤独感，并非来自自我认同的伟大，恰恰相反，那是一种面对无限宇宙和渺渺时空时的无奈、无助和渺小。这种渺小感，又进一步加深了孤独感。

相对于伟大、永恒而神秘的时间，人类是多么短暂，多么脆弱，多么渺小而孤独！面对它，你只能敬畏，只能"示弱"，只能"怆然而涕下"！

"这样也太伤感了吧，显得有点悲观。"你们说。

那，该怎样呢？"把月来吞了，把日来吞了，把一切的星球来吞了"？还是该"抓住了无数的中国河流"，"命令它们跟着他前进"？说真的，这些毫无谦卑感的文字，这些膨胀着的没有敬畏的文字，我怀疑它们可否叫作"诗"。

"可是，李白不也是伟大的诗人吗？他的诗就特别积极昂扬，没有孤独和悲哀！"你们质疑。但是，太感性了。

李白有没有孤独和悲哀呢？当他说"安能摧眉折腰事权贵，使我不得开心颜"；当他说"欲渡黄河冰塞川，将登太行雪满山"；当他说"呼儿将出换美酒，与尔同销万古愁"……

只不过，那个潇洒的李白，可以做到哀而不伤，悲而能壮。

李白不仅有悲哀，还有渺小，还有和陈子昂一样的对时间的敬畏与诗性的体验。你们看他的《把酒问月》："青天有月来几时？我今停杯一问之。人攀明月不可得，月行却与人相随。……今人不见古时月，今月曾经照古人。古人今人若流水，共看明月皆如此。唯愿当歌对酒时，月光长照金樽里。"那月亮，是遥不可及的，也是亘古不变的。变的，是人，是像流水一样逝去的生命。伟大的李白，面对茫茫宇宙和渺渺时间，一样是谦卑的。他愿意对月起舞，他愿意与月同歌，但是，他从未想过要主宰它，或者改变它。

积极有为的生活，不等于狂妄自大，谦卑敬畏的泪水，恰是生命最柔软又最坚强的所在。高台上的陈子昂，因为预感到伟大时代的到来，希望一展宏图，大有作为，但是，他更知道自身和人类的渺小，无论怎样地奋发激昂，都无法改变这时间的流逝，生命的流逝。于是，有了大孤独和大悲哀，有了那两行至今留在无数人心里的热泪……

诗的精神，永远是谦卑的。

# "凝妆"的合理

### 闺怨
【唐】王昌龄

闺中少妇不知愁，春日凝妆上翠楼。
忽见陌头杨柳色，悔教夫婿觅封侯。

这首诗的问题出在"凝妆"二字。

凝妆，盛妆也。这样的用法在古诗词里绝非少见。唐谢偃的《新曲》"青楼绮阁已含春，凝妆艳粉复如神"，韩愈的《幽怀》"凝妆耀洲渚，繁吹荡人心"，都是相同的意思。

但你们的问题是：这个独守闺中的少妇为什么要"盛妆"外出呢？所谓"女为悦己者容"，现在她的丈夫不在家，她为什么还要"盛妆"？

没错的，我们读过《诗经》的《伯兮》，"自伯之东，首如飞蓬。岂无膏沐，谁适为容。"是啊，当所爱的人不在身边，我们到底为了谁，又有什么心情让自己盛妆出游呢？

当然我们还知道《古诗十九首》中"终日不成章，泣涕零如雨"的织女，还有"一弹再三叹，慷慨有余哀"的西北高楼的女子。她们感动我们的，是对爱的忠贞与执着，是在寂寞凄苦中的等待与守候。

可是，这个女子，却在春日里盛妆登楼，美则美也，但似乎不合情理。

那么，怎样算是合情合理呢？

《论语》中说，男女之间，应"发乎情，止乎礼"。而《荀子·正名》中说："情者，性之质也。"《孟子》中记载告子的话说："食、色，性也。"……如果按照这个逻辑，所谓性情，原来并不是多么神秘高尚的东西，不过是最自然、最本源的一种流露。

而关于创作，刘勰《文心雕龙》中说："物色之动，心亦摇焉。""情以物迁，辞以情发。"陆机《文赋》中曰："遵四时以叹逝，瞻万物而思纷；悲落叶于劲秋，喜柔条于芳春。"……看来，创作又是把人内心的那种情感借助外物进行的感发。

那么，再来看这首诗，到底合不合情理呢？

年轻的女子，在万物复苏的美丽的春天萌发了美好而喜悦的心情，于是，梳洗打扮，满面春风，饶有兴致地走出闺房，登上翠楼。——这是最自然不过的本性吧？

"可是，她不是少女，而是少妇啊。"你们说。

是的，她是少妇。可是，是谁告诉我们，明媚的春光只属于天真烂漫的少女，不再属于已为人妻的少妇？是什么要求那些少妇只能独守闺房，心如死灰？真的形如槁木心如死灰了，是人性，还是反人性？

好，现在，让我们从自己设计的礼教中走出来，想一想：为什么她会"凝妆上翠楼"？

是好心情。美丽的春天谁不想让自己也变得美丽？连陶渊明都说"袭我春服，薄言东郊"，何况一个美丽的女子？

是一种天真。虽然她已嫁为人妇，但显然，她还是有些懵懂与天真的。你看，诗的第一句就说"闺中少妇不知愁"，她肯定年龄不大，还不知道闺愁。

是一种自我的满足。虽然说女为悦己者容，但爱美的心时时都有，正是因为平日里太寂寞，自己的美无人欣赏，所以这时候才会更精心地打扮自己，即使想让别人看到，也没有什么错啊。

是一种大胆的展示。《古诗十九首》中不就有"盈盈楼上女，皎皎当窗牖。娥娥红粉妆，纤纤出素手"吗？凭什么就不可以这样呢？《红楼梦》里李纨的一生难道就值得炫耀吗？

是一种自我的珍视。难道因为相思，因为寂寞就必须整日里期期艾艾、幽幽怨怨、蓬头垢面吗？冯延巳有一句词说"和泪试严妆"，一边流着泪，一边把自己打扮得工整亮丽，这才是自尊自爱吧！

……

你们说得多好！"凝妆"，才是性情使然。至于"理"，在文学中，也许那句话更适合——存在的就是合理的。

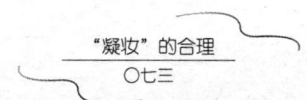

## 我拿什么报给你

**芙蓉楼送辛渐**
【唐】王昌龄

寒雨连江夜入吴，平明送客楚山孤。
洛阳亲友如相问，一片冰心在玉壶。

是在讲边塞诗的时候，提到了王昌龄。你们想起小时候学过他的《芙蓉楼送辛渐》，也都背得下来。但当我问及这首诗的好时，你们照例有些沉默了。是的，太多这样的诗歌，我们背了，放在那里，却最终没有成为滋润我们生命的东西。

有人站起来，说这首诗好在那最后一个新奇的比喻："洛阳亲友如相问，一片冰心在玉壶。"她说得很好，这是一个多么新奇而美好的意象，冰心，玉壶，晶莹剔透，美丽纯洁，正象征了作者那高尚廉洁的品行。

但是，让我们回到这首诗的创作背景吧。作者时年被贬任江宁县丞，友人辛渐将北上洛阳，作者在芙蓉楼为朋友饯别而赋此诗。贬谪在外，孤苦伶仃，亲人遥远，故乡难回。那么，此刻，面对即将归乡的朋友，我们可以拿什么让他代为报给自己的家乡和亲人呢？

"平安。"你们说。

是的，没有什么比平安更可以安慰我们的亲人了。岑参有诗曰："马上相逢无纸笔，凭君传语报平安。"一个平安，将了却多少揪心的牵挂，将慰藉多少望穿的双眼。

"归期。"你们说。

是的，仅有平安还是不够啊，我们希望可以告诉他们自己回去的日子。李商隐的诗说："君问归期未有期，巴山夜雨涨秋池。何当共剪西窗烛，却话巴山夜雨时。"那个"归期"不只是一种安慰，更是一种承诺，有了这个承诺，一切等待都变得不再辛苦，一切思念都多了甜美的憧憬。

可是，作者没有"平安"，没有"归期"，有的只是一颗依然如旧的，干净洁白的赤子之心！

如果是我们，会不会想着捎一句话回去，告诉母亲，我依然是你的那个孩子，一点儿都没有改变？会不会想着对那个遥远的家乡说，我依然如来时一样洁白，请你放心？

你们给我的回答是沉默。其实，我很满足，因为，你们给我的不是笑声。

你们还小，理解不了这份情感的厚重，这份承诺的庄严。在这个问答里，有儿子高洁的情操，其实，还有母亲深明大义的胸怀。

汉代有一个叫范滂的名士，因反对宦官而被捕。临刑前，他最不舍的是母亲，他觉得最对不起的也是母亲，他请求母亲原谅。他的母亲却说："你今天虽死，却能和李、杜（指李膺、杜密）两位一样留下好名声，我已经够满意的了。"而千年之后，宋代大诗人苏轼读到这个故事，忍不住感慨万分，他问自己的母亲："如果我也做了范滂，母亲会怎样？"苏母回答："如果我的儿子可以做范滂那样的名士，我为什么不能做范滂的母亲？"就这样，苏轼被这个故事和自己同样深明大义的母亲激励着，走出了四川，走上了中国文化的巅峰……

你衡量什么，就会得到什么。如果母亲衡量儿子的，不仅是身体的平安，还有精神的高贵，那么，儿子就会懂得拿什么回报母亲。

对母亲来说，平安是重要的，归期是重要的，可是，更重要的，是一个和当年一样干净洁白的孩子。对故土来说，荣光是重要的，衣锦是重要的，但更重要的，是一颗不曾改变的赤子之心！

让我们坚守，努力，为可以报给母亲与家乡一颗赤子的心。

# 在那一声叹息

## 春晓
【唐】孟浩然

春眠不觉晓,处处闻啼鸟。
夜来风雨声,花落知多少?

讲孟浩然,自然提到这首华语圈里人人皆知的《春晓》,哪一个中国孩子不是咿呀学语的时候就背下了它呢?

"这首诗为什么这么有名气啊?"你们问。

其实,这正是我想问你们的。很多东西,因为太过熟悉,因为熟悉得理所当然,以至于我们从未想过它的好或者不好,以至于我们对它的审美其实是迟钝的。这首《春晓》和李白的《静夜思》一样,是有中国人的地方就一定有的。二十个字,却被一个民族记忆了数千年,总归是有它的理由吧?

"因为简单。"你们说。可是,"一去二三里,烟村四五家"好像更简单。

"因为写春天?"你们猜。可是,写春天的诗有成千上万首,不是每一首大家都记得住。

"因为它被选进了教材呗!"你们笑。可是,你们明明在学龄前就已经记住了它。而且,如果真的因为选进教材就能妇孺皆知的话,那语文课有福了。

让我们把它当作一首陌生的作品,重新来读读吧。

春眠不觉晓——多么温暖的春天,多么酣畅甜蜜的睡与梦。它带来的,是我们每个人关于春天最亲切的感受,这种感受就是你们所谓的"懒洋洋"和"喜洋洋",就是那个躺在床上,睡眼惺忪,让第一缕新鲜的阳光亲吻脸庞的早晨。

处处闻啼鸟——你一定也听到鸟儿欢快的叫声了。鸟,真是春天的精灵,它们的叫声,融化了冰雪,翠绿了柳枝,也给人无限的明朗亮丽。每一次走在春天的校园里，看到花开，会心中惊喜，啊，春天来了。可是，听到鸟鸣，就忍不住连走路都要跳起来。而且，比起"喧鸟覆春洲"之类的句子，它是那么冲淡朴素，朴素到我们不以为它是"诗"，朴素到令我们闻到泥土的气息。

这两句描写春天，是绚烂明媚的，是可喜可怜的。但是，这样写下去，《春晓》也许早就淹没在浩瀚的春之诗里了。我们往下看，也许会发现曾经被忽视的"好"来。

夜来风雨声，花落知多少？——本来是多么新鲜光亮的早晨啊，可是隐约记起夜里曾有风雨来袭，那风声雨声隐隐地还在耳畔。啊，不知道有多少花儿落了，不知道春光又憔悴了几分？

于是，那欢欣的享受变成了隐隐的担忧，那迎春的愉悦变成了惜春的叹惋，那刚刚还闭着的眼睛忍不住去寻找满地的落花，那灿烂的阳光里飘过了一缕阴云……

这是什么？这是心情最微妙的变化，这是心弦最隐秘的颤动，这是心灵最真实的感悟。而这一切，都凝结在二十个字里，多么婉转，多么富于张力！

"这原来是一首惜春诗！"你们像有了重大发现。我能理解这种惊讶，因为我们每个人小时候，都是那样快乐、娇媚地读着这首诗的。那时候，听得到嘤嘤鸟语，却从未想到过一地落花。我还能记得大家一起背"花落知多少"时的语气，比花开朵朵还绚丽。

这首诗，爱春，享春，怜春，惜春。因为爱，才有了那样敏锐的心，有了那一刹那间从心头掠过的担忧，有了那一声叹息。可是，它的叹息是那样轻轻地，轻轻地，不沉重，也不哀伤。

"老师，那您说，这首诗好就是因为它用很少的文字表达了很多的东西吧。"你们说。

当然有这个原因，所有杰出的作品都是这样的，都是对文字的珍惜，而不是浪费。但，这并不是这首诗妙绝千古的最重要的原因，最重要的我以为还是那份灵心，是那种闪电一样划过的心灵的颤抖。我们来看李白的《静夜思》，也会有这样的感觉啊。你看，"床前明月光"，这本是客观的景物描写，月光朗朗，也是安静祥和的，可是作者说他感觉这月光就像是白霜一样。也就是在这"误会"的一瞬间，作者的心被牵动了，情思被触发了，于是，对家乡的思念随着这月光飞翔流转，原本的静谧安详变成了思乡的淡淡惆怅……

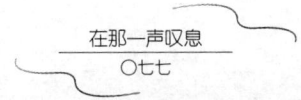

作家张炜曾说:"文学是生命的闪电。"这些好的文字,不正是作者的生命在某一个瞬间的感动与战栗吗?

所以,《春晓》的好,在于它用最少的语言表达了最丰富的情感,在于它只有二十个字却结构得如此变化婉转,在于它是作家心灵最深处的闪电,在于那春光灿烂中一声似有若无、千年不绝的叹息。

# 何夜无月

**鸟鸣涧**
【唐】王维

人闲桂花落,夜静春山空。
月出惊山鸟,时鸣春涧中。

　　这是你们小学时背过的诗,拿它出来,不过是因为讲王维不能避开这首作品。但我总觉得,这首诗是可以读一辈子的,每一个阶段得到的都会不同。就像那首《春晓》,哪一个孩子接触它时不是诵读得千娇百媚,春光灿烂?长大了,才会领略那其中的一点点忧伤,一点点哀愁。

　　现在,我们来看王维这首诗,请大家做一道题吧。如果我们要把这首五言诗变成七言,而不太改变诗的原意,(当然,大家还没有能力考虑近体诗的格律,只需要变成七个字即可)那么,你们会怎样来完成第一句呢?

　　这完全是画蛇添足的做法,但是,我希望你们能细心体会诗句没有道出的奥妙。你们远比我想象的聪明,虽然答案各不相同,但大家几乎都是在二三结构的空隙做文章。于是,终于有了这样的句子——人闲听得桂花落,夜静方觉春山空。

　　是的,小时候,我们不会想这些,后来觉得"人闲"与"桂花落"是并列的关系,也不曾多想。可是,如果我们愿意慢慢咀嚼和体会,如果我们从来没有听到过花落的声音,我们才会懂得,是因为"闲",才听得到桂花飘落的声音,是因为"静",才意识到山的悠远。

　　我们没有听过花落花开的声音,因为,我们从来没有在一朵花前驻足,聆听。

　　我们没有看过月光下的竹影,因为,我们从来没有在意过某个夜晚有月亮或者没有月亮。

　　我们也没有欣赏过冬夜里的第一场雪,因为,那个时候我们只眷恋温暖的被窝。

这个世界，朝晖夕阴，云卷云舒，气象万千，轮轮回回，很多东西都在，但我们看不到，更赏不了，因为，我们没有一颗安静闲适的心。

　　能记得的最早说"不得闲"的诗是屈原的《九歌·山鬼》："怨公子兮怅忘归，君思我兮不得闲。"这当然是山神的敦厚，她说，心爱的人啊，你一定也是思念我的，但因为"不得闲"所以不能来看望我。可是，这个等待的女子越是不埋怨，我们就越是恨了她的心上人。因为"不得闲"，他就可以忘记了那么热切的等待，那么美好的女子？难道这世上还有比见心爱的人更重要的事情吗？

　　能记得的最近说"不得闲"的是李宗盛的一首歌："你我皆凡人，生在人世间；终日奔波苦，一刻不得闲。"真是道尽了我们这些凡人的奔波碌碌之苦。戴叔伦也有一首《别友人》，其中说"如何百年内，不见一人闲"，这语气，仿佛是山中高人，冷眼旁观，阅尽众生。"无一刻"闲，"无一人"闲，这世界真是滚滚红尘，芸芸众生，密匝匝，乱纷纷啊。

　　可是，这世上，所有最美好的感觉，最诗意的生活，好像都是从"闲适"中而来的啊。陶渊明"采菊东篱下，悠然见南山"，是官场归来后的悠闲自得、忘怀得失。王羲之《兰亭集序》的流觞曲水直到今日依然叮叮淙淙，不绝于耳。还有王维，尽管也有过"大漠孤烟直，长河落日圆"的风发意气，但他对生命最真实最通透的感受，都来自那一份闲适。在闲适中，他看辛夷花的"纷纷开且落"；在闲适中，他赏终南山的"白云回望合"。而在这花开花落，云卷云舒之间，怎么能不宠辱两忘、去留无意呢？

　　也不要以为，闲适的前提必须是丰富的物质保障，或者，闲适只是无所事事的同义词。其实，闲适是"心"的事情，和"物"无关。张岱在杭州，困顿落魄，可是依然可以"闲"得大半夜"湖心亭看雪"；苏轼贬黄州，潦倒清贫，依然可以"闲"得月光中"夜游承天寺"。

　　"老师，'闲适'二字说起来容易，做起来难啊。"你们摇头感慨，还以作业太多打趣。可是，你们不知道我带来了两本作业，正要给你们看。其中一本，在每次作业的留白处，都用铅笔画上了"插图"，有时是几朵梅花，有时是一杆翠竹，还有时，是一个可爱的小浣熊，摇头晃脑地说："要加油啊！"……

　　你们看，这是作业，也是享受，这是忙碌，也是悠闲。它的主人不是在应付一个任务，而是在享受一个过程；不是面对任务手忙脚乱，而是在用一颗悠闲自得的心进行着自己的创作。每次翻开这样的作业，我都忍不住会心笑了，有时候甚至眼睛温热。物随心转，境由心造，世界是一样的，不一样的是，你驾驭它，还是让它驾驭你。

我不说了，因为苏轼早就说过了——"何夜无月，何处无松柏，但少闲人如吾两人者耳。"

# 爱如红豆

**相 思**
[唐] 王维

红豆生南国，春来发几枝。
愿君多采撷，此物最相思。

我没有想到，在王维那么多的好诗中，你们如此钟情于这首《相思》：红豆生南国，春来发几枝？愿君多采撷，此物最相思。

其实，你们中很多人都没有见过红豆。当我把那串晶莹剔透的红豆拿给你们看时，你们惊讶极了。我知道，这惊讶和我当初一样。原来，造物主可以这样深情地为我们的爱与思念创造出奇迹。

是什么样的相思，什么样的眼泪浇灌了这样的树，浸润了这样的鲜艳？

"红豆如血，相思入骨。"你们说。但我却摇头了。

那所谓的"如血""入骨"是我们的想当然吧？我们习惯于把很多东西当作符号，只要它一出现，就已经约等于某种固定的含义。可是，如果我们静下心来阅读和体会，如果我们紧紧贴着文本中的每一个字，每一个词，每一种语气，我们就会离作者更近些。其实，这首诗中，王维要比我们从容得多了，不过是轻轻地询问，不过是淡淡地叮咛和嘱咐。

你们望着那红豆默不作声，好像并不接受我的"轻轻""淡淡"的描绘。可是请想一想：你们是几岁时背下了这首诗？你们是用了怎样童稚、纯净和明亮的声音诵读了这首诗？即使今天你们长大了，初谙世事，开始懂得了人生的无奈、人间的别离的时候，再读此诗，你们能感到这首诗里有悲啼和眼泪吗？

红豆如血，相思入骨，这是后来文人的哀叹。温庭筠说："玲珑骰子安红豆，入骨相思知不知？"屈大均说："江南红豆树，一叶一相思。红豆尚可尽，相思无已时。"更有《红楼梦》里宝玉吟唱着的"滴不尽相思血泪抛红豆……"。

让我们再来读这首诗吧。"红豆生南国，春来发几枝。"这是从远方飘来的轻轻的询问：春天到了，不知南国的红豆又抽发了多少新枝？"愿君多采撷，此物最相思。"这是淡淡的叮咛：朋友啊，请多多采摘些美丽的红豆吧，因为它最能表达离人的相思。

你们看，不是含泪的双眸，而是温暖的遥望；不是滴血的相思，而是亲切的嘱托。

最好的思念和爱，并不一定都要说出来。王维诗的"好"恰在于那种"雪月空明"的境界，那种从容不迫的气度。就像那首《送元二使安西》："渭城朝雨浥轻尘，客舍青青柳色新。劝君更尽一杯酒，西出阳关无故人。"即便在那凄朔的阳关，他的告别依然只有风吹飘飘的衣袂，只有轻轻举起的酒杯，只有温润的颜色和深情的目光，只有那青青的杨柳摇曳着淡淡的离愁，也抚慰着远行的游子。所以，爱如红豆，尽管它是用了眼泪和鲜血来浇灌，但它为我们捧出来的不是眼泪和鲜血，而是晶莹剔透。相思入骨，尽管它在心中百转千回、痛彻肺腑，但为我们留下的，不是伤痛和灰烬，而是它的坚强与深沉。

"王维的淡泊是因为他信佛吗？"你们问。我不置可否，信仰是可以改变一个人的。但我更愿意相信，这是因为他所生活的那个时代。那个飞天曼舞、鲜花满空的时代，让一切充满了憧憬，让人生拥有了无限可能，所以，离别和思念都是深沉却不悲哀的。

当然，爱没有时代，红豆晶莹，千年依旧。只是，读王维的诗，是没有你们所说的刻骨的痛和焦灼的相思的。晶莹剔透的意象，干净纯洁的情感，从容坦荡的态度，才是王维，才是盛唐。

# 王维的『空山』

### 山居秋暝
【唐】王维

空山新雨后，天气晚来秋。
明月松间照，清泉石上流。
竹喧归浣女，莲动下渔舟。
随意春芳歇，王孙自可留。

"王维诗中的'空山'太多了！"这几乎是你们读《山居秋暝》的第一反应。

的确，从小学开始，这"空山"就被大家熟记在心。"空山不见人，但闻人语响""人闲桂花落，夜静春山空"等等。记得有人统计，王维以"空山"和"空"字入诗的作品有九十多首呢。

到底什么是"空山"？这既是你们的关注点，其实，我以为，也是这首诗的"诗眼"，只是，我不知道该怎样才能说清楚，才能让你们真的明白。如果只用"佛理"或者"禅意"来解释，恐怕只能是以"虚"对"空"，越说越糊涂了。

用最简单的方法吧，请你们用"空"字组词，再在其中找一个你认为比较接近诗意的，来体会和感受，并和大家一起交流。也许这样我们能够一点点靠近这座"空山"呢。我不知道这是不是最好的办法，但我总觉得，在每一个汉字中，都有些"万变不离其宗"的东西，有时候，我们在它的周围走上几圈，看似很笨拙，但可能就越走圈子越小，一点点进入那个中心的隐秘地带。

十分钟。你们用了十分钟做这样一个工作，而事实证明，也许走的并不是捷径，但方向没有错。

"'空虚'，我觉得这个词就可以，'空虚'就是'虚空'的意思，这座山因为刚刚下过雨，所以行人很少，热闹很少，于是就很安静，'空'里面有一种安静的意思。"

"我写的是'空旷'，不仅很安静，而且视野很开阔，作者行走山间，或者在山腰、山顶，有一种放眼望去，心胸开阔、气定神闲的感觉。"

"还是'空灵'吧。清新，而且有生命力。我觉得'灵'字有一种动的、生命的感觉。你想，刚刚下过一场雨，山里可能云雾缭绕，比'空虚'更好。"

——这个说法立刻得到一些人的赞同："对，老师不是也说王维的诗安静但并不死气沉沉吗？初中学《济南的冬天》，里面有一句'整个是块空灵的蓝水晶'，特别特别安静，但也特别特别美。"

"我用'空蒙'，苏轼写西湖'山色空蒙雨亦奇'，渺渺茫茫，有一种说不出的意境，还有一点神秘感。我觉得就应该是王维的'空山'的感觉。"

——关于这种说法，有一些不同意见。因为"空蒙"里感觉有一种"水汽"，在"夜静春山空"里，是没有这种"水汽"的，那是一种很干净、很透明的感觉。于是立刻有人说："那就用'空明'吧。"

"我觉得这个'空山'的'空'，就是'空谷足音'里的'空'，寂静的，幽静的，如果有声音，也会传得很远很远的感觉。"

……

其实，我曾查过很多资料，试图去理解并能向你们传达这个"空山"的真意，但现在，我觉得，你们的解释比我看到的任何一种都更全面，更细致，更有文字本身的馨香。幽静、虚空、缥缈、遥远、灵动，这不就是王维想描绘的那座山吗？这不就是中国画里常有的清雅高妙的风格神韵吗？

现在，我们只需要再思考一个问题：为什么在别人那里，多写"青山"，而在王维这里却变成了"空山"呢？

没有了色彩。是的，他避开了那些色彩，于是，这座山显得那样静谧和恬淡。其实，是作者的心里已经没有了那些花红柳绿，没有了五彩斑斓。

"四大皆空！"你们喊。

这"色彩"之"空"虽与佛教的"四大皆空"的"空"并不相干，但你们的感觉是对的。这座没有了桃红柳绿的空山，是作者眼中的山，也是作者心中的山。世事沉浮，官场磨砺，以及后来闲远静淡的生活已经使王维有了一颗清空明净的心。在他那里，这繁花落尽的空山，才是自然之本色，这最空灵干净的生活，才是人生的本色。

在佛家看来，自然界的本性就是"空"，一切归于它，它亦无所不包。当晚年的王维满眼皆"空"的时候，他才是真正地"看透"与"彻悟"了。只是，这"看透"不像我们所以为的那样,是厌倦和放弃,而是,无所不包。慧能《坛经》中说:"心量广大,犹如虚空。……虚空能含日月星辰、大地山河,一切草木、恶人善人、恶法善法、天空地狱,尽在空中;世人性空,亦复如是。"你们说,王维的"空山"里不是也包含着所有的灵动之美吗?王维"空明"的心里,不是也有着对生命万物的关照吗?

于是,这座没有色彩的山,和中国的水墨画,和佛家的透彻感悟一起,成为中国诗歌的空谷足音,千年不绝。

# 诗中的画

**山居秋暝**
【唐】王维

空山新雨后，天气晚来秋。
明月松间照，清泉石上流。
竹喧归浣女，莲动下渔舟。
随意春芳歇，王孙自可留。

　　王维的这首诗，你们都说好，并且很快就背了下来。我知道，这是你们在高中时接触过的作品。到底好在哪里？这似乎永远是个会让你们微笑却无法回答的问题。苏轼说王维"诗中有画，画中有诗"，这个评价清晰也模糊，在诗和画之间，我们本来就缺少一条通道。

　　那么，我们来一次诗歌的 TV 摄制大赛吧，你们做一个 TV 的拍摄者，这是你们所喜欢的。而拍摄的主题就是颈联那句："竹喧归浣女，莲动下渔舟。"

　　虽然是"虚拟"的拍摄，但你们还是颇有热情，忙着说脚本，说画面，说构图，而所谓的"诗中的画"也在你们的"拍摄过程"中逐渐清晰起来。

　　"首先进入画面的一定不是浣女，不是渔舟，而是一片竹林，一片荷塘。然后镜头慢慢拉近，一群少女从竹林里走出来，一只小渔船分开莲花轻轻地划过来。"是的，本来这是一个倒装句，"浣女归而竹喧，渔舟下而莲动"，但作者这样写，不仅是为了对仗和平仄，最重要的是，他让整个画面充满了生机却又那样祥和宁静，进入你们镜头的，不是喧哗热闹，而是静谧中的生命的声音。

　　"我们这一组有不同，因为我们不会让镜头中出现一群少女或者一只渔船，那样就缺少了一种隐约朦胧的意境。我们会让竹林里传出少女说笑嬉闹的清脆的声音，会让荷塘的那一边隐约飘过一只小船，如果让这些东西都出现，就太'满'了，太实在了。"

　　你们说得多好啊！这就是中国艺术也是中国画的最杰出的表现方法啊，虚与实，就是这样奇妙，就是这样创造着意境和感觉！

第二个"作品"得到了更多人的认可,其他人为了表示认同,又拿出了很多"证据":

"这就是所谓的'神龙见首不见尾',一定不能画一条完整的龙,而要让这条龙出入在云中,露出一鳞一爪就可以了。"

"还有一个故事是'蛙声一片',画一堆癞蛤蟆还有什么美感,画几只小蝌蚪就可以了,既美,又有无限回味和想象的空间。"

"对,这样的诗如果翻译成英语,让西方人画,他们肯定画不出来,说不定涂得乱七八糟的,反正,不会有中国画这样的意境。"

你看,到了这里,你们已经全然在讲"画"了。让我们再回到"诗"中来吧。

在这首诗中,你们看到了一幅绝美的画,而且是一幅深幽的,充满了想象和启示的画面。或者更准确地说,王维把中国画的艺术特点用在了"诗"中,勾勒、点染,留出那么多的空白,空白处却气韵生动。而且,整幅画面看上去幽静无比,却又不是死气沉沉,充满了生命的气息,有一种活力与生机。

还记得《红楼梦》中林黛玉教香菱学诗的情节吗,当香菱说她最喜欢陆游的诗"重帘不卷留香久,古砚微凹聚墨多"时,黛玉立刻道:"断不可学这样的诗。你们因不知诗,所以见了这浅近的就爱,一入了这个格局,再学不出来的。你只听我说,你若真心要学,我这里有《王摩诘全集》,你且把他的五言律读一百首。细心揣摩透熟了,然后再读一二百首老杜的七言律,再把李青莲的七言绝句读一二百首……"现在,让我们把陆游的两句和王维的两句做一个比较,就知道黛玉的话是何等有道理了。陆游的两句,严谨工整,在格律上是挑不出什么毛病的,可是,这两句诗里到底有些什么呢?没有生命,没有灵动,因此对我们也难有启发和感动,就像钱穆先生所说的:"放翁这两句诗,对得很工整。其实则只是字面上的堆砌,而诗背后没有人。若说它完全没有人,也不尽然,到底该有个人在里面。这个人,在书房里烧了一炉香,帘子不挂起来,香就不出去了。他在那里写字,或作诗。有很好的砚台,磨了墨,还没用。则是此诗背后原是有一人,但这人却教什么人来当都可,因此人并不见有特殊的意境,与特殊的情趣。无意境,无情趣,也只是一俗人。"与陆诗的"板"而"滞"相比,王诗确实轻盈灵秀得多。

其实,你们知道吗,我早已经在心里为那个"飘过一只小船"的"飘"字拍案了,"飘飘何所似,天地一沙鸥。"还有哪个字能像"飘"字这样表现中国文化的轻盈与飘逸呢?

那么,这首诗的学习,就到这儿吧。

# 因为痛着你的痛

## 九月九日忆山东兄弟
### [唐]王维

独在异乡为异客,每逢佳节倍思亲。
遥知兄弟登高处,遍插茱萸少一人。

读这首诗,对我们来说,其实只需要弄明白一个问题,那就是为什么作者在这一天,在九月九日,会"倍"思亲。

你们很快就找到了答案,而且拿了杜甫的《登高》为证。

无非是这几个字吧:"独""异乡""佳节",一个人本来孤独,何况身处异乡,何况又逢佳节。《登高》说:"万里悲秋常作客,百年多病独登台。"宋人罗大经评价:"'万里',地之远也;'秋',时之惨凄也;'作客',羁旅也;'常作客',久羁旅也;'百年',暮齿也;'多病',衰疾也;'台',高迥处也;'独登台',无亲朋也。十四字之间含八意,而对偶又精确。"(《鹤林玉露》乙编卷十五)这所谓的"八意",不就是对"倍思亲"的最好解释吗?

这样的答案是我预料之中的,因为,我们大都记住了这两句话,记住了它所表达的人类所共有的却非人人都能表达的一种感受。但是,我们也大都会忽略了后面两句,换句话说,我们容易对诗中游子的心理感同身受,却照例忽略了另一边——那家乡亲人的心情与体验。

那么,请想想吧:你爱自己的母亲,如果这个春节,身处他乡的你不能回家过年,你所伤心和痛苦着的,仅仅是自己的孤独吗?你爱自己的恋人,那么,如果这段时间,身处异地的你不能与他相见,你所难过与憔悴着的,仅仅是自己的思念吗?

不,于我们自己来说,怎样的孤独和思念都是可以承受的。可是,让我们难

以承受的，是我们所思念和眷恋着的人的痛苦。我们因为知道母亲望穿双眼而更加思念她，我们因为恋人妆楼颙望而内心备受折磨。当亲人的节日因我们的缺席而不够完满，这才是最让我们牵挂与痛苦的啊。

现在，王维就是这样，他虽在遥远的地方，却知道故乡的兄弟们也在思念着他。他知道，那一刻，当兄弟们佩戴茱萸登高远望却发现独独少了他的时候，内心是多么遗憾和失望！于是，他的这份思念也更加急切和深重了，他恨不得飞回故乡，只为让兄弟的节日更加完满，只为那高处的相聚不再有遗憾……

王维是温厚的，他娓娓道来，不着苦痛的痕迹，也不似杜甫的沉重，但是，婉转中却蕴藉着体贴与牵挂。当我们总是以己之心度人之心的时候，思念，不是会"加倍"的吗？爱，不是更动人吗？

李白有诗云："当君怀归日，是妾断肠时。"当你思念着我的时候，我会更加思念你，不是因为感激，不是因为报答，而是因为，你的孤独让我不忍，你的思念让我痛心！

"是因为痛着你的痛，痛才会加倍的吧。"有人说。

对。就是那首叫《牵手》的歌中所唱的，真正的爱，不是自己的，而是双方的，是爱着你的爱，痛着你的痛，梦着你的梦。"遥知兄弟登高处，遍插茱萸少一人"，虽远在异地他乡，但是我知道，你们登高远望，却因为我的缺席而无比怅惘，那么此时的我，怎能不加倍地思念和感伤？

多么奇妙的感情啊，我们思念亲人，其实是因为我们怕亲人思念我们。我们爱惜自己，其实是为了我们所爱惜的人。所以，思念才是加倍的……

## 两小方能无猜

### 长干行
【唐】李白

妾发初覆额，折花门前剧。
郎骑竹马来，绕床弄青梅。
同居长干里，两小无嫌猜。
十四为君妇，羞颜未尝开。
低头向暗壁，千唤不一回。
十五始展眉，愿同尘与灰。
常存抱柱信，岂上望夫台。
十六君远行，瞿塘滟滪堆。
五月不可触，猿声天上哀。
门前迟行迹，一一生绿苔。
苔深不能扫，落叶秋风早。
八月蝴蝶黄，双飞西园草。
感此伤妾心，坐愁红颜老。
早晚下三巴，预将书报家。
相迎不道远，直至长风沙。

喜欢李白笑傲王侯的狂放，因此更加喜欢他那些平实、清新的赤子之心的歌唱。

《长干行》是古乐府的一首曲子，从南朝杂曲古辞《长干行》到崔颢的《长干行》，再到崔国辅的《小长干曲》，每一首都是缠绵的爱情歌唱。但能够把主人公的爱情经历和内心世界展现得如此淋漓尽致、感人肺腑的，还是李白的这首《长干行》。当然，你们对这首作品的了解还是来自"青梅竹马""两小无猜"的成语。

这真是让人羡慕的美好的感情，彼此最真诚、最坦白、最晶莹剔透无所保留的奉献和面对。

我们也因此想到了儿时的伙伴，想到了那些天真烂漫的童年往事。

"要是可以一直这样该多好！"

"为什么长大了就会疏远，就不能彼此透明，心心相印了呢？"

"电视剧里所有的两小无猜最后都会被冷漠、猜忌所取代，为什么？"

——你们苦恼地问。或许，你们所烦恼着的并不是电视剧里的剧情，而是自己的故事，是那些记忆中青梅竹马的儿时玩伴，是那些曾经以为会永不分离却越走越远的朋友的身影，是自己全身心付出却没有得到同样回报的友谊和爱情，是因为随着年龄增长而一点点变高变厚的无形的墙。

而我，能给你们的回答是："'无猜'本来就是属于'两小'之间的故事。也正因为'有猜'，才证明你们已经长大了。"

我知道我的回答让你们很不满意，你们以为这是并不幽默的敷衍，是一个言语的游戏而已。其实，我是不知道该用怎样的语言来表达我内心的感受。

我也曾经和你们一样，感慨着"长大"的悲哀，留恋着曾经的天真和纯洁，渴求着朋友、爱人之间无所保留的给予和坦白。但是，我慢慢懂得，这是不可能的，也是根本没有必要的。

你写日记吗？你愿意把日记拿出来给别人哪怕是最亲密的人看吗？你不愿意给他看是因为你不爱他不信任他吗？你愿意一个人每天在你面前喋喋不休地问"你在想什么"吗？你能通过一种方式占有或掌控一个人全部的思想和感情吗？

所有的答案可能都是否定的。

因为爱，我们常常要求了解对方的一切，并因为不能而万分苦恼。

因为爱，对方常常要求了解我们的一切，并因为不能而万分苦恼。

而与此同时，双方又为对方执着的探究和索取而苦恼万分……

我想，隐秘，是每个生命的权利和本质。即使是相爱的人，也无权要求知道对方的一切。我想，了解和理解是两个不同的词，很多时候，我们恰恰是因为理解而不去"了解"。理解别人的苦衷，所以不孜孜以求事情的原委；理解他的沉默，所以不去苦苦探寻沉默的理由；理解一生中美好的感情不会只出现一次，所以不时时想窥视爱人的短信或者长信……理解是源于对生命的尊重，了解却常常是对生命的索取。

"两小方能无猜"，因为，只有在我们的生命纯白透明的年幼时候，我们才可能那样无所保留、无所掩饰地站在对方面前。而长大，几乎就是"隐秘"的同义词，就是在那样一天，我们忽然意识到自己有了秘密的那一天，我们长大了。而这些秘密，不管是甜蜜的，还是苦涩的，它是我们生命深处最美丽、最无法与人分享的东西。

所以，让我们赞美"两小无猜"的无邪，也尊重长大后的那份独立和距离。无论你们以后怎样爱一个人，都不要刻意把自己毫无保留地奉献，更不要因为对方的某些隐秘而怀疑和不安。

最好的爱，建立于同情和理解之上。最好的伴侣，总是坚定却默默地站在彼此身边。至于对生命的探究和询问，让我们回到自己的内心。

# 爱的『同情』

**春　思**
【唐】李白

燕草如碧丝，秦桑低绿枝。
当君怀归日，是妾断肠时。
春风不相识，何事入罗帏？

当我们想念一个人的时候，会担心这个人遗忘了我们吗？

当我们忍受着思念的痛苦的时候，会埋怨这个人可能并不痛苦吗？

当我们执着地等待、苦苦地守候的时候，会想象着这个人也许乐不思蜀而伤心欲绝吗？

当然会。——你们说。

是的，怎么不会呢？所有的爱都要求着回报，等待着回应，也都同样担忧着对方的淡漠和遗忘。就连崔莺莺这样的大家闺秀也会在张生即将离去的时候赋一首意味深长的诗相赠："弃掷今何在，当时且自亲。还将旧来意，怜取眼前人。"表面上莺莺是借用了晏殊词里的句子，意思是说，如果有一天你身边有了"新人"，就请把今天用在我身上的情意去怜爱这个人吧。而实际上，她内心的担忧、顾虑是那样深，那样重，这原本是委婉却又不乏"尖锐"的提醒啊。当然，聪明的张生立刻领悟了莺莺的良苦用心，并和诗以答——"人生长远别，孰与最关亲？不遇知音者，谁怜长叹人？"而当离别的时刻一点点靠近的时候，莺莺也终于顾不得那么多矜持和"面子"了，干脆说："此一节君须记，若见了那异乡花草，再休似此处栖迟。"很有些"路边的野花不要采"的直白。

可是，我们今天来学这样一首诗，大家也许会有不同的感受呢。

春　思

燕草如碧丝，秦桑低绿枝。

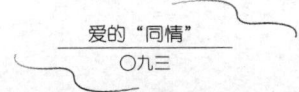

当君怀归日，是妾断肠时。

春风不相识，何事入罗帏？

并不难懂。不过是两处春光，两地相思。但是，这相思里多了一份"同情"。我一直喜欢用"同情"这个词，你们不喜欢。因为你们总是把它理解为"可怜""怜悯"，而我则把它理解为"共鸣"，理解为"以你心，换我心"，理解为"同样的心"。

春感秋悲、相思离别是永恒的主题。江淹说："黯然销魂者，惟别而已也。"屈原说："悲莫悲兮生别离！"但这悲哀里有多少不一样的细腻的情怀，有"忽见陌头杨柳色，悔教夫婿觅封侯"的幽怨；也有"相见时难别亦难，东风无力百花残"的凄婉。当我们独自承受着相思的煎熬的时候，总是有太多的理由伤感、哭泣，甚至痛苦、失落。我们并不能像那首歌所唱的："早知道伤心总是难免的，你又何苦一往情深？"其实，若不一往情深，又怎么会伤心？

我们来读这首诗吧：燕塞春草，才嫩得像碧绿的细丝，秦地桑叶，已茂密得压弯树枝。郎君啊，当你在边境想家的时候，正是我在家想你，肝肠寸断的日子……

春风撩人，春思缠绵。但你是否相信，你的牵挂就是他的思念，他的深情就是你的爱恋？

还记得李清照的"一种相思，两处闲愁"吗？还记得牛希济的"记得绿罗裙，处处怜芳草"吗？还记得"日日思君不见君，共饮长江水"吗？还记得"海上生明月，天涯共此时"吗？真正的爱里是有"同情"的，是要以己心度彼心的。当你眼里的绿枝就是他心中的碧草，当你眼中的碧草，就是他记忆里的罗裙，当你举头望月，也见他低头思乡，那么，就会有思念却并不埋怨，有眼泪却并不愤恨，有担忧却并不嫉妒，有承受却并不孤单。

现实中的我们总是相反的吧。自己痛苦，想着对方的快乐而更加痛苦；自己思念，想着对方的忘却而把思念变成抱怨。

你们笑了，对我的说法表示认同。但我想，这也并没有错，哪一种爱不是敏感而小气的？至于奉献就更有意思了，我们可以对无数人奉献爱心不求回报，却独独对所爱的人有无限的要求和无限的渴望。而把这两种爱的方式表达到极致的，要算是林黛玉了。你们看，很多时候，她一个人孤独着、寂寞着，而宝玉的热闹和博爱对她来说无疑是一种折磨，让她承受着加倍的痛苦。可是，每当她用置气、任性、无理取闹陷宝玉于无奈、无助和莫名的痛苦时，她又好像一下子懂得了宝玉的心，心疼他对自己的那份爱。

　　爱与孤独，仿佛是从不分离的。即使是彼此相爱的人，即使可以天天在一起，像宝玉和黛玉那样，依然无法摆脱孤独。但我想，孤独的其实并不是爱，而是生命本身。因为生命孤独，我们才苦苦追寻爱，尽管爱并不能让我们远离生命本身的孤独感，但它毕竟是一缕光，一份陪伴，一种温暖。就像《约翰·克里斯多夫》里的一段话："能找到了一颗灵魂，在苦难中有所偎依。找到了温柔而安全的托身之地，使你在惊魂未定之时得以喘息一会，不复孤独。因你可把整个生命托付在他手里，他也把他的生命托付在你手里。当他酣睡时，你为他警戒；你酣睡时，他为你警戒。当你衰老了，多年的人生重负使你感到厌倦时，能够在他的身上再生而回复你的青春与朝气。用他的眼睛去体会万象回春的世界，用他的感官去抓住瞬息即逝的美景，用他的心灵去领略生活的壮美。即使受苦也要和他一起受苦，只要生死相共，即使痛苦，也成欢乐了。"

　　爱就是在对方身上看到自己，如果我们能体会对方同样的爱与孤独，我们就会有"同情"，我们就会"以心比心"，在泪光里感受着心心相印。

# 仍怜故乡水

**渡荆门送别**
【唐】李白

渡远荆门外，来从楚国游。
山随平野尽，江入大荒流。
月下飞天镜，云生结海楼。
仍怜故乡水，万里送行舟。

讲李白《渡荆门送别》中"仍怜故乡水，万里送行舟"一句时，并没有很在意。至于那个"怜"字，我也只简单地说，是"爱"的意思，并以"可怜九月初三夜，露似真珠月似弓"一句为证。但没有想到的是，你们提出了疑问。

"老师，总觉得解释成'可爱'挺别扭的，表达不出对故乡的思念、依恋之情。"

"是啊，说'可爱'有一种高兴、欣喜在里面，可是这里肯定不是高兴的意思。"

当然，也有人认同我的解释："说家乡的水可爱不就是对家乡的依恋吗？"

好吧，我们停下来，看看这个"怜"字。其实，"怜"字在古诗中出现的频率是很高的，小时候我们就读过"应怜屐齿印苍苔"，至于它与"可"字连用的情况就更多了：

"东望少城花满烟，百花高楼更可怜。"（杜甫《江畔独步寻花七绝句》）

"借问汉宫谁得似，可怜飞燕倚新妆。"（李白《清平调》之二）

"可怜九月初三夜，露似真珠月似弓。"（白居易《暮江吟》）

"可怜身上衣正单，心忧炭贱愿天寒。"（白居易《卖炭翁》）

"可怜夜半虚前席，不问苍生问鬼神。"（李商隐《贾生》）

"姊妹弟兄皆列土，可怜光彩生门户。"（白居易《长恨歌》）

……

让我们来细细体会吧，原来，在不同的语言环境中，这个"怜"字会生出不同的意义，它们之间的区别也许不大，但却在最微小的地方表现出心灵的细腻和情感的复杂。那"露似真珠月似弓"的夜晚多么令人爱怜，那"心忧炭贱愿天寒"的卖炭翁多么值得同情，那"姊妹弟兄皆列土"的恩宠自然让人羡慕，那"不问苍生问鬼神"的哀叹岂不令人感慨又无言？

那么，此时的李白在以怎样的心情告别故乡呢？

25岁的诗人豪情万丈，仗剑去国。这是诗人第一次离开故乡开始漫游，准备实现自己的理想抱负。此时的诗人心里充满对未来的无限憧憬，所以，热血澎湃的他觉得这"送行舟"的水也如此可爱，如此激情，如此美丽！

可是，因为他是李白，所以与故乡的告别也一定是洒脱的吗？我们偏偏最早记得的诗句，就是"举头望明月，低头思故乡"，就是"但使主人能醉客，不知何处是他乡"！无论是谁，总会"情同于怀土"，李白的辞亲远游真的就只有欣喜与快乐吗？那送行的水，真的只是可爱而可喜的吗？何况，此时已"渡远荆门外"，眼前是"江入大荒流"！

那么，这个"怜"字到底是什么意思？是可爱的赞美，还是怜惜的深情？是青春的豪气，还是游子的依恋？

也许都有吧。只要我们能感同身受，只要我们愿意披文入情。

不过，经过这样的探讨，我也开始怀疑自己最初的理解了。《尔雅》说："怜，爱也。"这故乡的水，在作者心中是可爱的，是难以割舍的。《说文》说："怜，哀也。"这水，将把作者送至远离故土的地方，怎能不激起他心中的哀伤？

"爱与哀愁，这本来就是在一起的。每一种深切的爱中都有哀伤，每一种哀伤中都一定有爱。"你们说。

真好。你们说得真好。原来，那个"怜"字里包含着作者的爱与哀愁，那是如水的缠绵与依恋，那是剪不断、水更流的深情和委婉，那是青春的意气风发和游子的漫漫乡愁！何况，这样的深情在作者看来，是相互的。故乡的水，一路跟随，不辞劳苦，将作者从"荆门"送到"楚国"，仍依依不舍，缠缠绵绵。这份深情，怎能不令人唏嘘感慨，深深眷恋？

## 无怨的相思

**玉阶怨**
【唐】李白
玉阶生白露,夜久侵罗袜。
却下水晶帘,玲珑望秋月。

拿出这首诗,原只是为了说明李白的诗除了《将进酒》那样的狂傲不羁,也有《玉阶怨》这般的清新流利。但你们并不就此放过,笑言:"老师,这首诗真的很清新,就是一点儿也不'怨'。"

题目为"怨",并不一定要写"怨"字,就像谢朓的那首《玉阶怨》,也未着一"怨"字。

"可是,谢朓诗的后两句是'长夜缝罗衣,思君此何极',不就是深深的怨怼吗?"显然,你们并不是我想的那么"简单",你们已经可以在诗歌的欣赏上走得更远。

那好吧,让我们停下来,说说这首《玉阶怨》。

初读,映入眼帘的,都是美好的字眼吧:玉阶、白露、罗袜、水晶帘、秋月。这一切的主人,当然是一个美丽的女子。但是,她只隐隐地留给你一个背影,不闻其声亦不见其容。你们笑言:"美且美也,不见有怨。"

我只有一个问题,她在做什么?

"她在久久地伫立。你看,夜色渐浓,冰凉的露水已经浸湿了她的罗袜,她却浑然不知。"

"她在静静地望月,你看,回到闺房,虽已把窗帘放下,却仍然忍不住举头望月……"

望月,是没错的,可是,你为什么要用"仍然"这个词呢?

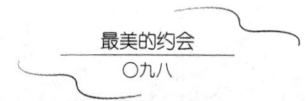

"因为她先前在玉阶站立的时候,也一定是在望月的啊。"

可是,既然要一直地望月,那为什么还要"却下水晶帘"呢?难道是因为隔着水晶帘子更好看吗?

你们笑了。但也没有立刻回答我。片刻之后,有一个声音传来:"又不是赏月的。"

太好了,不是赏月,却久久望月,露湿罗袜不能停,珠帘放下不能止,到底是为了什么?

思念。

让我们闭上眼睛,回到那一个个美丽的画面吧!

冯延巳说:"独立小桥风满袖,平林新月人归后。"久久地伫立,任凭风吹衣袂飘飘举,任凭一弯新月升起,任凭这是人已归家的日暮。

晏殊说:"明月不谙离恨苦,斜光到晓穿朱户。"一夜未眠,眼睁睁地看着月升月落,看着那皎洁的月光从窗到户。

李攀龙说:"曲罢不知青海月,徘徊犹作汉宫看。"这是被远送大漠边疆的王昭君,她久久地沉浸在琵琶声中,在如水的月光中,不知今夕何夕,此地何地,恍惚了前世今生。

杜甫说:"今夜鄜州月,闺中只独看。"这"独看"中,只有冰冷的清辉,只有寂寞的泪水……

这里的哪一次凝望,不是思念?哪一轮月亮,不是忧伤?

思念太苦,不如忘却。思念刻骨,欲罢不能。所以,放下这水晶帘吧,但愿"挡得住"那清冷月光,可是,仍忍不住举头眺望,相思,是没有解药的毒!

怎么会没有"怨",只因为爱在心间,怨,才变得幽邃,缠绵。

"知道了,就是《春江花月夜》中说的'玉户帘中卷不去,捣衣砧上拂还来'!"是的,就是那一句。对朗朗月光的埋怨,其实是对远方爱人痛苦的思念。可是,并不因为自己的痛苦把埋怨变成"恨"。那个女子,依然温柔而深情地说:"此时相望不相闻,愿逐月华流照君。"让我变成月光吧,就可以千里万里,追随着你。

我们再来看一首同名(《玉阶怨》)的诗。作者是南朝的虞炎——紫藤拂花树,黄鸟度青枝。思君一叹息,苦泪应言垂。——这里有你们所说的"怨"了,一位女子,立于深深庭院,想起远方的夫婿,忍不住一声长叹,两行苦泪。

你们会更喜欢哪一首呢?

悲苦、峻切、怨愤，都是情感表达的方式，有时，也都是爱的表达方式。说出来，是发泄，是直率，有时也是一种真诚。但是，如果这份爱里有体谅，有隐忍，有宽恕，那自然，也就有了含蓄和深远。怨，可以变成讽刺和恶毒，也可以变成久久的伫立，可以化为凄苦和眼泪，也可以化为深情的凝望。所以，不是"美而无怨"，是"怨而有恕"才美。

关于这首诗，俞陛云先生说："题为'玉阶怨'，其写怨意，不在表面，而在空际。……第四句云隔帘望月，则虚帏之孤影可知。不言怨，而怨自深矣。"

我还想让你们记住傅庚生先生的一句话："有怨情乃有诗思也；然于收束处，各能涵忍而一归于恕。更见渊雅。"

# 人不来，香永在

**寄远（其十一）**
**[唐]李白**

美人在时花满堂，美人去后余空床。
床中绣被卷不寝，至今三载闻余香。
香亦竟不灭，人亦竟不来，
相思黄叶尽，白露湿青苔。

尽管教材上所选的李白的作品多是那些狂放不羁、笑傲王侯的歌唱，但我还是会为你们补充他的另一类诗歌，另一类由一个平凡的李白写出的极富人间烟火气息的诗歌。我特别想让你们知道，真正的英雄是有凡人情怀的，真正的天才是扎根在人间的，而真正的狂傲，是藐视了世俗又饱含了深情，看破了名利却执着于人生的。

你们和我一样，喜欢李白的这一组"寄远"诗。是啊，热烈大胆又情意缠绵，是真实的李白。

你提出了一个很有趣的问题："香不灭和人不来是什么关系？"其实，我原本是以为，这两句之间没有什么特殊的关系，倒是两个"竟"字很耐人寻味。"香亦竟不灭"，这里是一点意外，一点深情，一点安慰。你虽已离开多年，可是，那绣被上依然留有你的馨香，是给我的唯一安慰！而后一个"竟"字，是一点失落，一份思念，还有，那么一点点的埋怨。树叶绿了又黄，青苔干了又湿，为什么你还不来？

可是，你的问题竟在同伴中有了那么多的答案：

是并列关系。一边是作者的思念，仿佛美人的馨香还在；一边是美人的远离，岁月流逝，美人却依然没有归来。两相对照，不是更加令人感伤和无奈吗？

是转折关系。虽然在锦被上似乎还留有你的馨香，可是那一切都只是虚幻的记忆而已，你还在远方，没有回来。这显然是作者的失望和相思之苦的表达。

我很喜欢这句"虚幻的记忆"，因为，虚幻的记忆往往是至深的爱恋。思念的人是喜欢活在对过去的记忆中的，反反复复的过去的重放，会让时间以某种形式停滞，仿佛一切如昨。

但是，最让我惊讶的是，你居然说两句之间是"倒装"关系。——人不来，香永在！这余留的馨香是永远不会消失的，而永不消失的原因，恰恰是因为人未来！因为你没有回来，过去的美好就不会改变，对你的思念就会与日俱增；因为你没有回来，我的等待就有无限可能，你的生命也会永远年轻；因为你没有回来，你和我的爱就会停留在过去最美的那一刻，并在时间的洗礼中变得更加纯洁、神圣……

那么，你的意思是说，"人"来反而会"香"去？

你没有讲话。但我知道，你是有道理的啊。这世间，所有最刻骨的相思都是因为别离而存在，所有最美丽的爱情都是因为没有婚姻而永恒！我们每个人都会有这样难以言说的经历，当某种感情残缺时，残缺带给我们的是对圆满的不懈追寻。而当一切终于圆满时，短暂的喜悦后就是巨大的空虚。周国平说："你是看不到我最爱你的时候的情形的，因为我在看不到你的时候才最爱你。"还有更甚者，记不得哪本书上的话了："世间的任何事物，追求时的兴致总要比享用时的兴致浓烈。"……

可是，谁不追求圆满呢？就像相爱的人，谁不想"看着"对方长相厮守呢？

"闻余香"是爱之至，"黄叶尽"就是思之深了。等待的日子如黄叶飘零，一片片随风而逝，但思念的人，并没有一天天走近。

李白的这些言情诗总是在热恋的表白后用景物的描写营造一份缠绵的深情。他的另一首《久别离》的最后一句是："待来竟不来，落花寂寂委青苔。"又是一个"竟"字，你感到那深深的遗憾和思念了吗？每读此句，就有恍兮惚兮的感觉，我们和我们的爱，都是这"寂寂落花"啊。

# 相思，不只是缠绵

## 长相思（其一）
### [唐] 李白

日色已尽花含烟，月明欲素愁不眠。
赵瑟初停凤凰柱，蜀琴欲奏鸳鸯弦。
此曲有意无人传，愿随春风寄燕然。
忆君迢迢隔青天，昔日横波目，今作流泪泉。
不信妾肠断，归来看取明镜前。

相思，总是缠绵的。我们都这么想，何况有那么多美好的诗句为证。"相见时难别亦难"是缠绵，"执手相看泪眼"是缠绵，"泪眼问花花不语"是缠绵，"惆怅双鸳不到，幽阶一夜苔生"亦是缠绵。但这首《长相思》的味道却有不同。

你们好像更喜欢前面的几句，认为"花含烟""愁不眠"才是美丽的相思，而诗的后半部分，在你们看来，过于"直白""夸张"和"爽利"了。

"'昔日横波目'还是很美的，可是'今作流泪泉'就过于夸张了，而且，幽默有余，深情不足。"——你说得多好，"流泪泉"的比喻之于眼睛确实是夸张得有些幽默了。同样是相思的眼泪，曹丕的《燕歌行》说："忧来思君不敢忘，不觉泪下沾衣裳。"这是一种多么真实、朴素的描写啊！

"'妾肠断'就更不美了，虽然我们也有成语'肝肠寸断'，但表达上比这个还要显得美好一点。"——我懂你的意思，同样是这样痛苦的相思，李商隐说"春心莫共花争发，一寸相思一寸灰"，是多么含蓄和温柔啊！

甚至那句"隔青天"也显得夸张了。《古诗十九首》说"行行重行行，与君生别离。相去万余里，各在天一涯"，才是更准确的表达啊！

那么现在，把这些我们自以为的"好"放在一起吧：朴素、含蓄、柔情、缠绵、准确。

"那就不是李白了吧？"你们立刻喊出来。

是的，如果这样，我们将不再记得那个笑傲王侯的李白，那个率真得带点儿孩子气的李白，那个写出"疑是银河落九天"和"燕山雪花大如席"的李白。而我要提醒大家的是，你们常挂在嘴边的"浪漫主义"并不是一个灰色的理论，而是一种具体的艺术形式和艺术表现。如果我们可以在作品中感受到与上一组词相反的东西，如：热烈、夸张、主观、想象等，不就是所谓"浪漫主义"的实质吗？当然，与"浪漫主义"相对的"现实主义"也会在这样的对比中彰显出来，不是吗？

何况，相思，不一定缠绵，也可以热烈，可以爽利，可以决绝。

当我们所爱的人杳无音信到令人绝望，是不是会觉得他和你隔着的不只是天涯，不只是银河，而是那无边无际、莽莽苍苍的青天？

当我们陷入相思无法自拔，会不会觉得整个身体都化作了眼泪，汩汩滔滔，直至把自己抽干？

当我们在夜深人静无法入睡时，在辗转反侧之间，是不是听到了心碎的声音、肠断的声音？

想起仓央嘉措的一句诗："安得与君相决绝，免教生死作相思。"是的，相思是关乎"生与死"的大事，可为相思死，情深亦决绝。

# 李白的天真

**山中与幽人对酌**
【唐】李白

两人对酌山花开，一杯一杯复一杯。
我醉欲眠卿且去，明朝有意抱琴来。

讲李白的《将进酒》，拿出这首小诗来对比。不过，这真是一首好诗，不是吗？

让你们说说读这首诗的感受，你们用了很多词语，"随性""诗意""清新""自然"，还有一个词我很喜欢——"天真"。

有的同学笑了，以为这个词和伟大的杰出的李白放在一起稍显"幼稚"了。在你们看来，所谓"天真"就是"幼稚"的意思。其实，如果大家愿意查查，会发现天真有很多内涵，但每一种都是和李白吻合的，每一种都是和这首诗默契的。

李白幼稚，单纯，有一颗特别干净、充满童真的心。还记得小学教材中的那首《古朗月行》吗？"小时不识月，呼作白玉盘。又疑瑶台镜，飞在青云端……"是不是让我们每个人都回到了童年，回到了傻傻的，却在以后的岁月里想起来不免微笑和唏嘘的岁月？

李白真实，自然，从不矫揉作秀。你看，他被唐玄宗召见，就说"仰天大笑出门去，我辈岂是蓬蒿人"；他觉得没有被重用，很失落，就说"人生在世不称意，明朝散发弄扁舟"；他要痛快喝酒，就说"主人何为言少钱，径须沽取对君酌"……

李白不受礼俗的拘束，永远向往自由和超越。不要小看了那句"安能摧眉折腰事权贵，使我不得开心颜"。今天我们读了只是觉得气势如虹，痛快淋漓，却没有想过，说出这句话其实对我们而言是多么不容易。不要告诉我你们言论自由，可以在网上发泄私愤，为所欲为，看看现实吧，有几个官场中人敢对最高统治者这样大声宣言？又有多少政客不是在上级来临时卑躬屈膝，极尽谦卑讨好之能事？

"天真"本身还有天神、天仙的意思。汤显祖《牡丹亭》中有"敢人世上似这天真多则假……险些儿误丹青风影落灯花"。这"天仙"就更是李白的写照了，所谓"谪仙人"，所谓"诗仙"，他的人和诗从里到外都透着飘逸和仙气的啊。

李白的天真也表现在政治上。他那种"一朝为卿相，应成盖世业"的极度理想化的人生设计，他在56岁高龄还弃笔从戎，参与平叛的独特经历，都让人觉得多少有点孩子气。只是，他赶上了好时候，那是一个与他的天真相匹配的、美妙无比又绚烂至极的王朝，大家多少都有点美梦与激情打造的浪漫。他又碰上了一个好皇帝，那个唐玄宗，竟然可以因为他的诗名一纸诏书将他招进皇宫，且对他的仙风道骨赞叹不已。而且，对李白的"安排"让我觉得玄宗皇帝不仅开明而且清醒。"赐金还乡"，无论那时的李白多么不甘和失意，也无论后来有多少人为他遗憾抱屈，我都觉得，玄宗是了解李白的，也是懂得政治的。对李白这样一个天真的诗人而言，政治只能存在于想象中满足他那些"设计"与"虚构"，绝不可能成为他现实中游刃有余的战场。还有什么比让他拿着大把银子去游山玩水、纵情享乐更合适的安排？这一"赐"，中国少了一个不切实际的政客，却多了一个无与伦比的诗人。

还是回到这首诗上来吧。"两人对酌山花开"，我真是喜欢那个"山花开"，因为我总以为那不是客观的记录，而是作者心中的喜悦。每读到这句，我脑海里就自然出现老电影中那些慢镜头，青年男女一路欢笑奔跑在山上林间，周围的花就那样一朵朵、一朵朵绽放了。

可是，你们对第二句有点不满。"这是绝句吗？三个'一杯'放在一起，是不是不符合格律诗的要求啊？"没错，在诗歌意境格律化的盛唐，李白的这句诗显然有点随意又随性了，他真是什么也不迁就，什么也不放在眼里，只要尽情尽兴。可是，不用这句又能换成什么好句子呢？"劝君更尽一杯酒"，太矜持了吧？"零落栖迟一杯酒"，太落魄了吧？"斗酒相逢须醉倒"，太刻意了吧？"一杯一杯复一杯"，孩子一样的话语。如果说每一个孩子都是诗人，那么，反过来，每一个真正杰出的诗人都有孩子一样的心性啊。

李白的天真里是带着令人惊讶的率直的。"我醉欲眠卿且去"！哈哈，真是谁的账都不买，信口开河，随心所欲——我要睡了，你且先走吧。换成我们，会这样说吗。"不会。"你们摇头。是啊，我们从小就被教育要"客气"，还美其名曰为"懂事""有礼貌""讲究"。我们想吃那个大一点的苹果，可是有"孔融让梨"的故事在前，谁敢不先拿一个小的？我们不想被别人打扰，可是有那么多"礼贤下士"的典范在前，谁敢不露出谦卑的笑容？太多的时候，我们想像李白这样，但更多的时候，我们不仅做不到，甚至也欣赏不了。

再看最后一句，那是这首诗的"灵魂"了。把人赶走不够，还要提出新的要求——若还有意，记得眠在山间的我，那就明天抱一把古琴来吧，我们再一起共赏高山流水……当然，这里用了一个典故，《宋书·隐逸列传》："（陶）潜不解音声，而畜素琴一张，无弦，每有酒适，辄抚弄以寄其意。贵贱造之者，有酒辄设，潜若先醉，便语客：'我醉欲眠，卿可去。'其真率如此。"叶嘉莹先生曾说，陶渊明是古代诗人中最能以"真面目"示人的，李白又何尝不是呢？

其实，我读这里，常对那个"幽人"充满敬佩。何等胸怀，何等超脱，才能和李白这样的灵魂相互呼应！才能任其挥之即去、呼之就来，却和李白惺惺相惜！怎能不让人想起阮籍为母亲守灵时嵇康抱来的那把琴？纵情的酒，任性的琴，放浪的形骸，真挚的心！

提到这首诗是为了学习《将进酒》的，准确地说，两首诗不是对比，而是互为参照。虽然《将进酒》是古体长诗，虽然这首诗交织着悲愤、自信、失落和狂放，可是，那一份"天真"是没有改变的。你们看，他觉得人生匆匆，一事无成，就说"高堂明镜悲白发，朝如青丝暮成雪"，时间在他这里就是一种"穿越"；可是他对付这匆匆人生的办法不是"三更灯火五更鸡"，而是"莫使金樽空对月"；他从不放弃对未来的希望和幻想，也从不轻视自己的才华和气魄，正所谓"天生我材必有用，千金散尽还复来"；他喝酒要的是最纵情的欢乐，所以，他要"与君歌一曲"，而且要求别人"为我倾耳听"；他要表达自己的人生观和价值观，那是"钟鼓馔玉不足贵，但愿长醉不复醒"；他看不上那些所谓圣贤，就说"古来圣贤皆寂寞，惟有饮者留其名"；他还要为自己纵酒找理由、举例子，"昔时陈王宴平乐，斗酒十千恣欢谑"；他本是应邀来喝别人的酒，却大声说"主人何为言少钱，径须沽取对君酌"；在他眼里，才是金钱如粪土，人生须尽欢，所以"五花马，千金裘"都可以换作葡萄美酒……

冲口而出，任性而言，没有节制，没有束缚，不可思议，所有的声音和情感都如"黄河之水天上来，奔流到海不复回"——这就是李白的天真，这就是天真的李白。

# 往事何必重来

## 江南逢李龟年
【唐】杜甫

岐王宅里寻常见,崔九堂前几度闻。
正是江南好风景,落花时节又逢君。

在你们看来,旧友重逢,总是令人高兴的事情,何况,这首诗里的重逢又恰是"江南好风景"。

你们的语气是欣喜的,是啊,美丽的江南,过去的好友,不期的相逢,应该是快乐的啊。

我几次努力想用"落花"二字引起你们的思考和感慨,但并不成功,你们关注的是"又逢君"——白居易面对琵琶女尚且说"相逢何必曾相识",杜甫与故人的意外相逢自然是只有惊喜。

那我们来看看这个"又"字吧,是否所有的往事重来、故友重逢都会温馨如昨?

王安石的"春风又绿江南岸"是我们都熟悉的。春风,江南,绿,哪一个不是美好的事物呢?可是,当这一切重来,带给作者的是什么呢?

是思念,是更多的思念。是忧伤,是加倍的忧伤。

这句诗中的"绿"字历来被人称道,作为古人锤炼字句的典范,但我以为最触动人心的不是那漫山遍野的绿色,不是那春风暗渡的微妙,而是那个被轻轻吟出的"又"字。又是一年,时光荏苒,又是春天,绿意盎然。可是,明月啊,你何时才能照着我回到日思夜想的故土?你何时才能圆满一个游子的思念?

还有李煜的《虞美人》啊,他说:"小楼昨夜又东风,故国不堪回首月明中。"小楼依旧,东风又起,可是,它带来的是什么呢?是过去?过去早已不堪回首。

是现在？现在谁知今夕何夕！一个"又"字，是多少剪不断理还乱的离愁。

至于陆游的"遗民泪尽胡尘里，南望王师又一年"则是流不尽的眼泪和无限的心酸了。

看来，岁月流转，往事重来，未必温馨。

回到这首诗。其实重要的不是"好风景"，也不是"落花时节"，而是"正"和"又"这两个虚字。"正"字写出"物是"，"又"字却道出"人非"。还是那样的春天，还是那样的美景，但此时的相逢早已不是太平盛世的轻歌曼舞，也不是当初出入相府的意气风发。有的只是社会的动荡、国家的衰颓、世态的炎凉、人生的巨变、年华的盛衰……这"又一次"的相见触发多少往日的回忆，这往日的回忆引起多少今日的感慨！有些东西，真的不会再重来。

与王安石、李煜相比，杜甫的诗似乎又胜在了"不言"。仿佛戛然而止了，却又似断未断；好像什么也没有说，却在心底藏了深沉的悲凉。沈德潜在《唐诗别裁》中说此诗"含意未申，有案未断"，大概就是此意吧。

"这一下情景不交融了。"你们开着玩笑。我知道，标准化的考试早就让我们有了一套模式化的"刺激—反应"系统，见明月必思家乡，好风景自配好心情。其实，中国的好诗，往往好在那些看不到的地方。杜甫还有一首《绝句》："江碧鸟逾白，山青花欲燃。今春看又过，何日是归年？"你看，前两句描写的是多么明媚绚烂的春天，可是，那个"又"字，还是那个"又"字，道出了美景背后的无奈和忧伤，转眼又是一个春天，但不知什么时候才能回到故乡啊。美景写哀情，是情与景的另一种关系。

其实，读这样的作品，了解其写作的背景和作家的经历是很重要的，否则，是容易被那些美丽的词语遮掩耳目的。这就像鲁迅曾说的："我总以为倘要论文，最好是顾及全篇，并且顾及作者的全人，以及他所处的社会状态，这才较为确凿。要不然，是很容易近乎说梦的。"

# 无主的花

## 江畔独步寻花（其五）
[唐] 杜甫

黄师塔前江水东，春光懒困倚微风。
桃花一簇开无主，可爱深红爱浅红？

喜欢杜甫《江畔独步寻花》的一组诗，除了因其美，更因其出自杜甫之手。这组诗，让我们看到杜甫沉郁顿挫另一面的萧散自然，让我们看到这位忠厚的诗人，不仅知人生的苦难，也懂得生活的乐趣。

"春光懒困倚微风"，写得多好啊。更多的人认为这一句是说春天里的人们懒洋洋的，享受着微风的吹拂，感受着百草生香的温暖。但是，我宁愿固执地认为，这"懒困"的主语不是人，而是"春光"。那春光也慵懒地、柔柔地，躺在春风里，仿佛娇媚的女子，睡眼惺忪，任凭微风轻抚，它只惬意而满足。

当然，这春日里的主角仍然是桃花，它绚烂而争先恐后地盛开了，不是来装点春色，而是来炫耀自己的美丽与光彩。

"桃花一簇开无主"，原来，这花是不属于任何人的，它只属于自己，它只为自己尽情绽放！但是，也因为"无主"，它就属于了整个春天，属于了春天里的每一个人。你看，深红、浅红，让人眼花缭乱，爱不释手，甚至，让爱它的人无所适从。好一个"开无主"，那么尽情尽兴，那么无所掩饰和保留！

不由想起陆游笔下的梅花。"驿外断桥边，寂寞开无主"。又是一个"开无主"，可是，这里几多孤独与凄凉！花开了，无人欣赏，无人赞叹，无人留步，它只能在风雨的黄昏独自哀伤、忧愁。

这是为什么呢？"为什么几乎同样的诗句带来的却是完全不同的感受？"你们问。我知道，你们所指的并不是两首诗的作者、背景等用以"知人论世"的东西，而是在就花论花。同样是"无主"的花，为什么一绚烂耀眼，一凄苦寂寞呢？

我们先来看对"无主"的理解吧。"无主"，没有主人。而没有主人，又有多种理解，一是，想而不得，就比如孤儿，或无家可归者；一是，不需要主人，就比如自己就是主人，或者主动离开庇护，闯荡大千世界的人。那么，谁快乐，谁凄苦呢？

所以，一个人要做自己的主人，要精神独立，要不依附其他任何东西，如此就能尽情地绽放生命的光彩，就能自由而烂漫。

那么，陆游是一个缺少独立精神的人吗？

应该不是，如果是，那也是中国知识分子的通病。陆游笔下的梅花其实不是花，而是他自己的写照。陆游的凄苦不是自我人格的不独立，而是，他不属于自己，他属于朝廷，属于国家，既然如此，他的快乐就不在于自己的绽放，而在于他要为朝廷和国家奉献他自己。杜甫说："穷年忧黎元，叹息肠内热。"韩愈说："欲为圣朝除弊事，肯将衰朽惜残年。"当他们把家国背负在肩上的时候，他们是无法属于自己的，当他们的每一次绽放都是为着他人的时候，他们苦苦等待的，就是一个知音，一种赏识，一次重用。可惜，这常常是"求而不得"的事！

所以，我们不妨这样理解，杜甫笔下的那一簇桃花，是自由的、尽情的、没有任何约束的春天的精灵，而陆游笔下的那簇梅花，却是无人欣赏的、不能自主的封建时代知识分子的写照。

要快乐，就做自己！你们说。

这是对的，但是，你们必须保证自己是一簇桃花，而不是一只害虫。

要做事，还得像陆游。你们说。

这也是对的。人这一生，只为自己活着，只为自己绽放，是不是也太寂寞太无聊了？

何去何从？我想，先做一个好的、独立的自己，再承担起社会的、家庭的责任，这样，在快乐和轻松中，多一份道义与承担，快乐就会更进一步，变成幸福。

# 敦厚，不只是一种语气

## 又呈吴郎
【唐】杜甫

堂前扑枣任西邻，无食无儿一妇人。
不为困穷宁有此？只缘恐惧转须亲。
即防远客虽多事，便插疏篱却甚真！
已诉征求贫到骨，正思戎马泪盈巾。

杜甫为人为诗，实在是敦厚得很，又执着得很。别人可以"达则兼济天下，穷则独善其身"，他不行，他一定要"安得广厦千万间，大庇天下寒士俱欢颜"，只要"眼前突兀见此屋，吾庐独破受冻死亦足"。

这是个注定活得很苦很累的人。我说。

但是也很崇高很伟大。你们说。

——这样说完，我们居然都忍不住笑了，因为一不小心，这句式就与众人皆知的娱乐圈丑闻中的一句话重复了。在讲杜甫诗的课堂上，我实在不忍再搬出原话来继续调侃，但心里也是说不出的滋味，一个全民娱乐的年代，一个所有公众话语都日渐以娱乐的方式出现的时代，一切严肃、庄重，都会被瞬间瓦解。

这首《又呈吴郎》，也是令人唏嘘的作品。连自身都难保全的诗人，却在如此呵护、同情着另一位老人。你们说这是同病相怜。我却以为，这种说法会消解了人心的善良，因为在我们看来，同病相怜是比较理所当然的事情，处境的相近会自动拉近彼此的同情。但我却以为，"同病"不一定"相怜"。处境的相近能带来的绝不只是彼此的同情，更有彼此的敌意。现实中，我们最会嫉妒的、敌视的、冷眼以对的，往往不是与我们地位处境相去甚远的人，而是和我们一样的人。因为这样的人之间会多了相互攀比和争夺的可能性。所谓同一个圈子，也意味着同等的资源，当资源短缺时，相互倾轧几乎是一种本能。这一点，我也不用再多说，娱乐圈是最好的证明。或者我们再来想一想，现在，有哪个演员会因为某种善意而把一个重要角色拱手相让吗?

回到这首诗,并没有什么需要我去"讲"的,散文一样,平实自然。但我们都从那些虚词,那些频繁出现的虚词中感受到了作者的善良、慈祥和敦厚。那委婉、含蓄、顿挫的表达中,是一颗多么温婉的心!

你看,"不为困穷宁有此?"他说得多么真诚,多么善良。这样一个孤苦穷困的老人,如果不是没有办法怎么会这样呢?一个"宁"字,是为妇人的开脱,是对妇人的理解,更是一种信任和同情。诗人没有断然说"只因穷困才如此",因为这样会让吴郎多少有点难堪。他用了一个反问句,于是,语气中有一点猜测,有一点肯定,又有一点解释的味道。仿佛在慢声细语地告诉吴郎:"不然也不会这样的,你就原谅她吧。"

"只缘恐惧转须亲",这个"只"字也是虚词,可以理解为"仅仅",诗人希望吴郎能够对老妇的态度更和善一些,可是,他没有命令,也没有要求,他希望吴郎再亲切一点,"仅仅""只是"因为老妇人太恐惧了。这个词,在表情达意上是有一点"无奈"的,就像李煜说"雕栏玉砌应犹在,只是朱颜改",就像李商隐说"夕阳无限好,只是近黄昏","只"字中有那么一点感伤和无可奈何,是最容易打动人的。诗人没有说老妇打枣是对的,只是说她这样做也很恐惧呢。诗人也没有要求吴郎一定怎样,但是他用这种方式让吴郎也忍不住要同情那个老妇人了。

"即防远客虽多事,便插疏篱却甚真。"前一句好像在说老妇的不对,她对吴郎这位新客的提防显然是有些多心了。但显然,这句话是说给吴郎听的。诗人为老妇开脱的同时,也在对吴郎之前的行为表示理解,这不是说话的艺术,而完全来自诗人那颗敦厚的心。最重要的是那个"虽"字,已经为下一句做好了铺垫。"便插疏篱却甚真",这里"便"是"就"的意思,恰恰与前一句的"即"对举起来,老妇之"即防"固然不妥,可是吴郎的"便插"也不合适,我想,这样的批评是中肯的,也是吴郎能够接受的。接下来,"却"字是一个小小的转折,承接上句中的"虽"字,老妇固然不对,可是,你的做法好像比她更甚啊。

"已诉征求贫到骨,正思戎马泪盈巾。"这两句本是最客观的描述,可是一个"已"字和一个"正"字对接起来,既让我们看到了老妇的可怜与无助,也让我们看到了诗人那一颗无时无地不在忧国忧民的心!

一首诗,用了这样多的虚词,是很难见的,但这些虚词在其中,使得所有的感情都是温和的、真挚的、缠绵顿挫的。

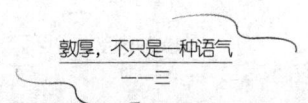

清人卢德水说:"杜诗温柔敦厚,其慈祥恺悌之衷,往往溢于言表。如此章,极煦育邻妇,又出脱邻妇;欲开示吴郎,又回护吴郎。八句中,百种千层,莫非仁音,所谓仁义之人,其言蔼如也。"(《读杜私言》)而我要说的是,就像这首诗里,虚词不仅仅是一种变化而是一种语气一样,杜甫的仁善敦厚也不仅仅是一种语气,而是他那颗忠君恋阙、仁民爱物的博大之心。

在心为志,发言为诗。敦厚,不只是一种语气。

# "诗圣"的另一种解读

## 捣衣

**[唐] 杜甫**

亦知戍不返,秋至拭清砧。
已近苦寒月,况经长别心。
宁辞捣熨倦,一寄塞垣深。
用尽闺中力,君听空外音。

这首诗之所以打动我们,是因为第一句吧。"亦知戍不返,秋至拭清砧。"知道,你不会回来,知道,你也许再也回不来,但是,还是要把捣衣砧擦拭干净,还是要把棉衣缝制寄送。

我们辛苦地做一件事,是因为我们知道这件事的意义,或者是因为总怀有一种希望。这意义和希望有多大,并不重要,只要希望在,就可以做下去。可是,如果我们清楚地知道这件事是没有意义的,或者,是没有任何希望的,我们会怎样呢?

这个女子,就在做着一件明知无望的事。

不要说我傻,我其实什么都明白。我知道你回不来,我知道你不会来,我知道你也许已经不在人世,我知道,即使你暂时还活着,我们也没有未来,我知道我的等待永远是空,我知道,我手中的衣服永远不会是你身上的柔情,我知道……

"是聊以自慰吗?"当我说着这段话的时候,你们问。

也许吧。许多爱,与其说是为了别人,不如说是为了自己。就像手中这件永远也到不了对方身上的衣物,你不放弃,难道不是为了让自己的心好受些?

但我更愿意说,这是至情,是知其不可为而为的至情。我们为什么要爱一个人呢?因为他可爱去爱,那是纯真的;因为可以得到他的爱去爱,那是幸福的;因为可能得到他的爱去爱,那是为希望而努力的。如果,你绝无可能得到他的爱,甚至,你的爱也无从依附,那么,你还会爱吗?如果这样你依然爱着,不是至情,又是什么?

"这样，是不是太傻了？"你们说。

是的，太傻了。可是，我从不相信在深情中有聪明和智慧。诸葛亮的聪明才智非常人可比，可是，谁都知道，他最后的出征是几乎没有胜算的一役。林黛玉天资聪慧，才华绝伦，可是，谁都知道，她的纵情任性简直是在自取灭亡。杜丽娘知书达理，一代佳人，可是，却为了一个似有还无的春梦郁郁而终……

"知其不可为"是天命，"而为"是人事。因此，知其不可为而为，就成了一种执着的精神，一种自我的挑战，或者，一种一往而深的至情。

"杜甫自己也是这样的人啊！"你很激动地叫。我有些意外，毕竟，我们在讲爱情，讲相思。可是，你的回答却让我暗暗叫好。"你看，杜甫就是个'知其不可为而为'的人。他很有政治眼光，早就预感到这个唐王朝的危机，可是他却忠心不负朝廷，还说'葵藿向太阳，物性固莫夺'；他明明连自己的儿女都保不住，却还说'安得广厦千万间，大庇天下寒士俱欢颜'；他一生穷困潦倒，却还时时刻刻都在同情担心别人……"

这首《捣衣》是杜甫写的，大家都认为，这是代人抒怀，"代戍妇言情"。可是，你却从中看到了杜甫本人的影子，看到了那个同样知其不可为而为的"迂腐"的杜甫。那么，现在，我明白了杜甫被称作"诗圣"的又一个原因了，明代张岱曾说："不知不可为而为之，愚人也；知其不可为而不为，贤人也；知其不可为而为之，圣人也。"这算不算"诗圣"的另一种解读？

# 君子之交

## 天末怀李白
**[唐]杜甫**

凉风起天末,君子意如何?
鸿雁几时到?江湖秋水多。
文章憎命达,魑魅喜人过。
应共冤魂语,投诗赠汨罗。

　　李杜之交,不只是"文坛佳话"四个字可以概括,那是太阳与月亮的会面,是天光和地火的碰撞。从此,想念与牵挂就变成诗,在四季纷飞。

　　这首《天末怀李白》很有名气,被收录在《唐诗三百首》中。颈联"文章憎命达"更是写尽了千古文人的悲慨与无奈。但我更喜欢的是首联那句轻轻的问候:"凉风起天末,君子意如何?"用今天的话说,就是:凉风从天边吹起,朋友啊,不知你此时心情怎样呢?

　　"过于平淡了吧?"你们说。

　　是的,这是一个过于平淡的问候,就像我们拿起笔墨,在纸上写下一句"你好吗",就像某个瞬间最不经意的抬头,就像一阵风过吹落的树叶。

　　那么,在你们看来,不平淡的问候和想念是什么样的呢?

　　"那就是'我想死你了'。"你们自己说着就大笑起来。我知道,这是某个相声演员出场时惯用的开场白,每次都能博人一笑,屡试不爽。这句问候是很"给力"的,思念到"死",可是为什么我们都当作笑话来听呢?

　　"太夸张了,要么是'假',要么就是故意搞笑啊!"

　　你看,语言真是奇妙的东西。最"用力"的表达总是收到相反的效果。当我们说"我爱死你了"的时候,对方不会觉得你真爱他,只是当作一个善意的玩笑一听了之。当别人说"没有你我活不下去"的时候,我们不会真的以为自己很重要,只是当作一个具有表演性的情节,云淡风轻。相反,最深的爱都是含蓄的,最大的悲哀都是无声的。就像傅庚生先生所说："长江大河，水深则难测其底，万里奔流，转无声息；情之深犹水之深耳。"所以，当我们说"春蚕到死丝方尽"的时候会无限缠绵，当我们说"山有木兮木有枝，心悦君兮君不知"的时候会痛彻心扉。

思念是什么？可能就是在最不经意的时候想到了你。你无所在，又无所不在。风起时，云过日，晨曦中，黄昏里。

牵挂是什么？可能就是那些不自觉的由己及你。我冷的时候会想着你是否已经加衣，我病的时候会想着你是否安康，我快乐的时候希望你快乐，我孤独的时候但愿你不寂寞。

友谊是什么？可能就是那条汶水，清澈，干净，平淡。

"这就是'君子之交淡如水'的意思吗？"你们问。

我想是的。庄子说："君子之交淡如水，小人之交甘若醴。"这句话常常让你们费解，因为在你们想来，美好的感情应该是"甜蜜"的，应该是有滋有味的，怎么就成了"小人之交"呢？我想，一杯白水，虽少些滋味，但纯净、长久。一杯蜜水，会多些口感，但易发酵、变质。刻意而为的感情就像加了蜜的水，刻意而为的表达就会如鲠在喉。

"凉风起天末，君子意如何？"每次读到这一句，我都会想起顾贞观写给吴兆骞的那首《金缕曲》，开头一句即："季子平安否？便归来，平生万事，那堪回首？""季子平安否"实在是一句再平常不过的寒暄，并不见泪竭声嘶。但是在这句不动声色的问候中，包含了多少同情和关切。吴少年成名，又生长在杂树生花、群莺乱飞的江南，一下子不明不白地被流放到"肤肉冻结""触物辄坠"的漠漠大荒，其生活的落差、心情的痛楚何其大也。而作者深知其中的悲苦，便不再以悲苦出之，仅是那一句平淡却又包含了万语千言的问候。

其实，以杜甫的才华，是可以为这份"怀念"吟出最华美的诗句的，但，以李白的真率，他需要的只是那一声最平淡的问候，那问候里，才有深情的揣想，才有殷切的思念。

朋友啊，风起，我感到了阵阵凉意，那么你呢？

# 过客

**玉华宫**
[唐] 杜甫

溪回松风长，苍鼠窜古瓦。
不知何王殿，遗构绝壁下。
阴房鬼火青，坏道哀湍泻。
万籁真笙竽，秋色正萧洒。
美人为黄土，况乃粉黛假。
当时侍金舆，故物独石马。
忧来藉草坐，浩歌泪盈把。
冉冉征途间，谁是长年者？

在《咏怀五百字》后再来讲这首《玉华宫》似乎容易得多了。此时，正是安史之乱爆发后的第三年，诗人自己又遭受了政治上的打击。国家的破败，百姓的灾难，个人命运的多舛，使得他在路过玉华宫时，触景生情，写下了这首诗。杜诗的"沉郁顿挫"在这首诗里依然得到深刻的体现，他很少把内心强烈的感情不加控制地抒发出来，他依然只说"忧来藉草坐，浩歌泪盈把"。我的问题很简单，为什么？为什么诗人会瘫坐在草地上，长哭当歌？为什么会那样悲从中来，泪水滂沱？

你们的回答几乎是不假思索的，因为这个问题似乎真的是"太简单"了。

玉华宫的昔盛今衰正是唐王朝经历安史之乱后衰败的缩影，对一个爱国的诗人来说，这样的衰败能不让他痛苦伤心吗？

不仅是唐王朝，这里有一种普遍的历史兴亡感。曾经辉煌的、繁华的、灿烂的东西都会在时间的长河中没落、沉寂，所以，是历史的兴亡感触动了诗人的内心，让他发出悲凉的喟叹。

还有作者自己的遭际。他不是刚刚遇到政治上的打击吗？他不是去看望已经很久未见的妻子吗？虽然诗中没有明说，但显然，这样的人生遭遇和眼前的一切一下子碰撞在一起，才激起诗人如此强烈的悲哀。

……

你们说得都很好。历史的兴亡、时代的悲剧、个人的遭际，当这些在一所破败的故宫前一下子聚集在一起、碰撞在一起的时候，诗人的悲哀、凄凉、无奈和心痛是任何语言都无法表述的。

可是，我想提醒大家关注最后一句："冉冉征途间，谁是长年者？"这是诗人的发问，我们可以给他一个回答吗？我们能告诉他，谁是这征途中永不掉队的人吗？

没有。你们说。

是的。没有。不只是那些历史上曾叱咤风云的人物，不只是那些帝王将相、英雄美人，而是每一个人，我们每一个人都是这旅途中匆匆的过客，都是这宇宙中稍纵即逝的一个小小分子，没有谁可以看到或者经历历史的全部！

如此说来，一座宫殿的颓废、一个王朝的没落、一个人的不幸，都是可以理解和接受的，如果想得开，都不值得去号啕大哭、悲伤欲绝。但我们无法想得开的是，人的最终命运到底是什么？既然不是"哪一个"，而是全部，是一切，那么，人类的前途和未来到底在哪里？活着的意义到底又是什么？

这是不是诗人在一瞬间百感交集的所在？我不知道。但我想起了李白的一句诗："生者为过客，死者为归人。天地一逆旅，同悲万古尘。"活着，我们只是匆匆的过客，唯有死，才是必然的结果和归宿。这世上，没有永恒的东西。

面对这样的"过客"的身份，我们该如何自处？

是悲哀吗？因为我们的种种努力、辛劳，甚至种种欢乐、痛苦都显得没有了意义和价值。

是庆幸吗？既然只是过客，何必那么辛苦、痛苦，只需要从容地走，只需要享受每一天就可以了。

是豁达吗？一切都是过眼烟云，名与利又算得了什么？

……

教室里变得出奇地安静。当我们愿意沉下心来，想一想生命的本质和宇宙的无穷时，也会怆然，也会懂得那诗以外的滋味。

宇宙无穷，人生短暂。也许顾随先生的这句话才在最深沉的悲哀中告诉我们一种真正有意义的活法："要以无生之觉悟，为有生之事业；以悲观之心态，过乐观之生活。"当然，我也很喜欢贺拉斯的一句话："把照亮你的每一天当作最后一天。"

共勉。

# 好玩的杜甫

**登高**

[唐] 杜甫

风急天高猿啸哀,渚清沙白鸟飞迴。
无边落木萧萧下,不尽长江滚滚来。
万里悲秋常作客,百年多病独登台。
艰难苦恨繁霜鬓,潦倒新停浊酒杯。

    杜甫的作品选入教材的很多,所以,你们的态度反而很有趣,既很熟悉,又不太买账。

    当这首《登高》以"古今七言律第一"的身份出现在你们面前时,你们没有惊喜,也没有表示厌烦。唯一感兴趣的倒是网上那些关于"杜甫很忙"的涂鸦。面容清癯的诗人一会儿扛枪,一会儿跳舞,不亦乐乎。你们很奇怪我没有因为这样的事情和话题生气。其实,生什么气呢?一来,很多"作品"很有创意,很有想象力,很有趣。二来,谁没有过无聊的中学时代,谁没在语文教材的那些插图上"创作"过?

    我能理解那些所谓的"恶搞"。这些年来,我们都被"逼"着读了很多东西,我们被"逼"着读鲁迅,读杜甫,读苦大仇深,更何况,很多年后,我们才发现,我们读的好像并不是真的鲁迅,真的杜甫,真的苦大仇深。这些"逼迫",还有一点"欺骗",早已让我们厌倦了。所以,几乎所有的语文老师都知道,一篇美文,如果发表在《读者》上,学生看了会大声叫好,会感动感慨,可是一旦选入教材,学生们就立刻表现出厌倦和索然。

    这真是语文教学的悲哀。真的。

    既然如此,我还讲什么"艰难苦恨"和"百年多病"呢?当我们打心眼里不喜欢甚至排斥这个人的时候,怎么可能去尊重和理解他的作品。当然,话还可以反过来说,真正理解了这个人的作品会帮助我们更客观地认识这个人。但现在,我想先放放这首被你们笑称为"苦大仇深"的诗。我们来聊聊杜甫,再聊聊那些你们学过却不一定记得的作品吧。

还记得"两个黄鹂鸣翠柳，一行白鹭上青天"吗？简单到不是诗，但的确很美。想象一下作者吟出此句时的样子吧——诗人迈着轻松的步伐，走出家门，抑或是端着一杯茶，坐于书房，外面正是莺歌燕舞的明丽春光，抬头，两只黄鹂嘤嘤成韵，仰望，一行白鹭展翅高翔。没有刻意，不需皱眉，未加思索，诗人脱口而出的诗句竟然天真纯朴如儿歌。是的，不是很像骆宾王儿时的"白毛浮绿水，红掌拨清波"吗？

"当时杜甫多大了？"你们问。

这是他晚年，居杜甫草堂时的作品。起起伏伏的人生，穷困潦倒的日子，都没有改变诗人那一颗干净、喜悦的心。

还记得"黄四娘家花满蹊，千朵万朵压枝低"吗？当时诗人年近半百，外出访酒友未见，一个人回来时，行走浣花溪畔，一口气写了七首绝句，首首都是花，首首都不同。寻友不得，一般人会有遗憾，会有失落，会有寂寞，诗人却把这遗憾和失落变成了一个人的享受，变成了一次美的历程。

"老师，好像您讲《世说新语》时也有一个找朋友没见到自己回来的人。"你们想起了以前学习的内容。

是的，那个人叫王子猷。《任诞》篇中这样记载：

> 王子猷居山阴，夜大雪，眠觉，开室命酌酒。四望皎然，因起彷徨，咏左思《招隐诗》。忽忆戴安道，时戴在剡，即便夜乘小船就之。经宿方至，造门不前而返。人问其故，王曰："吾本乘兴而行，兴尽而返，何必见戴？"

你们看，这就是所谓的"魏晋风度"，是那种潇洒的、诗意的风流。你们都很喜欢《世说新语》中记载的名士，阮籍、嵇康、刘伶等。那么，怎么会不喜欢杜甫呢？怎么会不喜欢这个行吟江畔，满眼飞花的诗人？

还记得他的《饮中八仙歌》吗？那个"眼花落井水底眠"的贺知章，那个"天子呼来不上船"的李太白，在作者的笔下，真是栩栩如生，又"洋相百出"。我甚至觉得，诗人的这几笔刻画，简直超过了那些连篇累牍的记载，每当我想起这几位诗人，都是杜甫笔下的模样，那是真性情，那是真潇洒。

还有，他在《百忧集行》中回忆童年生活"忆年十五心尚孩，健如黄犊走复来。庭前八月梨枣熟，一日上树能千回……"这个顽皮的健康的上蹿下跳的杜甫，是不是完全颠覆了我们心中那个满脸愁苦的老人的形象？

再给你们看一首,这是杜甫流寓秦川时写的《空囊》:"翠柏苦犹食,明霞高可餐。世人共卤莽,吾道属艰难。不爨井晨冻,无衣床夜寒。囊空恐羞涩,留得一钱看。"——穷困潦倒至断炊、无衣,他还能如此幽默,如此自嘲!我不知道你们读此诗的感受,但我知道,每次,我都是笑了,又流泪了,流泪了,又笑了。我相信,诗人每每拿起那个只剩"一钱"的钱袋,一定不是满心的悲苦和怨恨,一定是自己也笑了,而当他将这一切写入诗的时候,他何止是笑了,简直还有点得意呢!

"哎呀,这个杜甫真是太好玩儿!"你们笑。

是的,这是个太有意思的诗人。热爱生活,潇洒自适,胸襟开阔,幽默可爱。

"可是,为什么我们以前只要想起他就觉得特别累、特别辛苦呢?"你们说。

我该说什么呢?教材的选篇会让大家这样想,老师的教学会让大家这样想。就是小学里"两个黄鹂鸣翠柳,一行白鹭上青天"这样的诗句,也会被贴上"对祖国大好河山的热爱"的标签。如果诗人活着,他一定也会觉得很累。

对了,刚才你们说"好玩儿",我忽然记起陈丹青的一篇文章,写鲁迅的,叫《笑谈大先生》,其中就专门写到"好玩的鲁迅"和"鲁迅的好玩"。既然这节课我们没有办法讲《登高》,那也把课后作业换掉吧,请你们去阅读这篇《笑谈大先生》,一定会有更大的收获。我能隐约记得的,是这样的文字:我们的历史记忆和历史教育都是严重失实、缺乏质感的。历史的某一面被夸大变形,另一面却是给藏起来。

是的,学会找到那些被"藏起来"的东西,学会独立思考,学会用自己的方式表达,比学习这首《登高》更重要。

## 东风不择木

### 杏园中枣树
### [唐]白居易

人言百果中,唯枣凡且鄙。
皮皴似龟手,叶小如鼠耳。
胡为不自知?生花此园里。
岂宜遇攀玩,幸免遭伤毁。
二月曲江头,杂英红旖旎。
枣亦在其间,如嫫对西子。
东风不择木,吹煦长未已。
眼看欲合抱,得尽生生理。
寄言游春客,乞君一回视。
君爱绕指柔,从君怜柳杞。
君求悦目艳,不敢争桃李。
君若作大车,轮轴材须此。

　　白居易的《杏园中枣树》是一首托物言怀的五言诗,诗人赞扬了杏园中的枣树,更赞扬了和枣树一样虽其貌不扬却可成大才之人。他用了对比烘托的手法,把枣树置于婀娜多姿、争芳斗艳的二月春树的环绕中,置于柳树杞树的妩媚姿态与桃树李树的悦目娇艳中,欲扬先抑,表达了不留于俗的价值观,也委婉地讽刺了封建社会的人才选拔制度。拿这首诗出来,不过要大家领会一下白居易诗重写实、多讽喻的特点。可是,多有意思啊,你们居然有人完全"跑题",对我说:"老师,我觉得这首诗不只是赞扬了枣树,还赞扬了春风,你看,'东风不择木,吹煦长未已',枣树最后可以开花、结果、成才,不是因为春风的一视同仁吗?"

　　是这样吗?当然。那么,能告诉我为什么想到这个吗?

　　"没有为什么,看到就想到了,这其实就是孔子说的'有教无类'吧。"

　　多么准确啊,东风不择木,有教而无类。虽然这是一座杏园,虽然这里有杂英红旖旎,芬芳斗桃李,可是,春风是不嫌弃"皮皴似龟手,叶小如鼠耳"的枣树的。它吹拂万物,不偏不倚,无贵无贱,桃李自可争艳,杨柳自可飞舞,可是小草亦能成茵,枣树也能"合抱"。东风不择木,满园春色来。这不是母亲的情怀吗,不是生命的平等吗,不是博大的胸襟吗?

　　是的,东风不择木。作为老师,我应该记住这句话,应该记住,你们每一个都是不一样却又同等高贵和美好的生命;应该记住,我的关注和爱需如春风一般把每一个角落都唤醒。而你们,也应该记住这句话,记住,无论你身处哪里,无论你的身边有谁，你都是和他们一样的生命存在，你也一样拥有阳光的照耀和春风的轻拂。是杨柳，就千娇百媚，是桃李，就绽芳吐艳，是小草，就染绿原野，是枣树，就开花结果……

我的"走神"带给你们一点迟疑："老师，这样理解错了吗？"

不，阅读的体验哪有对错之分！书读得多，自然是好事，但不可把那些读书的经验变成一股子"匠气"，像我，就会常常走入固有的轨道，少了很多新锐的体验。比如，看到月亮自然想到思乡，翻开白居易自然联想"写实"和"讽喻"。就说这首诗吧，有了"讽喻"的羁绊，我看不到旖旎和芬芳，也感受不到那无所不在、眷顾着每一个生命的春光。而你们却可以不受他人的影响，也没有固有的模式，反倒常常读出很多新意来。

记得施蛰存先生在写《唐诗百话》的时候，曾说自己读诗，多是凭直觉去理解的，后来也发现，即使是那些脍炙人口的唐诗，历来人们的理解也是相去甚远的，"不但是诗意的体会，各自不同。甚至对文辞的理解，也各不相同"。我想，这就是所谓阅读的"共同视域"和"期待视野"吧，你们这些瞬间或偶然迸发的"灵光乍现"式的创造性思维活动，你们这些新鲜的富有个性的阅读感受，不是最值得我去珍视的吗？

好的读者要有丰富的阅读积累，也要有独到的眼光和经常"翻新"的"阅读土壤"。

# 最美的人性

**节妇吟·寄东平李司空道**
【唐】张籍

君知妾有夫,赠妾双明珠。
感君缠绵意,系在红罗襦。
妾家高楼连苑起,良人执戟明光里。
知君用心如日月,事夫誓拟同生死。
还君明珠双泪垂,恨不相逢未嫁时。

你们一看到这首诗,就立刻喊起来:"还珠格格!"是的,这就是那个风靡一时的电视剧《还珠格格》题旨的来处。可是,如果你们所有有关古典文学的那些知识都是通过电视剧、通过"戏说"来了解的,那是一件多么可怕而不幸的事情。

对你们来说,会把这首诗当作纯粹的爱情诗来读。其实,我们都知道,在中国的古典诗歌里,爱情,是个弱项。更多的这样的诗歌是在男女君臣、香草美人的比兴中传递着独特的情怀。这首《节妇吟》也不能例外。据洪迈《容斋随笔》记载:"张籍在他镇幕府,郓帅李师古又以书币辟之,籍却而不纳,作《节妇吟》一章寄之。"

但,这样美丽的诗,只作爱情诗来看,又有何不可?那么,你们会怎样看待这个故事,这份爱情呢?

讨论是热烈的。但是,你们也许不知道,在等待你们回答的那段时间里,我的心里是充满着担忧和矛盾的。常常是这样,我一边看着你们兴致勃勃地发表着自己的看法,一边却害怕你们把这样的诗歌当作了一个笑话。我常常希望,我们的古文课可以再安静些,再优雅些,当然,不是沉寂,不是冷漠。

"我不明白为什么这个男子明知别人是有夫之妇,还要送人家东西,还要表达爱意?"

其实,我不明白你为什么不明白,这个世界上,如果所有的爱都只在既定的轨道上运行,就没有故事可言,也没有恩恩怨怨。也许很清净,一定很无聊。何况，这是多么含蓄而深情的表达啊，"赠妾双明珠"，爱如明珠，心如明珠，饱满不失圆润，皎洁却不刺眼。爱，是永远说不清道不明的东西，谁也不能保证这一生不会爱上"不该爱"的人，因为爱，本来就没有该或不该。

"为什么这个女子一方面接受了人家的礼物，一方面又卖弄自己夫家？"

你用了"卖弄"这个词，显然是对女子的不满。是啊，与《陌上桑》里的罗敷相比，这是一种异样的表白。罗敷的炫耀不仅勇敢，而且聪明，它让使君自惭形秽，知难而退，它维护的不只是自尊，还有感情。而这里的"妾家高楼连苑起，良人执戟明光里"让人难免气结。可是，这何尝不是一种委婉的拒绝方式呢？良人显贵，不是我的炫耀，而是我的本分，甚至，是我的无奈。我如何背负这样的人，这样的家？这话，不只是说给你听，也是说给我自己，夫家如何，都不值得我炫耀和卖弄，但我必须给自己一份节制，一个提醒。

"那她到底爱不爱这个赠明珠的人呢？"

应该是一目了然的吧，否则，怎么会"感君缠绵意，系在红罗襦"？又怎么会"还君明珠双泪垂，恨不相逢未嫁时"？"系"是爱，我们愿意放在身边的东西和我们愿意郑重相送的东西，哪一样不是因为爱呢？我常想，对于爱情的信物，大家会选择项链、手镯、手表，或者围巾、手绢、手套，不是因为其贵贱，而是因为，这些东西总是可以和所爱相伴的、贴得最近的，我们希望无论是自己还是对方，都可以睹物思人，都可以让它靠近彼此的身体，沾染彼此的气息。"还"也依然是爱。你们太年轻，也许以为不爱就是拒绝，爱，就是接受。其实，这两者之间都没有必然的关系。我只知道，这世上最动人的爱情，大都是爱上了不该爱的人。太早或者太迟，太远，或者太近。

情和理，常常相悖。而在我看来，这个女子就是在"情与理"中做了她能做的最好的选择。而那一句"知君用心如日月"，又是多么真诚、善良、敦厚啊。

换一个思路，我们要求她怎样才好呢？

一把拿起这珠子砸在"君"的脸上，再骂上几句以示自己的贞洁吗？

一把捧住这珠子如获至宝，再赶紧投怀送抱以示自己的热烈勇敢吗？

或者，偷偷藏起这信物，无事时就反复摩挲以泪洗面？

或者，干脆一把火烧了以断人断己之念？

你们笑了。摇着头。

这首诗里，是有爱与柔情的。一个人，谁都不能保证也没有必要保证一生只爱一个人。爱，情之使然。

　　这首诗里，是有感动和尊重的。尊重自己所爱的人，也尊重真诚爱着自己的人。尊重，义之使然。

　　这首诗里，是有无奈和感伤的。无奈于今生无缘，感伤于相见已晚。无奈与拒绝，礼之使然。

　　你们看，这不是最美好的人性吗？有情，有义，有礼。

## 有些话，不说也罢

**行宫**

【唐】元稹

寥落古行宫，宫花寂寞红。
白头宫女在，闲坐说玄宗。

本来这是一个中规中矩的问题。

这首诗的最后一句，从文字上看有一个"说"，其实什么也没有说，真的什么也没有说吗？恰恰又让读者生出无穷的联想，真是精致而含蓄。我的问题是："你认为这些白头宫女们在说些什么呢？"

但我没有想到，你居然站起来说："其实，不说也罢。"

不说也罢！这回答里多少有些沧桑感，还有点与你的年龄不相一致的虚无感。可是，你的解释多好啊。

过去的都过去了，五十年的宫中生活，也许让她们经历了很多悲欢离合，了解了很多世事的变化，听到了很多传闻轶事，但是，那一切和她们有什么关系呢？作为宫女，为君宠幸而来，那些所谓的世事沧桑在她们不过是过眼浮云。何况，她们这一生，只有寂寞后的寂寞，孤独中的孤独，谁能体会她们生命空逝的悲哀，再回首时，岂是语言可以表达的……

这真是更加人性的解释，是生命对生命的同情。远比很多赏析上所说的"她们在这里时间太久，可以说的事情太多太多，但作者一笔带过，发人深省"更有人情味啊。

我们都读过白居易的《上阳白发人》，显然，这首《行宫》是对《上阳白发人》的另一种补充说明。当青春在深宫耗尽，当"宫莺百啭"和"梁燕双栖"都不再能够激起她们心中的波澜，生命其实已如槁木，那流年往事都变成了无边的伤逝，还有什么可以回忆与留恋的呢？还有什么需要喋喋不休去论说的呢？

就像你说的，有些话，不说也罢。

柳永有词曰："执手相看泪眼，竟无语凝噎。"苏轼说："相顾无言，唯有泪千行。"这是另一种"无语"，情到深处，无从说、不必说。

当然，我们还可以有另一种理解，那就是，正因为岁月磨平了宫怨，生命不再有任何欲求，所以年老的宫女们才会这样闲坐着，聊着那些或真或假，或有趣或无聊的话题，那一份看上去的淡然才是对她们悲凉一生的控诉！情到深处人孤独，如今，"情"已不在，还有什么不能面对的呢？还有什么不能聊的呢？"闲话"，不过是用一种苍白去填补另一种苍白。

还是《上阳白发人》中的句子："今日宫中年最老，大家遥赐尚书号。小头鞋履窄衣裳，青黛点眉眉细长。外人不见见应笑，天宝末年时世妆……"年过半百的宫人已经开始自我解嘲了，或许，那曾经的期盼、失望，那苦苦的等待和一个个难眠的夜晚，此时也成为彼此聊天时的笑话了吧？

其实，中国古典诗词中还有表现艺术的"不说"，那就是一种含蓄的表达方式。

刘禹锡的《乌衣巷》，只选择了一只从王谢堂前飞入寻常百姓家的燕子，寥寥数语，却蕴含了多少世事沧桑、人世无常！

储光羲《江南曲》："日暮长江里，相邀归渡头。落花如有意，来去逐轻舟。"盈盈一水，藏而不露，景内有情，不着痕迹，却恰如其分地表达了情感的复杂与微妙。相比之下，李之仪的"日日思君不见君，共饮长江水"，虽也婉转沉静，却已着痕迹。所以，从诗歌表现的艺术上来看，我们也可以认同这样的取向，那就是"有些话，不说也罢"。

司空图《诗品》中说："不着一字，尽得风流。语不涉难，已不堪忧。是有真宰，与之沉浮。如渌满酒，花时返秋。悠悠空尘，忽忽海沤。浅深聚散，万取一收。"就是对诗歌含蓄的艺术最好的解释。那今天的作业就请你们以具体的作品为例来谈谈对这段话的理解吧。

# 胜在何处

## 早春呈水部张十八员外
【唐】韩愈

天街小雨润如酥,草色遥看近却无。
最是一年春好处,绝胜烟柳满皇都。

韩愈的诗以雄奇怪异为美,又以"以文为诗"著称,所以很少入选中小学的语文教材。为了证明这一点,在讲到中唐诗歌的韩孟诗派时,我特意举例,说这首《早春呈水部张十八员外》是韩愈唯一入选小学语文教材的诗歌。但居然问题就出在这里,你说,很多年了,一想到这首诗,你就想问,为什么韩愈说这个"草色遥看近却无"的早春要远胜于"烟柳满皇都"的时候。你还说,这成了你的一个"心结",因为,上小学时,你就因为课上"执着"于这个问题被语文老师批评了。

那么,同样作为语文老师,除了试着去解开这个"结",我已经没有退路。

我想,一来,每个人的审美和感受是不同的,俗话说,萝卜白菜各有所爱。在很多人看来,春光之美,在于烂漫,在于繁花似锦,绿柳成烟。李白说"烟花三月下扬州",叶绍翁说"春色满园关不住",就是这样的烂漫而浓郁的美吧。但是,也有人喜欢那一点似有若无的"春意"。杨巨源有一首《城东早春》最能说明这一点:"诗家清景在新春,绿柳才黄半未匀。若待上林花似锦,出门俱是看花人。"他说,这"早春"才是诗家的"清景",要的就是那柳芽初露的春意,等到桃红柳绿时,到处都是赏春看花之人,既扰了春的美色,又少了一份新鲜和敏锐。这是诗人的敏感,也是诗人不流于俗的表现,这样委婉道来,是很有情趣的。

诗人之所以是诗人,总是离不开一颗"善感"的心。他们总是因月圆而伤月缺,因繁盛而念衰退,因热闹而感寂寞。我想,在这首诗里,诗人的敏感除了对"春来早"的细致观察,还在于他们对春去匆匆的遥想的感伤。好景难长,春意愈浓，春日愈短，所以，繁花似锦带给人们的往往是"匆匆，太匆匆"的感慨，倒不如那一点若有若无的春意让人欣喜。辛弃疾说"惜春长怕花开早"正是这种心理的表现吧。因此，"草色遥看近却无"时，既有了春的信息，又不必担心"林花谢了春红"，这不是一年中最值得期待，最让人喜悦的日子吗？

而最重要的，应该是"草色遥看近却无"本身的美啊。我们都有过这样的经验，却写不出这样的诗句。在漫长的冬日，我们等待春的来临，忽然有一天，眼前似乎映入一片淡淡的绿意，心中一阵惊喜："春天来了！"可是，当你匆匆跑过去，低头想去寻找那一片绿时，它好像又淡了，淡到看不见，淡到似有还无。

也许，用"水墨画"来感受这一句，会更形象些。如果请大家用水墨画来表现，你们会怎样描摹这一片"草色"呢？太浓，缺少了初春的轻灵之感；太淡，又怕找不到"春天"。这"遥看近却无"的春色就像王维笔下的"青霭入看无""山色有无中"，妙就妙在它的朦胧、疏朗、轻灵啊。

清代画家戴醇士曾说："画，令人惊，不如令人喜，令人喜，不如令人思。"春意也是如此啊，绚丽烂漫令人惊，桃花流水令人喜，而这"遥看近却无"的草色，就是那点染之外的留白，是令人遐想和冥思的呀！

你以为呢？

# 无题

## 李凭箜篌引
**[唐] 李贺**

吴丝蜀桐张高秋，空山凝云颓不流。
江娥啼竹素女愁，李凭中国弹箜篌。
昆山玉碎凤凰叫，芙蓉泣露香兰笑。
十二门前融冷光，二十三丝动紫皇。
女娲炼石补天处，石破天惊逗秋雨。
梦入神山教神妪，老鱼跳波瘦蛟舞。
吴质不眠倚桂树，露脚斜飞湿寒兔。

　　《李凭箜篌引》是又一首表现音乐美的诗歌杰作。清人方扶南把它与白居易的《琵琶行》、韩愈的《听颖师弹琴》相提并论，推许为"摹写声音至文"，并说"韩足以惊天，李足以泣鬼，白足以移人"。（见方扶南《李长吉诗集批注》卷一）的确，新奇瑰丽的想象，浪漫主义的色彩感染了我们大家，那种"可解不可解之间"的美妙也引起了你们的争论。比如，"昆山玉碎凤凰叫，芙蓉泣露香兰笑"一句，有的认为是比喻的写法，说那美妙的箜篌之音清脆如昆山的玉碎，婉转如凤凰的鸣叫，幽咽时如芙蓉的哭泣，欢快处似香兰的笑语。但也有的坚持认为，这不是写音乐本身，而是用衬托的手法写其撼人心魄的伟力，可以让昆山玉碎，令凤凰鸣叫，让芙蓉哭泣，使香兰欢笑……其实，这就是类似康德所说的想象力与理解力得以和谐合作与自由运动的快感，你们都以自己的方式感受了这艺术的力量，就够了。

　　但诗人并未就此罢休，此后，他把我们带入了一个又一个神奇的境地，紫皇、女娲、神山、神妪、老鱼、瘦蛟，我们岂止听得到声音，我们还看得到色彩，嗅得到芬芳，感受得到飞翔。

　　最后的两句是我向来钟爱的，我并不能准确说出理由，但我常想，这应该是最美的诗歌的境界了吧？当那动人的音乐穿越云霄，飘游而来的时候，月亮上的吴刚渐渐缓慢了他的动作，放下了他的刀斧，那是不由自主，那是情难自禁，那是一种浸润和牵引。就连那种可爱的小玉兔，也被这美妙的音乐感染了，它静静地趴在桂树下，任夜晚的露水打湿了它。乐声缓缓，桂花飘香，露飞霜绕，情思神往……

在介绍了关于吴刚的传说故事之后，我给了你们一个思考题——展开你的想象，感受最后这两句诗所描绘的景象，并为它起一个名字。于是，几分钟之后，你们给了我一个个惊喜：

"叫'忘记'吧。这样美的音乐，是可以抚慰人的。我想吴刚一定在聆听中忘记了一天的劳累，忘记了这永远无法完成的劳作，忘记了上天给他的不公正的待遇，忘记了一切烦恼和痛苦。"

"我起的标题是'追思'。我觉得，音乐的美好不是让人忘记了什么，而是让人想起了什么。每日疲于劳作的吴刚只有在这时才可能恢复一颗温柔的心，他可能又想起了过去，想起了人间的欢乐，想起了亲人，说不定还想起了嫦娥！"——大家发出会心的笑声。

"应该叫'憧憬'。我就常在好听的音乐中憧憬未来，我想，吴刚一定也在这动听的乐曲中憧憬着他的将来。"

但我没想到的是，你们还有人为它命名"无题"。"这样的景象哪有什么题目可以概括，或者说，这样的景象已经涵盖了太多的东西，忘记、追思、忧伤、宁静、憧憬……"

我得承认，我的这个思考题在某种意义上说是失败的，我得承认，我也更喜欢这个标题——"无题"。美好的东西是有力量的，但这力量，可以忘记，也可以想起，可以净化，也可以毁灭！美好的艺术是有共同点的，那就是，它表现的是一瞬，是一段，是一个场景，却因创作者对生命的感悟和体验获得了超越时间和空间的永恒。我们每个人都曾在美好的事物中沉溺、思考、感受，或忘却，或追思，或忧伤，或快乐，而这两句诗，不过是写出了这样的美好事物与美丽心情。

朱光潜先生在《诗论》中说："诗的境界是理想境界，是从时间与空间中执着一微点而加以永恒化与普遍化。它可以在无数心灵中继续复现，虽复现却不落于陈腐，因为它能够在每个欣赏者的当时当境的特殊性格与情趣中吸取新鲜生命。"是的，这样的诗，让我们的生命更新鲜，又因吸取了我们新鲜的生命而更长久。

# 为何而"苦"

**题诗后**
【唐】贾岛
二句三年得,一吟双泪流。
知音如不赏,归卧故山秋。

中唐诗歌是整个唐诗的大变革时期,用文学史上的话说,就是"人间的艰辛代替了理想色彩,中年的思虑送走了少年情怀"。而且,在艺术上,有意识的字锤句炼代替了盛唐时的意境浑融,不同的诗歌流派也纷然以出。

因此,我们的作品学习总是围绕这样几个话题,希望大家明白中唐诗歌的特点。"苦吟"二字也就成了我的"常用语",孟郊的诗句更是常常被举到的例子。什么"风叶乱辞木,雪猿清叫山",或者"声翻太白云,泪洗蓝田峰",哪一句不是精心锻造的结果呢?而贾岛的"二句三年得,一吟双泪流"更是让大家忍俊不禁,你们说仿佛看到了一个迂腐的老夫子形象了,中唐诗人真是辛苦啊!

可是,当我准备结束这一课的时候,却有人站起来,问了一个我不曾认真思考过的问题:"老师,'苦吟'的'苦'字是说作者搜肠刮肚,吟得很刻苦很辛苦,还是说他因为心里痛苦才吟诗?"

问题出来的那一瞬,你们大都笑了,说他没有认真听讲,说老师已经讲过了。可是,请等一下,我还真是没有办法回答,因为我没有想过这个问题,我一直以为"苦吟"就是吟得很辛苦,很刻苦,我没有想过其他。

提问的同学是做过预习的。他说,盛唐到中唐是多么巨大的社会变化,一个盛世王朝突然间几乎坍塌,世人的内心该是多么痛苦与彷徨;而中唐的诗人又是多么不幸的一群,韩愈的生不逢时,孟郊的命运多舛,还有李贺的英年早逝……那么,为什么他们不是因为内心的痛苦而吟诗的呢?

他说得多好啊，为什么我们都没有想过呢？

是的，中唐的诗人面对着的是一个多么让人感伤的时代。那个伟大的巅峰之上的王朝在安史之乱后迅速跌落，如秋日黄叶。而即使仅在诗歌的领域，他们要面对的也是前代诗人的高不可攀，盛极难继。时代悲剧与个人悲剧的交汇，政治前途和文学前途的双重困境，这一切一定使他们的内心充满了彷徨和焦虑。我们且不说"诗穷而后工"本身就是韩愈的理论，我们也可以抛开这群诗人壮志难酬的穷困，命运多舛的艰辛，就只拿写诗来说，那"苦吟"岂不是中唐诗人面对着高山仰止的盛唐诗坛，对自我价值的苦苦寻觅，岂不是他们超越技术层面的锤炼而对外在世界的苦苦探求？那么，我们所理解的"煞费苦心""搜肠刮肚""穷酸迂腐"又岂不是背离了他们的内心，背离了与文学相称的感悟！

课后，我查阅了一些资料，但是，能给我一个满意回答的，是美国著名学者，汉学家宇文所安，他在《中国"中世纪"的终结》一文中说：

"'苦吟'的原意是指出于痛苦而吟诗，然而到了九世纪的下半叶却转义为'刻苦吟诗'，原先由于外在于文学的困苦而作诗，现在蜕变成了作诗本身的煞费苦心。"

看来，我们读书，总是太多依赖于他人，而其实，只要我们不失一颗与文学相称的赤子之心，我们就会成为最好的读者、评论家和有生命的文字的撰写者。

# 一切都是你

## 有所思
### 【唐】卢仝

当时我醉美人家，美人颜色娇如花。
今日美人弃我去，青楼珠箔天之涯。
天涯娟娟姮娥月，三五二八盈又缺。
翠眉蝉鬓生别离，一望不见心断绝。
心断绝，几千里。
梦中醉卧巫山云，觉来泪滴湘江水。
湘江两岸花木深，美人不见愁人心。
含愁更奏绿绮琴，调高弦绝无知音。
美人兮美人，不知为暮雨兮为朝云。
相思一夜梅花发，忽到窗前疑是君。

记不清从哪里看到这样的话：你在的时候，你是一切，你不在的时候，一切是你。文字的曲折不掩情感的热烈。一个人，一旦被爱击中，就会痴迷，癫狂。

还是喜欢古人的表达方式，缠绵，但不纠葛，深情，但不窒息，清丽，却暗香盈盈。

读卢仝的这首诗是必须要"知人论世"的。性格耿介的他虽家境贫寒，但读书万卷，工诗精文。只是，和每一个封建时代知识分子一样，他的心里依然怀着"功业"梦。这没有错，关键是，为了"功业"或"功名"，我们是不择手段，还是有所持守。而卢仝就是后者。因此，这首《有所思》中的"美人"，大可以与屈原的"香草美人"一样去理解和看待。故诗意并不艰深，那是一个封建时代知识分子怀才不遇、不被赏识的苦闷。

但我们还是喜欢把它当作爱情诗来读。

"是单相思。"你们斩钉截铁。理由是，诗中并没有两情相悦，虽然美人颜色如花，但并不为"我"盛开，也不为"我"驻留。

"所以谈不上是'弃我去'，不曾拥有，哪有失去？不曾爱过，何谈抛弃？"你们理智冷静，完全不会轻易地拿出自己的感动和同情。

你们是对的。这首诗所表达的，就是求之不得，就是知音难觅，就是一厢情愿，就是爱无回应。可是，如果你恰恰是这个单相思的人，美人不见，你该何去何从？

放弃。人家不爱咱，何必呢？——可是，如果说放弃就可以放弃，说忘记就可以忘记，那还是爱吗？

追求。既然爱了，就得勇敢。——可是，爱情不是靠勇敢就可以获得，难道你要死缠烂打，把爱变成纠缠？

等待。放不得，求不得，那就等待吧。——可是，芸芸众生，天涯海角，有多少爱可以重来？有多少人值得等待？

那真是无路可走了！你们又笑又叫，对我的反问表示无奈。

但，很多爱就是这样，求不得，放不得，等不得。最后剩下的，就是单相思。因为是单相思，所以，这份爱不圆润，变不成精光四射的珍珠，这份爱不甜蜜，带不来你侬我侬的幸福。

于是，考验爱（请注意，不是爱情）的时候到了。凡物，都有品相。爱亦然。一件无价之宝，可以没有主人，但不可以没有品相。好的爱，就是这样，自重但不自欺，磊落但不寡淡，深情但不纠缠。

所以，我们才会为诗的最后一句动容——相思一夜梅花发，忽到窗前疑是君。

这里实在有太多的空间和疑问：

是一夜的相思感动了梅花才使它悄然开放，还是悄然开放的梅花因诗人的相思而显得与众不同？是相思催绽了梅花，还是梅花惹起了相思？是心动了花才开，还是花开了心才动？是梅花如君之高洁，还是君如梅花般芬芳……这是永远没有答案的问题。我们只知道，当心被思念所浸润，眼睛就会被爱情所欺骗。

那天涯的芳草也是你绿色的罗裙，那忽来的清风也是你的脚步，那天上闪烁的星星也是你的眼睛，甚至，那蝴蝶频扑秋千也是因为上面留有你双手的馨香。

你不在的时候，一切都是你。

# 最美的"回首"

## 齐安郡中偶题（其一）
### 【唐】杜牧

两竿落日溪桥上，半缕轻烟柳影中。
多少绿荷相倚恨，一时回首背西风。

古诗中写"回首"的诗句很多。

"回首"，本来就美，那是时间里的追溯，是空间里的回望，是情感中的留恋。"回首"的那一瞬间，就是生活中一个美丽的定格的画面。

李清照的"和羞走，倚门回首，却把青梅嗅"，是少女的娇羞和青春的萌动；辛弃疾的"众里寻他千百度，蓦然回首，那人却在，灯火阑珊处"，是执着的理想和高洁的情操；而李益的"碛里征人三十万，一时回首月中看"是对责任的坚守和对故园的思念。

但杜牧的这首《齐安郡中偶题》却把"回首"写得与众不同。这里的"回首"在字面上是落"实"的，它不是回忆，也不是追溯，而几乎就是一个实在的动作，就是轻轻背转过去的身影。这也不是一个人或一群人的"回首"，而是一池绿荷的转身，并且，不是回望和留恋"接天莲叶无穷碧"的过去，而是逃避着"菡萏香消翠叶残"的未来！

问题就在我用的"逃避"这个词上，显然，你们并不满意。我所谓的"逃避"来自那个"背"字。秋渐至，风乍起，那一池原本亭亭的绿荷一起回过头去，背对西风。这当然是极具神韵的描写，那幽怨的转身写尽了荷的摇曳和灵秀。但这似乎并不影响它对西风的"逃避"。卢照邻有荷花诗曰："常恐秋风早，飘零君不知。"元代刘敏中的《临江仙·芙蓉》也有句曰："不堪回首怨西风。残芳秋淡淡，落日水溶溶。"……

其实，当我这样为自己"证明"的时候，我已经感到这"逃避"的不恰当了。正如你们所说，用上这个词，再也看不到荷的君子风范。说得多好啊，君子风范！是的，这一转身，应该是轻盈和从容的，应该是忧伤却高贵的。面对即临的西风，那不是逃避，也无法逃避。那是一种姿态，尽管西风到时，荷将香消叶残，憔悴不堪，但它不会对西风谄媚，更不会讨饶。当然，它也没有必要迎着西风以示其勇敢，它只是轻轻转身，留下一个婷婷的背影。这转身之间，除了从容，还多了一点不屑，对西风的不屑，因此也是对即临的苦难的坦然承担。就像一首现代诗中所说："我已亭亭，不忧，也不惧。"这不是高贵又是什么？

和你们的细心相比，我的"逃避"确实太过草率了。因为，如果我们把那绿荷当作诗人自身的象征，显然，"逃避"是不恰当的。杜牧出身名门，少年及第，虽然一生在政治上并不如意，但他性情刚直，从不肯苟且逢迎。他的绝句也常常是音节响亮，神情爽朗。这首诗中，"落日""烟柳"已带着晚唐的衰飒，含恨的绿荷不就是胸怀大志却不得伸展，时运不济却洁身自好的知识分子的写照吗？那一个"背"字里，有些许忧伤和寂寞，有轻轻的叹息和惆怅，但不是逃避，不是畏惧。

姜夔说："杜郎俊赏，算而今、重到须惊。纵豆蔻词工，青楼梦好，难赋深情。"所谓"杜郎俊赏"，不只是说其青春风流潇洒，也是说其诗歌俊美英爽的格调。正如葛晓音在《杜牧和他的诗歌》一文中所说："他总是能从日常的景色中发现独特的美，并找到某一种与意境最相和谐的情调，通过画面的巧妙组织表现出来。"落日、溪桥、轻烟、柳影，是中国画的轻盈与朦胧，淡远与和谐。而缪钺先生也说："能在峭健之中而又有风流华美之致，在晚唐是杰出的，在整个唐代诗坛中也是独创的。这是杜牧平生忧国忧民的壮怀伟抱与伤春伤别的绮思柔情交织在一起而以艺术天才表现出来的特征。"

# 爱的真相

## 无 题
【唐】李商隐

相见时难别亦难,东风无力百花残。
春蚕到死丝方尽,蜡炬成灰泪始干。
晓镜但愁云鬓改,夜吟应觉月光寒。
蓬山此去无多路,青鸟殷勤为探看。

  和我小时候一样,你们也曾把李商隐的这两句诗写在教师节的黑板报上,"春蚕到死丝方尽,蜡炬成灰泪始干"。今天,当我们再提及时,大家都笑了。

  这个年纪,我们才知道,这是多么动人的爱情的诗篇。可是,也许因为这两句诗名气太大,也许因为对它太熟悉了,我们反而少了一些新锐的刺激和感动,它的"好",很难言说。

  好在形象生动。是的,这是多么形象的比喻啊,春蚕到死丝方尽,这里绝不是仅一个"丝"与"思"的谐音可以解释的。每一个爱情中的人,每一个相思中的人,不都是一只吐丝的蚕吗?在那样的一个阶段,他全部的生命似乎都是为了爱与思念,自己会变成什么样子不重要,多么辛苦和孤独不重要,可以不吃不喝不睡,也要拿了全部的心血去爱,去思念。而可悲的是,当他耗尽生命的时候,也是他作茧自缚的时候,他为爱付出了一切,最后,也失去了一切。同样,那蜡炬的眼泪也不仅仅美在它的晶莹剔透。当眼泪流尽,生命也用尽。原来,许许多多的爱都是"还泪"式的,只有痛苦,只有孤独,只有痛苦和孤独之后的死亡。那么,也是因为如此,相濡以沫才变得那样可贵吗?

  好在对爱的执着。不是说"到死"吗?不是要"成灰"吗?多少爱,我们是可以看到它的无望和无助的,我们是知道它是没有结局的;但我们依然无法放弃,也不愿放弃,我们宁愿坚守到生命的最后一刻。也只有到那时,我们才恍然,原来,爱,有时只是一个人的事业。

好在不愿不想却又不得不结束的遗憾。如果有可能，我们是希望可以永生永世爱下去的，即使什么也无法得到，我们也愿意为了爱永远等待、付出、守候。可是，没有永远，美好的愿望甚至自我牺牲的情怀都无法改变残酷的现实，我们终会在这爱中老去、死去。我们连一份单相思都无法把握，又何谈一个完整的爱情呢。所以，丝会"尽"，泪会"干"，再美的爱都要有所附丽。我们可以不在乎物质，可是，谁能敌得过时间！当生命不在，爱也只能随风逝去。

好在一种"节制"和"隐忍"。李商隐是懂得爱的，所以他会说"此情可待成追忆，只是当时已惘然"；所以，他也是懂得直面现实的。不要说"永远"，因为"永远"是不存在的，更可怕的是，"永远"是消解爱情的。当一只蚕可以"永远"地吐丝，当一双眼睛可以"永远"地流泪，谁还会珍惜，谁还会感动？当这永远变成了一种枯燥、乏味、麻木和厌倦，我们的爱还能感动谁？谁的爱还能感动我们？所以，有"方尽"，有"始干"，有我们必须放弃的坚持，必须终止的思念！

只是一句诗啊，却写尽了爱的无悔与执着，写尽了即使无悔、执着也无法圆满的无助、无常和无奈。这才是爱的真相，人生的真相啊！

# 嫦娥之悔

## 嫦娥
### [唐] 李商隐

云母屏风烛影深,长河渐落晓星沉。
嫦娥应悔偷灵药,碧海青天夜夜心。

  嫦娥的故事,我们并不陌生。《淮南子·览冥训》中记载:"羿请不死之药于西王母,恒娥窃以奔月。"恒(姮)娥,即嫦娥,因汉代避文帝刘恒讳,故称嫦娥。李商隐的很多诗,常用"仙道比兴",别有韵外之致。这首诗就被认为是以嫦娥喻指女冠宋华阳的。

  引起你们争论的,是注释上对三、四句的解释——"言嫦娥碧海青天,夜夜思念其夫后羿,后悔窃不死之药"。你们说,后悔是可能的,但未必是因为思念后羿,否则,当初就不会那么轻易走!

  其实,我很喜欢你们这个年纪的口无遮拦,没有束缚,也不在乎别人怎样讲,有时候,倒容易道出某些真相。那么,嫦娥为什么而后悔呢?

  "因为寂寞呗!"你们脱口而出。月宫里到底是什么样子,我们并不知道,但有苏轼的"高处不胜寒",有所谓"广寒宫"的称谓,再加上那一只小白兔。我们想,那里一定是寒冷而寂寞的了。有多少人能耐得住寂寞呢?何况,嫦娥原本只是一个民间女子,原本有着七情六欲,更何况,这样的奔月只是一时的好奇或者冲动,并不是理智的追求!

  "做人,不可以盲目。"你们说笑着。

  可是,我想把这个问题向前问,你们能否告诉我,嫦娥当初为什么要奔月呢?

  "为成仙呗!"你们立刻回答,似乎不需要思考。

是的，成仙，是千百年来多少人的梦想！太多仙教的故事我们不必一一列举，就连火药的发明都是源于成仙的梦。

请原谅我继续追问下去："那为什么人都想变成仙？"

"因为人世间太多痛苦啊。"弃世成仙，实在是因为尘世的苦痛多到难以承受。

可是，让我们来聊聊这样几个故事吧：七仙女、美人鱼、白娘子，为什么她们一旦到了人间就再不愿回去呢？为什么她们宁愿付出逍遥自由甚至鲜血、生命的代价，也一定要成为一个"人"呢？难道仅仅是爱情？

"不仅是爱情，是幸福。"一阵沉默之后，有人回答。

"难道神仙日子不幸福吗？"我继续。

"神仙日子只能说是不痛苦，谈不上什么幸福。"

……

这样的对话，常常让我在心里一次次地惊呼，因为你们超越了我的期待视野，因为，我们常因此点亮了彼此的心。

把最后的这句话重新表述一下，可以这样说："因为神仙没有痛苦，所以，他也没有幸福。"原来，幸福和痛苦就是孪生姐妹，或者，就是一体的两面。七仙女也罢，白娘子也罢，她们到了人间，才懂得什么是幸福。神仙日子无所缺失、无所遗憾、无所欲求，自然就无所谓痛苦，可是，痛苦的缺失会同时消解了幸福！所以，她们的不肯离去，与其说是为了爱情，不如说是为了幸福。

"可是，既不痛苦又不幸福，那是什么样的呢？"

好吧。想想我们小时候都读过的七色花的故事吧。那个故事原本告诉我们人不可贪心，现在，我们换一个角度来想。假如这朵花不是只有七瓣，而是无穷尽，我们随时可以摘下一片，满足我们的愿望。也就是说，我们可以被满足一切，你想要什么，那东西立刻就属于你了，房子、车子、金钱、衣服、爱情，一切，一切，触手可及……

"那不是太无聊了？"你们说。

我没有再说话，只看着你们笑了。片刻之后，你们也笑了。

嫦娥后悔，是因为"无聊"啊。没有痛苦，没有幸福，一切都被满足，一切都不需要，那么，还有什么意义和价值呢？

记得前不久看到这样一个故事，一个英国少年买彩票中了大奖，那些钱几乎

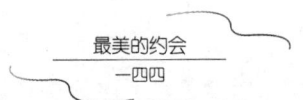

可以满足他一切的愿望。从此,豪宅、房车、女友,应有尽有,仿佛进入了人间天堂。可是接下来等待他的,是毒品、颓废、堕落。终于,他选择了自杀,而他的遗言是:"没有什么比给一个人很多钱却不给他生活的目标更可怕的事情了,钱给我的是一个黑洞,一个被无聊充斥的无底的黑洞。"

无聊,原来比痛苦可怕得多。

人间的魅力就在于它有甚至是充满了痛苦,痛苦永无止境,幸福才相依相随。叔本华说,一切生命,在其本质上皆为痛苦。那么,为我们的烦恼和痛苦庆幸吧,因为它证明,我们还活着,是存在的有意义的生命。

# 有所虑

**明神**
【唐】李商隐

明神司过岂能冤，暗室由来有祸门。
莫为无人欺一物，他时须虑石能言。

这本来是一首自读的诗歌，我希望你们可以因为这样的诗去全面了解李商隐，知道他是一位深切关注现实和国家命运的诗人，是一位诗歌创作题材非常广阔而不仅仅写恋情诗的诗人。

人们历来认为这首诗是讽刺宣宗利用牛党打击贬逐李德裕一事的，是作者对晚唐一件冤案的不平和激愤。本来是一首时事性很强的诗，但今天读来，仍然给我们别样的启发。自读的思考题只有一个，就是你们凭着自己的经验积累和知识结构去进行阅读体验，去重新建构它的意义。

以下是我对你们作业的整理，是我向你们的一次学习：

"我对着'莫为无人欺一物'想了很多，想从小时候到现在自己偷偷做过的那些'坏事'。比如，在小妹最喜欢的布娃娃脸上刻下一道疤痕；在一个成绩最好的同学的默字作业上加一个点让她没有得到100分……还有很多很多，常常在无人监督的时候，我内心的'恶'就跳出来。其实，这些事情即使永远没有人知道，没有人说出来，它也会在以后的日子里成为内心的折磨。那一笔，那一点，其实不是画在娃娃的脸上、同学的作业本上，而是画在自己的生命中的……"

"'石'是不能讲话的，但是我们有一个成语叫'精诚所至金石为开'，反过来讲的话，当一个人积恶太多、积怨太多的时候，也会有意想不到的报应，也会有被人揭穿的那一天……"

"看这首诗的时候，我想到了最近读的一本书——《庐山会议实录》，在那里，我看到了一段被隐藏的、完全出乎我的想象的历史，看到了山雨欲来风满楼。虽然我并不清楚那段历史，但我想，我们如果相信今天自己所做的一切都瞒不过时间的眼睛，那么我们会谨慎得多，也会好得多……"

你们写得真好。其实我相信，很多人读到"莫为无人欺一物，他时须虑石能言"的时候，都会感到心灵的震动。这种震动，或者来自冤屈者、清白者对于未来、对于"清者自清"的欣慰和信念，或者来自欺人者、自欺者对于报应、对于苍天在上的惶恐和自省。

《中庸》里说："道也者，不可须臾离也；可离非道也。是故君子戒慎乎其所不睹，恐惧乎其所不闻。莫见乎隐，莫显乎微，故君子慎其独也。"我以为，李商隐的两句诗是对这段话的极好的注释。一个人，要诚实、严肃、谨慎地对待自己，不要以为无人知就可以为所欲为，要把道德当作自己修身的标尺，而不能当作在别人面前表演的戏服。

所以，让我们"有所虑"。这个"虑"，是顾忌，是反省，是思考，更是敬畏。敬畏真相，我们就不会制造假象，也不会制造残忍、丑陋的真相并试图掩盖；敬畏历史，我们就不会篡改历史或者在历史的面容上涂下肮脏和粗暴；敬畏真理，我们就不会以为自己是世界的中心，更不会为满足私欲而征服他人，征服自然；敬畏生命，我们就不会冷漠，不会面对弱小举起拳头，不会面对困境落井下石。

你们有人因此想到"靖国神社"，想到日本历任首相对它的参拜以及日本政府面对二战的态度。是的，当他们貌似肃穆前去参拜的时候，他们的内心其实是脆弱的，是不安的，因为他们没有勇气去面对那段历史，他们缺少的，是对无数无辜生命的敬畏，对历史的敬畏，对人类正义的敬畏！

无所虑，会变得粗鲁，无所谓，会变成无赖，无所惧，就很有些流氓气了。若为这"三无"所支配，一个人还有什么不敢做的呢？

我想，读这首诗，让我们记住两个词——慎独、敬畏。

# 一网打尽

**无题**

【唐】李商隐

昨夜星辰昨夜风,画楼西畔桂堂东。
身无彩凤双飞翼,心有灵犀一点通。
隔座送钩春酒暖,分曹射覆蜡灯红。
嗟余听鼓应官去,走马兰台类转蓬。

  李商隐的无题诗是古诗中的瑰宝。它的"好"很难准确地去描述,好像什么都没有说,又好像什么都说了。好像在写他自己的极隐秘的事和极私密的感情,又好像在写我们每个人都曾有过的体验和经历。

  这首《无题》的颔联是你们最熟悉的,也常挂在嘴边。但是,这到底是一种什么样的感受呢?

  "老师,'身无彩凤双飞翼'是说两个相爱的人没有穿情侣衫吗?"你的一句话引起了大家的开心笑声。

  真有意思,我从来没有这样理解过这句诗,我从来都是"规矩"地理解其为"身上没有一双翅膀可以飞到情人的身边"。但你的话不是没有道理,何况,现实生活中到处都是穿情侣装"秀恩爱"却未必恩爱的明星,这种外在"形式"与内在精神的背离倒是与李商隐的诗意符合的。

  简单地讲,这两句无非是说一对相爱的人虽然不能耳鬓厮磨、相依相伴,甚至还要迫于某种压力装作视而不见,但于彼此,是心心相印、情意相通、惺惺相惜的。在一声若有若无的叹息中,在那种若即若离的眼神里,你还能感受到丝丝的甜蜜,也是一种安慰吧。

  "可是,如果这两句倒过来说,就不是安慰而是无奈和痛苦了。"这是你们的又一个发现——虽然"心有灵犀一点通",然而"身无彩凤双飞翼"!只是换一下语序啊,刚才还充溢在空气中的甜蜜就变成了一种酸辛和无奈。这不是天下有情人共同的悲哀吗？明明相爱，明明相爱就是为了相聚，为了永不分离，可是，却无法在一起！

那么，两句诗，两种顺序，岂不是一网打尽了所有不幸爱情的感受？都是相爱而不相依，有时因知道爱是相互的而感到欣慰，有时却因相爱而不相依感到痛苦。

"哪一种情况更多一点？"你们问。

不知道，一时一地一人的事情，谁能说得清？

想一想林黛玉和贾宝玉吧。是两个相爱却不能相依的人，常常是一见面就"恼了"，常常相见时只是哭泣、眼泪和争执。为什么？不就是因为他们对爱的感受有那么一点点的"语序"上的不同吗？对宝玉来说，这份爱是"身无彩凤双飞翼，心有灵犀一点通"，所以他会说"疏不间亲"，他会不理解黛玉的"小心眼儿"，他会说"我心里的事也难对你说"，他会一厢情愿地让黛玉"放心"。而对孤苦伶仃寄人篱下的黛玉来说，这份爱是"心有灵犀一点通，身无彩凤双飞翼"，虽然她知道宝玉心中有"妹妹"，虽然她觉得宝玉说出来的话像发自她的肺腑，但毕竟，这是无人做主的爱，所以她紧张，她小气，她一点也不能放松、不肯宽容，她会对宝玉说："我没这么大福禁受，比不得宝姑娘，什么金什么玉的，我们不过是草木之人！"她会怀疑并不断用自我折磨的方式去求证宝玉对她的那份心！

李商隐在传达着怎样的一份微妙的情感呢？本是相爱的人，但相爱带来的却是如此复杂的情感体验。当两个人都念着"心有灵犀"时，是安慰，是释然，是宽容，是哀而不伤。当两个人都想着"身无彩凤"时，是无奈，是酸楚，是痛苦，是百无聊赖。但只要这是两个人同时的感受，无论前者还是后者，都是能让他们心灵相通的，相怜相惜的，即使苦恼，也是"一种相思，两处闲愁"。可是，更多的时候，两个人的感受在时间和空间上是不对等的，一方释然，一方却纠缠，一方欣慰，一方却紧张，一方感受着"心有灵犀"，一方却体验着"身无双翼"。于是，就有了不解，有了误会，有了小心眼儿，有了百转千回；于是，他们又是相隔的，是彼此不能"通"不能"达"的……

也正因为如此，首联的"昨夜星辰昨夜风，画楼西畔桂堂东"才有了无限的张力，才赋予人无限的想象。你看，昨夜，星辰闪烁，那么美丽动人，又那么遥不可及；昨夜，清风撩人，那么真实清晰，又那么了无痕迹；昨夜，你就像那星辰和清风，闪烁，飘动，如一场似有还无的梦……

最美的爱，可望而不可即，最好的诗，可解又不可解。而可解不可解之间，就是你、我、我们曾经体验却不曾道出的情感。

## 李将军是旧将军

**旧将军**

【唐】李商隐

云台高议正纷纷,谁定当时荡寇勋。
日暮灞陵原上猎,李将军是故将军。

这首诗中的"李将军"引起了你们的热议。

"又是他!"你们说。

是的,这个人实在太有名气,也太有诗缘。在我们读过的诗歌里,他是个频频出现的人物。

卢纶的《塞下曲》写道:"林暗草惊风,将军夜引弓。平明寻白羽,没在石棱中。"这个李将军,真是眼疾手快,武艺高强。

王昌龄说:"但使龙城飞将在,不教胡马度阴山。"我们知道了这是一个神勇威猛又屡建奇功的大将军。

高适说:"君不见沙场征战苦,至今犹忆李将军。"我们知道了这个人不仅有带军之才,更有爱兵之德。

王勃说:"冯唐易老,李广难封。"我们知道了尽管李广德才兼备,战功卓著,但直到最后也没有被加爵封侯,反而落得个自杀的下场。

这首《旧将军》的后两句,用了一个李广的典故。据说,李广获罪在家闲居数年,隐居蓝田,常到南山打猎。有一天他带着一名随从上山打猎,和别人在田间饮酒。等归来走到灞陵亭时,已经过了宵禁的时间,灞陵尉大声呵斥禁止他们通行。李广随从说:"这是前任李将军。"廷尉说:"现任将军尚且不许通行,何况前任呢!"便扣留了李广,让他停宿在灞陵亭下。

显然,李商隐的这首诗是极具讽刺意味的,一个人无论有过什么样的业绩和贡献，一旦告老还乡，失去权势，就会被人蔑视、瞧不起。

"旧人总比不上新人好，这就是世态炎凉，也是人间真相。"你们说，并且也用学过的诗歌为例来证明自己的观点。

"白居易的《母别子》里有'新人迎来旧人弃，掌上莲花眼中刺'，在男人那里，似乎永远是喜新厌旧的。"

"杜甫的《佳人》里说'但见新人笑，那闻旧人哭'，也是这一回事。哭的，永远是旧人，千万别相信什么海枯石烂。"

……

你们说着，一脸看透了的神情。可是，李广的灞陵之宿不能算是县尉的"喜新厌旧"吧？——我小心翼翼回应你们，希望你们从男女之情中走出来。没想到，你们完全不理睬，且振振有词："哎呀，老师，都是一样的。女人是新的好，那权势更是握在手中的才有用啊！"

你们没有说"李广"，而是直接用了这个词——"权势"！是啊，灞陵尉所呵斥的不是李广，而是李广身上已经"归零"的权势值。至于以往的战功，或者宽厚的德行，本身都没有什么价值，其价值只是依附在"将军"的名号上，现在这个"名号"没有了，一切也就无从存在了。

"中国人只看重权力，而权力是有时限的，一旦权力过期，你曾经所做的一切贡献也都随着过期了。"你们说得很尖锐，但那轻飘飘的满不在乎的表情让我有一点点被刺痛的感觉。

我必须承认，你们的话是有道理的。不久前看过一篇文章，名字叫《有用崇拜，让人心如此险恶》。崇拜，本来是一个很庄重很神圣的词，我们崇拜英雄，崇拜伟人，崇拜那些在才华和德操上远远高于我们的人。可是现在，我们只崇拜权力，甚至，我们只崇拜那些对我们"有用"的权力，当然，其最终指向的还是握有这些权力的人！我可以笑脸相迎，俯首称臣，我可以低眉顺眼，摇尾乞怜，我可以用最最敬重和痴情的眼神看着你哪怕打一个呵欠，我也可以郑重其事地，一笔一画地记录下你说的每一个字哪怕是一声喷嚏，只因，你的手中有权，而这个权力可以在某种程度上决定我的人生！

"李广可是有功之臣呢！"有人为李广不平。"作为灞陵尉，你愿意怎样巴结讨好现任的将军是你的事，但对于旧将军，也没必要这么绝情啊。"

你的这句话，倒是指出了在权势面前人心最丑恶的地方了。本来，我们崇拜权力和拥有权力的人，就够庸俗了。可是，这还不够。现实中，更多的人喜欢用否定、践踏、污蔑"前任"的方式来讨好权力的"现任"，而事实证明，这几乎是一种屡试不爽的最奏效的方式！

"为什么为什么为什么！"你们有人忍不住地喊起来。

因为，现实生活中，权力就是一切。才华，德行，金钱，都不一定能换来"权"，但是，大权在握，你就什么也不用担心了。权力，可使无知者有知，无德者有德，无钱者有钱。

——说到这里，我不知该怎样面对你们继续下去了，因为我不知道该用什么样的方法突破这些现实的迷雾，给予你们所谓的"正能量"，我也不知道该用什么样的例子来让你们相信所谓的"权为民所用，利为民所谋"！

忽然想起元曲中严忠济写的《天净沙》："宁可少活十年，休得一日无权，大丈夫时乖命蹇。有朝一日天随人愿，赛田文养客三千。"看来，即使想为老百姓办点事，也是需要"权力"的支撑的。至于杜甫那样的所谓"圣贤"，因为无权，也只能幻想一下："安得广厦千万间，大庇天下寒士俱欢颜"。

李将军是旧将军。可是，我们多么希望，时代发展到今天，新权力不再是旧权力！

# 文学，不过是人之常情

**菩萨蛮**

【唐】温庭筠

小山重叠金明灭，鬓云欲度香腮雪。懒起画蛾眉，弄妆梳洗迟。
照花前后镜，花面交相映。新帖绣罗襦，双双金鹧鸪。

这是花间鼻祖温庭筠的一首代表作，也是典型的"花间词风"的体现，文采繁华，轻柔艳丽。

问题来自一个诗词鉴赏方法的补充。我引用了张惠言《〈词选〉序》中的一些论述。他说，"传曰：'意内而言外谓之词。'其缘情造端，兴于微言，以相感动。极命风谣，里巷男女哀乐，以道贤人君子幽约怨悱不能自言之情，低徊要眇以喻其致。"因此，张惠言在这首表面上描写女子闺房、梳洗、衣着的词背后又读出了新的东西，他认为温庭筠"懒起画蛾眉"就有《离骚》之意。其实，这种说法我们并不陌生，所谓"《离骚》之意"，就是屈原所开创的独特的象征手法，它是对《诗经》比兴手法的继承和发展，但其内涵更加丰富，并且成为中国文学的传统。所谓"善鸟香草，以配忠贞；恶禽臭物，以比谗佞；灵修美人，以媲于君"（[汉]王逸《离骚经序》）是也。

但你们对我的知识扩展似乎并不"买账"：

"老师，实在看不出来这首《菩萨蛮》和《离骚》的'香草美人'有什么关系。"

"'懒起画蛾眉'这一句确实给人一种百无聊赖的感觉，但很明显，这是一个女孩子没有人爱、没有人欣赏的那种淡淡的落寞，怎么又和政治联系上了呢？"

"这样讲是不是有点复杂啊。比如我们写作文吧，就是努力表达一种真情实感，把想说的话说清楚，怎么会想得那么多！"

"明明是一个女孩子，怎么又和君君臣臣的联系上了？那以后这词还怎么读呀？"

……

客观地说，我没有错。"比兴象征"是中国文学的传统，"兴于微言"也是中国诗词的美学特征，我们只有了解这些东西并通过大量的阅读才能逐渐拥有一份文学的敏感和敏锐。诗人不同于常人的地方，就在于他眼里的一切都不仅仅是客观的存在，还是诗情画意的存在。而"读诗说诗，要懂字音字义，要懂格律音节，要懂文化典故，要懂历史环境，更要懂中华民族的诗性、诗心、诗境、诗音"（周汝昌《千秋一寸心》）。所以，仅仅从"解字"去读诗，一定会有缺憾，一定难以触摸到诗词真正的灵魂。

但是，你们又何尝不是正确的呢？从把《关雎》说成表现"后妃之德"，到在《西游记》中读出儒、释、道三教的教义，过分的解读一直是文学批评中的痼疾，以至于我们面对经典常常不知所措，以至于我们今天解读的《论语》、话说的《孟子》、演绎的《诗经》恐怕连作者本人也无法理解和贯通。

你们说得多好——"比如我们写作文吧，就是努力表达一种真情实感，把想说的话说清楚，怎么会想得那么多！"

每一个作者都会赞同这种说法吧，写作就是把"真情实感"说清楚，可是为什么一旦变成读者，我们就开始背离创作的本来面目呢？记得当初巴金先生的《灯》被选入中学教材，但是他本人也难以回答中学老师就此文出的阅读理解题。很多孩子，就是在这样远离生活和心灵的牵强附会中一点点失去了对语文的爱。

文学，回归到它的本身，就是生活，就是人性，就是人之常情。它之所以能够感动我们，就在于它写出了生活、表现了人性，用人之常情架起了作者和读者之间的桥梁。那么，我们何必非要为它穿上层层外衣，使其不堪重负呢？就像这首《菩萨蛮》，当我们阅读它的时候，想起自己某一个早晨的无聊与落寞，想起"女为悦己者容"而偏偏无人欣赏与爱恋，想起《牡丹亭》中杜丽娘在自己衣服上绣下的一双花、一对鸟，想起她"颜色如花，岂料命如一叶"的感伤和喟叹……就足够了吧。

# 苦死了等的人

**望江南**
【唐】温庭筠

梳洗罢,独倚望江楼。过尽千帆皆不是,斜晖脉脉水悠悠。肠断白蘋洲。

温庭筠是花间词的鼻祖,那首"鬓云欲度香腮雪"的《菩萨蛮》被我们笑称为"床上镜头"。但这首《望江南》是不在"花间"中的,它更清新。

只是,你们对最后一句"肠断白蘋洲"有点不屑了,"怎么又是断肠啊?"

是的,"芳草复芳草,断肠复断肠"。太多的"断肠"诗会让我们以为这是一种文人的惯常表达方式,甚至以为,夸张得近乎可笑。

可是,你们真的懂得"等待"吗?

那么,让我们来试试看,调动我们所有的经验,发挥我们全部的想象,把自己变成那个等待的人,我们会有怎样的感受呢,我们可以用什么样的语言来形容这种感受呢?

在几分钟的沉默之后,你们开始给出各种各样的答案。

孤独。所有的等待都是一个人的事,是一个人的思念,牵挂,而这样的思念与牵挂无论多么泛滥,都只能是一张寄不出去也无法完好收藏的卡片。

销魂。是因为思念才会等待啊,分别会让人黯然销魂,那思念和等待又何尝不是一种痛苦和煎熬呢?

无聊。等待的过程是如此漫长,度日如年,又年复一年。有时候,无聊到我们迷失了自己,就像《上阳白发人》中那个女子,在等待中"春往秋来不记年",在等待中"宫莺百啭愁厌闻,梁燕双栖老休妒"。

渺茫。谁能知道自己等待的结果是什么?西施苦等三年,结果变成了范蠡手中的一颗棋子；孟姜女日思夜盼，等来的是黄土一堆，丈夫尸骨已寒。或者，更多时候，我们等到的是"浮云蔽白日，游子不顾反"。

无助。如果我们还有别的办法，怎么会甘心一个人孤独而漫长地等待，纵然千山万水，也可海角相寻！是那样孤立无援，是那样毫无办法，才只能等待，等待。最后化为石头一块，还要"日日风复雨"！

没有意义。是的，等待的意义在哪里呢？于过程，它无聊而痛苦，于结果，它缥缈而虚无。有时，连我们自己都不知道为什么还要等下去，又在等待什么！

受尽折磨却得不到光荣与慰藉，孤立无援却只能一点点陷入绝望和麻木。多少等待啊，白了头，断了肠，灰了心……

你们在这样的诉说中一点点沉寂下去，最初的不屑变成了声声的叹息。让我们再换一个角度吧。等待，真的不能和另外一些词联系起来吗？真的不能带给我们一抹明快的色彩，一点幸福的感觉吗？

执着。等待是一种执着的美啊，所以可以站成望夫石，可以化作红豆树。

温暖。如果我们知道"我思君处君思我"，那么等待中是不是也有一丝温暖呢？

憧憬。既然是等待，就说明未来是不可知的，既然不可知，就是有希望和憧憬的。你看，李商隐在等待中写下的那句"何当共剪西窗烛，却话巴山夜雨时"，是多么美好的憧憬！

好的，我们再来看看自己的措辞吧，在这一轮的答案中，你们那样小心翼翼地选择着自己的语言：如果、既然、是不是、一丝。这种选择并不是有意的，当我们赋予"等待"一种美好的感受和结局时，我们不自信。如果它所有的美好都要靠"假设"来完成，那是不是又再次证明，"等待"，是渺茫而痛苦的。

其实，这样的感受，早就被两个流浪汉一语道出了。"苦死了等的人"，塞缪尔·贝克特在他的《等待戈多》中如是说。那"肠断"也好，"断肠"也罢，就不仅仅是文人的夸张了吧？

# 为谁断肠

## 菩萨蛮
【唐】韦庄

人人尽说江南好，游人只合江南老。春水碧于天，画船听雨眠。垆边人似月，皓腕凝霜雪。未老莫还乡，还乡须断肠。

韦庄是花间词的代表作家，但他的这首《菩萨蛮》却绝无"花间"的脂粉风月，而是那样的疏朗，清新。

他是那样赞美着江南的美丽：春水碧于天，画船听雨眠。垆边人似月，皓腕凝霜雪。这不是一幅清丽的山水画吗？而且，只用了这样简短的文字，却写尽了江南的风景、生活与丽人。只一个"眠"字，就把那雕栏画栋，把那绵绵春雨变成了一种悠然的生活。这样的江南，怎能不留恋？

所以，你们自然地认为，最后那句"还乡须断肠"的意思是说，如果离开江南回到了自己的家乡，会因为思念而肝肠寸断的。

我拿来做对比阅读的，是白居易的《忆江南》："江南好，风景旧曾谙。日出江花红胜火，春来江水绿如蓝，能不忆江南？"看来，江南的水，会滋润所有人的心。

反复读，还不够。请你们把自己想象成作者，漫步于江南春水的湖畔，或者江北书房的一隅，一边踱步，一边吟诗吧。

"白居易写得更从容。"你们说。

是的，从容。那回忆是幸福的，沉浸中不无一点得意。那调子是舒缓的，拖出江南杨柳的婀娜。

"韦庄的有点怪，有些字太'重'了。"

是的，你看，"人人尽说江南好，游人只合江南老"。还有，"未老莫还乡，还乡须断肠"。这个"尽"字，还有"只""合""莫""须"，是太用力了，太绝对了，少了一分舒展，也就少了一分雍容。

中国的诗词，是不好峻切的，所谓文质彬彬、温柔敦厚，才是至美。而这首词中，写江南的美是那样清丽，而留恋的话语，又过于峻切。爱得太用力了，就仿佛有点貌合神离，言不由衷。

当我们极力赞美一种根本放弃不了的东西时，往往是一种自我的安慰和劝勉。

当我们得不到最爱的时候，我们极力赞美现在的拥有，所求的，也不过是心理的平衡。

其实，梦还在别处，爱还在别处。

韦庄，杜陵（今中国陕西省西安市附近）人，因避战乱而来到江南。对江南来说，他不过是个游子。那午夜的清歌，带给他的不过是"乱离的痛"，那满眼的繁花，带给他的不过是恍惚的梦。江南，对韦庄来说，也只是美丽的"别处"。那江南的春水，可解一时的干渴，却洗不去流离的伤痕；那月亮般的女子，可端来温热的美酒，却销不了浓雾般的乡愁。

可是，家是回不去的，那里依然是战火纷飞。纵然魂牵梦绕，也只能眼睁睁万事全抛！罢罢罢，只眠花柳温柔地，只认他乡作故乡！

那么，这个江南的游子啊，为谁断肠？

"还是为家乡，为亲人，而不是因为要离开江南。"你们终于找到了答案。是的，那句"未老莫还乡"，就像我们对一个自己深爱着却得不到的人说："不爱你会死吗？"太重的语气，反而泄露了心里的秘密。江南的美丽，自然让人留恋，故乡的遭际，才令人肝肠寸断。

# 一个让你们一错再错的书生

## 柳毅传
### 【唐】李朝威

> "吾义夫也。闻子之说,气血俱动,恨无毛羽,不能奋飞,是何可否之谓乎!然而洞庭深水也。吾行尘间,宁可致意耶?唯恐道途显晦,不相通达,致负诚托,又乖恳愿。子有何术可导我邪?"

    "才子佳人戏"不仅让我们了解了众多的戏曲故事,更在我们脑海中留下了一个不能动摇的"模式",正所谓:"才子佳人一见钟情,封建家长棒打鸳鸯,上京赶考金榜题名,衣锦还乡终成眷属。"有了这个"格局",你们都成了"接故事"的好手,往往我一开口,你们就已经猜出了故事的情节和结局。但是,这一次,你们却错了,而且,一错再错。

    它是唐传奇《柳毅传》。

    "一个书生上京赶考",我一开口,你们就大声喊:"中了状元了!"

    错!他落榜了。

    "落榜了!"你们很惊讶。是啊,无论是张珙、王文举,还是裴少俊、柳梦梅,哪一个不是因为高中状元才圆满了自己的爱情呢?哪一个不是把功名看得比生命还重要并且只能依靠功名完成一个美丽的故事呢?

    可是,柳毅,千里迢迢赶考,却落榜了。并且,没有寻死觅活,没有"无颜以见江东父老",他只打点行囊,准备返乡,而且还要去和住在泾阳的老乡告个别。

    故事,在泾水河边继续。落榜的书生柳毅看到一个"蛾脸不舒,巾袖无光,凝听翔立,若有所伺"的牧羊女子,于是,向前主动探问:"子何苦,而自辱如是?"

    "不是大家闺秀千金小姐啊?"你们再次意外。是的,不是相府千金女,不是倾城倾国貌,是一个满面愁容、衣衫褴褛的女子。这让我们想起了《西厢记》中张生初见莺莺时的情景:"颠不刺的见了万千,似这般可喜娘的庞儿罕曾见。则着人眼花撩乱口难言,魂灵儿飞在半天……"不需要刻意比较,一切都那么清晰明了,张生的"主动"中带着傻气,还带着一股子情欲。而柳毅呢?应该是侠气,还带着一点仗义。

牧羊女是落难的小龙女,洞庭王的女儿,饱受丈夫和公婆的虐待。在柳毅的主动探询下,她自述身世并向柳毅求助。柳毅该怎么办呢?

"考个状元,再回来救她。"

"写封信给朋友,让朋友来,他不是正好去看老乡的吗?"

——我也忍不住笑了。对于一个书生来讲,除了考状元或者像张生那样求助白马将军,他们还能干什么呢?

可是,你们又错了。柳毅决定自己替小龙女传书递信,而且,他是这样说的:"吾义夫也。闻子之说,气血俱动,恨无毛羽,不能奋飞,是何可否之谓乎!然而洞庭深水也。吾行尘间,宁可致意耶?唯恐道途显晦,不相通达,致负诚托,又乖恳愿。子有何术可导我邪?"

多么振聋发聩,多么侠骨柔肠!特别是最后那句关于如何入得洞庭深水的询问,又是多么细心和可爱!

一路奔波,柳毅将小龙女受难的消息带到了洞庭龙宫。小龙女的叔叔——性情暴烈的钱塘君挣脱金锁玉柱,化作一条赤龙,电目血舌,朱鳞火鬣,擘青天而飞去救他心爱的小侄女了。那么,柳毅呢?

"柳毅很高兴啊,因为他送信救小龙女的目的达到了。"

不,柳毅被吓晕了。原文是"毅恐蹶仆地",并且醒来后立刻求辞:"愿得生归,以避复来。"奇怪吗?那个勇敢的不远千里来报信的书生被吓成这个样子,而且说"让我活着走吧,我不想再见他了",呵呵。

"太可爱了,太有人情味了。"你们笑。是,柳毅不是什么叱咤风云的英雄,他是一个书生,还是一个胆小的书生,一个还想"活着"的书生。

故事继续。钱塘君不仅救回了小龙女,而且执意要把小侄女嫁给这个书生柳毅,怎么样?

"好啊!太完美了,郎才女貌,有情人终成眷属。"你们说。

不,柳毅拒绝了。而且拒绝得义正词严:"诚不知钱塘君孱困如是!毅始闻夸九州、怀五岳,泄其愤怒;复见断金锁,掣玉柱,赴其急难。毅以为刚决明直,无如君者。盖犯之者不避其死，感之者不爱其生，此真丈夫之志。奈何箫管方洽，亲宾正和，不顾其道，以威加人？岂仆人素望哉！若遇公于洪波之中，玄山之间，鼓以鳞须，被以云雨，将迫毅以死，毅则以禽兽视之，亦何恨哉！今体被衣冠，坐谈礼义，尽五常之志性，负百行之微旨，虽人世贤杰，有不如者，况江河灵类乎？而欲以蠢然之躯，悍然之性，乘酒假气，将迫于人，岂近直哉！且毅之质不足以藏王一甲之间。然而敢以不服之心，胜王不道之气。唯王筹之！"

"为什么啊？小龙女不是很好吗？"你们不解，又很遗憾。为什么？我想，爱情没有那么简单吧？柳毅对小龙女的"施救"既不是因为其"龙女"的身份，也不是因为所谓的"一见钟情"，不过是一个"义"字，一个"信"字。现在，拒婚与小龙女无关，只关乎一个人的尊严和对信义的恪守。柳毅，可以被钱塘君"电目血舌"的模样吓到，却不愿屈服于他的威胁，即使这种威胁是源于一个善良而美好的愿望。

"威武不能屈。"你们说。是的，我同意这个说法。

还记得另一个"义正词严"的书生吗？《倩女离魂》中那个被逼赶考的王文举，面对一路追赶而来的张倩女，他训斥道："古人云：'聘则为妻，奔则为妾。'老夫人许了亲事，待小生得官，回来谐两姓之好，却不名正言顺。你今私自赶来，有玷风化，是何道理？"

——可是，这份所谓的"义正词严"，显得多么苍白而孱弱，多么矫情而虚伪！

回到我们的故事。好在钱塘君是一个性格率真、知错就改的"龙"，不仅不计较，还和柳毅成了好朋友。山家难久留，柳毅要走了。作为感谢，洞庭君要送给他很多宝物。他会要吗？

"当然不会。"这次你们很自信，这么个信义忠勇之人，怎么会要人家东西呢？

可是，你们再次错了。他不仅收下，而且回家乡后，靠着变卖这些东西富甲一方。

"为什么啊？这样不是显得不太好吗？"你们希望这个书生再一次义正词严地拒绝，那就不仅"威武不能屈"，而且配得上"富贵不能淫"了。

可是，拒婚和拒钱是一回事吗？婚姻的这一头，是一个单纯的只想对弱者施以援手的书生，那一头，是一个活生生受尽了虐待和不幸的女子，如果因为是恩人就要成为夫妻，那么爱情多么苍白，道义多么虚伪。而金钱呢？这头是一个救了人的贫困书生，那一头是救回了自己宝贝女儿且视金钱如粪土的龙王，于情于理，受之无愧，不受，反而显得矫情了。

还记得三毛的那句话吗？如果我爱他，他是千万富翁我也嫁。现实生活中，我们要么是嫁给了一千万，要么是因为怕被别人说嫁给了一千万而错过了那个真爱。真正的爱，还有多少分量和价值呢？

这就是柳毅，一个落榜的书生。他胆小，会被钱塘君的"龙"模样吓得昏厥过去；他勇敢，不仅救助弱者，更敢于面对钱塘君据理力争；他洁白，不会因为救人就贪图乘人之危的回报；他随和，也不会面对真诚的馈赠故作清高；他善良，在离开凄苦的小龙女时用这样的话去安慰她"吾为使者，他日归洞庭，幸勿相避"；他温情，看到被救归家依然心有余悸的小龙女说："哀冤果雪兮，还处其休。"……

一个落榜的书生，却演绎了这样的侠义风范，这样的人间温暖。比起那一个个状元，柳毅，是不是才是一个真正的男人，一个值得我们记住和喜欢的人呢？

"他有了人性的美了。"你们说。

是的，人性之美，善良、勇敢、道义、温情，还有一点小小的幽默，都这样自然地体现在柳毅的身上。虽是书生，但他不是礼教和功名塑造的，而是保持着人性单纯和理想的人格。可惜的是，这样一种在唐传奇中美好而丰满的书生形象，却在后来的戏曲中大都消失了，取而代之的是张生、王文举，是张协、蔡伯喈。这也是一种遗憾和悲哀吧？

# 读不懂的"报复"

## 霍小玉传

【唐】蒋防

玉乃侧身转面，斜视生良久，遂举杯酒酹地曰："我为女子，薄命如斯！君是丈夫，负心若此！韶颜稚齿，饮恨而终。慈母在堂，不能供养。绮罗弦管，从此永休。征痛黄泉，皆君所致！李君李君，今当永诀！我死之后，必为厉鬼，使君妻妾，终日不安！"

……

后月余，就礼于卢氏。伤情感物，郁郁不乐。夏五月，与卢氏偕行，归于郑县。至县旬日，生方与卢氏寝，忽帐外叱叱作声。生惊视之，则见一男子，年可二十余，姿状温美，藏身映幔，连招卢氏。生惶遽走起，绕幔数匝，倏然不见。生自此心怀疑恶，猜忌万端，夫妻之间，无聊生矣。或有亲情，曲相劝喻。生意稍解。

后旬日，生复自外归，卢氏方鼓琴于床，忽见自门抛一斑犀钿花合子，方圆一寸余，中有轻绢，作同心结，坠于卢氏怀中。生开而视之，见相思子二，叩头虫一，发杀觜一，驴驹媚少许。生当时愤怒叫吼，声如豺虎，引琴撞击其妻，诘令实告。卢氏亦终不自明。

尔后往往暴加捶楚，备诸毒虐，竟讼于公庭而遣之。卢氏既出，生或侍婢媵妾之属，蹔同枕席，便加妒忌。或有因而杀之者。生尝游广陵，得名姬曰营十一娘者，容态润媚，生甚悦之。每相对坐，尝谓营曰："我尝于某处得某姬，犯某事，我以某法杀之。"日日陈说，欲令惧己，以肃清闺门。出则以浴斛复营于床，周回封署，归必详视，然后乃开。又畜一短剑，甚利，顾谓侍婢曰："此信州葛溪铁，唯断作罪过头！"大凡生所见妇人，辄加猜忌，至于三娶，率皆如初焉。

唐中期三大传奇，是中国古典小说发展进程中的珍品。它们故事情节曲折，人物形象生动，不仅本身具有极强的可读性，更为后来中国戏曲提供了丰富的素材。有意思的是，三部传奇中的女性个个光彩夺目，才貌双全，可是三个书生的形象却千百年来颇受人非议和诟病。尤其是张生和李益，简直就是"负心汉"的代名词。

但是，《霍小玉传》中的女主人公霍小玉的形象也让你们感到一些困惑。

"负心的是李益，对不起她的也是李益，可是她为什么要报复李益的妻妾呢，而且让她们那么惨？"

"是啊，这一点，真心看不懂。"

其实，这个问题很好，因为很多学者、评论家也都认为这一情节安排是个败笔，小玉的复仇，就算成功惩罚了李益本人，却也苦了数名无辜的女子。那么，我们就在这里停下来吧，首先，请大家思考霍小玉死后为什么会把报复用在李益的妻妾身上？

因为嫉妒。霍小玉本人温柔、美丽、脱俗，并且很清醒。她清醒于自己娼妓的身份，也没有奢望和李益一生一世，只是希望可以共度八年。这样卑微的要求最终也没有被满足，而她付出的却是全部的感情和青春。李益的那些妻妾们呢，虽然她们主观上并没有伤害小玉，但客观上，她们却得到了小玉永远得不到的东西。凭什么？小玉也是普通人，不是神，所以她嫉妒，她要她们也不能幸福。

——似乎不无道理。中国女性对待爱的态度挺有趣的，直到现在不也是一样吗？一个男人有了外遇，妻子不是惩罚、憎恶这个男人，也不是反思，而是把外遇暴打一通，置之死地而后快。何况，她也已经报复了李益，因为李益不仅从此没有幸福，而且比他那些妻妾更痛苦。一个男人，对妻子不忠的猜忌会让他生不如死，他最终变成了一个变态的恶魔。这也是报复吧。

因为她还念着李益的好。你看，她死后，只因为李益表现出了悲伤，她就几乎忘了他之前对她的辜负。"生忽见玉缦帷之中，容貌妍丽，宛若平生。著旧石榴裙，紫襡裆，红绿帔子。斜身倚帷，手引绣带，顾谓生曰：'愧君相送，尚有余情。幽冥之中，能不感叹。'"她还是不能忘情，还是舍不得李益，所以，她的恨就转嫁到了李益的妻妾那里。这也可以说明霍小玉是个用情很真，也很单纯的人。

——你已经关注到了小说中那个细节，的确，霍小玉的心，依然是一颗真正的"女人心"，面对自己深爱的人，太容易被感动，太容易"舍不得"。可是，我更喜欢你用"转嫁"这个词。霍小玉的行为的确是一种转嫁，情绪的转嫁，罪责的转嫁。可是，这是一种多么无理而又荒唐的行为啊。鲁迅笔下的阿Q被假洋鬼子打了之后，刚好遇到小尼姑，于是把气出在小尼姑身上，甚至"伸手去摸她新剃的头皮"……这种迁怒与转嫁真是把欺善怕恶的本性暴露无遗。当然，现实中这样的例子也不胜枚举，很多案件中的无辜受害人不就是施暴者一时情绪转嫁的牺牲品吗？正如后人对鲁迅先生笔下的人物的评析："他们生活在无爱的人间，深受生活的折磨，但他们彼此之间也缺乏真诚的同情，对自己同类的悲剧命运采取的是一种冷漠旁观甚至欣赏的态度，并通过欺侮比自己更弱小的人来宣泄自己受压迫、受欺侮时郁积的怨愤之气。"如果我们愿意换一个角度，想想整日被无缘无故暴打的卢氏，想想那个被"以浴斛复营于床，周回封署，归必详视，然后乃开"的营十一娘。由此看来，霍小玉的愤怒"转嫁"也是人性的丑陋处吧。

这是一种艺术的表达。作者只是想表达一种惩恶扬善的思想，所以并不一定会顾及那么多。他这样写，一方面让李益这种人心有余悸，另一方面也告诉读者，善有善报，恶有恶报，这不是文学的教化作用吗？

——说得真好。跳出故事情节本身，我们应该看到艺术有它自己的表达方式。想想吧，《窦娥冤》里窦娥冤死前发下的三桩誓愿中有一条就是"着这楚州大旱三年"。我们当时也不能理解，甚至质疑："为什么要把个人的冤屈转到老百姓那里呢？"还有，宋元话本《碾玉观音》中的秀秀，因为要和深爱的崔宁生生世世，所以宁愿把崔宁掐死，带到阴间去做夫妻，这好像也让我们无法理解。美国思想家丹尼尔·贝尔说："文化本身是为人类生命过程提供解释系统，帮助他们对付生存困境的一种努力。文化领域是意义的领域，它通过艺术与仪式，以想象的表现方法诠释世界的意义。"而对于很多作家而言，他们也常常陷入一种困境，现实与理想的困境，生存与道德的困境，于是他们用了一种想象的甚至是浪漫的手法传递着一种观念或者思想，我们的确不能只计较故事情节本身。

虽然你们一点点地走向了深处，可是，我还是想再问一个问题：在所谓"国学"成为教育偏方的时代，你们的经典阅读中真的没有其他类似于"霍小玉的报复"式的困惑与"不懂"吗？

"太多了，太多了！"没想到你们热烈地回应。——

水浒传中的英雄好汉不是杀人就是放火，而且杀起人来简直是连眼睛都不眨。这就算了，从前到后，也没看出他们有什么远大理想，不就是大块吃肉大碗喝酒等着招安吗？对了，那些人还满口脏话，骂人当说话。这实在是说不过去，也算是经典？

还有二十四孝的故事，几乎每一个读着心里都不舒服，"涌泉跃鲤"中姜诗的妻子那么孝顺婆婆，就因为有一天风太大妻子庞氏取水回来晚了，他就怀疑妻子怠慢母亲，将她逐出家门。这是什么人啊，连基本的理性都没有，连正常的思维都没有，有什么值得学习的？至于吴猛的恣蚊饱血，简直是无能加迂腐，也要我们去学习？真是不懂。

《三字经》里要求孩子"步从容，立端正"，天哪，那还是个孩子吗？为什么中国的礼教总喜欢让人未老先衰？

还有那些才子佳人小说，我就不明白，一个唯唯诺诺，傻了吧唧，要文文不佳，要武武不行的男人就能得到那么多女人的青睐？他饿了就有人送饭，他遇到劫匪了一定有美女相助。

……

你们越说越激动，也顾不得语言的"文明"了。我很理解，真的。我自己也常常面对这些封建文化不知所措，不能理解。但是，我之所以要问这个问题，是想提醒你们要认识到自己肩上的重任。你们不是一般的读者，你们是小学教育专业的学生。将来，你们会一边面对着厚重丰富的经典，一边面对着天真烂漫的儿童。在"国学"热得烫手的时候，你们如何用一双"冷眼"，去批判地继承，像鲁迅先生说的那样"运用脑髓，放出眼光"，真正把有益于孩子成长的东西拿来！

# 青花瓷

**鹊踏枝**

【南唐】冯延巳

谁道闲情抛弃久？每到春来，惆怅还依旧。日日花前常病酒，不辞镜里朱颜瘦。　　河畔青芜堤上柳，为问新愁，何事年年有？独立小桥风满袖，平林新月人归后。

晚唐五代词的学习让你们领略了中国诗歌的另一种形式和风格，在曹操的悲慨、李白的豪迈、杜甫的沉郁之后，词忽然变得轻松美丽了许多，于是你们非常喜欢，虽然说不出理由。

这是对的。你们20岁的年纪正是属于最初的"词"的，柔婉，缠绵，清丽，就连那初谙世事的淡淡的忧伤都是很像的。我们这样读着这些"词"的时候，你们说，像周杰伦的某些歌。我是有些困惑的，我的年龄已经让我不太关注这些不断推陈出新的歌手和歌曲了。但好奇心的驱使，我还是认真听了你们推荐的几首歌。我不仅惊讶于你们的"感觉"，而且要为中国的诗歌庆幸了。是啊，我们今天吟诵着的诗词曲赋，不就是当年长安街或者秦淮河上飘荡的歌声吗？千百年后，谁知道那群孩子在教室里大声诵读着的不会是《龙拳》或者《青花瓷》呢？

不过这种"像"真的是一种很难言说的感觉，它们似乎都不直接表达内心的感情，更不揭示这感情的缘由，它们似乎都只描绘一种"感觉"，那种感觉恰恰是"妙处难与君说"。

于是聊到了周杰伦的那首《青花瓷》，聊到它到底写什么。其实就像我们刚刚学过的冯延巳的《鹊踏枝》一样，仁者见仁，智者见智。"日日花前长病酒，不辞镜里朱颜瘦"，有人说这是爱情，就像"衣带渐宽终不悔，为伊消得人憔悴"；也有人说，这是一颗老臣之心，就像"三顾频烦天下计，两朝开济老臣心"。都是有道理的，何况，就那句"衣带渐宽"不也被王国维拿来形容做学问的三种境界之一种吗？这就是文学的特点，又是它的魅力。

我们于是换了一种说法，请大家把"青花瓷"比作一样东西，不就是自己的理解了吗？这真是个好主意。

"青花瓷写的是爱情，那种水墨意境就和许仙白娘子的小桥流水一个样。"

"青花瓷是我心中的一个梦想，图案有些缥缈，但绝对美丽。"

"青花瓷是一个不朽的记忆，因为它把那个故事刻在心里。"

"青花瓷是一种人生历练的过程，是经历了那些火的灼烧才由粗糙变得精细，由燥热变得冷静。"

"青花瓷是中国智慧的代表，把审美和实用结合得完美无瑕。"

真好。水墨意境，；缥缈美丽，精细，这是作为瓷器的"青花瓷"，又是周杰伦唱的《青花瓷》，还是唐诗宋词的"词"。

……

"老师，你以为呢？"

我一时还是有些语结的。其实，我已经在开小差了。我脑子里盘桓的不是周杰伦的《青花瓷》，而是那些电视里各种鉴宝寻宝活动中的"青花瓷"。每次，那些藏宝者都是那样小心翼翼地捧着他们心中的"至爱"来到诸多专家面前，等待他们的品评和鉴定：罕见、珍贵、不可多得、民间珍宝；或者一件赝品，过于粗糙，深表遗憾……于是，我们看到一张张或大喜过望，或失落沮丧的面容。每当此时，我都有一种说不出的滋味，也许是悲哀。为那件东西？还是为那些东西的主人？我也不知道。

但我会很无聊地想，当这些被所谓专家鉴定过的物件再回到它原来的家中的时候，不知道会是什么样子，是从墙角旮旯一跃升上厅堂高台，还是从众星捧月沦为草芥尘埃？是从主人的热望变成众人的冷眼，还是从众人的赞叹变成主人的遗憾？

所以，在我心里，有一个不能说出来的比喻，我希望青花瓷不是我们的爱。想想看，有多少"爱"，曾被我们那样小心翼翼甚至战战兢兢地捧在手心，捧在胸前，可是有一天，别人说，它可能是假的，是赝品，我们该怎么办？

即使，没有人这样说，可是总那样捧着，难免会有失手的时候，当它落地，当它成为碎片，我们又该怎么办？

所以，让我们只为自己的心去爱一个人，爱一件东西。喜欢，它就是人间至宝，不喜欢，就让它成为别人的收藏。不要看别人的眼光，不要在乎别人的议论，好吗？

让我们爱得坦诚而真实，既然爱了，就让它成为生命的一部分，而不是生命之外的附属品。只有这样，爱才永远不是赝品，爱才永远不会破碎。

我知道，说出来我就跑题了，所以，我不说。我只说，青花瓷，是美丽而易碎的东西。冯延巳的这首《鹊踏枝》也在写一种美丽而易逝的东西，因为美丽而易逝，引发了一种"闲愁"，那闲愁，无关乎任何具体的情事，只源于生命的孤独与寂寥。

# 那些凋零的花

**摊破浣溪沙**
【南唐】李璟

菡萏香销翠叶残，西风愁起碧波间。还与韶光共憔悴，不堪看。 细雨梦回鸡塞远，小楼吹彻玉笙寒。多少泪珠无限恨，倚阑干。

南唐的词是我们所喜欢的，却又很难说清喜欢的原因。这就像它的内容，美丽而悲哀，却也说不清那悲哀的缘由。其实，词的妙处正在于它可以表现"贤人君子幽约怨悱不能自言之情"，特别是在它兴起的早期，它不言志，也不载道，只表达着一种生命的状态和感动，甚至，只是一种情思和心绪。

因此，我们要在那最细微的地方去揣度和体会那最细腻微妙的情感。

李璟的《摊破浣溪沙》是一首思妇怀人念远的词，但我们把阅读的重点放在了那些花上。

花落是一种悲哀。香消玉殒，芳华不再。所以有"花谢花飞花满天，红消香断有谁怜"，有"林花谢了春红，太匆匆。无奈朝来寒雨晚来风"，甚至，在那句"夜来风雨声，花落知多少"中，也是透着淡淡的哀伤的。

有些花的落更加让人悲哀。春天的许多花，是那样集体地、绚烂地、耀眼地一下子"开满了花赶趟儿"。同样它们的零落也是那样壮观的，飞红万点，漫天遍野。这些花似乎只有花开花落，却没有花开花败，因为它们是在依然美丽鲜艳的时候就飘落了，它们是从青春走向死亡的。记得日本有句古语"花则樱花，人则武士"，意思是说，做花就要做樱花，做人就要做武士。樱花的美就在于那辉煌绚烂之时回风转雪般的飘落。再比如牡丹，不仅富贵，而且壮烈，开得赤橙黄绿，落得惊心动魄。张抗抗在《牡丹的拒绝》中这样写道："一阵清风徐来，娇艳鲜嫩的盛期牡丹忽然整朵整朵地坠落，铺撒一地绚丽的花瓣。那花瓣落地时依然鲜艳夺目，如同一只奉上祭坛的大鸟脱落的羽毛，低吟着壮烈的悲歌离去。牡丹没有花谢花败之时，要么烁于枝头，要么归于泥土，它跨越委顿和衰老，由青春而死亡，由美丽而消遁。"真是惊心动魄。

但还有些花，却是一点点枯萎在枝头，一点点黯淡了它的颜色，消逝了它的芬芳的。比如菡萏。

你们都记得那"接天莲叶无穷碧，映日荷花别样红"的盛状，也记得它"香远益清，亭亭净植"的清秀。可是，你们是否看过深秋的残荷败叶，看过那香消玉殒后的干枯和萎缩？那是"不堪看"的破败，因此，它的美丽芬芳就成了不堪回首的记忆。

比花更可悲的是人。毕竟"年年岁岁花相似，岁岁年年人不同"，毕竟"桃花谢了，有再开的时候"，而我们逝去的青春和年华永不再来！

比"暮去朝来颜色故""老大嫁作商人妇"的琵琶女更不幸的是那些思妇，她们最美丽的年华都留给了空空的等待，她们年轻的生命都变成了高楼独倚的身影，一点点老去，一点点枯萎，直至有一天"菡萏香销翠叶残"。

你们因此领略了词中的那一份忧伤和孤独。

"那，还不如像牡丹一样呢，短暂但辉煌壮烈。"你们说。

是的，是有这样的女子，只要青春，而宁愿舍弃生命。比如，苏小小。在爱过、痛过、伤过、恨过之后，选择了张扬所有的美丽，然后在最美丽的时候毅然离去……

但请你们，还有我，都不要因此顾影自怜。对于今天的女性，这都不再是必然的命运，也不是命运的必然。因为我们不只为别人美丽，更为自己美丽，因为美丽的不仅是容颜，更是我们的内心，因为审视并把握我们的美丽的，不是别人，而是我们自己。

每一朵花都会落，但如果如花的不仅是我们的容颜，还有我们的精神和心灵，那我们就可以一直绽放。记住毕淑敏的一段话吧：美丽的女人应该是持久的……美丽的女人少年时像露水一样纯洁，青年时像白桦一样蓬勃，中年时像麦穗一样端庄，老年时像河流的入海口，舒缓而磅礴。

# 美丽的悲哀

**虞美人**
【南唐】李煜

春花秋月何时了,往事知多少。小楼昨夜又东风,故国不堪回首月明中。雕栏玉砌应犹在,只是朱颜改。问君能有几多愁?恰似一江春水向东流。

    这是一首多么美丽的词!尽管悲哀,却遮不住那绝世的美丽。

    美在"春花秋月"。花枝春满,天心月圆,这不是我们每个人都希求的境界吗?这不是最美丽的时刻和最完满的人生吗?可是,他幽幽吟出的,是一句"何时了",仿佛早已厌倦,仿佛心已成灰。

    美在"小楼东风"。把酒东风,且共从容,这不是人生最大的欢乐吗?这不是冬天过去的万紫千红吗?可是,他却道出一个"又"字,仿佛不厌其烦,仿佛避之不及。

    美在"雕栏玉砌"。凤箫吹断,醉拍栏杆,这里不是有纵情的欢乐吗?可是,他却迟疑了,恍惚了,只说是"应犹在"吧。

    原来,美丽的残忍在于当它不复存在了,却还坚持着,要留在你的记忆里,要招惹着今日的痛苦和寂寞。

    其实,怪不得美丽。是心不死。——你们说。

    是啊,若心已成灰,那春花秋月又如何?那雕栏玉砌何须说?若心已成灰,那东风西风随它去,那前尘旧梦任飘落……

    偏偏是泪已干,心未死。偏偏是"梦里不知身是客,一晌贪欢"!

    于是,那春花秋月带来的是人生无常,那小楼东风吹起的是故国往事,那雕栏玉砌刻下的是当日红颜。于是,那美丽带给我们的不只是欢愉,还有厌倦,不只是快乐,还有悲哀。

是越美丽就越悲哀吗？——你们问。

问得好。我该怎样回答？

因为是姹紫嫣红开遍，我们才会伤感于"似这般都付予断井颓垣"；因为"此情可待成追忆"，我们才慨然于"只是当时已惘然"！还有那些青春，那些红颜，那些爱，哪一种不是因为越美丽才越悲哀呢？

可是，我们换一个说法可以吗？——越悲哀，越美丽。

请想一想那些爱情吧。罗密欧与朱丽叶，林黛玉和贾宝玉，王子和美人鱼，甚至牛郎和织女。是悲哀成就了永恒的美，那一份焦灼的煎熬，也是黑夜的火把，照亮我们心中那些隐秘而神圣的火花。

李煜的悲剧在于他对人生没有节制地投入和沉浸。执着如蚕，也该有一层又一层的蜕变；相思如月，也会有阴晴圆缺。可他是李煜。入乎其内，却不能出乎其外。于是，他个人的悲伤变成了普世的真相——胭脂泪，相留醉，几时重？自是人生长恨水长东。

其实，他并不懂得，人生的遗憾就如东逝的江水，不可更改，亦不可挽回。既如此，又何必枉伤悲？

多年以后，一个叫苏轼的人站在这里，看破了江水的秘密。既然这大浪滔滔，可以带走千古风流，既然这人生遗恨一如江水滚滚，那么，我只需莞尔一笑，将成败得失付与这一江春水，一轮明月。

李煜走进了一个世界，走得很深远，他留下了美丽的悲哀。苏轼走出了一个世界，走得很飘逸，他留下了通脱的风致。

# 怎一个『了』字了得

**乌夜啼　[南唐]李煜**

林花谢了春红，太匆匆。无奈朝来寒雨晚来风。　胭脂泪，相留醉，几时重。自是人生长恨水长东。

李煜的《虞美人》是我们很小的时候就读过、背过的作品。你们中甚至还有同学可以演唱出来。那是邓丽君当年演绎的，我小的时候听过，但不懂得那里有沉重的悲哀。

"春花秋月何时了（liǎo）"，你们一起背诵，没有疑义。

但当我们读这首《乌夜啼》时，却有了分歧，"林花谢了春红，太匆匆"，大多数同学读作"le"。然后，是持续的争论。

"应该读'liǎo'，是完结的意思，这里是说林花都凋谢完了，和'遥想公瑾当年，小乔出嫁了'的'了'是一个意思。"

"'了'（le）也是指动作结束啊，'吃完饭了'不就是吗？现代汉语老师早讲过了！"

"古诗词讲音律，读'liǎo'可能是符合音律的，便于吟诵。"

"那现在是要统读到现代汉语里的，读'le'才觉得顺口。"

……

你们说的都没错。我在想的是，这两个读音的分歧，仅仅在于古代汉语和现代汉语的语音变化吗？我该怎样做，才能让你们有一个更合理的选择？

让我们把这些诗句都拿来吧！

"春花秋月何时了，往事知多少。"——这个"了"字读作"liǎo"，难道仅仅是说"结束""完结"吗？"春花秋月"，本来是美好的事物，但此刻，作者已感厌倦，春花秋月的周而复始再也带不回往日欢乐，春花秋月的美好回忆只会加重现在的孤独与哀愁。对身为阶下囚的李煜而言，剩下的日子，不过是黑夜过后的白昼，白昼过后的黑夜，没有希望，没有期盼，心已死，梦已灭。这个"何时了"，是追问，是迷惘，是回忆，是绝望，是太多悲哀和苦恨。

李煜前期的一首《玉楼春》中还有"晚妆初了明肌雪"句，这个"了"字用在句中，自然也读作"liǎo"，指动作的完成，可是，这个字是有温度和情感的，它让你感到一种多么美好的欣快的完成，一种多么完整的尽情的快乐。宫娥们在化完妆的一刻，肌肤如雪，眉翠唇红，是何等明艳照人！

李煜是个缺少节制和反省的人，对于欢乐和悲哀，他的体验都是纯粹的，都是全身心地投入的。所以，那林花的凋谢在他眼里也是别样的无可排解的悲哀。你看，开的时候是海洋一般的，是红了漫山遍野的，但落的时候也是一样，瞬间凋零，无法挽留，没有等待，真是"匆匆，太匆匆"！可是，这仿佛还不够，等待着这落花的，还有早晨的寒雨，晚来的冷风！落得那样干净，败得那样彻底！

这不是李煜的人生写照吗？从青春富贵，到繁华消歇，从笙歌响彻，到小楼重锁。他自然不会像晏殊那样，徘徊在小园香径，感叹着"无可奈何花落去"，却又欣慰着"似曾相识燕归来"。他自然也不同于朱自清的"燕子去了，有再来的时候；杨柳枯了，有再青的时候；桃花谢了，有再开的时候"。在李煜的眼里，一切都是命运，一切都是悲哀，一切都是"落花流水春去也，天上人间"，都是"人生长恨水长东"！

那么，我们再来读这句"林花谢了春红"吧。

"'谢了（le）'语气太轻了，无法表现那样沉重的悲哀。"

"'了'（liǎo）给人感觉'完毕''结束'得更快，更彻底。"

"读'了'（liǎo）才能很好地和下面的'太匆匆'衔接上，意思才贯通。"

你们理解得多好。只有读成"liǎo"，我们才能领会那样深重而彻底的悲哀。《桃花扇》中的《哀江南》一曲，有这样的句子："俺曾见金陵玉殿莺啼晓，秦淮水榭花开早，谁知道容易冰消。眼看他起朱楼，眼看他宴宾客，眼看他楼塌了。"我想，虽然这个"了"字读成"le"也未尝不可，但我们还是会读成"liǎo"，否则，如何表达那强烈的亡国哀痛，无限的痛惜之情！

这就是汉字的魅力和中国诗词的美吧，一个读音，一种语气，原来藏着这样丰富的内容，藏着这么多的灵心善感。而我们就是要通过对作品的感受和领悟一点点形成自己敏锐而准确的文字感觉，也就是"语感"。

张惠言说，词之为物，是"兴于微言，以相感动"。他道出了词心的深细幽美、芬芳悱恻。有了这样一颗心，我们才能从那最细微处感受词人馨逸美好的生命。

# 没有更好

**乌夜啼**
【南唐】李煜

林花谢了春红，太匆匆。无奈朝来寒雨晚来风。　胭脂泪，相留醉，几时重。自是人生长恨水长东。

叶嘉莹先生不止一次将中国诗人分成"理性"和"纯情"两类。李煜当然属于后者。但我更喜欢用"任情纵性"来形容他们。

你看这首《乌夜啼》，只有36个字，却写出来一种多么彻底的悲哀！花谢了，不是一朵，而是整片，不是一点点凋谢，而是一下子"谢了"，而且，那飘落的花瓣，连给人捡拾、怜惜的机会都没有，就遭遇了"朝来寒雨晚来风"……

"是夸张吗？"你们问。

我想，不是夸张，夸张是一种修辞，一种藻饰。而这一切不是修饰，那是李煜眼中的真实的世界。

你们一下想到《红楼梦》中关于贾宝玉的一段描写，宝玉见到杏花落了，心下想道："这雀儿必定是杏花正开时，他曾来过，今见无花空有子叶，故也乱啼。这声韵必是啼哭之声，可恨公冶长不在眼前，不能问他。但不知明年再发时，这个雀儿可还记得飞到这里来，与杏花一会了？"……宝玉这样的表现在旁人眼里是古怪难解的，以至于他家的两个婆子说："怪道有人说他家宝玉是外像好里头糊涂，中看不中吃的，果然有些呆气。"

但我们知道，这也不是夸张，更不是修饰，这是宝玉的真情实感，带着点自以为是的痴傻，带着点病态的想入非非。可是，我们正是被这样一个宝玉感动了，他不同于薛蟠、贾琏之流的地方，不正在于这份几乎是"天分"里带来的痴情和纯洁吗？

说到落花，还记得晏殊的"无可奈何花落去，似曾相识燕归来"吧？那又是何等的雍容和理智!

"哪个更好?"你们问我。

"哪个更痛苦?"我问你们。

更痛苦的当然是李煜、是宝玉,是这些只能"入"而不能"出"的人。他们对感情,就像缪钺先生所说的,"如春蚕作茧,愈缚愈紧"。这样的诗人很多,屈原是,曹植是,谢灵运是,杜甫是,柳宗元是,李商隐也是,他们一往而情深,百折而不挠,九死而无悔。而理性的人,总是更容易寻得自我的安慰和超脱,他们会站在不同的角度看问题。虽也为落花伤心,但看到燕子可以再次归来又觉得欣慰;虽也欣赏山中一花一树,但终能走出来,感叹"横看成岭侧成峰"。他们因此显得有方有圆,攻守兼备,进退自如。这样的诗人也很多,庄子是,陶潜是,晏殊是,苏轼也是。

"哪一种更好?"你们依然不放弃这个问题。可是,哪里会有答案呢?广告里说"没有最好,只有更好",但是,深情与飘逸,执着和洒脱,春蚕作茧与蜻蜓点水,谁能说,哪个更好?

所以,不要问哪一种最好,关键是,你是否能把属于你的"这一种"做到极致。你能否像屈原那样,"亦余心之所善兮,虽九死其尤未悔",或者能否像苏轼那样,"日啖荔枝三百颗,不辞长作岭南人"?

不要以为"哪一种"是与生俱来的。其实,更多是被逼无奈,是生活的风霜刀剑架在头上,而你,无论成败生死,都不愿放弃理想和尊严。也不要认为这两者之间是矛盾的、冲突的,杜甫在理想上固"愚",但在生活上亦诙谐潇洒,庄子虽在文章中论"逍遥",感情上却是"深于哀乐"的。事实上,任何一个伟大的灵魂都是在痛苦的磨砺中变得丰富多彩,光芒四射。

"那中国诗人中哪一种更多?"你们似乎非要问出个答案才肯罢休。

这又是一个难题。"出"与"入",是中国文人终生要面临的问题,但"入"才是他们骨子里的东西,"出"往往是不得已的退而求其次的选择。在他们,不,在我们看来,"出入自如",才是最高境界。

"这就是所谓'能上能下,能屈能伸'吧。"你们说。

但是,我已经不能再沿着这个话题讲下去了。因为,在我的脑海里,出现了太多"一条路走到黑"的人,他们明知道自己身处绝境,却又心甘情愿地选择站在这绝境中,因为他们无法苟且,无法偷生,无法为躲避血雨腥风就低下高贵的头颅。

"能屈能伸",未必一定是大丈夫,关键是,你所"屈"所"伸"的是什么,为什么。而且,不管是什么,为什么,都还要有一个底线,否则,就容易冠冕堂皇地走到无聊、无赖甚至无耻的那一端了。

请原谅我在你们讨论得兴高采烈的时候说了一些"扫兴"的话,但中国的文化中,实在太多圆滑与骑墙的东西,值得我们反思和警惕。

# 梦醒时分

**浪淘沙**
【南唐】李煜

帘外雨潺潺,春意阑珊。罗衾不耐五更寒。梦里不知身是客,一晌贪欢。　独自莫凭栏,无限江山。别时容易见时难。流水落花春去也,天上人间。

再次碰到这个"梦境"的描写,我们都有了更深的感触。

李煜说:"帘外雨潺潺,春意阑珊。罗衾不耐五更寒。梦里不知身是客,一晌贪欢。"

范仲淹说:"黯乡魂,追旅思,夜夜除非,好梦留人睡。明月楼高休独倚,酒入愁肠,化作相思泪。"

大家都感慨,"梦"实在是人生的最后一种安慰,无论如何,还有梦,还可以在梦中重温过去的美好,憧憬未来的光明,虽然它不真实,可毕竟是一种温暖啊。

"怪不得有个电影叫《鸳梦重温》。"你们笑着说。

是啊,梦,是一种温暖。我们喜欢说晚安的时候,再祝愿有一个好梦。对亡国之君李煜来说,也许只有在梦中,他可以再回雕栏玉砌的宫殿,可以再见昔日美丽的红颜,可以像他所说的那样"一晌贪欢",这"一晌",虽然短暂,但也是囚禁岁月中的一缕阳光。即使是范仲淹这样的重臣与名士,在孤独漫长的旅途中,也只能借"好梦"来一解思乡之苦。

"那么,在现实生活中,你们喜欢做好梦还是噩梦呢?"我这样问的时候,你们显然很奇怪。

"当然是好梦了。"异口同声。

"可是,我常常好梦醒来感觉特别遗憾,而噩梦醒来又特别庆幸,这是为什么呢?"

你们没有立刻回答，有片刻的迟疑。我想，这是因为我所说的感受你们一定也有过。多少好梦，因为"这不是真的"最后变成失望的泪水；多少噩梦，却也同样因为"这不是真的"让我们感受到庆幸与欣慰！

"是的，老师，李煜不是也有一首词是这样说的吗？'多少恨，昨夜梦魂中。还似旧时游上苑，车如流水马如龙，花月正春风。'这个梦实在是欢乐、热闹，可是，作者开篇就是一个感叹'多少恨'。"

说得多好啊。梦是欢乐的、纵情的，但带来的是"恨"，是遗憾和痛苦。

"梦是幸福的，难过的是梦醒时分。"

我们该如何想象，那个梦中沉浸在往日欢乐中的帝王在醒来后孩子般的无助和凄凉？我们该如何体会，范仲淹梦醒后独上高楼眼望故乡流下的热泪两行？还有苏轼的《江神子》，他梦中回到故乡，见到了"小轩窗、正梳妆"的妻子，这是多么温馨的画面，这是多么熟悉的身影，仿佛那十年的相濡以沫，十年的刻骨思念，都在这样一次"相逢"中释然了。可是，当梦醒来，留给作者的会是什么呢？除了"断肠"，除了"茫茫"！

明代李攀龙有一首《和聂仪部明妃曲》："天山雪后北风寒，抱得琵琶马上弹。曲罢不知青海月，徘徊犹作汉宫看。"他的诗结束的时候，却把昭君留在那个美丽的梦境中，留在那一刻他乡故乡的恍惚中。你们看，在昭君弹完曲子的那一瞬间，竟把眼前高悬的"青海月"误认为是汉宫月来凝视遐想，一刹那的恍惚与时空的交错真是最美丽而又最残忍的错！月亮永远是最容易引起人的思乡怀旧之情的，因为它恒久不变，今年似当年，他乡如故乡。在这恒久不变的月光中，在琵琶声声中，昭君魂魄逸飞，又回到了自己的家乡，回到了亲人身边，跨过了千山万水，拥有了旧梦重圆。诗的结尾，作者并没有把昭君从神思飞扬中拉回来。"徘徊犹作汉宫看"，她依然手抱琵琶，一往情深，依然沉浸在美好的遐想之中，而我们知道，片刻之后，她便要面对这残忍的梦醒时分。如何写得下去呢，如何去想象，那个必将充满无限悲凉和痛苦的梦醒时分呢？

难怪，鲁迅说："人生最苦痛的是梦醒了无路可走。做梦的人是幸福的；倘没有看出可走的路，最要紧的是不要去惊醒他。"

梦是愿望的虚拟的满足，却是现实的真实的遗憾。

# 读词牌

学习了一段时间的词，我有一个有趣的发现，如果我给出一首词的第一句，你们能很好地把整首作品背诵下来，但是，你们却记不得这首词的词牌。并且，你们不以为然，因为，在大家看来，这些词牌是大众的，共用的，没有个性也与内容无大关联的。的确，词牌作为词的格式的要求，并不与其内容发生必然的关系，也不是哪一个作家的专利。但是，不要忽视了它。汉字的美其实是一种感觉，这种美不只是其形体的或端庄，或俊秀，或飘逸。当它们连缀在一起时，那种意义在清晰和模糊之间，在感知和想象之间，在言传和意会之间的妙处，是那样给人以美好的遐想与深切的感动。

词牌真的没有意义吗？好，且不管它的由来和最初产生时的意蕴，今天，我们就来读词牌。至于读的方法，可以自便，望文生义可，溯水求源可，不求甚解，亦可。

## 虞 美 人

虞美人。面对这三个字，你想到了什么？是那一株伫立雨中依然艳丽夺目的花，还是那个拔剑自刎以命酬爱的美人？冷艳，缠绵，柔肠侠骨，风流绝世。

"项王军壁垓下，兵少食尽，汉军及诸侯兵围之数重。夜闻汉军四面皆楚歌，项王乃大惊曰：'汉皆已得楚乎？是何楚人之多也！'项王则夜起，饮帐中。有美人名虞，常幸从；骏马名骓，常骑之。于是项王乃悲歌慷慨，自为诗曰：'力拔山兮气盖世，时不利兮骓不逝。骓不逝兮可奈何，虞兮虞兮奈若何！'歌数阕，美人和之。项王泣数行下，左右皆泣，莫能仰视。"

——从此，在这片土地上，生长出一株株虞美人。浇灌了那株红艳的，是眼泪和鲜血，是骨肉相连的痛，是恩爱相酬的情。

这个故事让我们想起了红豆，想起那个日日远望的女子，也用滴不尽的相思血泪浇灌了绝世的美。

但是，我们还是愿意做一株虞美人啊，因为，我们的爱与生命，多么希望交付给的不是一个负心的男人，而是项羽那样的英雄！英雄，是不能以成败计的。他有豪情天纵，我何不付柔情万种？他心无千红百媚，我何惜死生相随？

一个人的爱，无论多么深，能博得的也只是同情，虽天地动容，毕竟只有一声叹息。两个人的爱，赢得的才是光荣，即使苍天不语，自有气贯长虹。

至于虞美人入词后的冷艳，实在不需要多讲，李煜的那首名气太大。你们该读得懂，那"春花秋月"是不是绝世的艳，那"何时了"是不是彻骨的寒。

## 相 见 欢

你们说，这个词牌好。是的，我也很喜欢。

三个最简单的字，道出的亦是人生最简单的快乐。直白的表达，通透的颜色，如我们儿时手中的玻璃弹珠。

自然地，它也让我们想起"相见时难别亦难"，纵然这句诗包含的是痴情，是真相，是爱的百转千回，但我们还是宁愿"相见欢"。人生苦短，聚少离多，为什么不在这短暂的相逢里享受一把最单纯和彻底的欢娱？

相见的时候，请不要哭泣，请把这一刻从此前的相思、此后的愁苦中剥离出来，让我们拥有一份纯粹的快乐，就如儿时，拿一根棒棒糖，坐在阳光里，哼一支无词无调的歌。

相见的时候，请不要说前尘与后世，不要让那灰蒙蒙的情绪如蜘蛛网一样缠住此刻。既然往事后期都无法把握，我们何不将这颗弹珠握在手心，放在眼前，看它放出最美丽的光。至于此刻之后，弹珠落地，也让我们用以后的日子去寻觅。

相见的时候，请给我你最明朗的笑容。你知道吗，其实这一刻，我真的看不见你的皱纹，看不见你的沧桑，我只觉得那相视一笑中，泯却了从前全部的孤独和猜忌，也融化了以后所有的坚硬与冰霜……

但是，相见欢入词却是不快乐的，你们说。我知道，你们刚刚读过了李煜的"林花谢了春红，太匆匆"。"可是，这一首不叫'相见欢'，而叫'乌夜啼'。"我指着注释，和你们开一个玩笑。你们面面相觑，疑惑了。

其实，这是一个词牌的两种叫法。可是，你们不觉得奇妙吗？你们还能说词牌是无意义的吗？

相见欢，乌夜啼。原来，很多东西，根本不是我们手中的玻璃弹珠，而是我们小时候玩过的"摔方宝"。翻过去，你就赢了，一阵欢呼。翻过来，你又输了，两行眼泪。而相见，也是如此。欢乐的另一面，是悲哀；笑容的下一瞬，是眼泪；相聚的后一刻，是别离。白日的笙歌尚未散尽，夜晚的哭泣已袅袅而来。

是喜是悲，是欢是啼？只看，你更愿意看哪一面，你更愿意站在哪里。

## 浣溪沙

浣溪沙，也叫浣溪纱。自然让人想到西施。

西施的故事种种，我们熟悉的来自梁辰鱼的《浣纱记》。那一缕轻纱，是定情的信物，是相思的见证，也是女儿的薄命。我喜欢的西施不是那个可以在吴国镇定自若、左右逢源的女人，而是那个在三年的等待后不卑不亢地婉拒了范蠡的女子。

"贱妾不过是田姑村妇，裙布钗荆，岂宜到楚馆秦楼，珠歌翠舞？况当时既将身许，三年遂患心疼。尊官为国，伏望别访他求，贱妾为身，恐难移彼易此。"

——对你的爱，我无须否认，但我三年的相思，竟换回这打着"家国"大旗的"转赠"？那么，请允许我尊重自己的选择和爱情，请你离开，另访高明！

这里，是有幽怨的，但更有自重。

后来，西施还是飘然前往。我依然以为，与其说说服她的是深明大义的家国情怀，不如说是她以身相酬的对范蠡的爱。这个浣纱的女子用她的绝世姿容成全了范蠡的越国，也毁灭了爱她宠她的夫差。站在人性的立场，我们怜惜她的花已残、心更苦，但我想，真正让她后半生痛彻心扉夜不能寐的，不是自己，不是范蠡，而是夫差。

浣溪沙，浣溪纱，可知爱意似流水，恩义两难断，可知一缕轻纱来相绕，此身非吾有，此情亦可怜……

## 钗 头 凤

三个字，让人想起无数的诗。

画图省识春风面，环佩空归夜月魂。

紫玉钗斜灯影背，红绵粉冷枕函偏。

待将低唤，直为凝情恐人见。欲诉幽怀，转过回阑叩玉钗。

……

原来，有一天，当我已经想不起你的容颜时，却依旧有那根玉钗闪烁在眼前。

那个早晨，我躺在床上，睡眼惺忪，你已坐在妆台前，整顿起美丽的面容。你看不到我，我却可以在镜中看到你，春山般的眉，潭水样的眼。最后，你拿起这根玉钗，轻轻插上了乌黑的发髻。你知道吗，那个微侧的身影，那双纤纤的细手，那根在你发髻高傲站立又不失端庄的凤钗啊，刺痛了我的眼睛，闭上时，已两行热泪。

那个黄昏，你独自在院中徘徊，没有约，我却刻意走出书房，要配合你的到来。不期之遇，让你有一丝的慌乱，胡乱说一句话，装作整理仪容，你低了头，去扶那根微颤的钗……

那是一只紫色的凤。你知不知道，你也是我心中的凤。百鸟可以竞鸣，却只有你，只一声叹息，就足以让我动情。钗头凤，你在时，是我眼中最美的风景，你不在，是我心中最深的伤痛。

所以，陆游念唐婉，何必《踏莎行》，何必《临江仙》，何必《满江红》！只填一首《钗头凤》吧，"错"的是前事，"莫"的今朝！

## 满 江 红

残阳如血，血如残阳。

站在那耀眼的红色中的，是谁的身影？

项羽？是的，是项羽，站在那一抹红中，举剑伫立。眼前，是汩汩滔滔的乌江，身后，是呼啸而来的追兵。当吕马童，那个曾经的弟兄今日的敌人越来越近时，他忍不住笑了，这笑里，有一丝藐视，一丝悲哀，一丝无奈。

曾几何时，你英姿飒爽，叱咤风云，快意恩仇，所向披靡。是的，你是年少时看到秦始皇说出"彼可取而代之"的英雄，你是攻无不克战无不胜的王者。曾几何时，你带着江东八千子弟横扫南北，你牵手美丽的虞姬儿女情长！可今天，你却败在了一个叫刘邦的小人手里。

　　吕马童的脸越来越近了，他的眼睛布满血丝却不敢正视你的目光。还有什么可以牵挂的呢？你已经永别了你心爱的虞姬，唇边似乎还留着她的温暖与馨香。你已经安顿好了你的乌骓马，有乌江亭长的照顾，它一定能够活得很好。你已经拜别了你的家乡，虽然知道"卷土重来未可知"，可毕竟"无颜以见江东父老"。望着吕马童那张扭曲的脸，你忽然又起了恻隐之心，毕竟是曾经的弟兄，何不成全了他呢？想到这里，你轻轻举起来手中的剑，自刎而亡……

　　江水呜咽，残阳如血。

　　那是谁？怒发冲冠，仰天长啸。是的，那是岳飞。金人铁蹄遍踏中原之时，你背负"尽忠报国"的母训，踏上不归的长途；靖康之耻北宋灭亡之日，你披肝沥胆，上书千言，只求率军北渡，恢复中原；建康失陷宋军溃散，你以一人之力，独撑大局，兵不血刃，捷报频传；高宗为"屈己求和"，重用奸臣，你却依然"戮力练兵""日夜训阅"，誓要"唾手燕云，复仇报国"……可是，国家的命运，民族的命运，甚至你个人的命运，都不掌握在你的手中，于是，群臣嫌隙致使十年功废，一腔热血换得千古奇冤！三十功名，果真仅如"尘与土"，八千里路，相伴只有"云和月"！天日昭昭，配得上你的，只有这浩浩江水，如血残阳，只有这首叫作《满江红》的千古绝唱！

# 那些燕子

**浣溪沙**
【宋】晏殊

一曲新词酒一杯,去年天气旧池台。夕阳西下几时回?
无可奈何花落去,似曾相识燕归来。小园香径独徘徊。

---

"无可奈何花落去,似曾相识燕归来"是晏殊词的名句,透着从容又雍容的气度。

一提到燕子,你们立刻想起儿时背过的课文:

"一身乌黑光亮的羽毛,一对俊俏轻快的翅膀,加上剪刀似的尾巴,凑成了活泼机灵的小燕子……"

"燕子去了,有再来的时候;杨柳枯了,有再青的时候;桃花谢了,有再开的时候……"

我们这代人小的时候,还真正见过各家房梁上筑巢生活的燕子。它们活泼,漂亮,而且优雅。如果哪一家去年秋去的燕子不再回来,会遗憾很久,会等待很久。

而在中国的古典诗词中,燕子寄托了太多的情感和心愿。

燕子是候鸟,秋去春回,它因此就成了"春归"的象征,寄托了人们对美好春天的向往和珍惜。晏殊一句"燕子来时新社,梨花落后清明"一下子就让人感受到春天的勃勃生机和无限美好。而最有名的是南宋词人史达祖的《双双燕·咏燕》了,他写道:"差池欲住,试入旧巢相并,还相雕梁藻井,又软语商量不定。飘然快拂花梢,翠尾分开红影。"多么轻快可爱,多么活泼生动!这样的小燕子,自然就点燃了整个春天。

春天总是短暂,在落花的缤纷中,在春去的匆匆里,也只有这飞来飞去的燕子,可以抚慰人们的心灵。所以,晏殊说"无可奈何花落去,似曾相识燕归来",虽然春光短暂,落花难收,令人伤感,可是,你看,那园子里轻盈飞舞的燕子可不就是去年的那一只吗？原来，有些东西可以重来，可以常在！于是，因为这只燕子，我们有了对生命的忧思和忧思后理性而圆融的观照。还有欧阳修的《采桑子》："笙歌散尽游人去，始觉春空，垂下帘栊，双燕归来细雨中。"热闹之后的寂寞，繁华过后的虚空，却因为这双燕子有了一点沉着和从容。

燕子是喜欢成双成对的，因此，它又象征着人们对美好爱情的向往，对远方恋人的思念。而这种双双对对的快乐又带给离人多少感伤和思念。晏殊《蝶恋花》说"罗幕轻寒，燕子双飞去。明月不谙离恨苦，斜光到晓穿朱户"，晏几道说"落花人独立，微雨燕双飞"，那些可爱的燕子，就这样地勾起无尽的想念和刻骨的相思。而白居易呢，他用一句"宫莺百啭愁厌闻，梁燕双栖老休妒"就写尽了上阳宫人的寂寞孤苦。

燕子是恋旧的，无论这一去的南方有多么美丽、繁华，第二年的春天，它还都会千里万里地赶来，回到它曾经的家。于是，这恋旧的燕子又成了世事无常、沧海桑田、人事代谢的见证，又寄托了文人墨客的故园之思、盛衰之感，乃至生死之慨、亡国之痛。刘禹锡的《乌衣巷》曰："朱雀桥边野草花，乌衣巷口夕阳斜。旧时王谢堂前燕，飞入寻常百姓家。"燕子还在，"家"却已非，虽不言盛衰，却曲折委婉、感慨无穷。

张炎的"当年燕子知何处？但苔深韦曲，草暗斜川"也是这样的悲叹，当年的燕子若再来，还认识这个曾经的美丽繁华的"家"吗？

燕子的旅途是给人无限遐想的。那秋去春来的万里征程，那居无定所的日夜奔波，那屋檐暂居的孤独零落又成了文人羁旅生活的写照。周邦彦说："年年，如社燕，飘流瀚海，来寄修椽"，宦情如羁旅，憔悴江南客，一只燕子，寄托了作者无限愁思。陈与义有诗"燕子经年梦，梧桐昨暮非"，前尘旧事，恍如一梦，怀旧之思，失志之慨，尽在其中。而辛弃疾的"年时燕子，料今宵梦到西园"更是以燕喻人，流露出眷恋故都，魂牵梦系的深情。

宗白华先生认为，中国艺术家多是"亲密自然的，对昼，夜，风，雨，霞光，月色，花卉，草虫，天边的飞鸟，水边的沙痕，点点痕痕都是他眼中的泪，心中的血，画着它们，就是画着自己的梦魂"。而另一方面，直觉、取象、类比，是中国思维的特征，体现在诗歌里，一草一木，一花一叶，一莺一燕，都有它独特的意义。我们读诗，就是要在这细小之中，感受和领会那些"不可磨灭"的赤诚。

# 那一片荷

> **浣溪沙**
> 【宋】晏殊
>
> 小阁重帘有燕过。晚花红片落庭莎。曲阑干影入凉波。　一霎好风生翠幕，几回疏雨滴圆荷。酒醒人散得愁多。

晏殊的词读得多了，那种清韵婉转、要眇宜修的感觉就不再陌生。我特别欣赏你们用秦观的词句来形容晏殊的词，"自在飞花轻似梦，无边丝雨细如愁"。自在、轻愁、如烟、似梦，这真是对闲情雅致和淡淡感伤的最好描述。

而读完这首《浣溪沙》，你们把目光投向了那一片荷塘。也难怪，正是人间四月天，校园池塘里的那一片荷也正亭亭着，青葱雅致。

中国诗歌的好，是一种难以描述的"好"。因为，如果你用其他的语言去转述它的话，往往一开口，就觉得不对了，除了那几个字，除了原句，你会觉得其他话都是多余，都不能再复制那种感觉。但是，它的好，又是有很大的空间和张力的，你在看到它的那一刻，就会一下子想起很多东西，相似的，相反的，对比的，映衬的……它们一起唤醒你的感觉和记忆，然后，全部清晰起来，深刻起来。

我常常觉得，如果我算是一个好老师，其实，就好在我不着急。我不着急一定要在什么时候把哪些东西讲完，不着急把那些我知道的东西赶紧"倒"给你们，我愿意和你们一起"慢下来"，走走看看，看看停停；我愿意和你们一起开一会儿"小差"；在中国古典文学的林荫道上，我愿意和你们一起"慢慢走，欣赏啊"。

晏殊的这一片荷，唤起了你们很多的记忆——

同样是荷，同样有雨，可是意境是多么不同啊。李商隐说"秋阴不散霜飞晚，留得枯荷听雨声"，多么悲凉萧瑟；而晏殊的"一霎好风生翠幕，几回疏雨滴圆荷"又是多么轻灵和柔润。

说得真好，但我还是想提醒你们，除了感觉，我们还可以找出这种感觉的来源。那就是文字间细微的差别，是每一个意象带给我们的不同的画面。你看这两句，虽然都是雨打荷叶，可是，季节不同，一秋一春；荷叶不同，一枯一嫩；雨也不同，一厚重，一轻灵。当然，铺垫更不同，一是"秋阴"和"晚霜"，一是"好风"与"翠幕"，因此，才有了你们所谓的"悲凉萧瑟"与"轻灵柔润"啊。而再向深处走，这两首作品所传达的不仅是诗人的人生感慨，更是时代的精神写照。生在晚唐的李商隐和处于宋初的晏殊，在完全不同的生活背景中感受着不同的时代风貌，那悲哀与闲愁，是根植在时代的土壤中的。

所以，一句诗，有时候，就是一幅画，一个人，一个时代。

关于雨荷的描写，不能错过的还有周邦彦的《苏幕遮》，那一句"叶上初阳干宿雨，水面清圆，一一风荷举"也是千古绝唱。在阳光的照射下，那出水如钱的荷叶，风中亭亭的荷花，多么俊美而清秀啊。与晏殊句相比，又多了一份明朗与娇艳。

但最让我惊喜的，是你们居然把它和朱自清先生的《荷塘月色》联系在一起，那么出色地解释了对"一霎好风"的理解。我曾经不假思索，认为"霎"是量词化的用法，形容风之细微与短促，你们却拿出了更好的解释，"霎"就是霎时的意思，就是那种忽然而来又倏尔远去的有形无迹的感觉，是只有"风"才会带给人的体验。《荷塘月色》中的描写就是对"霎"最好的注释——

"微风过处，送来缕缕清香，仿佛远处高楼上渺茫的歌声似的。这时候叶子与花也有一丝的颤动，像闪电般，霎时传过荷塘的那边去了。叶子本是肩并肩密密地挨着，这便宛然有了一道凝碧的波痕。"——没有声响，只有叶子与花的那一丝颤动，只有那一道凝碧的波痕。原来，"一霎好风"就是"霎时传过荷塘的那边去了"的风啊！

我想，当这些一个个的句子都在瞬间连接起来，形成一股浪潮涌向我们，浸润我们的时候，我们算不算也是文学海洋中的一朵浪花了呢？

## 那封寄不出的信

**蝶恋花**
【宋】晏殊

槛菊愁烟兰泣露。罗幕轻寒,燕子双飞去。明月不谙离恨苦。斜光到晓穿朱户。 昨夜西风凋碧树。独上高楼,望尽天涯路。欲寄彩笺兼尺素。山长水阔知何处。

晏殊的《蝶恋花》中,大家最熟悉的是那句"昨夜西风凋碧树。独上高楼,望尽天涯路",因为王国维曾引用其来论说做学问的三种境界。看来,文学的解读实在是多元的,那高楼远望的身影是相思,是等待,又何尝不是人生的苦闷和困境中的彷徨。但回到这首词本身,我们还是自然地读出一份相思的辛苦和痛苦。而且,聪明的你们已经开始调用各种方法阐释自己的理解——

那菊的忧愁和兰的眼泪,是有情人眼里黯然销魂的景致,这就是王国维说的"一切景语皆情语"。

那双飞双宿的燕子逼出了主人的孤单与落寞,这就是反衬。

那"明月不谙离恨苦"的埋怨恰恰是一种痴情,就像韦庄说"无情最是台城柳,依旧烟笼十里堤",月和柳本没有情,作者的埋怨只是痴情所致。

那望断天涯的身影是苦苦的等待。前面李煜都说了很多次了,"独自莫凭栏"。

……

可是,唯一没有谈到的是最后那句"欲寄彩笺兼尺素。山长水阔知何处"。的确,这是很普通的一句,没有修辞,没有描绘,没有渲染,只是最直白的叙述。

我想,在世界越来越小,通信极为发达的今天,你们是很难理解那份阻隔的痛苦的。让我们回去,先读一读那个接到亲人来信的女子的"长跪读素书,书中竟何如",那个捎信回家的张籍的"复恐匆匆说不尽,行人临发又开封",那个身经战乱的杜甫的"烽火连三月,家书抵万金"……

在那样的牵挂和想念里，一个消息，一封书信就足以让我们欣喜若狂。

可是，当我们无法寄出这样一封信呢，是不是剩下的只能是无望，无助，无端的揣测，无告的相思？当我们的爱无从表白，当我们的牵挂像没有风筝的线，我们的亲人又像没有线的风筝，我们该怎么办？

回答我的是你们的一阵沉默。然后是一个轻轻的声音——"那真是没有办法了，只能承受。"我没有追问是谁说出了这句话，也没有追问为什么这样说。是的，没有更多的选择了，放弃，或者承受。你们将何去何从？

我不要现场的答案，只请你们思考，在心里回答自己就够了。而我想说的是，其实，人生里有一种很深很深的无奈和痛苦，就是无所寄托，无从表白。就像词里那个登高远眺的女子。人生还有一种很深很深的悲凉，就是无望的守候，不死的等待。

你们当然不会知道，每次读这两句的时候，我都会想起小时候看过的契诃夫的《凡卡》，无论多少年过去，让我无法释怀的还是那封写着"乡下爷爷收"的信，那封寄托着凡卡无限希望、让他那一晚"怀着甜蜜的希望睡熟"的信，那封爷爷永远不会收到的信。

所以，我还想说的是，有时候放弃并不是错，人毕竟天生是软弱和脆弱的，但如果我们愿意用这样的软弱来承受起苦难与悲哀，我们就彰显了人的尊严。

# 情到深处

**蝶恋花**
【宋】欧阳修

庭院深深深几许？杨柳堆烟，帘幕无重数。玉勒雕鞍游冶处，楼高不见章台路。　　雨横风狂三月暮，门掩黄昏，无计留春住。泪眼问花花不语，乱红飞过秋千去。

　　你们知道欧阳修，是因为"唐宋八大家"的名号。的确，中学的语文教材也多选他的散文，《醉翁亭记》《秋声赋》《朋党论》，可谓内容充实，形式多样。而且无论是议论，还是叙事，都是有为而作，有感而发。甚至他的议论文有些直接关系到当时的政治斗争，显示了革新者的凛然正气和过人胆识。正因为如此吧，你们讶异于他居然也写这样的词——庭院深深深几许？

　　其实，这正是张惠言所说的，"《传》曰：'意内而言外谓之词。'其缘情造端，兴于微言，以相感动。极命风谣，里巷男女哀乐，以道贤人君子幽约怨悱不能自言之情，低徊要眇，以喻其致。"

　　多情未必不丈夫。我希望你们用一颗简单的心来读这些作品。

　　这里站着一个寂寞的女子，遥望着远方的章台，零落着她的青春红颜。阅读提示上告诉大家，这首词里最好的是那句"泪眼问花花不语，乱红飞过秋千去"。是啊，无所寄托的爱与迷惘，只能来追问那枝头摇摇的花，可是，花无语，随风飞去……

　　我要你们来关注的，是这样一句，是这样一个小小的细节："雨横风狂三月暮，门掩黄昏，无计留春住。"这样一个时刻，她紧紧关闭了大门，好像这样就可以把黄昏拦在门外，就可以不让春天离开。

　　可是，她真的可以用"关门"来留住春天？

　　留不住的，却依然要这样做。你们有没有这样去挽留过一些东西呢？

小时候，怕妈妈值夜班就把她的白大褂藏起来，可是她找不到白大褂依然走了；

长大了，怕那个心爱的人离开就故意装作病了，可是他还得走，他走后，你真的病了……

很傻，你们说。

是的，很傻。当情到深处，我们何止是智商下降，简直是莫名其妙，甚至，一不小心，就把自己变成了一个笑话。

还记得那首南朝的民歌吗？"闻欢下扬州，相送江津弯。愿得篙橹折，交郎到头还。"如果一根篙橹就能留住一个人、一份爱，这世上还有离别的痛苦吗？

还记得那句诗吗？"老僧只怕山移去，日暮先教锁寺门。"为那一片云，那一片山，连一向镇定的老僧也慌乱起来了，连连招呼弟子去闭了那寺门，什么香客，什么禅心，且让我先留住这片云，这片山！

不是所有的人都可以像晏殊那样，一边感慨"无可奈何花落去"，一边却欣慰于"似曾相识燕归来"；一边伤感着"等闲离别易销魂"，一边却懂得"不如怜取眼前人"。他从容，豁达，冷静。

苏轼飘逸，却写出"十年生死两茫茫"；元稹风流，却吟出"除却巫山不是云"。我们要的那份爱情并不一定是一个人心里的全部，我们要的是那个人心中属于我们自己的一片领域，不可重叠，不可交错，不可覆盖，干干净净，明明白白。

情到深处，不一定是全部。情到深处，也只是在那一刻，在那一块，伤过，痛苦，痴过，傻过。

回看这个女子吧。她关了门，要留住的，又何止是春天，要逃避的，又何止是风雨！青春易逝，催人老的不只是岁月，还有思念。爱情短暂，折磨人的也不只是风雨，还有人心易变……

# 快乐，永远是过去

## 生查子
**[宋]欧阳修**

去年元夜时，花市灯如昼。月上柳梢头，人约黄昏后。

今年元夜时，月与灯依旧。不见去年人，泪湿春衫袖。

  这是一首并不难理解的作品，不过是物是人非。

  但是，你们的一句玩笑话却值得品味和深思。"反正，快乐永远是去年，伤心永远是今年。"可不是吗，在我们知道的古诗词中，太多这样的例子了。如，唐赵嘏的《江楼感旧》："独上江楼思渺然，月光如水水如天。同来望月人何处？风景依稀似去年。"还有崔护的名篇《题都城南庄》："去年今日此门中，人面桃花相映红。人面不知何处去，桃花依旧笑春风。"

  为什么呢？为什么人总是喜欢站在今天的悲伤和寂寞里，回望着从前的快乐和幸福？为什么快乐永远是过去的，伤心却永远是现在的？

  你们说，这是因为，人只有在伤心的时候，才会回忆。人在快乐的时候，会忘乎所以，会只想现在。

  你们说，这是因为，人的一生中，其实大部分时间只是"活着"，无所谓快乐，也无所谓伤心。而剩下的时间里，快乐和幸福是短暂的，是很少的，因为少，所以才会成为"记忆"，伤心孤独的时候，自然就会想起这些短暂的快乐和过去。

  你们说，快乐和伤心是相对的，就像黑与白，没有白，就无所谓黑。所以，今天的快乐会消解掉从前的快乐，今天的伤心却会彰显曾经的快乐。

  ……

  你们说了很多，我觉得很好，但你们自己似乎并不满意，问我："老师，你说呢？你有没有读过相反的诗歌，用现在的幸福对比过去的伤心？"

这样的一问，还真是让我尴尬。有没有呢？李清照？李煜？杜甫？辛弃疾？"争渡，争渡，惊起一滩鸥鹭"？"车如流水马如龙，花月正春风"？"垂杨紫陌洛城东。总是当时携手处，游遍芳丛"？好像都是过去的快乐啊。即使回到最古老的诗歌中，我所记得的，我所钟爱的，也是"昔我往矣，杨柳依依。今我来思，雨雪霏霏。行道迟迟，载渴载饥。我心伤悲，莫知我哀"啊。这样短的时间，不，再给我一些时间，我还是想不出你们所要求的诗。为什么？

也许我能给的回答就是，文学本身就是伤感的，或者说，文学本身就有一种感伤的禀赋吧。从古至今，从中到外，无数的例子足以证明。隐约记得周国平说过："在快乐的时候，我是不写诗的。"是的，人在快乐的时候，只需尽情地享受快乐。

"那么，你是说文学和快乐没有关系吗？"你们追问。

不，当然不是，文学中包含着人类全部的情感，怎么会没有快乐呢？可是，让我想想，文学和快乐的关系好像是这样的：快乐时，文学总是藏起来的，它就像个玩疯了的小东西。而当这一阵儿的快乐过去，一切归于平淡、归于寂寞、归于岑寂的那一刻，文学就偷偷地跑了出来，在你面前做鬼脸。也或者说，快乐是存在的，但它却是忧伤的根源，而有了忧伤，才有了文学。

"绕口令吗？"你们笑。

我也有些被自己弄糊涂了。但是，我记得《纽约时报周刊》著名的撰稿人杰姆·霍尔特写过一篇题为《反对快乐》的文章，开头一句话就是："悲伤的人友善。愤怒的人恶劣。可是，真是活见鬼啊，快乐的人也往往一般恶劣。"而且他的这句话是有根据的，数据来源于一个心理学刊物的权威调查报告。整篇文章的意思是说，快乐的人总觉得天下太平，久而久之，就失去了分析思考的能力，就在头脑中种下了一些偏见的种子。还有一个结论就是，人在快乐时往往变得麻木不仁。那么，由此看来，快乐产生的是麻木、肤浅、自以为是，而这些东西，和文学是不沾边的啊。

其实，没有悲伤，快乐又从何谈起。这不过是一枚硬币的两面。如果我们一定要将二者分开，那我只能说，快乐的灵魂是向上的，轻轻的，总是随风而逝；而悲伤的灵魂是向下的，沉重的，一点点压在心里，永不离去。因此，我们总是在忧伤的时候拿起了笔，而笔端流淌的，除了苦涩和悲哀，还有那已经飘逝的曾经的快乐。

还有什么比这首经典的老歌更能表现它们之间的关系呢？"往事不要再提，人生已多风雨。纵然记忆抹不去，爱与恨都还在心里……"这首歌的名字叫《当爱已成往事》，歌与文学飞出来的时候，就是爱与欢乐成为往事的时候。

# 最美的约会

**生查子**
【宋】欧阳修

去年元夜时,花市灯如昼。月上柳梢头,人约黄昏后。今年元夜时,月与灯依旧。不见去年人,泪湿春衫袖。

这首词一出现,大家就兴趣盎然。

原因有二。一是在中央台的元宵晚会上,董卿把其中的"昼"字读成了"书",引起一片哗然,你们至今还记得。其实,我当初奇怪的不是董卿读错了,我以为人非圣贤,更非全知,读错一个字很正常。我奇怪的是,她身边的那些人呢?那一群群的编导、监审,那一个个可以对任何节目的"思想性"指手画脚的人呢?怎么都没有在彩排时把这个审出来呢?

第二个原因是作者。这首词的作者到底是欧阳修还是朱淑真,好像历来没有一个明确的说法。你们说,宁愿是朱淑真,因为只有一个李清照,中国宋词中的女性,实在是太寂寞了。

词的内容一览无余,上下对照,一聚一散,一喜一悲,清新婉丽,情真意切。也让人一下子想起崔护的那首《题都城南庄》:"去年今日此门中,人面桃花相映红。人面不知何处去,桃花依旧笑春风。"温馨与甜蜜总是短暂,孤独与怅惘显得永恒。

"不管怎么样,这是最美丽的约会啊。"你们说。

美在哪里?

美在时间。元宵节,一个浪漫的日子,花千树,星如雨。

美在地点。花市旁,柳树边,东风将至,华灯璀璨。

美在感觉。相爱的人,相知的心,相互的等待。那是怎样一种令人怦动的时刻，是怎样一种充满了甜蜜和深情的体验！

当然，最美的情景是不需要描述的，所以，作者省略了相见之后的那些细节。我们尽可以去想象，总之，"金风玉露一相逢，便胜却人间无数"吧！

相比之下，有些约会是可爱的，有些约会是尴尬的，有些约会可能是悲凉的。你看，"画堂南畔见，一向偎人颤"是怎样的娇憨，"执手相看泪眼，竟无语凝噎"又是怎样的悲凉。还有那个被爱情冲昏头脑的张生，居然爬了墙头跳落在崔莺莺的身上，这让一向以大家闺秀自居的莺莺无法接受，一时恼怒，又是如何的尴尬！

"可是，最美的约会应该还是辛弃疾笔下的。"你站起来，毫不犹豫，语气坚定。"就是那个'众里寻他千百度，蓦然回首，那人却在，灯火阑珊处'。"

大家有些愕然。也许，我们都沉浸在一片甜蜜与温情之中，还没有回过神来。

"一个人在执着地寻找，一个人在静静地等待，而且，不是等在灯市花海中，而是等在灯火阑珊处，不是最美的吗？"

我们来看看这一场约会吧。

> 东风夜放花千树，更吹落，星如雨。宝马雕车香满路。凤箫声动，玉壶光转，一夜鱼龙舞。　蛾儿雪柳黄金缕，笑语盈盈暗香去。众里寻他千百度，蓦然回首，那人却在，灯火阑珊处。（辛弃疾《青玉案·元夕》）

也是一个热闹而璀璨的夜晚，这里有宝马雕车，蛾儿雪柳，这里有馨香满路，笑语盈盈。可是，这里没有相约的那个人。她不在这流光溢彩的地方，她也没有华丽耀眼的装扮，她素衣纤纤，站在那灯火阑珊处，等在那幽深寂静里。而那个如约而来的人呢？尽管身边华灯璀璨，美女如云，可是，都无法进入他的眼底，众里寻他，众里寻他千百度，是怎样的深情与痴迷？

约会，最美的是什么呢？说到底，不是时间，不是地点，而是两个人，是两个心里眼里只有彼此的人。

是的，美丽的，还有那一份淡淡的寂寞，淡淡的冷清。当我们真的在用心等一个人的时候，我们是耐得住寂寞的，我们是甘于寂寞的。当我们的心里只有一个人的时候，我们的身边是冷清的，因为，心，为他空着，梦，为他留着，夜，为他醒着……

# 优雅的代价

## 定风波
[宋] 柳永

自春来、惨绿愁红,芳心是事可可。日上花梢,莺穿柳带,犹压香衾卧。暖酥消,腻云嚲。无那。恨薄情一去,锦书无个。

早知恁么。悔当初、不把雕鞍锁。向鸡窗,只与蛮笺象管,拘束教吟课。镇相随,莫抛躲。针线闲拈伴伊坐。和我。免使年少,光阴虚过。

柳永对宋词的贡献是毋庸置疑的,他不仅创作了最多的慢词词调,改变了小令一统天下的格局,更为一向以"雅"为美的词注入了泼辣生动的俗趣,读之令人莞尔。

为了说明这一点的变化,我们拿晏殊的那首《蝶恋花》来作比较阅读。

槛菊愁烟兰泣露。罗幕轻寒,燕子双飞去。明月不谙离恨苦。斜光到晓穿朱户。 昨夜西风凋碧树。独上高楼,望尽天涯路。欲寄彩笺兼尺素。山长水阔知何处。

显然,你们喜欢晏殊胜于柳永,原因是,晏殊笔下的女子比较"大家闺秀",比较"知识分子",比较高贵典雅,那是中国传统文化中温柔敦厚的代表。你看,不管内心有多少痛苦和思念,她只隐忍着,只留给我们一个美丽低回的背影。而柳永笔下的女子,很市民化,泼辣辣的,是可以当街骂人、鼻涕一把泪两行的。你看,"早知恁么。悔当初、不把雕鞍锁",多么直白痛快;"镇相随,莫抛躲",多么坦率淋漓;还有那句"免使年少,光阴虚过",是多少女子心中渴望却难以启齿的爱的理想。

我能理解你们一边倒的回答。你们这个年龄,是喜欢纳兰词的年龄,是喜欢"雅"胜过"俗"的年龄,也是对人生充满憧憬却又带着莫名的感伤的年龄。

那么,老师来问一个问题:把自己放入这种感情中,放在这份剪不断、理还乱的无奈中,你愿意做哪一个呢?

这一次，没有出现一边倒。

"还是做个普通人吧，该说要说，该表达要表达，那么多的感情都'窝'在心里，苦的是自己。"

"谁不喜欢和自己所爱的人在一起呢，谁愿意让自己最美好的青春在孤独和等待中虚度呢？"

"感觉上希望自己可以做晏殊，但实际上可能会是柳永。"

还有的同学，拿出了文学作品中的形象来加以说明——

"黛玉就是太大家闺秀了，太婉约了，所以她只能在无望中死去，看上去只是体质孱弱，实际都是'内伤'啊。"

"晏殊笔下的这个女子，纵然美丽、温柔、优雅，可是，她除了等待、无助，根本无法为自己争取幸福，也无法把握自己的命运啊。"

是这样的。爱，需要表达，渴望，也需要表达。毕淑敏曾经在文章中讲过她做的一个实验，实验要求一个人心中充满一种独特的感觉，然后用表情和手势做出来，让其他不知底细的人猜测他的内心活动。出谜和解谜的人都欣然答应，自以为百无一失。结果，能正确解谜的人少得可怜。甚至，一位母亲自以为充满爱意的表情，被人解为"你要自杀"！我们都以为爱到深处是无言的，其实，无论哪一种爱都需要尽情和坦白地表达，爱怕的是模糊，是猜测啊。有时候，我们就是太含蓄，太自矜，太要求自己高贵而优雅了，结果是，错过了太多的爱，也苦了自己的情。很多时候，就那样一句话啊，一句"爱"，一句挽留，就可以改变一切。为什么，我们都怯于羞于表达呢？

"老师，你要做哪一个？"你们问。

我不知道该怎样回答，也许，我们每个人的生命中，都曾因为沉默失去很多。我们爱着对方，却不愿意表达。我们渴望他留下，却会说："再见，路上小心。"我们的心已碎了一地，却还会笑着说："没关系。"

记得一个寒冷的晚上，我一个人回家，在小区的外面看到一个妇人坐在地上，一面哭，一面骂着什么，哭累了，停下来，一会儿再哭，再骂。我是不爱热闹的，但那天，我不想回去，就在一块石凳上坐下来，看着她哭，听着她骂。旁边间或有路过的认识她的人，上去劝一句，不见她打住，就不再多问，走开忙自己的事了。我很想上去问问她怎么了，需要帮助吗。这时，小区的保安走过来，对她说："哎，回家吧，一会儿孩子放学了，还等着吃饭呢！"这句话似乎很奏效，她一下子从地上站起来，拍了拍屁股上的泥土，利利索索地捡起扔在地上的一捆青菜，擦了一把眼泪，回家了。

你们知道吗，那一刻，我是多么羡慕她！该哭的哭了，该骂的骂了，该表达和发泄的也都完成了。我想，回到家，她一定还和平日一样，挽了衣袖，风风火火地为她的孩子、丈夫做饭洗衣去了……

"你呢？老师，碰到这种事你会怎样？"

我没有回答。但实际是，我会把眼泪全咽到肚子里，装作什么也没发生过。我会沉默着，每天不动声色地上班、下班，夜晚，再让那些眼泪和悲伤一阵阵袭来，痛彻心扉。

其实，即使失去是必然的，我们也可以表达，我们也可以让对方知道：相聚，是为了爱，离开，依然是为了爱。若真如此，此后的日子中会多好些温暖，会少了很多猜忌……

很多时候，高贵、温柔、优雅是有代价的，那就是承受、隐忍，甚至自虐。如果，我们还没有一颗足够豁达的心，就让我们做一个敢爱也敢恨的人吧。沉默，不一定是金，沉默，有时候太伤人。

# 这是谁的思念

## 八声甘州
【宋】柳永

对潇潇、暮雨洒江天,一番洗清秋。渐霜风凄紧,关河冷落,残照当楼。是处红衰翠减,苒苒物华休。惟有长江水,无语东流。

不忍登高临远,望故乡渺邈,归思难收。叹年来踪迹,何事苦淹留?想佳人,妆楼颙望,误几回、天际识归舟。争知我,倚阑干处,正恁凝愁!

　　我向来认为这是柳永最优秀的作品之一。你们也因为这首词为柳永抱不平,认为文学史教材上的所谓柳永之"俗"应该叫"雅俗共赏"。其实,文学史上的那个"俗"字并不是你们所认为的"庸俗",它只是相对柳永之前词从内容到语言的典雅、含蓄而言的。正是柳永的努力和尝试,使得"词"在不失优雅的基础上更具有了生活的气息,用今天的流行语来说,叫更"接地气"了。

　　上半阕写景不必多说了,因为,它让我们想起了杜甫的《登高》,想起了范仲淹的《渔家傲》,那种苍凉壮阔,那种深沉凄美,是只有兼深情与气度于一身的人才能写出的。让我们惊叹又"纠结"的是下半阕的抒情。其实,无非相思,无非游子思妇,却如此缠绵悱恻,百转千回。

　　"为什么?为什么会有这样的感觉?"你们问。那好吧,我们先来探讨一个问题——下半阕是写的谁?这是谁的相思,谁的深情?

　　你们最初的回答几乎是不假思索的——

　　"当然是写的作者。他登高远望,思念家乡,思念亲人。"

　　"是写的作者,除了思念,还写他的漂泊生活,孤苦伶仃。"

　　后来,又有了不同的回答:

　　"也写了他的亲人,'想佳人,妆楼颙望,误几回、天际识归舟'不就是写亲人对他的思念和苦苦等待吗?"

　　"对,也写了'佳人',《春江花月夜》不就是这样写的吗?'谁家今夜扁舟子,何处相思明月楼'，既写了游子，也写了思妇。"

但又有不同的声音——

"不对吧？这里作者就是柳永，虽然写了'佳人'，但抒发的还是他自己的感情，'佳人'是他的想象和揣度。"

"可是，明明也写了佳人对他的思念啊！这是相互的，不管作者是谁，这是彼此的深情和思念。"

"登高的是作者，当然是作者在抒情了！"

"登高的也有佳人啊，佳人不也在眺望等待吗？和温庭筠的'过尽千帆皆不是，斜晖脉脉水悠悠'是完全一样的情景啊！"

……

你们把讨论变成了争论。那么现在我们静下来，把这个问题放一放，再来看一首你们早已熟悉的作品吧。李商隐的《夜雨寄北》："君问归期未有期，巴山夜雨涨秋池。何当共剪西窗烛，却话巴山夜雨时。"我的问题还是差不多的："这首诗在写谁？写哪里？写何时？"

写"君"还是写"我"？写故乡还是写巴山？写现在还是写未来？

是的，我们说不清。你在故乡，我在巴山，你在故乡遥问，我在巴山看雨，我期盼着未来有一日回到故乡，和你共话今日的秋雨，今日的相思……就四句诗。四句诗，却摇曳在所有的时间和空间里，连接了故乡与他乡，沟通了过去及未来。那么，你怎么能说得清，这是谁的思念，谁的期盼，谁的深情。

回到柳永的《八声甘州》，这份缠绵与深情不是一样的吗？我在此处、此时想念着你，我知道，你在彼处、彼时也想念着我，我想你的时候知道你想我，你想我的时候是否知道我想你……

你们哑然，却又笑了。"像绕口令。"你们说。

说对了。因为所有深沉的爱，都是这样缠绕不清的，它不是一厢情愿，不是自以为是，不是嫉妒愤懑，不是自怨自艾，它是以己之心度人之心，以己之爱度人之爱。说白了，它就是：我想你，我知道你想我，你想我的时候，请记得我也想你。

# 人生如梦

## 念奴娇·赤壁怀古
### 【宋】苏轼

大江东去,浪淘尽、千古风流人物。故垒西边,人道是、三国周郎赤壁。乱石穿空,惊涛拍岸,卷起千堆雪。江山如画,一时多少豪杰。

遥想公瑾当年,小乔初嫁了,雄姿英发。羽扇纶巾,谈笑间,樯橹灰飞烟灭。故国神游,多情应笑我,早生华发。人生如梦,一樽还酹江月。

对苏轼和他的作品,你们都不陌生。这的确是一个在民间有着极好口碑的、让人感觉极亲切的大文豪。

我们要通过他的几首词作来看他对词体发展的贡献,但我没有料到,几乎每一首作品都引起了你们广泛的讨论甚至争论。第一首就是《念奴娇·赤壁怀古》。

"羽扇纶巾"写的是谁?周瑜还是诸葛亮?

赤壁之战是三方参与的,英雄谋士一大群,为什么说是"三国周郎赤壁"?

什么叫"多情应笑我"?谁多情?

说真的,其中有些问题完全在我的教学设计之外,我很多"理所当然"的理解都是你们争论的焦点。比如"羽扇纶巾",那是诸葛亮印在你们脑海中的儒雅形象,那"谈笑间、樯橹灰飞烟灭",也是诸葛亮留给你们的战争神话。好在,真理愈辩愈明,学术因竞而进,你们还是形成了大体一致的意见,那"羽扇纶巾"不是诸葛的个人专利,而是当时儒将们的共同喜好;那"谈笑间、樯橹灰飞烟灭"属于运筹帷幄的诸葛,更属于年轻帅气、在一线指挥作战的周瑜。何况,既是"怀古",必定"伤今",四十多岁被贬黄州的苏轼,所羡慕和感慨的更应是那位二十多岁就统率千军、春风得意的周郎吧。因此,他词中说"三国周郎赤壁",其实是在周郎身上寄予了自己的人生感慨。

我只有一个问题,请你们想象,当苏轼洒酒祭月,吟出这句"人生如梦"的时候,他是流泪,还是微笑?他是悲伤,还是释然?

你们很快形成两个团队，相持不下。

当然是悲伤流泪。一事无成，屡遭贬谪，仕途坎坷，壮志难酬，再对比那周瑜的春风得意、江山美人、少年得志，怎能不伤怀？

应该是微笑释然。江山壮丽，大河滔滔，美人在侧，英雄意气，即便只是怀想故国，也让人热血奔腾，激昂慷慨，为什么要流泪？

一定是伤心。不然怎么叫"怀古伤今"？杜甫怀诸葛，"长使英雄泪满襟"；杜牧题宣州，"人歌人哭水声中"；连辛弃疾想起刘裕，也是感慨"凭谁问，廉颇老矣、尚能饭否"……

肯定是释然。"怀古"未必"伤今"，更多的时候是"看破"。《三国演义》里不是也说了吗，"是非成败转头空，青山依旧在，几度夕阳红""一壶浊酒喜相逢，古今多少事，都付笑谈中"，请注意，是"笑谈中"。

我的问题原来是有备而来的，但你们的争论让我开始怀疑那个预设的答案了。

我们一起回到作品本身吧，回到开头的那句"大江东去，浪淘尽、千古风流人物"。周瑜自然是千古风流，可是现在在哪里呢？赤壁之战自然是千古一役，可是三国鼎立维持了多久呢？远去的是鼓角争鸣，永恒的是大江东去；黯淡的是刀光剑影，留下的是乱石穿空。有多少东西经得住时间的磨砺呢？

那苏轼一定是"看破"了。

可是"看破"了怎么还会有那样的羡慕和渴望？

那苏轼一定是"悲哀"了。

可是连周瑜都会逝去，连赤壁都只剩涛声，又何必悲哀？

……

不要看我，我没有答案。答案在苏轼那里，在他每到一处就造福一方的积极有为中，在他"竹杖芒鞋轻胜马，谁怕？一蓑烟雨任平生"的超脱里。也许，那杯酒，有淡淡的感伤，但更多的，一定是释然，一定是超脱。

今天的作业是一篇文章和一本书的阅读。

余秋雨的《苏东坡的突围》，林语堂的《苏东坡传》。希望你们有勇气读后者。

## 高处不胜寒

**水调歌头**
[宋]苏轼

丙辰中秋,欢饮达旦,大醉,作此篇,兼怀子由。

明月几时有?把酒问青天。不知天上宫阙,今夕是何年。我欲乘风归去,又恐琼楼玉宇,高处不胜寒。起舞弄清影,何似在人间。

转朱阁,低绮户,照无眠。不应有恨,何事长向别时圆?人有悲欢离合,月有阴晴圆缺,此事古难全。但愿人长久,千里共婵娟。

 

读苏轼的《水调歌头》,我们用了很长时间"跑野马",因为这句"高处不胜寒"。

地理上的高处"寒",我们是理解的。还记得那首《西北有高楼》吗?"西北"二字即带给我们一种高不可攀又冰冷寂寞的感觉,古人早就把这地理上的特点和诗歌里的情感融合在一起了,所以,不用多想,那"一弹再三叹,慷慨有余哀"的女子的寂寞和痛苦我们就感同身受了。

苏轼这一生的"高处不胜寒",我们也是知道的,就像他的弟弟苏辙所说:"东坡何罪?独以名太高。"而余秋雨的解释是:"他太出色、太响亮,能把四周的笔墨比得十分寒碜,能把同代的文人比得有点狼狈,引起一部分人酸溜溜的嫉恨,然后你一拳我一脚地糟践,几乎是不可避免的。"

你们又笑谈起嫦娥,说她奔上了月宫,虽可长生不老,却要忍受无尽的寂寞,可以陪伴她的,只有那只小玉兔吧。你们也提及吴刚,李贺诗中的"吴质不眠倚桂树,露脚斜飞湿寒兔"也是一样寒冷和凄婉。我是同意的。虽然自古以来凡人都想成仙,但所有下凡的仙都不愿再回去,只愿做凡人。织女是,白蛇是,连海的女儿也是。对他们来说,也是"高处不胜寒"吧,所以难以拒绝这人间的温暖。

其实,现实生活中,我们凡人的生活,这句话也是适用的。你们居然也有些体会。

本来是班级普通一员,与大家和谐相处,人缘颇好。可是做了班长后,忽然感觉到了疏远与冷漠；

那次，连着得了几个奖，本来要与好朋友分享，可是，朋友却异常地冷淡……

一个人身份的改变会带来很多其他的改变，有时候是你变了，有时候真的不是你变了，而是别人看你的眼光变了。我记得以前每天早晨坐校车上班，被大家冷落的一定是校长。可是谁都知道，校长是那样一个令人尊敬又和蔼可亲的人，曾是大家都想亲近的人。

这里，校长是那个感受着"高处不胜寒"的人，但他没有错，错的似乎也不是那些喜欢他又冷落他的人。要知道，在中国，在我们的文化里，爱和恨的表达都是一件困难的事情。你对校长的好与亲近可能会被认为有讨好上司的动机，而校长对你的好与亲近，又难免有收买人心的嫌疑。

怎么办？

"要能够葆有平常的心态！"

"要多一点理解和宽容。"你们说。

的确，一颗平常心，不俯不仰，不卑不亢，是很重要的，但也是很难做到的。

其实，我更喜欢鲁迅先生给我们的建议，他要我们"敢爱敢恨"，"横眉冷对千夫指，俯首甘为孺子牛"，这是比平常心、比理解宽容更有效的办法，也是更致命的一击。爱了，就去赞美，就去亲近。恨了，就去反对，就去舍弃。哪还有什么"高"和"低"？很多时候，我们心里的微妙的变化，是因为自己失去了与别人的平等的对视。

只是，请你们记得，爱和恨都是一种能力。我们先要问问自己还有这样的能力吗？对所谓"高"者，爱了怕人讥讽，恨了怕人报复；对所谓"低"者，爱了怕人轻蔑，恨了怕人误解。我们早已被那种平衡的微妙和神经质的过敏折磨得丧失了爱与恨的能力！

记得小时候读三毛，她有一句话曾让我一时费解："如果我不爱他，他是百万富翁我也不嫁，如果我爱他，他是千万富翁我也嫁。"那时候，以为后半句是不是印错了，应该说"如果我爱他，他是穷光蛋我也嫁"才对啊，怎么会说来说去都是有钱人呢？后来懂得，这其实不仅是幽默，更是爱的能力，一个敢嫁"千万富翁"而不怕别人说三道四的人，是勇敢的，是相信爱情的，所要承担和面对的并不比嫁一个穷光蛋更少、更容易。

听到这里，你们中有的人笑了，甚至讲起了一则书上看来的笑话：

某知名婚恋网站出了道测试题：如果一个穷小子冒充有钱人和你恋爱，被你发现后你会如何反应？90%的人选：坚决断绝关系，诚实是最重要的品质之一。一个月后，该网站又出了一道题：如果一个有钱人冒充穷人和你恋爱，被你发现后你会如何反应？90%的人选：继续交往，我爱的是他的人，又不是他的钱。

——这真是个耐人寻味的故事。配上那个电视相亲节目中"宁坐在宝马车上哭，也不坐在自行车上笑"的女子，真是足以颠覆"高处不胜寒"了，因为这年头，在更多人的眼里，只有"低处"才是"不胜寒"。

但我还是要说，请你们认真体会这个"敢"字，试着做一个对自己负责，敢爱敢恨的人吧。

# 还好

**梅花（其二）**
[宋] 苏轼

何人把酒慰深幽？开自无聊落更愁。
幸有清溪三百曲，不辞相送到黄州。

  历来咏梅花的诗甚多，梅花之高洁与孤芳自赏，早已成了中国文人人格的一种写照。苏轼的这首《梅花（其二）》则既在"传统"之中，又在意想之外。

  "深幽"二字，是梅花诗的"传统"，所谓"凌寒独自开"，所谓"疏影横斜""暗香浮动"，所谓"寂寞开无主"，都是写梅之超凡与寂寥，只是，苏轼的"深幽"既写了梅的生长环境，又兼写了梅的淡雅神韵。而"意想之外"在于作者抛开了历来咏梅诗对梅之"节操"的赞叹或坚守，他说"开自无聊落更愁"，似乎梅并不以幽居为傲，也不以"暗香"自赏，倒颇有些"红消香断有谁怜"的哀怨和愁苦。

  可是，如果这样哀怨下去，我们就看不到苏东坡的神采了。于是，有了下面两句——幸有清溪三百曲，不辞相送到黄州。

  我的问题很简单，请你们"翻译"这个"幸"字并说出自己的理由。

  幸运。这枝梅，开时无人欣赏，落时无人怜惜，但现在，有一条小溪可以带着它的花瓣流向远方。这对于不幸的命运来讲，不是一件很幸运的事吗？

  幸福。"幸运"是一种巧合，"幸福"却是一种"感受"，苏东坡是多么开朗和豁达的人，他一定会因为有梅花相送的好运气而感到满足和幸福。

  幸亏。"幸福"太矫情了吧？前两句明明写得伤感愁苦，怎么会一下子又"幸福"了呢？只是他看到花瓣并没有"零落成泥碾作尘"而有了一点"窃喜"，所以说"幸亏"。

……

你们都没有摆脱这个"幸"字。在我看来,"幸运",是一种际遇,它会带来意外的机会和成功,但对于已经零落的梅花而言,这条小溪已无法改变它的结局,算不上"幸运"吧。而"幸福"呢,那是一种持久的满足的体验,用在这里是有些牵强了,与诗的前两句也相去甚远。倒是"幸亏"二字,有一点侥幸的喜悦,有一点聪明的自慰,多少透出苏轼性格中直率幽默的一面。有一个故事,似乎也能证明"幸亏"是三者之中较为恰当的表达——

晚年的苏东坡曾被贬到琼崖海岛,那里气候恶劣,生活条件极差,甚至无医无药。可是,苏东坡却对朋友说:"每念京师无数人丧生于医师之手,予颇自庆幸。"这真是一个智慧、快乐、生性诙谐、让人喜爱的苏东坡!

但是,回到《梅花(其二)》这首诗,用"幸亏"二字似乎显得轻薄了,潦草了。与前面的"何人把酒慰深幽?开自无聊落更愁"相比,少了郑重和庄严,不是梅花的神韵了。

苏轼是超脱旷达之人,也是深谙人生苦乐的人。他热情、快乐、无所畏惧、有似清风,但他也严肃、刚直、真诚、庄重。他不是没有痛苦和烦恼,他只是善于超脱,用天赋的哲学的智慧来享受人生的快乐。所以,这首诗中的"幸"字,应该是灵心慧眼与人间苦难的结合。

那么,用"还好"可以吗?有人这样问。

——还好,有清澈的小溪,曲折回环,一路奔流,带着飘落的花瓣直送到遥远的黄州。

"还好",叹息中有一点豁达,庆幸中有一点感伤,不至于太轻飘,也不至于太玩笑。"还好",不否认花开的寂寞,花落的悲凉,但也认可了那流水的多情。

这,才是真正的苏东坡。

想一想那首《水调歌头》吧。他向往天宫却无法飞身而去,但是,还好,"起舞弄清影,何似在人间";他思念远方的弟弟却无法相见,但是,还好,"但愿人长久,千里共婵娟"。这个"还好",才是在人生的苦痛与不圆满中开出的花。

梅是寂寞的,但还好,有清溪相随。人生是寂寞的,但还好,有梅花相伴。

# 可怕的不是风雨

## 定风波
【宋】苏轼

三月七日,沙湖道中遇雨。雨具先去,同行皆狼狈,余独不觉。已而遂晴,故作此。

莫听穿林打叶声,何妨吟啸且徐行。竹杖芒鞋轻胜马,谁怕?一蓑烟雨任平生。
料峭春风吹酒醒,微冷,山头斜照却相迎。回首向来萧瑟处,归去,也无风雨也无晴。

    这首《定风波》并不难理解。"莫听""何妨""谁怕",这些词语明确无误地传达着作者的旷达自适,让我们看到一个风雨中从容淡定,无往不乐的苏轼。

    你们甚至想到一首很老的歌曲,描写一场突来的大雨带给人们的狼狈和尴尬,"哗啦啦啦啦下雨了,看到大家都在跑,……无奈何望着天,叹叹气把头摇",歌的最后还劝大家要未雨绸缪,"感觉天色不对,最好把雨伞带好,不要等雨来了,见你又躲又跑"。

    对风雨的躲避,实在是人之常情。自然的风雨是,人生的风雨亦然。

    因此,那面对风雨的镇定和从容便显得尤为可贵。

    "可是,老师,这首词的最后一句是说'也无风雨也无晴',那'也无晴'是什么意思?"

    我的脑海里立刻出现了刘禹锡的那句"东边日出西边雨,道是无晴却有晴",可这是不对的,刘禹锡的"晴"乃"情"也,那是生动的比喻和联想,那是巧妙的一语双关和谐音。

    如果"风雨"是宦海的波涛,是人生的挫折,那"晴"该是人生的顺利、美好和圆满了。

    "那为什么还要说'也无晴'呢?"

    是啊,"也无风雨"是一种面对挫折和磨难的乐观与豁达,是古人所谓"泰山崩于前而色不变"的胸襟和气度,那"也无晴"是什么呢?

"是更高的境界，因为人生最可怕的不是风雨。"——你站起来轻轻这样说的时候，我真的诧异了。因为很久以来，我在课堂上只看到你忧郁的眼神，只看到你铃声已落才匆匆赶来的身影，我曾经试图用提问的方式和你交流，可你总是用低头或眼神的躲闪回避了。

我和同学们望着你，想听你继续讲下去，你却又轻轻地坐下了。

是在这之后，我了解到你的一些情况。你曾经有个温暖的家，有爱着你宠着你的爸爸妈妈，你的父母曾在下岗后从一个市场的摊位做起，靠几年的打拼维持并改善了你们的生活。但此后，当生意越做越大的时候，你的父亲离开你们，有了一个新的家。你的母亲大病一场，现在还需要你的照顾……

我懂了。你的那句回答原来是切肤的痛啊。多少风雨，你们一路相互搀扶，不离不弃，却在迎来霞光和太阳的时候，遭遇了人生的痛苦和分离！

你是对的。一个人，面对风雨往往是可以不惧不怕的，因为那风雨激发了人生的斗志，会让人破釜沉舟而绝处逢生。一个家庭，面对风雨也往往是更加团结与和睦的，那些必须面对的困难会同时成为家庭成员之间的黏合剂，让一家人靠得更近，彼此温暖。一个国家，风雨飘摇时也往往是万众一心日，所谓"多难兴邦"就是这个道理。可是"晴"却不同，它容易让我们放松、懈怠，让我们在不知不觉中丧失了人生的准则，看不到潜藏的危机。多少人，可以把困难和挫折踩在脚下，却很难放弃和无视身边的名利与繁华。多少人，不是倒在狂风暴雨中，却晕眩在掌声鲜花里！

其实，对苏轼而言，这句话也是适用的。我们知道，苏轼这一生，实在太多的坎坷与磨难，可是，也是这些磨难成就了一个伟大的苏轼，他一路风雨，一路高歌，也一路思索，一路修炼，终于，修炼到即便雨过天晴，艳阳高照，他也不会受宠若惊，更不会得意忘形了。在他眼里，风雨也罢，晴也罢，都只是人生的一种过往，只需直接面对，只需淡定从容。

风雨中的镇定是一种胸襟，一种气度，而艳阳里的淡定就是一种超脱了，这确是更高的境界啊。谢谢你给我上的这一课。

## 那是眼泪在飞

**水龙吟·次韵章质夫杨花词**
**【宋】苏轼**

似花还似非花,也无人惜从教坠。抛家傍路,思量却是,无情有思。萦损柔肠,困酣娇眼,欲开还闭。梦随风万里,寻郎去处,又还被、莺呼起。

不恨此花飞尽,恨西园、落红难缀。晓来雨过,遗踪何在?一池萍碎。春色三分,二分尘土,一分流水。细看来,不是杨花,点点是离人泪。

  苏轼的词,总是让我们叹为观止。但我没有想到,你们会对这样的一个比喻表示质疑。

  "春色三分,二分尘土,一分流水。细看来,不是杨花,点点是离人泪。"我以为,这是词中最美的句子。

  "作者是把'杨花'比喻成眼泪,还是把眼泪比喻成'杨花'"?你们问。

  前面写离情,也写春色,杨花似泪,泪如杨花,点点滴滴,两种理解都可以吧。

  "可是,杨花是多么轻飘的东西,它哪里像离人的眼泪?"你们说。

  我一时语结。

  黯然销魂者,唯别而已矣。哪一颗别离的泪珠不是沉重的?哪一双告别的眼睛不是深情的?泪流如江,"郁孤台下清江水,中间多少行人泪";泪痛如血,"独把花锄暗洒泪,洒上空枝见血痕";泪下如雨,"玉容寂寞泪阑干,梨花一枝带春雨";泪涌如泉,"昔时横波目,今作流泪泉"……眼泪也会飞,但那不是杨花,那是"昨天的眼泪变成星星",每天都有流星不断下坠。

  相比之下,杨花确是太轻飘,太没有分量了。所以,你们是对的,苏轼的这个比喻真的不够好。

  "可是,这不是比喻啊!这是一首咏杨花的词,从头至尾都在写杨花,作者不过是赋予了杨花一种象征的意义,或者说,杨花和泪一样,都是一种表达着飘零、离别、伤心的意象。"就在我完全"倒向"你们，为你们的理解暗自叫好的时候，又有人这样说。那么，且慢，我们再来看看杨花。

李白有诗："杨花落尽子规啼，闻道龙标过五溪。我寄愁心与明月，随风直到夜郎西。"这里杨花飘落与子规啼血相映衬，是多么深重的离愁别恨！还有郑谷的《淮上与友人别》："扬子江头杨柳春，杨花愁杀渡江人。数声风笛离亭晚，君向潇湘我向秦。"那漫天飘舞的杨花，竟是缭乱不宁的离绪，竟是天涯羁旅的哀愁！

这杨花，原就是飘零离别之花，原就是相思缠绵之花。

那么，在作者的眼里，这杨花就是离人的眼泪，就是纷乱的别愁啊。

牛希济有词曰："记得绿罗裙，处处怜芳草。"的确，"绿罗裙"和"芳草"之间，不是比喻，那是深情，是幻觉，是爱屋及乌，是因彼及此。所以，那点点杨花，在作者的眼里，变成了纷飞的眼泪。

是在不久以后，我居然在顾随先生的《东坡词说》中看到了他对这句词的评述：

"结尾'是离人泪'，苦水直报之曰：不是，不是，再还他第三个不是。几见离人之泪如斯其没斤两也耶？亏他还说是细看。因知老坡言情并非当家。刻骨铭心，须让他辛老子出一头地。"

看后莞尔。在这句词的理解上，你们和他有一样的见地。或者，比顾先生更厉害？

# 陌上花开，可缓缓归

## 陌上花三首（并引）
**【宋】苏轼**

游九仙山，闻里中儿歌陌上花，父老云：吴越王妃，每岁必归临安。王以书遗妃曰：陌上花开，可缓缓归矣。吴人用其语为歌，含思宛转，听之凄然，而其词鄙野为易之云。

### 其一
陌上花开蝴蝶飞，江山犹是昔人非。
遗民几度垂垂老，游女长歌缓缓归。

### 其二
陌上山花无数开，路人争看翠軿来。
若为留得堂堂去，且更从教缓缓回。

### 其三
生前富贵草头露，身后风流陌上花。
已作迟迟君去鲁，犹歌缓缓妾还家。

  苏轼的这组诗歌告诉我们的是一个古老的爱情的故事。这个故事在宋人的笔记和明人周楫的拟话本小说《西湖二集》里都有记载。五代时期，吴越王妃戴氏每年寒食节必回故乡临安。一年春天，王妃迟迟未归，至春色将暮，陌上花已发，吴越王钱镠甚为想念，可又不愿扫王妃的雅兴，于是让人带给王妃一封短笺，上书："陌上花开，可缓缓归矣。"

  你们知道吗，第一次看到这句话，我就感动得流泪了。这是我能想见的最深沉最动人的情话啊。

  你们听到"王妃戴氏"，都笑了："老师，我们以为是戴安娜呢！"戴安娜是我们都喜欢的人，虽然香魂已去，但我们还记得她迷人的微笑，记得这个贵族出身的王妃为各种慈善事业所做的努力和贡献。只是，她同时也是个不幸的女人，她几乎从未得到过自己想要的爱情。而这首《陌上花》中的戴妃要幸福得多，她不仅因"有惠于民"而受到爱戴和怀念，更拥有一个英雄的夫君，最重要的是，这是一个可以深情地爱着她并尊重她的人。

  请你们慢慢地读，慢慢地体味这一句话吧："陌上花开，可缓缓归矣。"

  这一句话，是思念。从你走后，我就细数着每一个白昼，每一个夜晚，我就盼着那陌上花开，把你带回来。尽管，我这里也有满堂花醉，也有百媚千红，可是，对你的思念和等待永不会改变。终于，花开了，请你回来！

  这一句话，是提醒。你一定也记得我们的诺言，也记得你曾对我说，等陌上花开了,你就回来。我不知道现在的临安是否依然寒冷,但我这里,已经是花开遍野。我不知道你是否像我想念你一样想念着我,我也不敢说已相思入骨,夜不能寐,我只想告诉你,我等你的地方,花已开放。

这一句话,是尊重。你说每年都要回去看看,我答应了。那是你的家乡,我尊重你对家乡的爱,对亲人的挂牵,所以,无论多么不舍,我都答应让你回去。可是,我不能陪你,我这里,还有"满堂花醉三千客,一剑霜寒十四州"!现在,该是你回来的时候了,但是,一切还要你高兴为好。不要太着急,更不要太勉强,反正,我永远在这里等着你。

这一句,是真爱。因为,真的爱,才会心里怀着对方的忧和喜,真的爱,才会隐忍着自己的想念和渴盼。真的爱,不会强求,不会命令,不会拿着"爱"作为霸道和侵犯的借口。

说真的,我常常怀疑现在那些写爱、说爱和唱爱的人是否真正懂得爱、会爱。他们说:"你快回来,我一人承受不来",他们说:"把每天都当成末日来相爱,一分一秒都美到泪水掉下来……"可是,这样的爱,谁能承受得来?

真的爱,醇厚深沉,含思宛转。就如那陌上盛开的花,它不富贵,它不耀眼,平平淡淡,却风情万种,朴实无华,却温柔恬静。这样的爱,才会把女人变成不败的花。而当我们静静阅读的时候,是不是在心里,也盛开了遍野的鲜花?

# 多情者谁

**蝶恋花**
【宋】苏轼

花褪残红青杏小。燕子飞时，绿水人家绕。枝上柳绵吹又少，天涯何处无芳草！
墙外道。墙外行人，墙里佳人笑。笑渐不闻声渐悄，多情却被无情恼。

　　对这样一首可爱的作品，我向来是不愿意多讲的，总以为讲多了难免会有牵强附会之嫌。你们如此美丽的青春，自然不会辜负这样美好的诗词，何须我去赘言！

　　不过这真真是一首好词。墙里，墙外，佳人，行人，多情，无情，多么生动又风趣。

　　但我完全没有想到，你们会对谁多情、谁无情表示自己的疑义。

　　在我看来，这原是毋庸置疑的。墙里的佳人一边荡着秋千，一边传出阵阵开心的笑声。墙外的行人，为这笑声所动，忍不住驻足怀想，甚至情思搅动。可是，佳人无知，佳人无情，"笑渐不闻声渐悄"，留给墙外人多少失望与怅惘！

　　我经常想象，墙外那个失望之人的神情，还有失望之后回过神来自嘲的样子。

　　可是，你们说，多情和被"恼"的也许是佳人呢？而你们的理由竟然这么多——

　　"墙里的佳人不一定看不到墙外的行人，要不然，哪里还有《墙头马上》的故事？李千金不就是因为荡秋千和墙外的裴少俊一见钟情了吗？所以，佳人也有'多情'的可能！"

　　"何止是可能呢？在古代，女子都是'养在深闺人未识'，最容易见到外人就'多情'。你看《牡丹亭》中的杜丽娘，就可以为一个梦中的书生忧郁而死。那墙里的佳人要是看到了墙外的行人，一定会更有'多情'的可能。"

　　"还有《西厢记》里的崔莺莺，她在庙里偶然遇见张生，明知道有一个陌生男子在痴痴看着他，却并不回避，还故意在那里'尽人调戏𬤇着香肩，只将花笑拈'。墙里的佳人正是因为看到了墙外的行人，所以才笑得更加动听，更加灿烂。"

……

是，你们说的一点没错。那些才子佳人的故事，历历在目，那么，你们的理解也就不奇怪了。

"墙里佳人为什么传出一阵阵快乐明亮的笑声？因为她看到墙外有行人，她知道有人在听，在关注。"是的，这种表现太符合少男少女的心理了，当知道有异性的特殊关注时，那种莫名的激动、莫名的兴奋，那种带着点羞怯却又特别希望得到更多更长久的注视的微妙，都在这明亮的笑声里传达出来了。我甚至还想起了《红楼梦》中宝黛初见的情景，那个时候，宝玉的表现就是青春男女之间的莫名的激动和兴奋啊！

"可是，行人不可能不离开，当墙外的行人渐行渐远的时候，墙里佳人多么失望和失落，所以，她才会'笑渐不闻声渐悄'"。

说得真好。女孩子的失望和失落，你们一定是体会得到的。没有了关注的目光，她一定觉得这春天和秋千都瞬间索然无味。她要回到那曲径通幽的闺房了，她只能在这无限的春光里一点点耗尽自己有限的青春，无人赞美，也无人欣赏。这本来是一首多么明丽的作品，而现在，也有了淡淡的忧伤。这样想下去，你们一定会更加懂得杜丽娘，懂得那些把灿烂的青春交付漫长黑暗岁月的女性。

"行人无情，越走越远，佳人有情，却留不住行人，所有才会'被恼'。而且这个'恼'字形容女孩子才是最好的。"

是了，这个"恼"字，用在女孩子身上，就显得可爱多了，那些失望，那点懊丧，那无奈又带着点娇嗔的表情，都可以想见了。

"我们说得对吗？"你们问。

其实，在这节课之前，我真的没有想过这么多，我理所当然地认为"多情"的、"被恼"的是墙外的行人，我理所当然地接受那些古诗词鉴赏中的解释。但今天你们所说的，让我眼前一亮，我知道，你们已经开始把一些优秀的作品"贯通"起来了，你们已经开始在不同的作品之间寻找彼此的影子。这真好！

至于对错，我还是想说，文学的欣赏与批评，哪有什么对错？

记得，在刚刚看过的一期《名作欣赏》的扉页上，有这样一句话："没有误读，就没有杰作。"那么，你们这样新鲜而敏锐的理解，不也是一种对作品本身的再创作吗？

# 春天，是要用来睡觉的啊

**春 日**
〔宋〕苏轼

鸣鸠乳燕寂无声，
日射西窗泼眼明。
午醉醒来无一事，
只将春睡赏春晴。

提到这首诗，完全因为这个"泼"字。古诗中很多词用得很新奇，原本挺冷僻，或者挺俗的一个词，被作者用得恰到好处。这种词不仅不影响诗味，而且鲜亮活泼如在眼前。比如，李清照"绿肥红瘦"的"肥"字，无论单独看，还是用来组词，都显得油腻腻的，可是在她笔下，就变成了饱满而丰润的春色了。

这个"泼"字，不也是吗？本来一股子俗气，霸气，还有点不讲道理，可是用在这里，日光如水，反而多了一份柔和，仿佛把眼睛也洗得干净明亮了。

但是，你们感兴趣的却是诗的后两句。"老师，春天本来就是用来睡觉的啊。"你们说。

"本来"，你们用了这个词，真是有意思极了。那么理所当然，那么理直气壮。可是，你们似乎有这样说的理由。

"春眠不觉晓。这不仅是众人皆知的事实，还是众人都懂的道理。"

"诺惺庵里呼春困。不是呼春困，是春困'呼呼'，上课时困得睁不开眼又不敢睡，那简直是要命的事。"

"那我们该怎么理解古人说的'一年之计在于春'呢？"我问。

"这句话是告诫，为什么要告诫？不就是因为怕人睡觉吗？反过来还是说明春天该睡觉。"你们笑言。

是啊，热爱自由往往正是因为没有自由。何况，中国的教育总是让先人学会"吃苦"，而不是先学会"享受"。很多时候，我们把"逆行"和"克服"作为一种伟大的行为。记得《牡丹亭》里的那个杜丽娘吗？就因为午后睡了一会儿，被父亲杜宝板起脸来上纲上线地训斥了一通，直问："你白日睡眠，是何道理？"看来，"困"并不能作为"睡眠"的理由，春天午睡更是要不得的事情。

　　回到这首诗吧。那样美丽和谐的春天，本来是要用来欣赏和珍惜的啊，可是作者呢？因为午醉，睡了一大觉，醒来后，没有懊悔，没有遗憾，更没有"思过"，反而还要再睡一觉。

　　因"醉"而睡，我们姑且原谅他吧。睡醒以后呢，无所事事，似乎也可以作为继续睡的借口。可是，苏轼"睡"的理由远比这些充分得多，他居然说"只将春睡赏春晴"——这样难得的晴朗的天气，这样美好的值得珍惜的春光，真是老天爷的赏赐啊！要怎样犒劳和感激这样的赏赐呢？那就再美美地睡上一觉吧！

　　"这个苏轼，真是太有才了！"你们有的人已经忍不住拍着桌子笑起来。

　　是的，民间有这样一种说法叫"眉山生三苏，草木尽皆枯"，或者，这苏氏三父子，用你们的话说，是"人见人爱，花见花开"的啊。

　　苏轼幽默，这份幽默因其绝顶聪明而变得叹为观止。可是，苏轼的可爱更源自他的豁达。你们看到"无一事"这三个字了吗？即便给我们一个可以睡觉的春天的午后，谁能像他一样安然睡去呢？我们身边有事：要学习，要工作，要生活，要赚钱，要进步……我们眼里有事：作业还没做，课还没备好……好不容易空闲一会儿，但我们心里还有事：明天的会议要有个发言，下个月的工作要有个计划……终于，什么事都没有了，什么事都不需要考虑了，可是，可是，这样的一个明媚的春天，用来睡觉总觉得不是回事吧？

　　满身满眼满心都是"事"的我们，如何能够"只将春睡赏春晴"！

　　其实，苏轼"睡觉"的故事很多，传说有一次，他因受审讯后倒头大睡被认为"心中无鬼"而赦免，另一次是被贬惠州还用诗"炫耀"自己睡得酣甜而被贬得更远。这令他遭殃的诗句就是《纵笔》中写到的："报道先生春睡美，道人轻打五更钟。"——他不仅要睡，还睡得很"美"，睡得"理所当然"，睡得不许打扰！这哪里像一个待罪被贬的犯人，简直是一个自以为是的帝王！你们看，又是"春睡"，真是"报答春光知有处，应须'一眠不醒来'"。

　　还有那首著名的《临江仙》：

　　　　夜饮东坡醒复醉，归来仿佛三更。家童鼻息已雷鸣。敲门都不应，倚杖听江声。　长恨此身非我有，何时忘却营营。夜阑风静縠纹平。小舟从此逝，江海寄余生。

——可以睡得绚烂的，何止是东坡，还有他的小家童！当然，这首词背后的故事依然是"睡"。据叶梦得《避暑录话》记载，作此词的第二天，黄州城到处传开了，说苏轼昨夜已乘舟走了，黄州太守徐大受听到了，惊恐不安，以为"州失罪人"，赶忙驾车去找，结果找到时，苏轼正鼻息如雷。

这就是苏轼。他什么都拿得起，什么都放得下。他聪明，是绝顶的聪明，他豁达，是通透的豁达。看到他，不，想到他，就觉得阳光灿烂。

是的，我必须承认，无论何时都能安然入睡，是人生的大福气。那么，如果这样的春日，你们也睡得着，那就睡吧。春天，本就是要用来睡觉的啊。

# 最像词的词

**浣溪沙**
【宋】秦观

漠漠轻寒上小楼，晓阴无赖似穷秋。淡烟流水画屏幽。

自在飞花轻似梦，无边丝雨细如愁。宝帘闲挂小银钩。

    讲秦观的词，有点儿困难。他的词是无法"讲"的，好像一开口，就已经失去了那份本来的模样。

    这模样是什么？你们问。

    是词。

    那词是什么模样？你们继续。

    就是秦观写的这个模样。……

    我不是故意，因为的确，如果要找一句最简明的话来讲秦观的词，我以为，那就是："最像词的词。"

    关于词的特质，王国维说："词之为体，要眇宜修"。"要眇宜修"本出自《楚辞·九歌·湘君》，描绘湘水女神的容德之美，就是一种女子特有的自内而外的，既精巧细致又深情细腻，既艳丽柔婉又清新蕴藉的美。

    为什么词的美是一种女性的美呢？你们问。

    那就让我们来看这首《浣溪沙》吧。请你们一遍遍地读，看看它到底写了什么。

    写景。这里有小楼，晓阴，画屏，飞花，丝雨，宝帘，银钩。那么，请你们为这些景物寻找它的主人吧，寻找一个可以和这一切景物配合起来、和谐起来的人，你们会找谁呢？是一个男人？还是一个女子？显然，这一切，都是属于女性的，你们看，那小楼和画屏深藏着多少美丽的容颜，那飞花和丝雨飞舞着多少怅然的寂寞，那宝帘和银钩摇曳着多少等待和梦想？

最妙的是那飞花和丝雨啊。谁能写出飞花的美？李煜说"林花谢了春红，太匆匆"，过于悲哀了；黛玉说"花谢花飞花满天"，过于沉重了；欧阳修说"泪眼问花花不语，乱红飞过秋千去"，过于纷杂了。所以，秦观说，那飘扬的飞花啊，就如一个似有却无、似是而非的梦！又有谁能写出"丝雨"的美呢？朱自清的《春》里说："雨是最寻常的，一下就是三两天。可别恼。看，像牛毛，像花针，像细丝……"可是，牛毛太"实在"了，花针又太尖利了，所以秦观说，那丝丝细雨啊，就像一份若断若续、若即若离的轻愁！

贺铸曾用"一川烟草，满城飞絮，梅子黄时雨"来形容他那份闲愁，可是，他是否曾想过原来秦观的"梦"和"愁"就是那烟草、那飞絮、那梅雨？

除了景，我们还在这首词里读到了一种感觉。漠漠，轻寒，无赖。什么是"漠漠"？寂静无声却无所不在，迷惘哀伤却深幽浩渺。什么是"轻寒"？似有还无，恻恻盈盈。什么是"无赖"？孤单寂寥，无所寄托。

我只能拿出这些词来。王国维先生说："词以境界为最上。"而周汝昌先生说："境，不是一个'意思'，一个'论点'；它从现实而生，却已超越了'实境'。它似有'象'而实无'象'可求。"看来，这所谓最高的"境界"，原本就是无法形容和界定的。

现在，让我们把这些景物和这种感觉联系起来，请你们为此景、此情找一个主人公，找一个与之和谐的所在，你们会找到谁呢？

林黛玉！你们大声说。说真的，这样的灵心善感还是有点出乎我的意料的，因为在学习词的缘故，我以为，你们会首先想到李清照。

回到我们开始的地方吧。还记得那个"要眇宜修"吗？那是《楚辞》中描绘湘水女神的。传说，娥皇、女英是舜的两个妻子。舜南游，死在湘江一带。娥皇、女英一路追寻，泪洒江竹。后来她们也投水而死，成为湘水女神，陪伴她们的就是那江边曾被她们的泪水打湿的斑竹……黛玉是谁？那潇湘馆的千百竿翠竹，那红烛下流不尽的眼泪，那袅娜的身姿，微皱的双眉，卓绝的才华，出尘的灵魂，岂不是湘水女神的化身？岂不是"要眇宜修"的载体？

原来，词的美就是黛玉的美，秦观的词就是最像黛玉的词。你们说。

我想是吧。

# 是否相信

**鹊桥仙** 【宋】秦观

纤云弄巧,飞星传恨,银汉迢迢暗度。金风玉露一相逢,便胜却人间无数。
柔情似水,佳期如梦,忍顾鹊桥归路。两情若是久长时,又岂在朝朝暮暮。

每次讲秦观的《鹊桥仙》,大家都会为"两情若是久长时,又岂在朝朝暮暮"而争论。当然,争论的焦点总是:你相信不相信这样的感情,你相信不相信对于两个相爱的人来说,可以忍受长久的别离并依然相爱如初?

记得以前初登讲台,看到大家为此热烈争论的时候,我会洋洋得意于自己教学组织得好,又会蠢蠢欲动于你们相执不下后热望的眼神。但现在,我很怕。真的,我很怕你们那样看着我,因为,我不知道该怎样说。

每一次,总有人说,这是不切实际的,理由非常充分。但也总有人站起来认真地辩护,相信爱是可以隔着遥远的距离而依然永久和美好的,他们会很严肃地问:"为什么不可以呢?难道相爱就一定要在一起吗?"

过去,这种时候的我,会一边微笑地听,一边在心里想:是因为年轻啊。因为年轻,才会有那么多浪漫的幻想,才会相信没有了共同的生活、共同的语言还依然会有共同的爱情,才会相信爱情可以决定生活而不是生活决定了爱情……我一边这样想,一边就忍不住想告诉大家:"不要因为这样的罗曼蒂克就轻易离开所爱的人啊。"忍不住想对你们说:"爱,本来就是为了相聚。为了永不分离!"忍不住想告诉你们:"爱情也是食人间烟火的,我们非神,非仙,我们不过是红尘男女,要在彼此的生活、呼吸里感到自己的存在和存在的意义。"

所以,不要用距离来考验爱你的人,也不要用幻想来营造你们的爱,很可能最后被烧伤的是你,幻灭而痛苦的也是你。所以我并不恨陈世美,爱早已不在了,恨又有什么用呢？我只是不喜欢他，有点看不起而已。

当然，每一次这样想的时候，我都忍住了。我想，时间是最好的老师，这世上最宝贵的东西还是要你们自己一点点去体会，去经历，去懂得。

但现在的我，感觉应该相信这句诗了，也好像真的相信了。

感觉应该相信，是因为这样的争论越来越"一边倒"，甚至那节课，当一个文弱的女孩起来为这句话辩护时，你们很多人竟发出轻轻的嘘声。我有些震惊，继而有些失望了。我原来的那一套"不要相信"的理论不过是一个过来人最肤浅而世俗的观点，不过是希望你们不要"浪漫"过头，伤人伤己。可现在，你们众口一词不再"浪漫"，不再给"爱"一点最起码的信任和幻想的时候，我担心，你们还会拥有真正的爱吗？你们还会为爱感动、惆怅、敬畏、奉献、绝望、战栗吗？

真的相信了，是因为渐渐"懂得了"。在我的年龄一天天增长，生活一点点平淡的时候，我反而开始相信这句话，开始懂得，爱没有结果，也没有成败，它只有过程，只有这个过程中你迸发的生命激情，你承受的孤独寂寞……

有人说，最好的爱情在于找到一种尺度和分寸，比如，若即若离、不远不近。这样，爱情就能一直葆有一种美好而令人心醉的状态。这句话一定是不错的，但我想，我不愿意把时间和生命都用在丈量距离、寻找分寸上。

如果，你们也找不到这样一个理想的"点"，如果，你们还在为"相不相信"费神，那么，我告诉你们，我相信。我愿意你们也相信。

如果你们一定要让我来给一些意见和建议，那么我想说：

相爱了，就要争取在一起。爱，不是为了分离。

如果因为不能在一起而疏离了，分开了，如果因此他不再爱你，请不要怨恨，不要生气，也不要骂他是负心人，为自己委屈。因为，再好的爱，都需要根基，需要土壤，那是你们共同的生活、经历、朋友、亲人和彼此分担的悲与喜。别久情疏，原是人之常情，当这块土地不在了，请不要埋怨你的爱开不出花也结不出果来。

如果幸运地和相爱的人在一起了，厮守了，也要记得葆有一个独立的自己，不要把所有的苦乐、眼泪和欢笑都寄托在对方身上，不要因为你爱他并为他付出了，就要求他也一定同样对你。要记住，为你赢得爱的，是你，而不是你的爱。

如果你们爱着，却不能在一起，那就在心里为彼此留下一个最干净的角落，一段最美好的记忆。某一个月白风清的夜晚，或某一个秋叶飘落的黄昏，在心里念一句"两情若是久长时，又岂在朝朝暮暮"。

# 赠你一枝梅花

## 踏莎行
### [宋]秦观

雾失楼台，月迷津渡。桃源望断无寻处。可堪孤馆闭春寒，杜鹃声里斜阳暮。

驿寄梅花，鱼传尺素。砌成此恨无重数。郴江幸自绕郴山，为谁流下潇湘去。

---

秦观的《踏莎行》是一首很具悲感的词。作者因坐党籍，被削秩远贬，精神上极度痛苦。本篇即抒发了这一特定境遇中的失意、感伤、孤寂和迷茫。词中的景物描写，虚实相生，把诗人内心的深悲极恨所化成的幻景与羁旅客馆的感伤之情相结合，愁苦哀怨。王国维论及此篇，也忍不住说："少游词境最为凄婉。至'可堪孤馆闭春寒，杜鹃声里斜阳暮'，则变而凄厉矣。"

其实，词中也有温暖的地方，它源于两个典故"驿寄梅花，鱼传尺素"。虽然在这里这两个温暖的典故只是加深了作者的遗恨，但故事本身却让我们感慨友情和爱情的珍贵。

范晔和陆凯是好朋友，后来范晔在长安为官，陆凯就自江南采了一枝梅花托信使带予范晔，并赠了一首诗："折梅逢驿使，寄与陇头人。江南无所有，聊赠一枝春。"我们可以想象，范晔收到梅花的那一刻，一定是拥有了一个美丽而温暖的春天。

但是，你们居然有人调皮起来——

"等梅花带到了，一定也干枯了。"

"还不如带点儿实用的呢，要是我就宁愿要一盒巧克力。"

你们的放松和顽皮是我所喜欢的，但是，我该如何把梅花和巧克力的区别告诉你们呢？

我们的古人是比我们生活得更自然更朴实，也是更有情趣的吧。《静女》里青年男女约会，相赠的是一根野外采摘的蘘草。《古诗十九首》中有"涉江采芙蓉，兰泽多芳草"，看见美丽的荷花、芳草，就想起要采摘来送给自己心爱的人，至于送别时折柳、饮酒时采菊，更是寻常事。

巧克力、金项链、洋房、汽车，是我们今天对所爱之人的赠送，是不是更加贵重？

我不知道。我只认为这些东西很"值钱"，但不一定很"贵重"。

花花草草是自然的，相比较而言，对自然的爱和对情人的爱联系起来是不是比把对金银的爱和对情人的爱联系起来更让人舒适？

花花草草是简朴的，相比较而言，爱得简朴单纯是不是胜过爱得昂贵复杂？

花花草草是有生命的，相比较而言，有生命的爱情是不是比无生命的爱情更可贵？

花花草草还是浪漫的，相比较而言，浪漫的爱情是不是比不浪漫的爱情更值得回味？

我们也可以很简单地将两种赠品这样划分，即精神的和物质的。显然，友情和爱情是属于精神的。我们都说，要把最爱的东西送给最爱的人，那么，你是喜欢一个看重自然、生命、浪漫的人，还是喜欢一个看重财富、金钱和荣华的人呢？

这让人不能不想起《红楼梦》中的"木石前盟"和"金玉良缘"，"木"和"石"，不是比"金玉"更真实，更朴素，更代表着生命的本质吗？黛玉纠结着没有什么金、什么玉来配宝玉，但宝玉却要用两块旧手帕向黛玉表白：他和黛玉之间的爱，不需要任何外物的装点，那是最本真的、最原生性的灵与肉的相通和相吸！

最后，我们还要弄清楚，幸福到底是一件什么样的事情，是灵魂的，还是物质的？这世上，是不是所有的有钱人都幸福？或者，幸福只属于有钱的人？这是根本不需要回答的问题。幸福，永远是心灵的，和金钱多少无关。

席慕蓉有一首诗说："我相信，爱的本质，一如生命的单纯与温柔。"我也相信。我相信，那枝梅花，那朵芙蓉，是生命的单纯，是爱的本质。

# 几多闲愁

## 风流子
**[宋]张耒**

木叶亭皋下,重阳近,又是捣衣秋。奈愁入庾肠,老侵潘鬓,谩簪黄菊,花也应羞。楚天晚,白蘋烟尽处,红蓼水边头。芳草有情,夕阳无语,雁横南浦,人倚西楼。

玉容知安否?香笺共锦字,两处悠悠。空恨碧云离合,青鸟沉浮。向风前懊恼,芳心一点,寸眉两叶,禁甚闲愁?情到不堪言处,分付东流。

---

读这首词,你们有一个发现:宋词里有很多的闲情和闲愁——

谁道闲情抛掷久?每到春来,惆怅还依旧。

试问闲愁都几许?一川烟草,满城风絮,梅子黄时雨。

花自飘零水自流,一种相思,两处闲愁。

向风前懊恼,芳心一点,寸眉两叶,禁甚闲愁?

闲愁最苦,休去倚危栏,斜阳正在,烟柳断肠处。

……

到底什么是闲愁,似乎所有的作者都没有在词里给一个明确的说法,那份情,缠绵深切也罢,萦绕不去也罢,至死不渝也罢,总是那样深美幽约,仿佛可意会却无法言传。

"闲",暇也,所谓"闲愁",应该是诗歌言情、载道的"情""道"之外的东西,它属于一个人内心最精美深微的地方,属于某一个黄昏、某一个清晨、某一个雨夜,从那不知处升起的一股柔情、伤感、苦涩。它也许并不因为什么具体的情和事,也不是专为某一个人,只是一颗善感的心灵所体会的人生况味。就像冯延巳那句"谁道闲情抛掷久?每到春来,惆怅还依旧"。有人说这是"忠爱缠绵"之意(张惠言),有人说足见"诗人忧世"之怀(王国维),而更多的人,把它看做一个物质上无忧精神上却寂寞的人的感触。

所谓"闲愁",也被作为男女情爱的风雅说法。周汝昌先生曾说:"闲愁,是古人创造的一个可笑也可爱的异名,其意义大约相当或接近于今日的所谓'爱情'。"这个说法可以得到很多人的赞许,无论是李清照的"两处闲愁",还是贺方回的几许"闲愁",都可能是一份爱情。古代"诗歌"承担了太多的言志的、载道的、政治的、道德的责任,这本身就或多或少地剥夺和弱化了其对于爱情的表达。但是,词的出现却为爱情、为幽婉缠绵之情的表达开辟了一个新的领域,这一点正如缪钺先生所说:"用五七言诗表达最精美深微之情思,至李商隐已造极,过此则为诗之所不能摄,不得不逸为别体……诗显而词隐,诗直而词婉……"所以,闲情也罢,闲愁也罢,就成为这种隐约、深婉的感情的最好表达方式,而在这种情感的特质上,还有什么可以比得过爱情呢?

所谓"闲愁",也为"赋闲"之愁。这"闲"中,是无所事事的寂寞,是怀才不遇的幽怨,是报国无门的愁苦,是宝剑蒙尘的愤懑。无可说,无处说,无从说,却又一往情深,无法抛弃,只能把那份苦心,那份诚挚,化作了千回百转的词,虽柔却不失其厚,虽秀却不失其深。你看,辛弃疾的"闲愁最苦,休去倚危栏,斜阳正在,烟柳断肠处",把这个"闲"字放进整首词中,放进作者一生的坎坷路途中,简直是愤激的反语,是深切的悲哀了。如此说来,词也不仅宜于儿女情长的抒写,同样可用来表现英雄气概,不过更加幽深而已。

所有这些,都应了静安先生的那句话:"词之为体,要眇宜修,能言诗之所不能言,而不能尽言诗之所能言。诗之境阔,词之言长。"

# 无情才无惧

**鹧鸪天**

【宋】晏几道

彩袖殷勤捧玉钟，当年拼却醉颜红。舞低杨柳楼心月，歌尽桃花扇底风。　从别后，忆相逢。几回魂梦与君同。今宵剩把银釭照，犹恐相逢是梦中。

  这本是你们一句俏皮的玩笑。

  学习晏几道的《鹧鸪天》，"今宵剩把银釭照，犹恐相逢是梦中"，明明是期盼已久的重逢，明明是梦寐以求的相聚，明明就在眼前，就在身边，为什么还说"恐"呢？为什么还会害怕呢？"胆小呗！"其中一个说，于是你们笑起来，我也笑了。

  你们知道答案，是怕这样的相见不真实，是怕又做了一个梦。

  是的。但其实，这"怕"恐怕还有另外一种担心，是担心重逢后的再次分别，是怕这短暂的相聚瞬间又翻成终身的离恨，这就是所谓"相见不如不见"吧。

  你们注意到了吗？这样的恐惧和害怕已经很多次出现在我们学习的作品中。李清照说"闻说双溪春尚好，也拟泛轻舟。只恐双溪舴艋舟，载不动，许多愁"；辛弃疾说"惜春长怕花开早，何况落红无数"；张炎说"想伴侣、犹宿芦花，也曾念春前，去程应转。暮雨相呼，怕蓦地、玉关重见"；就是那么潇洒飘逸的苏轼，也说"我欲乘风归去，又恐琼楼玉宇，高处不胜寒"……

  你们说的其实并不错，他们都是"胆小鬼"。可是，多奇怪啊，这些"恐惧"并不像我们所想象的那样，来自我们所厌恶和急于抛弃的东西，相反，那是作者心中的期盼和留恋啊。美丽的双溪，美好的春天，广寒的月宫，真诚的伴侣……一边是无限的期盼，一边却是远远的躲闪。

  这世上，到底什么是我们最"怕"的？是那传说中的鬼神，还是可以吃人的老虎？是窗外的电闪雷鸣，还是狰狞的歹徒？你们沉默了。这些东西，我们都怕过，都惧过，都想远远地躲避。可是，让我们来做一个假设和选择吧，如果你面对的，一边是吃人的老虎，一边是弱小的孩子；一边是狰狞的歹徒，一边是挚爱的母亲；一边是传说中的鬼神，一边是逝去的亲人的墓冢。请问，你们选择什么？

当然是后者。可是，这与"怕"有什么关系？你们问。

好的，再来做一个选择。你做错了一件事，一个陌生人和你的母亲都愤怒了，生气了，你怕哪一个？你赴一场聚会，面对一个普通朋友和面对你偷偷喜欢的那个人，你怕哪一个？在你做出一切选择和决定的时候，你到底为谁而迟疑彷徨、举棋不定？是街上匆匆的过客，还是你心里隐蔽的爱人？

我们的内心，都有某种恐惧，可是，爱可以让我们战胜恐惧；我们的内心，都有一些无惧，可是，爱可以让我们胆小战栗！

爱的同义词是什么呢？是喜欢，是依恋。可是，我却以为，爱的同义词里一定有"怕"，有"恐"，让我们细数自己的所爱吧，哪一种不是小心翼翼，哪一种不是左右为难？母亲的爱变成手里的针线，也会"临行密密缝，意恐迟迟归"；妻子的爱变成手里的棉衣，也会"欲寄君衣君不还，不寄君衣君又寒。寄与不寄间，妾身千万难"！

最爱，所以最怕。只有心中无爱的人，才会肆无忌惮，丧心病狂，才会为所欲为，无法无天。

我想，无知方无畏，同样，无情才无惧。

# 文学的风度

**青玉案**

【宋】贺铸

凌波不过横塘路，但目送、芳尘去。锦瑟华年谁与度？月桥花榭，琐窗朱户，只有春知处。

碧云冉冉蘅皋暮，彩笔新题断肠句。试问闲愁都几许？一川烟草，满城风絮，梅子黄时雨。

贺铸的《青玉案》中，最有名的要数最后那句了："试问闲愁都几许？一川烟草，满城风絮，梅子黄时雨。"这一句实在是写出了那份"闲愁"的无所不在、凄迷缠绵。

"这是博喻。"你们说。是的，从修辞手法上，这是博喻。通常，我们能把一个事物贴切地比喻成另一种事物已经不容易了，而贺铸，却一口气写出了三个喻体，且个个精当，角度不同，真的是很了不起。宋代罗大经也说："盖以三者比愁之多也，尤为新奇，兼兴中有比，意味更长。"

可照例，我还是提醒你们要关注词的开头几句，因为我总以为，这首词真正的美不在那个比喻，而在那份"风度"。

"凌波不过横塘路，但目送、芳尘去"，当时作者正被贬在横塘，而"凌波"是借用了曹植《洛神赋》中的"凌波微步"，指一个美丽轻盈、袅袅娜娜的女子。只是，这个美丽的女子并没有像作者所期待的那样向他走来，而是轻轻一转，越走越远了。

"知道了，单相思。"你们笑。

姑且算是单相思吧。但重要的是，当这个所期待的女子转身离去的时候，作者的态度是怎样的。你们看，"但目送、芳尘去"，那就让我静静看着她，目送她的背影随芳尘远去吧。——没有抱怨，没有失落，没有瞪上一眼，再酸溜溜地说："以为自己多美呢！"

"真有风度!"你们说。

真好,这也是我特别想说的一个词,风度。

什么是风度?《宋史·儒林传五·胡安国》中有这样的句子:"然风度凝远,萧然尘表。"我想,风度是一种美好的举止、姿态,但这种举止、姿态来源于其内在的气度、雅量、修养,也就是说,风度本身是一种很直观的东西,但是它一定是内在美的外现。就像一个男人,穿着风衣、戴着礼帽不是风度,沉着、冷静、风趣、大方,就可算是一种风度了。而在这首词中,面对得不到的美,作者没有自怨自艾,没有酸言酸语,更没有牢骚抱怨,有的只是注视、赞美和祝福,这不是一种风度吗?

其实,所有美好的作品都是有风度的,因为,所谓经典,就是历史上那些美好的人和美丽的灵魂留给我们的穿越了时空的声音。那么,试试看,在宋词中,大家一定找得到这样的风度。

"柔情似水,佳期如梦,忍顾鹊桥归路。两情若是久长时,又岂在朝朝暮暮。"面对那样刻骨的相思,面对那漫长等待后的短暂相聚,面对短暂相聚后就不得不接受的再次分离,没有抱头痛哭,也没有死去活来,只慢慢地一步一回头地走向分离,等待下一年的再见,只相信并坚守着爱情,告诉对方"我心永恒"。——这是仙侣的风度。

"但愿人长久,千里共婵娟。"月是圆的,人是散的。但这样的反差和对比并没有翻转成无限的遗憾和离恨,而是升华为欣慰与祝福。虽然分离,但人在,月在;虽然不能在一起,但依然彼此牵挂,共享着同一轮明月,这就够了。——这是有情人的风度。

"莫听穿林打叶声,何妨吟啸且徐行。"面对骤至的风雨,不见得每个人都会一脸狼狈,且让我雨中漫步,且让我高歌一曲,且让我慢慢走,缓缓行。——这是名士的风度。

"青山留不住,毕竟东流去。"江水毕竟要向东流,这是青山阻挡不住的。同样,无须振臂高呼,无须痛哭流涕,男人的事业就要报效国家,这是困难阻止不了的。——这是爱国者的风度。

"欲将心事付瑶琴。知音少,弦断有谁听?"空有一腔热血和一身本领,无人欣赏,无人重用,甚至,也无人能懂。可是,谩骂抱怨解决不了任何问题,纵酒放歌也只能一时糊涂,就让我把这一切诉与瑶琴吧,就让我静静等待有知音来听。——

这是英雄的风度。

……

其实，文学作品的风度不仅来自那些作者，也来自我们这些读者。如果我们愿意慢慢去体会，去感受，如果我们有一颗宁静而向美的心，如果面对经典，我们不是敷衍了事、生吞活剥，不是忽而顶礼膜拜，忽而弃之如草芥，而是含英咀华，以平等的视角和默契的心灵发掘出其背后的力量，我们就会读懂这些作品中的风度，并同时把自己变成一个有风度的读者。

# 风雨之后

## 城南

【宋】曾巩

雨过横塘水满堤，乱山高下路东西。
一番桃李花开尽，惟有青青草色齐。

　　这是一首清隽淳朴的写景诗。我说，写的是雨，这是教材上的注释。你们显然并不买账，说，明明写的是"草"。我当然知道诗中有"草"，可是我觉得教材上说的并没有错，它其实是在写一场急雨，"水满堤""路东西"是正面的描写，而"花开尽""草色齐"是侧面的烘托。

　　我这样辩解的时候，大家似乎也觉得有道理，但你还是坚持自己的意见："老师，如果说这首诗只是写雨，实在不算怎么好，但理解成写'草'，就有了哲理和象征，我觉得这才是宋诗的特点。"

　　是的，在讲宋诗概述时，我就引用过钱钟书先生的话，他论唐宋诗的区别时，这样说："唐诗多以丰神情韵擅长，宋诗多以筋骨思理见胜。"的确，宋诗的长处，不在于情韵而在于思理，它是宋人对生活的深沉思考。我还同时拿了《题西林壁》《小池》等作品为例呢！

　　你的坚持得到了很多同学的认同。而我也必须和你们一起做一次关于"草"的回顾了。

　　说到"草"，我们最熟悉的是白居易的诗了。"离离原上草，一岁一枯荣。野火烧不尽，春风吹又生。"这里的"草"又已经不再是"草"，而是一种顽强生命力的象征和不屈的精神了。

　　最单纯的是韩愈的"天街小雨润如酥，草色遥看近却无"。清新流丽，说出了我们只曾意会无法言传的话。

最深情的是牛希济的"记得绿罗裙，处处怜芳草"。这满眼的草竟幻化成了爱人的裙衫。

这首诗呢？表面看，是在写雨，一场突来的急雨，注满了河塘，冲下了山冈，打落了春花，清洗了小草。可是，你提醒大家好好地体会最后一句"惟有青青草色齐"。你看，曹操与刘备煮酒论英雄，曹操说："今天下英雄，惟使君与操耳！"苏轼游赤壁，感慨"惟江上之清风，与山间之明月……"

显然，"惟有"二字，包涵着一种肯定，一种赞美，一种欣赏。"急雨"在这里已经成为"草"的反衬，它愈是来势汹汹，就愈是衬托出小草的坚韧和从容，就像陈毅那句"大雪压青松，青松挺且直"一样啊。

同样，"一番桃李花开尽"，并不是要写出雨势之大、之猛，而是要和"草"做一个对比。你看，一场急雨之后，那些原本绚丽多姿的桃花李花都纷纷飘落了，它们经不起这风雨的洗礼，它们的美丽显得那么脆弱和短暂，而小草呢，却在这雨后愈加青翠欲滴了……

我还能说什么呢？在你拿小草和桃李作比较的时候，我甚至在脑海中掠过了高尔基的"海燕"，还有那些作为对比的"海鸥""海鸭"们。原来，当我们的艺术感觉打通的时候，很多形象都是可以互为说明与补充的。

写"雨"还是写"草"？我想，没有对错，但有高低。后者才是诗意与哲理的结合。

课后查阅相关的资料时，看到辛弃疾的一句词"城中桃李愁风雨，春在溪头荠菜花"，可以作为你的理解的最好佐证吧。

# 谁阻归程

## 小重山
### 【宋】岳飞

昨夜寒蛩不住鸣。惊回千里梦,已三更。起来独自绕阶行。人悄悄,帘外月胧明。

白首为功名。旧山松竹老,阻归程,欲将心事付瑶琴。知音少,弦断有谁听。

　　岳飞首先并不是以一个词人的身份站在中国历史上的,但那独特的国事、家事、心事,使他在戎马倥偬之间横槊赋诗,偶一出口,便是千古绝唱。

　　除了《满江红》,还有这首《小重山》。它们的存在让我们再一次懂得什么是英雄的儿女情长,什么是"无情未必真豪杰,怜子如何不丈夫"。

　　引起争论的是那句"旧山松竹老,阻归程"。老去的松竹,如何会阻了作者的归程?

　　有人说,这是讲作者家乡战乱,只剩下老去的松竹,他已无家可归。就像韦庄词中说的"未老莫还乡,还乡须断肠"。

　　有人说,松竹老去,意谓人亦老去,作者年迈,已无法归家。

　　有人说,这是一种委婉的说法,实际上是指山高水深,道路阻隔,难以归去。

　　还有的说,山高水深对岳飞来讲算什么,它应该是暗示岳飞当时所面临的险恶的政治环境,是这种斗争使他无法归乡。

　　我想,还是让我们再来回顾那首《满江红》吧。铿锵的节奏,雄壮的语言,杀敌的决心,报国的豪情,化成了这样的绝唱,千古回响。

　　三十功名尘与土,八千里路云和月。莫等闲、白了少年头,空悲切。

　　这是英雄的壮志豪情与自我勉励,可是,结果是什么呢?结果不是他所希望的那样"待从头,收拾旧山河,朝天阙",却恰恰就是"白了少年头,空悲切"!

如何回去？怎样回去？

原来，阻了归程的，是那未成的功名！情难以堪的，是那"旧山松竹"！

还记得那首《青青陵上柏》吗？"青青陵上柏，磊磊涧中石。人生天地间，忽如远行客。"那四季常青的柏树，原是永恒的自然象征，它衬托了人生的短暂与飘忽。可是，如果连那柏树也会老去，人何以堪！

因此想起桓温了吧？"温自江陵北伐，行经金城，见少为琅琊时所种柳皆已十围，慨然曰：'木犹如此，人何以堪！'攀枝执条，泫然流涕。"这也是一代枭雄，却在一棵老柳旁潸然泪下。原来，人物俱非，在时间的长河里，谁也躲不过去，谁也承受不起！

还有，曹操的"对酒当歌，人生几何！譬如朝露，去日苦多"；还有陆游的"自许封侯在万里。有谁知，鬓虽残，心未死"；还有，辛弃疾的"了却君王天下事，赢得生前身后名。可怜白发生"……

千古铁血男儿，怎一个"功名"了得！又怎一个"人生苦短"！

都知道，功名的尽头，是失败，是深渊，是一抔黄土。可是，失败也罢，深渊也罢，那是天意难求，岂甘悬崖勒马！都道是江山折腰，功名误人，可既然尽头都是黄土一堆，何不让我此生风云叱咤！

阻归程的，是家国的梦，是生前身后名。情难堪的，是时间的河，是树犹如此，心未死、白发生。

# 原来是首五言诗

## 止鉴堂
### [宋]林季仲

莫道水清偏得月,须知水浊亦全天。
请看风定波平后,一颗灵珠依旧圆。

和唐诗相比,宋诗总是散发着思理的光芒。严羽在《沧浪诗话·诗辨》中说,宋"以文字为诗,以才学为诗,以议论为诗"。关于这一点我们并不陌生,小学时所接触的宋诗已经鲜明地体现了这一特点。无论是"不识庐山真面目,只缘身在此山中",还是"欲把西湖比西子,淡妆浓抹总相宜";无论是"小荷才露尖尖角,早有蜻蜓立上头",还是"问渠那得清如许,为有源头活水来",都体现出一种透辟的哲理之美,与唐诗是完全不同的审美范式。

这首《止鉴堂》显然不能例外。至于其中的"哲理"与"思辨"似乎也很清晰。你们七嘴八舌,说得很热闹,也很好。

比如,这首诗讲的是一种人生的境界和修炼。不要被风吹草动迷惑,不要被世俗的尘埃蒙蔽,就可以拥有一种圆满的人生境界。

插曲来自一个完全意外的"发现"。你们中居然有人说,这首诗写得实在是啰唆,本来五言就足以表达,却硬生生写成了七言,把每一句的前两个字去掉,既简洁,又不影响原来的意思。那么这首诗就应该是:

水清偏得月,水浊亦全天。

风定波平后,灵珠依旧圆。

这真是一个不经意间的"发现"与创造!而且,让我们再来诵读与揣摩一下这首"新"的诗吧,与原作相比,后两句显然更加简约与干净,因为原诗中的"请看"与"一颗"实在是显得累赘和多余了。

也有人提出了不同的意见:"但前两句的意思被改变了。原诗中,作者对'水清偏得月'是否定的,对'水浊亦全天'则是肯定的,这里是一组对比。而去掉前面两个字,两句就变成了并列的关系。"

是的,你说的没错。可是,就全诗而言,这两句的并列似乎也并不影响其旨意,甚至,反而更隽永和温厚了。就像苏轼的那句"水光潋滟晴方好,山色空蒙雨亦奇",他是说,无论是阴还是晴,西湖都是美的,只是美得不同而已。如果我们把它变成"莫道水光潋滟晴方好,须知山色空蒙雨才奇",那就失去一份宽厚了。

林季仲的这首诗是颇有些"禅意"在其中的,很容易让人想起慧能的那几句偈语:

菩提本无树,明镜亦非台。

本来无一物,何处惹尘埃。

我们每个人如果能始终如一地保持自己的本性,那么就会功德圆满,就会始终是那一颗圆润的"灵珠"。而"佛"讲究的是宽容无敌,心境如水,完全不受外物的侵扰,且能接受这世上看似完全相反的东西。"水清"而"得月","水浊"亦"全天",这二者本来就不是敌对的,而是并存的啊。从这个意义上讲,《止鉴堂》的前两句也显得说教得过于生硬了,变成"水清偏得月,水浊亦全天",倒真是更显出一种"花枝春满"的意味了。

"如果这样的话,哪一首五言诗都可以随便变成七言了。"你们为自己的"发现"自豪并力图来"反证"一下。比如,《静夜思》就可以改为:

请看床前明月光,我心疑似地上霜。

不忍举头望明月,只好低头思故乡。

呵呵,真是可爱极了。但我还是要说,千万不能这样自以为是地否定了诗中那些所谓的"虚词""虚意",有时候,它们才是整首诗最灵动的所在。比如王绩有诗"树树皆秋色,山山唯落晖",如果我们将"皆"和"唯"字去掉,变成"树树秋色,山山落晖"似乎并不影响大意,但原诗中那份情与景交融的、从里到外漫山遍野的寂寞和悲凉就不见了,跳动的心不见了,只剩下板滞、死气和小气。

# 看不见的雨

**雨**

【宋】陈与义

萧萧十日雨,稳送祝融归。
燕子经年梦,梧桐昨暮非。
一凉恩到骨,四壁事多违。
衮衮繁华地,西风吹客衣。

写雨的诗很多,但陈与义这首在题目上最为直白,没有任何修饰,甚至没有一个定语。问题也在这里。你们以为,这首以"雨"为题的诗除了首句没有一句是在正面地描写雨。

"雨在哪里?"有人问。

好的,这节课我们就只有这一个问题,雨在哪里?

写雨未必要有"雨"字。李峤有一首诗叫《风》:"解落三秋叶,能开二月花。过江千尺浪,入竹万竿斜。"全诗并未有一个"风"字,但大家都知道风在哪里。在落叶,在春花,在浪涛,在竹林。虽不言"风",却处处是风中之物。以有形写无形,这是诗之常情。

写雨也未必要有雨中之物。李商隐《春雨》中说:"红楼隔雨相望冷,珠箔飘灯独自归。"这里要描绘的,不是雨中红楼,也不是风吹珠箔。而是雨中怅望的情思,人去楼空,方感春寒阵阵,痴痴遥望,倍觉孤单寂寞。一个"冷"、一个"独",写尽了雨中人的惆怅和寂寥,也写尽了雨的缠绵和凉意。正所谓"感时花溅泪,恨别鸟惊心",以作者主观之情感赋予外在客观之事物,或者说,以客观之事物,承载作者主观之情感,这也是诗歌重要的艺术手法。

可是,陈与义的这首《雨》是与众不同的。

除了首句,它没有正面描写雨。你看,杜甫的"随风潜入夜"是春雨蒙蒙,苏轼的"白雨跳珠乱入船"是大雨倾盆,李商隐的"巴山夜雨涨秋池"是秋雨沥沥。

可是，这首诗除了首句点出"雨"外，再没有描写"雨"的句子了。

它也没有用雨中之景物来写雨。你看，"梧桐更兼细雨，到黄昏、点点滴滴"，这是情中景，又是景中情。可是此诗中虽有"燕子""梧桐"，但所描写的并非雨中燕子和梧桐的景象。"燕子经年梦，梧桐昨暮非"，作者的笔墨已离开了"雨"，这是他由雨而想到、而创造的意境而已。

甚至，它也没有直接写雨中人的情思。"衮衮繁华地，西风吹客衣"，这不是抒情，不是感叹，是叙述，是白描。

那么，"雨"到底在哪里？

其实，这正是此诗的妙处，也是宋诗在运思造境上的特点。缪钺先生论宋诗曾说："唐代为吾国诗之盛世，宋诗既异于唐，故褒之者谓其深曲瘦劲，别辟新境；而贬之者谓其枯淡生涩，不及前人。"

我们就从"深曲瘦劲，别辟新境"八个字看这首诗吧。

诗题为"雨"，但除"萧萧"二字，再未着笔于"雨"。三四句写"燕子"、写"梧桐"，但非雨中景物，而是雨中人想出的景物，"梦""非"二字虽有感慨，但并非人之感慨，而是燕子和梧桐的感觉。五六句"凉""违"二字，似乎回到雨时人之所感，但显然，"事多违"并非雨所导致，而是雨所"牵连"，是因雨而联想到的处境和困窘。七八句，又离开"雨"，写诗人的异乡漂泊……显然，其用意的曲折、盘桓是全然不同于唐诗的丰腴和浑雅的。

可是，真的没有"雨"吗？

秋雨淅沥，燕将南归，转眼又是一年。而过去的一切逝如流水，恍然若梦。留不住，却又反反复复，轮轮回回。这不是我们的人生吗？这不是秋日雨夜，我们内心的凉意和幽思吗？这不是一份萦绕不去的追忆和怀念吗？至于梧桐，我们只从那雨中飘落的硕大黄叶上就感受到了秋日的萧疏与凄清，"人烟寒橘柚，秋色老梧桐"，梧桐的叶落仿佛荷叶的凋零，越是夏日硕大俊美，就越是秋日萧瑟冷清。这不就是英雄末路，美人迟暮的慨叹吗？何况"梧桐树，三更雨，不道离情正苦"，何况"雨滴梧桐秋夜长，愁心和雨到昭阳"，何况"无言独上西楼，月如钩，寂寞梧桐深院锁清秋"……这些诗句早已铸成一道秋夜的雨幕，索寞渺寂凉透心扉。

曲折未必生涩，瘦劲绝非枯淡。陈与义用不同凡响的落笔为我们创造了凄迷深邃的诗境。也因此，雨，不在眼前，只在心里。

## 最美的比喻

**醉花阴**
【宋】李清照

薄雾浓云愁永昼，瑞脑消金兽。佳节又重阳，玉枕纱厨，半夜凉初透。
东篱把酒黄昏后，有暗香盈袖。莫道不消魂，帘卷西风，人比黄花瘦。

李清照是我们的骄傲。在讲了那么多词人和作品之后，终于有一个女性词人站在我们的面前，那么温婉、美丽，又那么勇敢、坚韧。更重要的是，那些来自心灵深处的清泉明月般的歌唱让多少男性词人黯然失色。

李清照长得美吗？你们问，并且很关心这个。

没有照片传世，有一些画像，也只是后人仁者见仁智者见智的想象。但我敢说，她一定很美很美。至于理由，我并不能说得很清楚，是那个家庭理应赋予的高贵气质？是她诗词中所流露的风情神韵？但如果你们愿意读这首词，并且相信这是作者的自画像，你们就一定会认为，她是美的，并且美如女神。

关于《醉花阴》这首词，还有一个传说。据说当年李清照的丈夫赵明诚既为词中的深情感动，又为其艺术魅力震撼，发誓一定要写出一首词超过妻子，结果闭门多日，拿出50余首作品，再将这首词夹杂其间，请朋友鉴赏点评，结果朋友慧眼识玉，说最好的就是"莫道不消魂，帘卷西风，人比黄花瘦"这三句。听到这儿，你们会心地笑了，说："献之学父三年整，唯有一点像羲之。"——每次这样的时候，我都忍俊不禁，真的，你们的聪慧敏锐总是会在我的意料之外。

其实，用花来形容一个女子的美，并不奇特，或者说，再平常不过。你们也一口气举了一大堆的例子，从"人面桃花相映红"到"我希望逢着一个丁香一样的姑娘"。但我却说，对一个女子来说，菊花实在是一个美丽的比喻。我们喜欢说"花容月貌"，当我们用花来形容一个女子的时候，的确是因为首先看到了那美丽的容颜。但菊花的美，并不仅在于"貌"。

菊花的美，是一种姿态。这真是一种很迷人的姿态。荷花的亭亭玉立有些冷漠了，玉兰的坚挺厚重略显呆板了，牡丹的叶繁花硕过于炫耀了。可是菊花呢？弯而不曲的花枝、卷而不乱的花瓣赋予它一种袅娜和轻柔，微微低垂而绝不躲闪的花朵又像一个沉思的幽梦。

菊花的美，是一种气质。它没有芭蕉的硕大与绚丽，但也不似丁香的娇小和羞涩。它是饱满的，但绝不刺眼；它是含蓄的，但绝不躲藏。如果说丁香是一个娇小害羞让人怜惜的少女，牡丹则是一位丰腴尊贵让人敬畏的贵族，而菊花呢，是一位感性与理性同在，内心沉静而外表端庄的少妇。

菊花的美，是一种精神。那是季节给予它的一种厚重；是时间积累下的一份从容。在霜中吐香，在风中绽蕊，不去追赶百花竞放的热闹，也不畏惧百花开煞的孤单。它迎了秋风，经了薄霜，茕茕独立，冰清玉洁……

这样的美，也是属于李清照的。李清照的美，是配得上这菊花的，不仅容颜，不仅姿态。所以，接下来，我们会读到"生当作人杰，死亦为鬼雄"的金石之声，会读到"水通南国三千里，气压江城十四州"的风骨气势，也会读到"梧桐更兼细雨，到黄昏、点点滴滴"的哀愁痛楚。容颜姿态的美，可以倾城倾国，气质精神的美却可以历久弥新，跨越时间的长河。

"这真是最美的比喻！"你们说。

其实，关于李清照的美，梁衡先生在他的《乱世中的美神》一文中有这样的文字：

"当我们穿过历史的尘烟咀嚼她的愁情时，才发现在中国三千年的古代文学史中，特立独行，登峰造极的女性也就只有她一人。……官宦门第及政治活动的濡染，使她视界开阔，气质高贵。而文学艺术的熏陶，又让她能更深切细微地感知生活，体验美感。因为不可能有当时的照片传世，我们现在无从知道她的相貌。但据这出身的推测，再参考她以后诗词所流露的神韵，她该天生就是一个美人胚子……她饱览了父亲的所有藏书，文化的汁液将她浇灌得不但外美如花，而且内秀如竹。"

这段话印证着我们对李清照之美的想象。但是，梁衡先生所谓的"外美如花，内秀如竹"不就像极了李清照自喻的"菊花"吗？

当然，就整个中国古典文学而言，在我心里，还有一个更美的比喻，那个女子不是花，是一棵草，一棵绛珠仙草。那是只有世界上最伟大的文学家，用最奇特而美妙的想象才可以创造出来的。那是林黛玉，我们会讲到她的。

## 为何要『轻解罗裳』

**一剪梅**
【宋】李清照

红藕香残玉簟秋。轻解罗裳，独上兰舟。云中谁寄锦书来？雁字回时，月满西楼。

花自飘零水自流。一种相思，两处闲愁。此情无计可消除，才下眉头，却上心头。

这真是个有趣的问题。《一剪梅》是我在课堂上讲过很多遍的作品，但从来没有人提过这样的问题，"小舟泛游为何要'轻解罗裳'呢？"

说真的，这个问题好像也曾经在我的脑海里一闪而过，但只是"一闪"，我从未深究过，甚至以为这就是所谓诗词的意境在"可解不可解之间"，没有必要太过"落实"，何况无论是教参还是各种资料中，都有明确的解释：

"轻解罗裳，独上兰舟"是写其白天泛舟水上之事。词人解开绫罗裙，独自划着小船去游玩。

的确，就像你所质疑的一样，这样的解释并没有告诉我们"轻解罗裳"和"独上兰舟"的关系。你的问题激起大家的笑声，继而是热烈的讨论。有些思考和回答还是很有道理的——

"是因为要换上便装，罗裙是不适宜去划船的，所以作者解开罗裙，换上便装。"

"只是一种动作的描写，也许就是轻轻地提起长裙，表现出女子那种优美的姿态。"

"是不是因为怕划船会热，就像我们运动前穿得单薄点一样，作者先解开衣衫。"

但也有人开始加入到你的"队列"，开始质疑这样的解释——

"这本来就是深秋，表达的是作者的寂寞和相思，却说她为了划船怕热先解开衣衫，或者换上便装，太破坏诗情了，完全不符合词意。"

"词中有'月满西楼'一句，为什么作者晚上还独自泛舟？是不是作品里的描写都只是一种感觉和情思，我们没有必要去这样纠缠？"

……

你们的思考把这个问题变成了一个有价值的问题。其实，要解决它，关键在于两点：

一、我们如何读词，在"准确"和"模糊"之间，在"探究"和"感觉"之间，应该怎样把握？

二、具体到这首作品，作者所描写的特定时间和具体的空间很重要，解决了这个问题，才能理解"轻解罗裳"和"独上兰舟"的关系。

何为"兰舟"？关于这一点，几乎没有异议。兰舟，木兰木制作的小船，也是对"舟"的美称。许浑《重游练湖怀旧》有"西风渺渺月连天，同醉兰舟未十年"。柳永《雨霖铃》有"都门帐饮无绪，留恋处，兰舟催发"。龚自珍《过扬州》曰："春灯如雪浸兰舟，不载江南半点愁。"因木兰木材质坚硬又散发一种香气，所以，是造船的理想木料，又是诗人笔下美好的意象。

如果此词中"兰舟"二字无他意，我愿意把"轻解罗裳"理解为一种优美的姿态，也许是因长裙不便而手提绫罗，也许是孤独犹疑中下意识的一个举动，但"轻解"二字确是传达了一个女子的柔美和落寞。这样的话，我们就不必太计较其他，只需要在一阵悄然袭来的秋意里，在一片渺茫皎洁的月光中，去感受作者无尽的离愁、刻骨的相思。诗词短小，要言尽而意无穷，就很难字字句句"落实"，最重要的是如何超越文字，创造一种能够引起共鸣的情感体验。所以作者常常会把过去和现在、抒情和叙事、具体与抽象、幻觉与现实等交织在一起。因此，作为读者，最重要的也是体味这"文字"之外的意境。这也许就是陶渊明所谓"不求甚解"的原因之一。

但是，理解一首作品，遵循其创作的特定时间和具体空间又是必要的，因为这是最基本的线索和依据。因此，如果我们并不能用以上的理由说服自己去理解"轻解罗裳"和"独上兰舟"的关系，那么我们就只能换一种思路。这首词里，有"玉簟"，有"月满西楼"，这是和夜晚有关的时间与地点，这是和作者独守闺房有关的诗歌意象，我们不妨大胆猜测一下，"兰舟"是否可以有其他解释？

"床！"当这个声音喊出来时，你们几乎是哄堂大笑了。是啊，这个暧昧的地方实在和整首词优美空灵的意境不搭配。

但是，真的没有任何道理吗？玉质的枕席在深秋生出阵阵凉意，清冷的月光散落西楼挥之不去，一个人独守空房，在轻解罗裳这一刻，谁不销魂？谁不蚀骨？

那么现在需要我们求证的就是"兰舟"二字了。可以理解为"床"吗？

在我们现有的资料中，并没有这样的解释。齐鲁书社的《李清照词鉴赏》认为"轻解罗裳，独上兰舟"写的是"白昼在水面泛舟之事"；百花文艺出版社的《经典诗词重读》直接注为同柳永《雨霖铃》之"兰舟催发"之"兰舟"。北京出版社的《历代名家词赏析》一书，则对"轻解罗裳"句解道："'轻解罗裳'写词人轻轻解开丝罗的裙衣，小心登舟的形态。"《中国古典诗词名篇分类鉴赏辞典》的解释是："从'轻'字可以看出她的这种举动是无可奈何而为之。"总之，对"兰舟"一词并无二解，或者回避。

可是，在古诗词中，作者为了含蓄、避讳，甚至为了押韵等，都会经常使用指代、借代，或者直接以彼物代此物的方法，那么，用"兰舟"指"床"也未尝不可。这节课，我们暂时还没有答案，这个问题大家课后继续去探讨，去研究，去查阅相关的资料。但是最可贵的是这样一个"问题"，读书贵有疑，"疑"是一种读书的方法，更是一种读书的态度。作为方法，它会引领我们不断研究探索，成就学业、学术上的高峰。作为态度，它会让我们不断认识自我，坚持自我，形成批判和怀疑的精神，成为一个真正独立的人。

周汝昌先生在谈到中国古诗词的解读时，曾有这样精彩的论述："读诗说诗，要懂字音字义，要懂格律音节，要懂文化典故，要懂历史环境，更要懂中华民族的诗性、诗心、诗境、诗音。至于'诗无达诂'，要在彼此会心，古今契意——已不再是'知识性'层次的问题了。"我想，"兰舟"之解，即在于它已超越了知识的层面，需要我们用一颗"诗心"去感悟。

注：这节课后不久，在谢桃坊先生的《怎样读宋词》(《古典文学知识》2001年第6期)一文中看到他对此问题的解释。原文为："李清照的名篇《一剪梅》其抒情环境是室内或津渡，时间是白昼或夜晚，这即是很费考究的。我以为此词的抒情环境是西楼的深秋之夜。词中的'兰舟'为理解全词的紧要之处。若以为'兰舟'即木兰舟，为什么女主人公深夜要坐船出游呢？为什么当其'独上兰舟'时要'轻解罗裳'呢？'兰舟'当是借指床榻。主体解衣将眠，闻北雁南归，此时西楼月满，引起一片离愁。"这段话可以作为对提问学生的最好褒奖。

# 美丽的错

**如梦令（其一）**
【宋】李清照

常记溪亭日暮，沉醉不知归路。兴尽晚回舟，误入藕花深处。争渡，争渡，惊起一滩鸥鹭。

李清照的语言是独特的，她总能把最平常的话说得别开生面，风韵天成，什么"绿肥红瘦""宠柳娇花"，实在是形象生动得可爱。

在这首很短的小令里，我们也阅读到一种清新自然的情趣，少女的天真和那一群惊起的鸥鹭一起拨动着我们的心。最有意思的是那句"误入藕花深处"吧，你们边读边笑，说："人家犯个错也是美丽的啊。"

我也因为你们的可爱与幽默笑了。但是，你们的话不仅是幽默，我们的词里，有很多这样美丽的错误呢。秦观的《望海潮》里回忆年轻时和良朋俊友春日漫步的情景，说："长记误随车，正絮翻蝶舞，芳思交加。"你看，作者骑着马，不知不觉中，就跟错了车子，走到别处去了。可是，这是多么美丽的错误呀，柳絮翻飞，蜂蝶起舞，春天的情怀溢满胸间，更何况那跟错的车子里，也许就坐着一个美丽的少女……我想，作者一定忍不住感慨，就这样错下去吧，错下去！如出一辙的还有韩愈《嘲少年》中的"只知闲信马，不觉误随车"，那是怎样的年少的轻狂与得意啊！

平凡的生活中，错误有时候是一种放松。我们的紧张和疲倦其实很多是来自于我们对"错误"的恐惧和躲避，为了不犯错，我们小心翼翼，战战兢兢，规规矩矩，我们不断提醒自己也提醒他人，小心啊，一步也不能走错！于是，我们神经紧张，我们表情严肃，我们没有乐趣。如果我们允许自己犯错，也许生活会变得轻松很多。允许自己偶尔迟到，就意味着，偶尔可以睡一个意料之外的懒觉；允许自己乘错了一趟公交，就意味着可以经历一段未曾预设的旅程；允许自己有一些小小的失败，就意味着你更欣喜于那些小小的成功……

错误其实也是一种投入和沉醉。投入于宴席上的快乐，所以才有酒醉后的"误入藕花深处"；投入于此刻的悠闲和放纵，所以才会"不觉误随车"；投入地爱一次，我们才会不小心忘了自己；投入地梦一回，我们才会暂时和世俗的烦恼远离。

错误，也是一种难得的糊涂。买菜算错了钱，乘车记错了路，唱歌找错了调，在我看来，都是可爱而轻松的。生活的烦恼往往来自过于精明的算计。糊涂的人爱出错，或者说，爱出错的人都糊涂。

"老师，那我们都想犯错，都要犯错！"你们故意说。

可是，这也是不可以的。不允许自己犯错的人，往往过于追求完美，但也容易因此求全责备，而无法宽以待人。经常让自己犯错的人，又往往过于随意，也容易因此流于放纵，而无法成全自己。凡事总不应该非此即彼的。我想说的是，我们要允许自己犯错，才能活得更加真实自然，我们也要允许他人犯错，才能学会理解和宽容。最好，我们还能将错就错，把错误变成另一种情趣，比如，既然乘错了车，那就干脆享受一段未经的旅程，既然认错了人，那就不急于收回脸上的笑容而给陌生人一个温暖的问候。这样的话，我们也会拥有一些"美丽的错"。

当然，不是所有的"错误"都美丽。不要忘了"想佳人，妆楼颙望，误几回、天际识归舟"的心酸，不要忘了"长门事，准拟佳期又误，蛾眉曾有人妒"的苦闷。还有，错了不要紧，但要"认错"，否则所有的可爱和美丽都将不复存在。

# 人生忧患识字起

**如梦令（其二）**
**［宋］李清照**

昨夜雨疏风骤，浓睡不消残酒。试问卷帘人，却道海棠依旧。知否，知否？应是绿肥红瘦。

  李清照的这首词，实在是清丽婉转又摇曳多姿，大家都被其无限凄婉的惜春之情、生动传神的精妙表达而感染，特别是词中那个"却道海棠依旧"的卷帘人，用你们的话说，就是"可爱到萌"。是的，这一定是个正值妙龄的女孩子。你看，她早早地起了床，来照顾醉酒的主人，并殷勤地卷起了帘子，当女主人问她风雨之后外面的海棠花何如时，她一定也透过窗子仔细地看了看，答道："没有什么变化呀，还是老样子……"每次读到这儿，我们都会忍不住笑，多么朴实而天真的回答，多么坦白而纯净的心田！也许带着点傻气，带着点无知，但在我们听腻了无病呻吟之后，在我们看厌了装模作样之后，这样的坦白与纯净不正像一缕清风吗？正如鲁迅先生所说："一条小溪，明澈见底，即使浅吧，但是却浅得澄清。"和她形成对比的当然就是女主人了，虽然是一夜的沉睡，还未起床，可是，不用多看，不用多想，她就已经领会了自然界最微妙的变化，就已经感受到了春去匆匆的凄凉和生命流逝的无奈，所以有了那轻轻的叹息："知否，知否？应是绿肥红瘦。"

  "这样的主仆可不只一对。"你们一边笑一边打趣，"是不是作者故意的？"

  是的，无独有偶。在欧阳修的《秋声赋》里，也有这样一对主仆："欧阳子方夜读书，闻有声自西南来者，悚然而听之，曰：'异哉！'初淅沥以萧飒，忽奔腾而砰湃，如波涛夜惊，风雨骤至。其触于物也，鏦鏦铮铮，金铁皆鸣；……余谓童子：'此何声也？汝出视之。'童子曰：'星月皎洁，明河在天，四无人声，声在树间。'"而当欧阳修继续聆听这秋声的凄切，深味这百忧之人生时，童子却已"垂头而睡"。明代张岱有《湖心亭看雪》，在西湖大雪三日之后的夜晚，作者划着小船到湖心亭观赏秀丽的湖山雪景，兴尽而归，"及下船，舟子喃喃曰：'莫说相公痴，更有痴似相公者。'"这里的小童子、舟子不是和《如梦令》里的小丫头相似吗？他们天真、无邪，他们理解不了主人的敏感和雅兴，更理解不了那无端而来的忧与悲、苦与乐。

"老师，在您眼里我们就是这小丫头、小童子吧？"你们越说越来劲，我却不知该怎么回答。若脱口而出，应该是一句"是"，但其实我又不希望"是"。你们的天真烂漫甚至没心没肺是我所爱的，有时不只是爱，还有些羡慕。可是，我又希望这份纯真和干净中再多一点厚重，而不要近似于简单和苍白。我也常常会抱怨你们，为你们写不出一篇像样的作文而苦恼，为你们理解不了一句最简单的诗歌而忧伤。我知道，这不是你们的错，十二年的语文课和二十年的生活尚未为你们的生命涂上斑斓的色彩，也没有给你们一颗灵心、一双慧眼。

记得几年前，一篇反思语文教学的文章让所有的语文老师汗颜，这篇文章的题目叫《语文课，为什么总让孩子黯然神伤？》。那么今天，我们找到答案了吗？其实，没有任何一门学科像语文这样观照着人，观照着人格，没有任何一门学科像语文这样美妙地展示着生命与生活。语言文学最伟大的意义之一就是要让心和心靠得更近些，让生命和生活的本质靠得更近些。为什么在我们的课堂中它反而失尽了这所有的魅力呢？教语文就是教生活，我们并不是要让每个孩子都成长为文学家，但我们要让每个孩子都成长为懂得生活、懂得美的人，要让他拥有将"科学精神与诗情画意两相结合以探索世界的能力"。（《学会生存》）这种能力是什么？我想，你们提及的三篇诗文已经给出了答案，就是：同情心、主客体的观照和忧患意识。

这里所说的同情心不仅是指道德意义上的作为一种慈善和扶助需要的同情心，更是指共鸣，指人对自然、对同类所做出的体验和回应、理解与悲悯。《文心雕龙·物色》中说："春秋代序，阴阳惨舒，物色之动，心亦摇焉。"其实，心灵与外物的契合，外物对心灵的撼动本是一种很自然的事情，所以有"春，女悲；秋，士悲；感其物化也。"李清照轻轻一叹是伤春，欧阳修损悲自达是感秋，不同的情感，却是同样的深挚和敏锐。孩子天生就是有"同情感"的，一个几个月大的婴儿就会因别人哭而哭，因别人笑而笑，可为什么当他们逐渐长大之后，却不能写出一篇叫《春》的文章，不能真正理解一句"夜来风雨声，花落知多少"？

孩子是一张白纸，我们拿过来就在上面写了一个"春"字，然后告诉他说：

"这就是'春','春眠不觉晓'的'春'。"这有用吗？别林斯基说过："如果你说这首乐曲很好地表现了嫉妒的感情，那你就等于什么也没有说。"而我们每天都在做着这样的无用功，"春"不再是万紫千红，不再是"桃树、杏树、梨树，都开满了花赶趟儿"，也不再是"林花谢了春红，太匆匆"，它只是一个冰冷的符号，又如何去让学生"心亦摇焉"？我们就是这样一点点地让语文远离了生活，也远离了孩子的心。我们不知道，与其让他们坐在教室里写五十遍的"春"字，不如和他们一起去听几声布谷的啼叫。夸美纽斯在他的《大教学论》中指出："一切知识都是从感官开始的，在可能的范围内，一切事物应尽量地放在感官的跟前，一切看得见的事物应尽量放在视官的跟前，一切听得见的事物应尽量放在听官的跟前。"于是我们不仅把"春"字写得大大的，还把它读得响响的，以为自己彻底实践了教育家的教育理念，但我们却忘了真正的春天的声音是什么，那是树叶的沙沙声，是小雨的嘀嗒声，是燕子的呢喃声……

冰冷的符号逐渐塞满了最初的那张白纸，心于是也变得坚硬起来。春来春往只代表着年龄的攀升，秋去秋回只意味着身高的增长，一夜风雨却道"海棠依旧"，波涛夜惊换得"四无人声"，我们却还在苦苦追问："除了假话、空话，你们还能写点什么？"

笛卡尔说："我知故我在。"人们历来对这句话争论不休。但我相信，他的意思是说，通过我的思考和意识，我感觉到了自己的存在；我相信，这里的"知"不仅仅是识字、计算、说外文，更是知自然、知社会、知生活、知自己。这里面有一个"锋芒毕露"的"我"，有一个充满强烈主体意识的"我"，这种意识来源于自知，来源于对自己、社会、自然的关系的清醒认知。李清照用"绿肥红瘦"观照着青春的流逝，因为她知自然，也知自己，所以虽有无限惆怅，却并不悲观，也绝无哭泣。欧阳修用"念谁为戕贼，亦何恨乎秋声"观照着人生的悲喜，因为他明白人与草木的不同，所以虽有感慨万千，却又能放旷自达；张岱则更是把生活艺术化，让外物为"我"所用，表达出孤高绝俗的心境和人与自然的和谐。可是，当"知"变成课本上那点可怜的用来对付考试的"知识"的时候，我们没有时间再去对花落泪，也没有时间再去吟赏烟霞，更没有时间为路边哭泣的小女孩停下匆匆的脚步……那么，我们还有时间去认识自己吗？除了和万物一样是这个世界的一分子外，我们还是什么？

人生的尊严在于思想，人生的美好在于感知，而当学生的尊严和美好只在于分数的时候，生命也就苍白成了一个符号，脆弱成了一张白纸。

"人生忧患识字起"，可是，为什么我们识字越多，反而越不忧患了呢？你们不就曾经发出过这样的疑问："人生不识字才忧患呢，连个好工作都找不着，怎么是'忧患识字起'呢？"那一刻，我脑子里出现的一个词就是欲哭无泪。这就是我们的"忧患"意识！不是忧"春花秋月何时了"，不是忧"人生几何"，不是"穷年忧黎元"，更不是忧国忧民，甚至不是忧海棠之"绿肥红瘦"，不是忧秋声之"凄凄切切"……我们不忧患这些，即使大声朗读着这样的诗句，我们也不忧患，因为语文已完全沦落为了"工具"，因为古诗已经成了附庸风雅的装饰，我们大声地朗读只是为了"记住"，它从未真正流经过我们的内心。

智慧本来是一种痛苦，生命的慧根一旦萌发，痛苦就源源不断，接踵而来。我们的古人也是从"识字"那天起"识"了痛苦和忧患。他们固执地忧春忧秋忧生死，忧国忧民忧历史，固执地将种种重担放在自己的肩上，孤独地跋涉着，直到生命的尽头。那么，当我们的教育不再给生命以痛苦的时候，这"知"还是真正的智慧吗？当我们肩上不再有种种使命和负荷的时候，我们还能承受这生命之轻吗？

越来越"科学"的人类将越来越需要终极关怀，因为科学将向我们展示一个更广袤的宇宙，而人在这个宇宙中将显得越来越渺小，越来越渺小的人需要越来越强大的精神依托，才可以坦然面对这有限与无限的无法逾越的悲哀。海德格尔说："语言是存在的家园。"我们的教育是否应该因此而努力寻找一条回家的路呢？

此刻，我希望我是更努力的老师，我希望你们像爱生活那样爱语文，像爱语文那样爱生活，我期待在一个风雨初定的早晨，你们轻轻告诉我："知否，知否？应是绿肥红瘦。"

# 过去的事

## 声声慢
【宋】李清照

寻寻觅觅,冷冷清清,凄凄惨惨戚戚。乍暖还寒时候,最难将息。三杯两盏淡酒,怎敌他、晚来风急。雁过也,正伤心,却是旧时相识。

满地黄花堆积,憔悴损,如今有谁堪摘。守着窗儿,独自怎生得黑?梧桐更兼细雨,到黄昏、点点滴滴。这次第,怎一个愁字了得?

    李清照的《声声慢》,因为开头的十四个叠字,赢得了太多的赞誉。这十四个字,让我们真正体会了什么是"百无聊赖"。而且,这一份"百无聊赖",不是郁达夫《故都的秋》中"从槐树叶底,朝东细数一丝一丝漏下来的日光,或在破壁腰中,静对着像喇叭似的牵牛花(朝荣)的蓝朵"的悠闲,不是辛弃疾"落日楼头,断鸿声里,江南游子。把吴钩看了,栏杆拍遍"的无奈和忧愤。那是一种纯粹的、不带有任何目的的、生命自身的无奈和悲哀,是一个人站在时间的河里,看过去已逝,望未来渺茫,此刻又无依无助的凄凉。

    因为刚刚读过李清照的作品选集,我们很容易地在这首《声声慢》里找到了太多"过去"的事。你看,这"淡酒",是她年轻时曾尽情痛饮以至"沉醉不知归路"的那一杯吧?这"雁",是她和丈夫两地传书时"雁字回时,月满西楼"的那一只吧?这"黄花",是她当年看帘卷西风,自喻"人比黄花瘦"的那一朵吧?这"黄昏",是她曾东篱把酒,有暗香盈袖的那一刻吧……

    当我们一点点在这首词里读到那些美丽忧伤、青春韶华的过去时,我们懂得了"物是人非"的残酷与悲哀。此时的李清照,面对的是国破、家败、人亡,是背井离乡亲人逝去的寂寞,是再次婚姻所嫁非人的屈辱,是国家衰败日薄西山的萧瑟,而不能忘记的,偏偏是那些美好的过去!

    不如忘却,你们说。如果忘却,那么,每一刻对我们来说,都是新的。苦也罢,乐也罢,我们只承受这一刻,而不必背负那些过去。可见,人生太多的痛苦,都源于无法忘却。

那好吧，让我们来假设，假设过去的每一刻都会被忘却，都立刻消逝，那么，我们又会是怎样的一种存在呢？没有过去，也没有未来，你有的只是这一瞬，不，当我这样说的时候，已经不是这一瞬，它又过去了，并且被忘却，成为虚无。可是，我刚才所说的虚无也过去了，又是新的一刻，不！它又过去了……

我这样描述着"忘却"，你们笑了："那就真的只剩下虚无了。"

"那么生命的意义是什么呢？"

"没有意义。"你们有人耸耸肩。

是啊，我们的生命，其实就是属于过去的，它的价值在于所有它经历的过去的堆积，正是因为那些无法忘却的过去，我们的生命堆积出了质量、重量、情感，我们有了自己的历史，有了属于人类的历史，当我们回首时，我们才在历史中看到了自己。

回到这首《声声慢》。难道，不是因为过去的那一杯酒，那一只雁，那一片菊和那一个黄昏，堆积成了李清照的生命吗？令人感慨的是，"过去"塑造我们的生命并赋予它价值，可是，它依然会不可阻挡地成为"过去"，而不是现在，不是未来，更不是永远。我们的一生，就在拥有的同时失去着，在失去的同时拥有着，二者交替如黑白昼夜，成喜怒哀乐……所以，当晚年的李清照在类似的景物中看到她的过去时，她的悲哀并不是为过去，而是为现在。过去的意义和价值在于对"现在"的影响和观照，但过去本身已经过去。

多么无奈啊，时间带走了我们的一切，可是，那一切又偏偏留在你的脑海里，以"虚无"成为永恒。当某一个机缘来临，那逝去的一切浮现如真，带给你的是无尽的追忆和苍凉。

我知道，你们中很多人在读日本女作家吉本芭娜娜的书，她的作品的诡异是你们所好奇的。而我，能记得的是她的那句话："人不可能永远和挚爱的人相聚在一起，无论多么美妙的事情都会成为过去，无论多么深切的悲哀也会消逝，一如时光的流逝。"我们因此难过，但是否，也可以因此而豁达，因为无论此刻享受怎样的幸福或者承受怎样的伤痛，都知道，它终将逝去，终将逝去。

# 向前读

**武陵春·春晚**
【宋】李清照

风住尘香花已尽，日晚倦梳头。物是人非事事休，欲语泪先流。
闻说双溪春尚好，也拟泛轻舟。只恐双溪舴艋舟，载不动许多愁。

　　学完《声声慢》再来读《武陵春》，你们觉得不太过瘾。你们说，所有的悲哀和痛苦都在《声声慢》中写尽了。你看，急风欺人，淡酒难敌，雁逢旧识，菊惹新愁，梧桐细雨，点点滴滴……

　　是的，《声声慢》的悲哀是那样可见而可感，所见，所闻，所想，无往而非令人伤心之事。可是，对于《武陵春》这样的作品，我们要学会"向前读"。也就是说，我们要学会从它的入笔处向前探索，寻出它的言外之意来。

　　"风住尘香花已尽"，看去已是风雨阑珊，已是安静太平，而实际上，我们面对的是狼藉的落花，是一扫而空的春色；我们要感受的，是风起之时的肆虐，是落花如雨的纷乱，是无可挽留的颓败。它不像《声声慢》的描写，那是一种氛围，一种浸润，那是一点一点的冰冷从四处包围过来，直至把你整个儿淹没。而《武陵春》呢？那是一种休止符式的落笔，看去是一个小小的空白，一个短暂的安静，实际上，它的前面是急风暴雨，是纷乱癫狂。只要你稍稍向前探索，你立刻听得到那风声雨声，看得到那花叶纷飞。

　　很多作品是要这样去读的。晏几道的《临江仙》首句说"梦后楼台高锁，酒醒帘幕低垂"。这一句的悲哀也不仅仅在"楼台高锁""帘幕低垂"上，它的悲哀也需要我们"向前读"才能真正体会。"梦后"之前，是"梦里"，那该是怎样的梦呢？一定又回到那高朋俊友的过去了吧，一定又见到美丽端庄的"小蘋"了吧？一定又是"舞低杨柳楼心月，歌尽桃花扇底风"吧？可是，美梦带给我们的是什么呢？李煜说"梦里不知身是客，一晌贪欢"，昭君也曾"曲罢不知青海月，徘徊犹作汉宫看"，这是怎样的悲凉、失落和无奈！

"梦里"之前，是"日思"，所谓日有所思，夜有所梦，那些美好的往事是怎样日日萦绕心间，是怎样与今天的孤独苦苦纠缠？日日的魂牵，夜夜的梦绕，都要面对现实的无奈，这才是最深的悲哀。

这样的作品很多，阮籍的《咏怀》，第一句就是"夜中不能寐，起坐弹鸣琴"，我们都习惯在后面的诗句中寻找这"不能寐"的忧愁与哀思，而事实上，后面没有原因，只有忧思。如果我们"向前读"，就会不断追问"为什么"，就会在"不能"二字中做种种的探寻和思考，也就会在这"不能寐"的前面看到阮籍内心巨大而深刻的痛苦，看到一个时代，一群人，一种生活。这也是一个类似休止符式的开篇，表面看去冷静、平淡，实则蕴含了万千气象。

中国的古诗词是一种高度凝练的文学形式。它能够以少胜多，在于作者对语言的锤炼以及多种艺术手法的运用，但也在于读者的想象、联想、揣度和推测。《孟子·万章上》中说："说诗者，不以文害辞，不以辞害志。以意逆志，是为得之。"我想，"向前读"就是"以意逆志"的一种吧。

# 拍手笑沙鸥

**菩萨蛮·金陵赏心亭为叶丞相赋**

【宋】辛弃疾

青山欲共高人语，联翩万来无数。烟雨却低回，望来终不来。

人言头上发，总向愁中白。拍手笑沙鸥，一身都是愁。

  人生难得一知己。辛弃疾这一生，不缺少雄才大略，不缺少报国壮志，但缺少的是赏识和重用。无论他怎样"把吴钩看了，栏杆拍遍"，也"无人会、登临意"。也许，不是"无人会"，而是"无人愿意会"吧。江河日下，残照当楼，何必挺身而出，不如苟且偷生！

  也因此，这首《菩萨蛮》中的叶丞相成了辛弃疾所思念的人。这位叶衡，曾两度与辛弃疾共事，更因欣赏其才干与韬略，与辛弃疾结下了深厚的友谊。可惜，他们共事的时间不长就又各奔东西，在更多的日子里，空有一腔热血满身才略的辛弃疾只能苦苦吟唱着"凭谁问、廉颇老矣，尚能饭否"而白了头，断了肠，灰了心。

  我们很容易理解这首词的情感，应该是一个"愁"字，相思是愁，相思而不得见，是愁上愁。但作者不言己愁，却笔锋一转，和我们开了一个玩笑：都说是因为愁才白了头上发，果真如此的话，最愁的是江边的沙鸥啊，你们看，它全身都白了……这个玩笑，生动而轻松，"拍手"二字，让我们仿佛看到了作者的音容笑貌。

  "辛弃疾真有情趣。"你们说。是的，这个玩笑里透着机智和幽默，如果沙鸥能听懂的话，一定也会笑了。

  "是豁达。"有人说。能从自己的愁苦里跳出来，如此沉着而洒脱，不是豁达又是什么？

  那么，一片相思和寂寥，会在拍手之后，烟消云散吗？

  当然不会。因为，这里所谓的相思，是对知音的期盼。而辛弃疾盼望的，不只是高山流水的和谐，还是可以与友携手，驰骋疆场，"了却君王天下事，赢得生前身后名"！可是"烟雨低回"，小人当道，他只能"醉里挑灯看剑，梦回吹角连营"，他只能在等待中任凭生命流逝，青春不再。

于是，这"拍手"变成了无奈和自嘲，这"笑"饱含了眼泪和孤独。这不是愁苦的"转移"或"转嫁"，这是深深的自嘲和无奈。沙鸥无忧人有愁，可堪愁中白了头！

如果说到情趣和豁达，我想，苏轼的词是可以担当的。你看这首《瑞鹧鸪·观潮》——碧山影里小红旗。侬是江南踏浪儿。拍手欲嘲山简醉，齐声争唱浪婆词。——同样是"拍手"，但那笑里是真正的快乐，一个"嘲"字，也不过是小小的得意。

同被称为豪放词的代表作家，苏轼是多了情趣和豁达的，但辛弃疾多的是激情和忧愤。毕竟，一百年时光流转，铸造了辛词的，不仅是个人的恩与怨、退和进，还有民族的仇和恨、时代的血与火。两人均有多首《行香子》问世，苏轼在《清夜无尘》一首中也写到"浮名浮利，虚苦劳神"，于是向往着赏玩山水，吟风弄月的隐逸生活，希望"作个闲人"，"对一张琴，一壶酒，一溪云"。而辛弃疾在《归去来兮》一首中，直道出"而今老矣，识破关机：算不如闲，不如醉，不如痴"。这"不如"二字，正是忧愤所在。东坡可在琴和酒中忘却种种烦恼，享受陶渊明的归去之乐，而稼轩呢，只能在"醉"和"痴"中寻求片刻的麻木，心里清醒着的依然是苦和痛。他没有一般词人的绮怨闲愁，有的只是耿耿忠心，似火肝肠！

我知道，你们不太喜欢辛弃疾的词。以20岁的年纪，你们喜欢纳兰的词；以那样简单透明的经历，你们喜欢宋初的词；以对文字的直觉的领悟，你们喜欢李煜的词。辛词对你们来说，不够上口，不够浅易，不够缠绵。

但是，就像我们年轻时爱李白，年迈时好杜甫一样，有些东西，确实需要岁月的磨砺，需要阅历的冲洗，才见它的光芒与精气。所以，请不要因为这是一座难以攀缘的高山而不是一个曲径通幽的花园，就拒绝探索，拒绝走进。

记得佐藤春夫曾说："一个民族如何选择文学，就会如何选择前途。"其实对一个人来说也是一样的，他选择什么样的文学，就会选择什么样的人生。不要绕过了辛弃疾，不要绕过了鲁迅，更不要沉溺于那些遍地开花的网络写手、码字专家。

# 佳人何在

**青玉案·元夕**
【宋】辛弃疾

东风夜放花千树,更吹落,星如雨。宝马雕车香满路。凤箫声动,玉壶光转,一夜鱼龙舞。
蛾儿雪柳黄金缕,笑语盈盈暗香去。众里寻他千百度,蓦然回首,那人却在,灯火阑珊处。

读过辛弃疾诸多慷慨激昂的作品之后,这首《青玉案·元夕》显得格外出众,婉约含蓄,楚楚动人。王国维先生关于治学境界的论述,也早已使词中"众里寻他千百度,蓦然回首,那人却在,灯火阑珊处"的句子妇孺皆知。

"那人"是谁?不得而知,心中向往之人可,自我怀抱的寄托,亦无不可。但这个孤傲淡然,甘于寂寞地站在灯火将尽处的女子无疑成为那个热闹元宵夜里最美的女子,最美的风景。这个夜,有的是灯火璀璨,有的是宝马香车,有的是美女如云,让人想起李煜笔下的"春殿嫔娥鱼贯列"。但我们的目光只随着诗人的目光,落在了灯火阑珊处的那个身影上。

她是什么样子的?我不知道。你们尽可想象。

"反正最美的都是写不出来的。"你们笑。

可不是吗?我们讲《诗经》里的《蒹葭》,讲李延年的《北方有佳人》,讲《古诗十九首》中的《西北有高楼》……那些绝世女子都是没有画像的,只有隐约的背影,有宛然的笑容,有悲凉的歌声。并且,我们还不难发现,这些女子似乎都生活在幽远深渺之处。所谓伊人,不在烟柳繁华地,而在"水一方",不在温柔富贵乡,而在西北高楼上!

"是距离产生美吗?"你们问。

是吧。审美的态度不同于实用的态度,我们确实会因为距离而容易感受到那种纯粹的、无功利的美。

"是因为得不到吗?"你们说。

其实,这和"距离"说差不多,不过应了我们日常生活中"得不到的才是最好的",大家更会心吧。

"是因为她们的寂寞吗?"有人说。

我想,我们该在这里停下来了。的确,这些女子都是孤独而寂寞的,她们远离了繁华和热闹,或者,她们即使身在繁华处,也依然茕茕孑立,淡然如菊。

我想,寂寞本身并不是美丽。但甘于寂寞,尤其是女子,就容易获得一种美丽,而且,是一种长久的美丽。请原谅我作为一名现代女性,却无法成为一个女权主义者。我总以为,女人独有的美,在于她更接近自然,在于她没有野心,在于她既不随波逐流于物质、权力,又能有自己的思想和情趣,她首先应该是一个独立的存在。可是,千百年来,我们把"依赖"甚至"依附"当作了女性的名字。花容月貌,轻歌曼舞,不过是装点男人的世界。争风吃醋,千宠百爱,不过也是男人廉价的施舍。而寂寞,却可以让女人拥有一个属于自己的世界,在这个世界里,她的寂寞带着一点王气,她的独立变为一种智慧。岁月会凋谢她如花的容颜,但同时又赋予她灵秀的姿态。

在灯火辉煌的舞台,所有的美丽都如烟花,绚烂,短暂。在灯火阑珊的街角,那张面容浮现如莲,淡然,孤高。杜甫也有诗云:"绝代有佳人,幽居在空谷。"我想,对于我们来说,倒不必远离尘世,但应该给心灵一片空谷。

当辛弃疾不乏款款深情地描绘着这样一个女子的时候,我们也想起柳宗元在《邕州柳中丞作马退山茅亭记》中所说的一句话:"夫美不自美,因人而彰。"的确,美的东西是因为人的发现才得以彰显,那么,在纷繁喧哗的时代,我们是否有这样一双眼睛,可以欣赏空谷的佳人,可以看见灯火阑珊?

# 有多少欲说还休

## 丑奴儿·书博山道中壁
【宋】辛弃疾

少年不识愁滋味。爱上层楼。爱上层楼。为赋新词强说愁。

而今识尽愁滋味，欲说还休。欲说还休。却道天凉好个秋。

一直以为，辛弃疾的词是最难讲的，也因此，很喜欢夏承焘先生说辛词的那种风格，三言两语，点到为止，个中滋味，还需自己去慢慢体会。

可是，怎么能够体会呢？那是历史的风云和民族的仇恨所浇筑的，那是内心的热情和世事的冷漠所造就的，那是让人扼腕叹息的英雄的悲剧。他把"吴钩看了，栏杆拍遍"却"无人会、登临意"，他要"了却君王天下事，赢得生前身后名"，却只能望北兴叹，"可怜白发生"！他智勇双全，却无法战死疆场，只能终老乡野，无限雄心壮志，只化梦中冰河。

不过，这首《丑奴儿》还是引起了你们的兴趣。是啊，那种"少年不识愁滋味。爱上层楼。爱上层楼。为赋新词强说愁"是多么生动的描写，你们读着读着就笑了。我知道，你们在其中看到了自己。但这首作品真正的"魂"还在它的下半阕，"而今识尽愁滋味，欲说还休。欲说还休。却道天凉好个秋"。

争论是从"识尽"开始的，这有些出乎我的意料。但的确，当我们把重音放在不同的字上的时候，理解是不一样的。你们有的说，"识尽"重在"识"字，历经坎坷沧桑的作者终于认清了这一切，这里透着智慧，也透着豁达。有的却说，关键是这个"尽"字，强调的是其愁之多、之深。你们看我，我只好摇头。不过，我们可以像以前比较阅读时那样，把这两个字替换一下，用"尝"换下了"识"字怎样？用"遍"换下了"尽"字怎样？

你们又颇有兴致地读起来。但答案几乎都是否定的。

"'尝'是生理层面的，'识'才是'认识''看透'的意思，所以，作者用'识'就是智慧和豁达的表现！"

"'遍'字不好，虽然都有'全部'的意思，但感觉是平面上的、数量上的，'尽'却是立体的，不仅有广度，还有深度！"

是的，所以，你们刚才说的都没错，都很好。或者说，一个字也换不得，辛弃疾的词真好。我这样说的时候，你们会心地笑了。

然后是"欲说还休"。你们不知道，我有多喜欢这个词，真的，我常常因为这样一些词感受到我们中国语言的美，汉文字的美。只四个字啊，多么微妙而真实，多么细腻而丰富。

于是，我们在这里跑起了野马——

小时候，一直盼望着拥有一条和邻居小姐姐一样的泡泡纱裙子。多少次鼓足了勇气来到母亲身边，站了很久，矛盾了很久，最终还是在母亲带着微笑的、询问的眼神中把那句话咽了回去。

长大后，喜欢上那个高高帅帅的打篮球的男孩，也有很多次，他抱着篮球从你身边经过，说："嗨，小孩儿，看我打球去吧！"可是，直到他考上大学，最后一次邀你看他的告别赛，你也没有把那句在心里说了无数遍的话说出来。

上大学的时候，你也很优秀，可是，因为你总是一副淡淡的表情，就失去了一次又一次评优评先的机会。有时候，你真想跑去找那个总对你说"不必在乎，是哇？"的小眼睛辅导员问个究竟，但每次，你都在他的门前止步、站定、转身、离去。

后来，你真的爱上了一个人，可是这只是个时间和空间都对不上的美丽的错误，所以，无论他怎样呵护着你，关爱着你，你的口始终紧闭着。再后来，他要走了，你哭了一夜，再去微笑着和他告别，依然双唇紧闭，因为你怕，在他转身的瞬间，你会哭泣，会忍不住说出那句话……

你曾经被一个偷看了你日记又去飞短流长的女生激怒过，你想用最恶毒的话痛骂她；你曾经被一个很好的朋友误解过，那天，你恨不得立刻找到他再把事情的前因后果说上一天一夜；你曾经为一个改革方案的搁浅痛心过，你不明白为什么有的人可以为一点个人的蝇头小利就牺牲掉更多人的利益，你想去和他狠狠地吵一架，但最终，你还是握握拳头，又回到了原来的轨道……人生啊，到底有多少欲说还休？

欲说的，是我们的爱恨情仇，还休的，是我们的隐忍、善良，或者，懦弱、无奈。

当然，这都不是辛弃疾的"欲说还休"的，该说的，他都说了，《九议》《美芹十论》，都是智慧，都是热血，都是拳拳之心、眷眷之情，可是，无人愿听，无人能听，无人会听。那么，纵使心不死，情又何以堪？

还要说什么？说复国大计吗？可惜，"无人会、登临意"。说当年英勇吗？他深知"风流总被雨打风吹去"。说内心幽怨吗？只是，"知音少，弦断有谁听"？罢罢罢，不说也罢！

可还是说了，末一句"天凉好个秋"，这是什么？是淡淡的超脱？不，分明有如火的肝肠。是刻意的逃避？不，分明有无限的悲愤。

到底是说了，还是没说？

我不知道，回过去看那句"识尽愁滋味"吧。识破了，不一定说，这是大智慧、大胸襟。历尽了，说也无用，这是大痛苦、大悲哀。

二者并不矛盾。不，二者本应一致，有大智慧，才有大痛苦，有大胸襟，才有大悲哀。

# 闲愁最苦

## 摸鱼儿
**[宋] 辛弃疾**

淳熙己亥,自湖北漕移湖南,同官王正之置酒小山亭,为赋。

更能消几番风雨?匆匆春又归去。惜春长怕花开早,何况落红无数。春且住。见说道天涯芳草无归路。怨春不语。算只有殷勤,画檐蛛网,尽日惹飞絮。

长门事,准拟佳期又误。蛾眉曾有人妒。千金纵买相如赋,脉脉此情谁诉?君莫舞。君不见玉环飞燕皆尘土!闲愁最苦。休去倚危栏,斜阳正在,烟柳断肠处。

---

夏承焘先生曾用"肝肠似火,色貌如花"来形容辛弃疾的这首《摸鱼儿》。的确,热烈的内心和婉约的外表如此完美地结合在一起,是辛弃疾特有的功力。

在理解了那么多的典故和象征之后,你们问:"为什么'闲愁最苦'?"

是的,我们曾经讲过"闲愁"二字,更多的时候,它指那种生命中无可言说却又似乎无处不在的愁绪。也许并没有原因,也无从描述,但它又实实在在地萦绕着,挥之不去。但是,我该怎样告诉你们"闲愁最苦"呢?

先说说世界杯吧。在世界杯的绿茵场上,中国队几乎连昙花一现的资格都没有。但,足球依然吸引着万千球迷。我想知道,在并没有中国队参与的世界杯上,在我们这些没有"自己"的球队,只管看球的球迷的眼里,最让人伤感和难过的是什么呢?

是失败,是离开,是背影。尤其是英雄的背影。

当34岁的内德维德单膝跪地,眼含热泪,留给我们一个蜷缩的身影的时候,当皮耶罗这面绿茵场上的旗帜慢慢倒地,只留下一双困惑的眼睛和一个蓝色的身影的时候,当菲戈用一条曼妙的弧线告别了巅峰,却再也无法重整旧河山的时候,我们的心碎了。是因为失败吗?不,胜败乃赛场常事。我们心碎、心痛,是因为这片绿茵场本来就是属于这些人的。对他们来说,漫长的等待与蛰伏原本就是为了这一刻的激情燃烧、这一刻的风驰电掣、这一刻的传奇与经典。也许伴随着的是惨烈的竞争、无尽的奔跑,甚至受伤、流血,可是,这才是英雄的事业,这才是王者的风范！但是，这片战场却不再属于他们，让我们不得不感慨，人生有几个四年可以等待？英雄有几个四年可以重来？

　　对辛弃疾来说，那份"闲愁最苦"正是英雄无用武之地，正是把"栏杆拍遍，无人会、登临意"，正是岳飞当年的"白了少年头，空悲切"！

　　可是，英雄毕竟是少数啊。你们说。

　　是的。我们是平凡人，也喜欢挂在嘴边一句"平平淡淡才是真"。所以，我们应该是不怕"闲愁"的。真是这样的吗？

　　对我们来说，"闲"更是一种生活的状态，如果找一个词来形容，那就是"百无聊赖"吧。没有目标，没有计划，没有忙碌，也没有"必须"。

　　"这样也很好啊"。你们笑着说。那来听听这个真实的故事吧——

　　英国有个叫唐纳利的男孩，17岁那年，他买彩票中了200万英镑的大奖，于是，豪宅、靓车，应有尽有。但后来，他在无止境的挥霍与享受中患上了忧郁症，29岁死在豪宅中，并留下了这样一句话："给你足够的钱，却不给你人生目标，没有比这更残酷的事情了。"

　　千万不要认为，"闲"就是消遣，更多的时候，"闲"是一种空虚，是求消遣都不得！"闲"甚至也不是"孤独"，孤独让人思考并在另一种意义上更加充实，而"闲"却是"无所事事"！

　　那么，让我们记住，是英雄，就战死疆场，是凡人，就脚踏实地。

# 辛弃疾的『读书无用』论

**西江月·遣兴**
【宋】辛弃疾

醉里且贪欢笑，要愁那得工夫。
近来始觉古人书，信着全无是处。
昨夜松边醉倒，问松"我醉何如"。
只疑松动要来扶，以手推松曰"去"！

讲辛弃疾的这首作品，是想让大家懂得他在词的创作方法上的不断创新。苏轼曾"以诗为词"，大大拓展了词的创作空间，比如，他在大量的词中使用"小序"，使词的创作背景和内容都更加清晰，他也大量使用典故，使之更加隐约曲折、典雅庄重。但辛弃疾有过之无不及，他开始把散文的写法也用到了词的创作上，这首《西江月·遣兴》明白如话，生动活泼，再经后人加注标点，活脱脱的一首"散文词"了。

可是，你们却开起了玩笑，说："老师，你看，辛弃疾也发表'读书无用'论了。"

我知道，这段时间，"读书无用"是一个热门的话题。与上个世纪六、七十年代的政治权力扼杀教育相比，新世纪的教育产业化和多数人群被边缘化造成的经济困境扼杀教育似乎更严重，何况这书，即使读得起，也"用不起"，更何况，不读书的人往往过得比读书人更好。

其实，"读书无用"论并不是今天才有的。最古的主张者也许是孔子的得意门徒仲由，即子路。他曾对老师说："有民人焉，有社稷焉，何必读书，然后为学？"就是说，有了人，有了土地（社）、粮食（稷），还读什么书？有饭吃就是"学"了。这话好像有点"功利"，把读书和吃饭等同起来，可是，如果连饭都没得吃，那又怎么读书呢？

当然，辛弃疾的这句"近来始觉古人书，信着全无是处"全是悲哀、全是无奈、全是激愤。正因为他相信书，相信书中那些正义事业和至理名言，相信男儿就该"修身齐家治国平天下"，所以面对现实的窘迫与逼仄，他才会正话反说，借酒狂言。我们也因此在那"欢笑"中看到了眼泪，在那醉语中听到了酸辛。

"那是因为辛弃疾读的都是儒家的书，如果读道家的书就不一样了。"你们有人这样说。

说得真是有道理。儒家入世，道家出世；儒家实干，道家逍遥。如果辛弃疾读的都是道家的书，恐怕他早已看透世事，忽忽悠悠，上天入地，逍遥自在去了，还有什么烦恼，还叹什么把"栏杆拍遍，无人会、登临意"，还说什么"天凉好个秋"！

"还是道家好啊！"你们故作夸张地感慨。事实上，你们接触庄子的作品并不多，可是，不多的几篇，我们也可以拿来重读、重议，看看庄子的逍遥境界到底是怎样来的。

《逍遥游》中有棵大樗。"其大本拥肿而不中绳墨，其小枝卷曲而不中规矩，立之涂，匠人不顾。"也就是说，这棵树"大而无当"，既不能打家具，又不能做栋梁。因为其是"臭椿"，所以也不能食用。但在庄子看来，如果将这棵树种在"无何有之乡，广莫之野"，就可以"逍遥乎寝卧其下"，而且这树本身也可以"不夭斤斧，物无害者"，尽其天年。

同时，庄子并不是只喜欢"大"的事物，因为在他看来，原本就没有"大"和"小"的区别。《齐物论》说："天下莫大于秋毫之末，而大山为小；莫寿于殇子，而彭祖为夭。天地与我并生，而万物与我为一。"

那么现在，请你们自己去思考吧，庄子的逍遥来自他对世界万物的认识，这种认识的本质到底是什么呢？

是他不一样的价值观。在他看来，树的价值不在于"成材"，不在于"被利用"，不在于经由能工巧匠之手变成其他东西，而在于就那样活着，尽其天年。这不是自由吗？——那是不是说，我们这些人，只要有口饭吃，再不至于冻死，就那样"活着"，寿终正寝，就是人生最美的事情了？不过，这听上去和一条狗，一只虫子好像没有什么区别吧？

是他不一样的生命态度和方式。树就是树。是树，就该在广漠的空间里任意地生长，枝繁叶茂，如果你愿意，在它的下面乘凉、睡觉，两相无碍，岂不也两相自由？——那是不是说，人的自由就是生命最原始的状态，混沌，无知，冷漠，没有

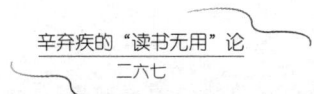

愿望，没有欲求，没有选择，当然也就没有什么光彩、价值、追求可言。不过，这听上去很低调的感觉是不是也消解了人之所以为人的意义？

是他能看得透。在庄子看来，这世界上没有什么不同，大和小、生和死、快和慢、贫和富，都是一样的，既然都一样，一切纷争、不满、怨恨都可以消除了。——可是，这似乎更加没有办法理解了，"天下莫大于秋毫之末，而大山为小"，难道天下最富的是我等吃个肉夹馍都要犹豫半天的人，最穷的反而是福布斯榜上的人？这下好了，我们天天喊着正义、公平，可是本来就是万物平、众生齐，本来就没有任何区别，你还喊什么、争什么？原来，所谓天下太平，不在世上真无不幸，真无战争，天下太平就在你的心里，只要你修炼得好，只要你心脏足够强大，这世界本来就是一派大好风光啊！

……

我们思考着，表达着，可是多有意思啊，几乎每次你们对庄子的解读和认同都立刻被自己的另一种声音所取代——难道，庄子所谓的"逍遥"其实就是逃避，就是自欺欺人，就是虚无主义，就是阿Q精神？

但是，不要忘了我们的正题，现在回过来思考这个问题——如果辛弃疾读的是庄子，会怎么样？他会和庄子一样避世而逍遥吗？他会觉得庄子给了他一个上天入地、无所不能的空间吗？他会冷眼看世界，以为金人汉人天下一家亲吗？他会觉得读书有用而这"用"就是逍遥吗？

这些问题，你们都可以不急于回答。因为很可能我们出发的时候就错了，难道辛弃疾不读庄子吗？不，他可能不仅读庄子而且懂庄子。这首作品以前你们没有接触过：

### 卜算子·用庄语

一以我为牛，一以吾为马。人与之名受不辞，善学庄周者。　江海任虚舟，风雨从飘瓦。醉者乘车坠不伤，全得于天也。

全篇就是一个"庄子语录"！一个没有把庄子读得通透的人是写不出这样的作品的，一个不认同不接受不懂得庄子的人是不愿意这样写的。

那么现在，有了另外的可能。那就是，庄子并不是我们刚才所读出的冷漠、避世、阿Q的庄子，他的那些话就像辛弃疾的"读书无用论"一样，也是悲哀、无奈，而且是大悲哀、大无奈。庄子的眼极冷，心极热。或者说，辛弃疾的"读书无用"也是庄子式的表达，在经历了那样的痛苦与愤懑之后，在知道再热的心、再红的血都无法温暖那一份家国的梦之后，他终于开始在绝望中学会慢慢放下，开始另一种生活。庄子和辛弃疾，在这里对接起来，终于展示了一条自古英雄的悲剧之路，从踌躇满志到迷茫失落，再到悄然岑寂。好在，失败的只能是事业，不失败的是永恒的人格。

读书有用吗？不知道。有时候，我们觉得有用，因为那里有人间的大智大勇大慈爱大悲悯。可有时候，我们又觉得迷惘，"人生忧患识字起"，知与智，从来都是痛苦的根源。

或许，我们可以改一句歌词，我以为正回答了这个问题——

如果你想让他上天堂，就让他读书吧。如果你想让他进地狱，就让他读书吧。

# 时间，到底是什么

**鹧鸪天·元夕有所梦**
【南宋】姜夔

肥水东流无尽期，当初不合种相思。梦中未必丹青见，暗里忽惊山鸟啼。春未绿，鬓先丝，人间别久不成悲。谁教岁岁红莲夜，两处沉吟各自知。

读完这首诗，你们问："老师，怎么觉得元宵节应该才是中国的情人节？"真是一点也没错，当今天的人大肆炒作着"七夕"的时候，我也觉得，元宵节才应该是咱们中国的情人节。你们这样说，是因为前期的几首与元宵节有关的作品。欧阳修的《生查子》云："去年元夜时，花市灯如昼。月上柳梢头，人约黄昏后。"辛弃疾的《青玉案》有"众里寻他千百度，蓦然回首，那人却在，灯火阑珊处。"

充满诗情和浪漫色彩的元宵节，往往与爱情连在一起。因为在那个时代，元夕给未婚男女的相识提供了一个机会。结伴出游的男子女子，借着赏花灯的机会，既可以约会意中人，也可以邂逅有情人，许多美丽的爱情故事就在那花潮灯火间涌动闪烁。

而引起你们争论的，不是这个节日的浪漫，而是那句"人间别久不成悲"。其实，字面的意思很简单，分别的时间长了，就不再有当初那样深重的不堪的悲哀了。争论的焦点是，时间真的可以改变一切吗？包括一份刻骨铭心的爱？

那好吧。在我看来，时间的力量是毋庸置疑的，但如果你们怀疑，我们就来讨论一个问题，时间，到底是什么？

"是把杀猪刀。"一个声音立刻传来，大家哄堂大笑。

让我说什么好呢？因为你的回答并没有错，网上到处是这样的话，并把一些人今昔对比的照片挂上，以证明时间对青春和美貌的摧残。从某种意义上说，时间，真是最公平的东西，任你是谁，也逃不过它的手掌。

"诗意，要诗意！"你们笑着喊。其实，我们从"杀猪刀"开始也未尝不可，看看这把刀还会杀掉什么东西。但既然大家要"诗意"，我们就先把这把刀丢下吧。

"时间是流水。"这个答案在你们那里是不须思索的。是的，从孔子的"逝者如斯夫"开始，时间和流水就融为一体了。那么，流水会怎样呢？

流水会带走一切，会冲淡一切，它甚至可以"淘尽千古风流人物"，何况一时一地的爱情呢？每一份爱，在发生的当时，都会刻骨铭心，都会让相爱的双方觉得，分离是无法承受的悲哀。可是，时间像流水，可以在不知不觉间改变这一切，当双方隔着遥远的时间的距离再来回首时，却发现，当初不可承受的痛苦今天已经不复存在，原来，一切都会过去，一切都可风轻云淡。

"不，时间是沙子，有一种计算时间的器皿就是沙漏，当时间一点点过去，沙子就一点点堆积，越积越多。"这真是形象的比喻。我们都见过沙漏，却没有想过其中的奥秘。

现在，一切又变了，不是随流水逝去，而是跟着沙子堆积。那么，思念呢？也是这样吧，一天一点思念，积累下来，那该是多少爱恋？那该是多少悲哀？

"从物理学上说，时间是不可重复的，是具有不可逆性、一去不复返的。所以说，一切都会过去，爱也是这样的，过去就过去了，思念的人只是活在回忆中。回忆是虚幻的，那种分别的悲哀是过去的事情，现在已经不存在了。"——你的物理一定学得很好，可是请原谅，我还没有做好物理学上的准备，但是，我似乎能听懂一点你的意思。

你们争论的时候，我有一会儿在开小差，因为我想起了纪伯伦的一段话，他说："我的心灵告诫我，它教我不要用自己的语言——'昨天曾经……''明天将会……'——去衡量时间。在心灵告诫我之前，我以为'过去'不过是一段逝而不返的时间，'未来'则是一个我决不可能达到的时代。可是现在，我懂得了，眼前的一瞬间有全部的时间，包括时间中被期待的、被成就的和被证实的一切。"我喜欢这段话，它让我觉得踏实，它让我觉得拥有此刻，就是拥有了过去和未来。

……

让我们从对时间的讨论回到这句"人间别久不成悲"上来吧。如果时间是流水，这句话是对的。如果时间是沙子，这句话是错的。如果时间是不可逆的，这句话是空的。那还有没有另外一种可能，就是，时间变化是真的，悲哀不变也是真的？

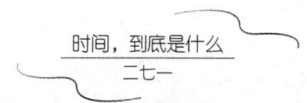

如果时间变化，一切都变化，那么我们每个人就只能活在"现在""此刻"的这一点和这一瞬间，下一秒都是全新的，没有历史，没有往事，没有记忆，只有转瞬即逝的"这一刻"。

如果时间过去，一切都过去，那么我们拥有的就是虚无，就是黑暗，我们是一个点，是一个每一刻都不一样的"新"的点，没有过去，也没有未来。

但事实并非如此，因为一定有些东西是在时间中"留下来"的，我们因此有了生命的长度，有了过去和现在，有了欢乐和悲哀。至于，这悲哀是越久越淡，还是越久越深，我想，把你们的比喻放在一起也许更准确。就像一条河，在它的表面，水永远在流，带走了很多东西，但在它的下层，沙沉了下来，越积越多，越来越厚。

分别的悲哀不就是这样吗？表面看，一切都归于平淡，不再有声嘶力竭的哭喊，不再有伤心欲绝的悲伤，而在时间深处，它像沙一样沉淀下来，因为厚重显得有些迟钝，因为坚硬显得有些冷漠，可是，那不是"无"，而是太多太多。如果不信，请看这首词的后两句"谁教岁岁红莲夜，两处沉吟各自知"，还有姜夔的另一首《鹧鸪天》，其中说"少年情事老来悲"。

或者，我们可以换一个角度，如果真的是"人间别久不成悲"，这岂不是最大的可悲？这岂不是虚妄了所有的爱和思念？也许，久别，冲淡了悲哀，却沉淀了挚爱。

可是，不知为什么，当下课铃响，你们还在"诗意"中的时候，我又想起了那把"杀猪刀"。抽刀断水水更流。剪不断，理还乱。醉里挑灯看剑。把吴钩看了，栏干拍遍……这些诗句一个个地跳进我的脑海，刀，是锋利的，可是面对越柔软的东西，就越无能为力，比如忧愁、思念、理想。时间如刀，可是，它偏偏斩不断的，是爱与悲哀吧？

# 想入非非

## 风入松
【南宋】吴文英

听风听雨过清明,愁草瘗花铭。楼前绿暗分携路,一丝柳,一寸柔情。料峭春寒中酒,交加晓梦啼莺。　西园日日扫林亭,依旧赏新晴。黄蜂频扑秋千索,有当时、纤手香凝。惆怅双鸳不到,幽阶一夜苔生。

这首词是为思去妾而作。

词人以伤春怀人的易感心境去观察感受清明时节,而无论是落花风雨,还是雨霁新晴,那些微细的变化都在触动着词人的心,愁草、垂柳、新晴,一景一物,一点一滴都化作相思柔情涌动心中。以酒浇愁,可酒梦又被莺啼惊醒。

我很喜欢那句"一丝柳,一寸柔情",总觉得中国人在使用数词和量词上极有天赋,什么"寸寸柔肠,盈盈粉泪",什么"一声梧叶一声秋,一点芭蕉一点愁,三更归梦三更后",什么"一棹春风一叶舟,一纶茧缕一轻钩"……完全不受语法和规则的限制,完全不在理性里却饱满地存在于你的感觉中。

"情到深处,满眼的景就都是满心的情了。"你们说。

是的,这样的例子实在太多,王国维一句"一切景语皆情语"就概括了。

"故地重游最伤感。"你们说。

的确,故地重游,往往物是而人非,最易勾起人的无限感慨。秦观说:"兰苑未空,行人渐老,重来是事堪嗟";李清照说:"雁过也,正伤心,却是旧时相识";姜白石说"长记曾携手处,千树压、西湖寒碧"……今日的落魄总让人怀念过去的繁华,眼下的孤寂更让人追忆昔日的热闹。

可是,这都不足以表达作者心中的那一份深情与挚爱。来看这一句吧:

> 黄蜂频扑秋千索,有当时、纤手香凝。

雨过天晴,一只只黄蜂围绕着秋千飞来飞去,不肯离开。啊,那一定是因为秋千上还有你双手留下的馨香!

我这样"翻译"着给你们听的时候,你们都笑了:"这也是想入非非的一种吧。"

不过,这个词我倒是喜欢,"想入非非"。在你们的印象中,还有哪些人,哪些事,可以称为是"想入非非"的呢?

贾宝玉,他对女孩子也罢,对人生也罢,总是有些想入非非的。就像那段话:"我此时若果有造化,该死于此时的,趁你们在,我就死了,再能够你们哭我的眼泪流成大河,把我的尸首漂起来,送到那鸦雀不到的幽僻之处,随风化了,自此再不要托生为人,就是我死的得时了。"傻傻的宝玉,他的痴情,他的感伤,都带着一点自以为是的想入非非。

牛希济的"记得绿罗裙,处处怜芳草",只因心爱的人身穿着绿色的罗裙,所以就对天涯的芳草也充满了怜爱,就会面对一片绿色时,傻傻地凝望,没有伤心,没有愁苦,有的是欣慰,是陶醉,是怜惜和微笑!

注意了吗?你们两次都用了"傻傻"这个词。

回到"黄蜂"一句,何尝不带着想入非非的傻气呢。想必,这故去之人必常笑坐秋千,随风飘荡,作者必常与佳人相伴,情绕西园,所以故地重游,旧梦时温,神光离合之中,往事犹在眼前。睹物思人,忆旧怀情,这并不奇特。奇特的就是居然会认为那秋千上还有佳人的馨香,居然会以为是这馨香吸引了一只只的黄蜂!纯是发于无端的想象,纯是孩童般的天真稚语,纯是"痴望神理"。

其实,"非非"本是佛家语,表示虚幻的境界。想入非非就是指想到非常玄妙虚幻的地方去了。我们常用来形容完全脱离现实的胡思乱想。可是,我却愿意把它当作一个很美的词,因为,只有"有情人",只有有一颗孩子一样干净纯真的心,才会这样"想入非非"。记得明末散文家张岱有一颇为自得的名言:"人无癖不可与交,以其无深情也;人无疵不可与交,以其无真气也。"我想,这里的"癖"就是一种执着。凡写得出"黄蜂频扑秋千索,有当时、纤手香凝"之类句子的人,凡情深痴迷有点想入非非的人,一定是值得我们交往的人。

# 秘密的价值

> **碾玉观音（节选）**
>
> 那人是谁？却是郡王府中一个排军，从小伏侍郡王，见他朴实，差他送钱与刘两府。这人姓郭名立，叫做郭排军。当下夫妻请住郭排军，安排酒来请他，分付道："你到府中，千万莫说与郡王知道。"郭排军道："郡王怎知得你两个在这里？我没事却说甚么？"当下酬谢了出门。回到府中，参见郡王，纳了回书，打潭州过，却看郡王道："郭立前日下书回，打潭州过，却见两个人在那里住。"郡王问："是谁？"郭立道："见秀秀养娘并崔待诏两个，请郭立吃了酒食，教休来府中说知。"郡王听说，便道："巨耐这两个做出这事来！却如何直走到那里？"只见他在那里住地，依旧挂招牌做生活。"也不知他仔细。"郡王教干办去分付临安府，即时差一个缉捕使臣，带着做公的，备了盘缠，径来湖南潭州府，下了公文，同来寻崔宁和秀秀，却似：皂雕追紫燕，猛虎啖羊羔。

学习宋元话本，我选择了其代表作《碾玉观音》，早早布置了作品的预习阅读。我想，对小说的学习来说，最重要的也就是故事情节和人物形象。

说到人物，这里的主人公就是璩秀秀和崔宁，一个热烈似火，一个精明却懦弱。因为元杂剧的学习，你们似乎对这样的角色和性格的安排已经习以为常了。反正，在爱情面前，站在前面冲锋陷阵、遮风挡雨的永远是女人。而在这背后懦弱着又虚伪着的永远是那个男人。

但我没有想到，在人物形象的讨论环节，你们很多人选择的不是秀秀，也不是崔宁，甚至不是那个虽然性情暴烈但也还能听人劝诫的郡王，你们感兴趣的是那个"告密者"郭排军。

让人气愤的倒不是"告密"，因为作为郡王手下一卒，知情而告也算是可以预料的。但问题在于，这个郭排军，偶遇了趁大火之夜逃出的秀秀和崔宁，受了夫妻二人的款待和央告——"你到府中，千万莫说与郡王知道"后，答应得如此顺畅："郡王怎知得你两个在这里？我没事，却说甚么？"结果呢？他几乎是立刻回到郡王府就报告了这件事,这中间,没有犹豫,没有迟疑,没有任何道德或者感情上的挣扎,"告密"显得那么天经地义理所当然,而曾经的承诺比风还轻比云还淡。

"做人怎么能这样呢?"——这是你们选择这个人并觉得有话可说的原因吧?

中国文化中,"信""义"是重要的。所谓"一言九鼎",所谓"君子一言",所谓"言而有信",都在提醒我们,对说过的话,对做出的承诺,要负责任,要"当真"!

"如果他不答应,崔宁他们还有逃走的机会,这不是小人吗?"你们很义愤。

是啊,最可怕的不是告密,而是欺骗。有些恶,因为是真的,还不那么可恶。有些恶,却披了善的外衣,不仅可恶,而且可怕。从这个意义上,我们宁愿做一个真的"恶人",也不要学会"伪善",对吗?

但是,我想提醒大家的是,这样的"告密者"在文学作品中并不少见,还记得《桃花源记》中的那个"武陵人"吗?

你们立即大叫起来。是的,那个误入"桃花源"的武陵人。他受了那样热情而善意的款待,他受了那样完全于己无害的"拜托"——"不足为外人道也"。可是,他居然在离开桃花源的那一刻就开始"处处志之",多么可怕呀!

这背后是一种什么样的心理呢?正因为所有这样的告密都是于人有害于己无益的,它才显得那么可怕和难以捉摸。

是贪欲吗?可是,他们并不会从中得到什么切实的好处。

是自私吗?可是,损人利己是自私,损人不利己,连"自私"都谈不上啊!

是嫉妒吗?可是,嫉妒往往发生在水平相当利害攸关的人之间,这武陵人和桃花源人,这郭排军和崔宁夫妇,实在是"够不上"啊!

"其实,就是一种很微妙的心理,因为这是'秘密',所以就想说出来。"你说。

这是多么独特却又让人震惊的声音!不为什么,与自私、利益、好处都无关,而是一种近于本能的行为,守不住秘密,忍不住要说出来!

想想我们自己,曾多少次答应为别人保守秘密,而又有几次能做到呢?很奇怪,有些事一旦成为"秘密"就同时成了小魔兽,在我们的心里蹦来跳去。其实,这个秘密,与我们个人并无什么利害得失的关系,但因为它被要求作为"秘密",于是,就神秘起来,拥有这个"秘密",仿佛就拥有了一种炫耀的资本,一种自我价值的提升。可是，如果这个秘密真的被守口如瓶，真的永远成为"秘密"，那么，它的价值就等于零！所以，换一句话说，秘密的价值就在于它被"泄露"出来！

这是一个多么让人吃惊的发现。秘密之所以是"秘密"，是因为它不能被说出来，可是，秘密的价值恰恰在于"被泄露""被传说"，而我们都是一个个被潜意识支配的"泄密者"！

忽然想起《花样年华》里的情节，男主人公为了保守这一段婚外恋的秘密，或者说，因为不能保守这一段秘密，他选择将其倾诉给了吴哥窟的一个树洞。

那么我们，有没有这样一个树洞？

# 闲愁,还是闲快活

**南吕·四块玉·闲适**
【元】关汉卿

适意行,安心坐,渴时饮饥时餐醉时歌,困来时就向莎茵卧。日月长,天地阔,闲快活。

在唐诗宋词之后学习元散曲,大家一下子感觉轻松了。那么通俗的语言,那么直白的表达,那么汪洋恣肆的风格,真真让人有"痛快"的感觉。你们开玩笑说:"做了那么久的大家闺秀,我们终于也可以'俗'一把了,嬉笑怒骂,痛快啊!"

是啊,元散曲,在语言和风格上一下子"偏离"了传统诗歌的要求,什么温柔敦厚、文质彬彬,什么含蓄蕴藉、温文尔雅,都一边儿待会儿吧!

关汉卿这首曲你们都很喜欢,因为它实在是"痛快"之至、淋漓之至。还有什么比这种生活更自由、更自在的吗?想走就走,想坐就坐,渴了就喝,饿了就吃,醉了就唱,困了就睡,简直就是"为所欲为"啊。现代人把"一觉睡到自然醒"作为幸福生活的标志,可是与这相比,实在是可怜得很。

但是,你们却远比我预想得更"深刻":

"老师,最后一句挺有意思的。你看,咱们学宋词的时候,都是说'闲愁最苦',可是关汉卿说'闲快活'。"

是的,辛弃疾说:"闲愁最苦,休去倚危栏,斜阳正在,烟柳断肠处。"贺铸更有"试问闲愁都几许?一川烟草,满城风絮,梅子黄时雨"的佳句,还有李清照的"一种相思,两处闲愁",简直是不胜枚举。可是,关汉卿却说"闲快活"!

"那'闲'到底是'愁'还是'快活'呢?"你们问。

我想,如果"闲"是一种生命的状态的话,那么,不同的人在不同的时候对它的感受应该是不一样的,很难一言以蔽之。你们能够理解宋词里的那些"闲愁"吗?

对李清照来说,"闲"是寂寞,是相思,是百无聊赖,是一个女子的青春蹉跎。

对贺铸来说,"闲"是"凌波不过横塘路"的遗憾,是被贬的淡淡的失落。

对辛弃疾来说,"闲"是生命的消磨,是报国无门的苦闷,是壮年岁月的流逝,是眼睁睁看着王朝倾覆的无奈!

那么,对关汉卿来说呢,"闲"是什么?是陶渊明的"采菊东篱下,悠然见南山"?还是晏殊的"小园香径独徘徊"?

回到那个时代,回到关汉卿的世界,也许,我们会有不一样的答案。

宋金元,是一个干戈不断、民族矛盾和阶级矛盾都异常尖锐的时期,这是一个血雨腥风、人命危浅的时代。当时著名诗人元好问曾有诗曰:"白骨纵横似乱麻,几年桑梓变龙沙。只知河朔生灵尽,破屋疏烟却数家。"(《癸巳五月三日渡北》之三)在这样一个年代,人要"闲快活"是多么不容易啊!

而关汉卿,我们虽对其生平所知不多,但是,他的《窦娥冤》却是中国戏曲史上的杰作。那个指天斥地的窦娥,那个六月飞雪的冤案,充满着不平、愤怒、宣泄,又岂是一个"闲快活"的人的手笔?

当蒙古人的铁蹄践踏过中原大地的时候,同时被践踏的还有当时士子的精神和灵魂。取仕不由科举,为官无关才华,贤愚不辨,进退两难。像关汉卿这样的知识分子,也只能混迹市井,在社会的最底层苦苦挣扎。这样的处境,又如何能够"闲快活"呢?

"不是还有陶渊明吗?"你们问。

是的,还有陶渊明。但是,陶渊明的"退"是他自己的选择,元代文人的"退"却是被逼无奈。陶渊明"退"的背后,是一个巨大的文化支撑和认同,"进可以攻,退可以守"。而关汉卿呢,只能面对文化意义上的彷徨与失落。

"是正话反说。"你们开始了自己的思考。因为失落、无奈,因为仕途不通、无路可走,因为焦灼和绝望,所以,干脆放浪形骸,干脆纵情声色!

说得对,元曲的那份潇洒自适、嬉笑怒骂其实正是源于这样一种极其特殊极其痛苦的心态。那表面的潇洒和狂放的背后,是一颗不堪重负的心灵。所以,在元曲里,这样的"闲"满目皆是。马致远有"你把柴斧抛,我把渔船弃。寻个稳便处闲坐地",看去自在,可仔细想想,就算真的可以过"士者,仕也"这一关,没有基本生活保障的人又何以谈得上"闲快活"呢?

看来,闲,原本是"愁"的,但是,不得不"闲"的时候,也只能用"快活"聊以自慰了。

我曾经看一篇小文章,将"快活"二字解释为"快死",人生有限,既然要"快点活",其实就是因为想"快点死"。这么看来,元代文人那里的"快活"值得我们反复琢磨了。

"快活"即"快死"。有趣,却也不无道理。

# 与鞋子告别

## 双调·夜行船·秋思

【元】马致远

【夜行船】百岁光阴如梦蝶，重回首往事堪嗟。昨日春来，今朝花谢。急罚盏夜阑灯灭。

【乔木查】秦宫汉阙，都做了衰草牛羊野，不恁么渔樵无话说。纵荒坟横断碑，不辨龙蛇。

【庆宣和】投至狐踪与兔穴，多少豪杰。鼎足三分半腰里折，魏耶？晋耶？

【落梅风】天教富，莫太奢，没多时好天良夜。看钱奴硬将心似铁，空辜负锦堂风月。

【风入松】眼前红日又西斜，疾似下坡车。晓来清镜添白雪，上床和鞋履相别。莫笑鸠巢计拙，葫芦提一向装呆。

【拨不断】利名竭，是非绝。红尘不向门前惹，绿树偏宜屋角遮。青山正补墙头缺，竹篱茅舍。

【离亭宴煞】蛩吟罢一觉才宁贴，鸡鸣时万事无休歇，争名利。何年是彻。看密匝匝蚁排兵，乱纷纷蜂酿蜜，闹穰穰蝇争血。裴公绿野堂，陶令白莲社。爱秋来那些：和露摘黄花，带霜烹紫蟹，煮酒烧红叶。人生有限杯，几个登高节。嘱咐俺顽童记者：便北海探吾来，道东篱醉了也！

元散曲让我们一起欣赏了诗歌的另一种美，率真、酣畅，甚至朴野。在经过了唐诗宋词的端庄与优雅之后，你们多少对元曲有些微词。我能理解，这就像在词中，你们更喜欢纳兰性德而不是辛弃疾一样。你们这个年纪，正是刚涉人世，情窦初开，"少年不识愁滋味"的阶段，更喜欢那些淡淡的欢乐和忧伤，更欣赏那些烟花般的美丽与绚烂。

马致远的套曲《双调·夜行船·秋思》远没有他的小令《天净沙·秋思》那样受到你们的欢迎，而其实，后者已经是"词化"了的曲，并没前者那浓厚的"曲味"了。

引起你们兴趣的是《风入松》这支曲子里的一句话，"晓来清镜添白雪，上床和鞋履相别"。

"什么意思啊?"

"为什么要和鞋子相别?"

离别的诗,我们读过很多。亲人,朋友,情人……总是一样的黯然销魂。可是,我们不明白为什么上床还要和鞋子告别,这不仅不"销魂",还有点可笑呢。

好吧,让我们来从头开始。

我们每天上学离开家,放学离开学校,要不要告别?怎样告别?

要的,和父母,和同学,我们走时说一句"再见""byebye",心里并不悲伤,因为这只是一个简单轻松的告别而已。之所以轻松,是因为知道很快就会"再见"。

那什么样的"告别"不轻松?

和很久都不会再见的人告别不轻松,和最亲最爱的人告别不轻松,如果二者不幸合一,那就是生离死别的痛苦了。

那如果我们知道这一次的告别就是永远,我们会怎样?

会伤心,会郑重,会不舍。

那如果我们不知道这一次的告别就是永远,结果却成为永远,我们会怎样?

会遗憾,会痛苦,会懊悔,会希望再给一次告别的机会。

那为什么我们上床不会和鞋子告别?

因为鞋子不是人;因为每天都会脱了穿,穿了脱。

那如果明天就无法再穿上这鞋子了,我们会怎样?

……

这一次,你们没有像刚才那样出口成章,你们相互看着,有些意外和惊讶。明天将不再能够穿上这双鞋子?天啊,这意味着什么?

是死亡吗?是再也不能拥有一个阳光明媚的早晨?是要告别这个世界?

我想是的。

这一次,你们都没有再说话。也许,我们真的要跟鞋子好好告别呢,再简单的东西一旦成为永远,就不再简单,再寻常的告别,一旦成为永远也不再寻常了。

"人生短暂啊。"你们感慨。

可是,如果我们知道人生短暂,知道某一天就是它的终点,我们只需要在这一天或前一天做一个郑重的告别就好了,没有必要每天都"上床和鞋履相别"啊。

是因为我们不知道终点在哪里,但它又可能随时到来,所以我们才会怀着一颗忐忑的心,才会在每次上床的时候都和鞋子轻轻告别。

"人生无常。"你们说。

是的，人生的无奈和悲哀并不仅在于它的短暂，最让我们伤感和绝望的，是它的无常啊，无从把握，不可预测。而这样的伤感和绝望，是时代赋予元代文人的。对他们而言，人命危浅，朝不保夕。你看，作者写得多好，"晓来清镜添白雪"是人生短暂，"上床与鞋履相别"是世事无常，既然这样，为什么还要笑话那从不自己筑巢而占用别人的窝得过且过的斑鸠呢？这些话，看上去是轻松而幽默的，是消解了人生的庄重和严肃的，但其背后，潜藏着多么沉重而痛苦的灵魂。

今天的我们也许不用这样和鞋子告别，但是，也不要轻视了你身边最简单的东西，最普通的人，更不要漠视了那些你以为可以"永远"的爱。所以，让我们的生活中多一点郑重，多一点认真，多一点珍惜。

# 渔父和樵夫

**双调·夜行船·秋思**
【元】马致远

【乔木查】秦宫汉阙,都做了衰草牛羊野,不恁么渔樵无话说。纵荒坟横断碑,不辨龙蛇。

　　《双调·夜行船·秋思》被称为元散曲套曲中的绝唱。关于套曲的体制,我比喻为"冰糖葫芦",就是把好几首小令"串"在一起。你们很聪明,赶紧说,这种糖葫芦还是混搭版的,它和小令的不同不是一串山楂和一个山楂的不同,而是一个山楂和一串乱七八糟的水果的不同。是的,你们的比喻更准确,因为,套曲不是由一个曲牌而是由几个不同的曲牌组合在一起形成的。

　　与我们小时候读的那首"枯藤老树昏鸦"相比,套曲的《秋思》,内容含量要大很多,它的风格也更具有元散曲的特点,不是"雅"化了的曲,不是不提醒我们就认为是"词"的那种曲。当然,这首套曲也不是全"俗"的那种,它的妙处正在于雅俗共赏。

　　【乔木查】这支曲子很短小,你们也能理解其大体的含义,并能够联系很多作品来解释它,比如,"秦宫汉阙,都做了衰草牛羊野",这是典型的盛衰之慨,就是那句"宫阙万间都做了土"的意思。再如,"纵荒坟横断碑,不辨龙蛇",也是一种深深的虚无感,那些曾经记录着功绩、显示着地位的碑文,今天早已是字迹难辨,一片含混了。所有一切,不过是"千古兴亡多少事,悠悠。不尽长江滚滚流",不过是"是非成败转头空。青山依旧在,几度夕阳红"!

　　你们无法理解的是那句——不恁么渔樵无话说。"这有什么关系呢?"你们问。历史的兴衰,人生的成败,和渔父樵夫有什么关系呢?

　　其实,原句已经告诉我们这种"关系"了。"不恁么渔樵无话说",如果没有这历史的变迁和兴衰,没有曾经的秦宫与汉阙,现在,打鱼归来的人和砍柴回来的人路上相见，林间小憩，又该聊些什么呢？又该拿什么作为谈资呢？

"是讽刺这些人无聊吧？"你们问。

我想，你们也许受了鲁迅先生的那篇《记念刘和珍君》的影响。那段话我们都很熟悉："时间永是流驶，街市依旧太平，有限的几个生命，在中国是不算什么的，至多，不过供无恶意的闲人以饭后的谈资，或者给有恶意的闲人作'流言'的种子。"中国人是天生的"旁观者"，最喜欢看热闹，最喜欢飞短流长，最喜欢在别人身上找到娱乐自己的东西。

但这里不是的。这样吧，请你们试着用最符合作者口气的语言把这句话"翻译"一下。

"不是那样的话，渔樵相见，就没有什么话说了。"——这是规范的"翻译"，却没有作者的情感在里面。

"若不是那么着，打鱼的和砍柴的碰到了，不就无话可说了吗？"——有了点口语的俏皮劲儿，还用了个反问句。

"要没有那些事，那些人，这打鱼的和砍柴的路上碰到，岂不就少了些好玩儿的话题和调侃？"——妙哉！"好玩儿""调侃"两个词，实在是用得好！这话，不仅俏皮，还带着点辛辣，带着点嘲讽，不是吗？

"原来，原来我们以为那么庄严肃穆的历史，那样想而生畏的英雄，不过是后人一个好玩的话题！"你们终于发现了这其中的奥秘。

原来，我也要用"原来"这个词了。原来，作者要嘲笑的不是渔樵，而是历史。你想啊，那所谓的历史辉煌，那曾经的英雄豪杰，不过是渔樵嘴里的谈资，而已！作者，就这样轻轻一笔，消解了所有的庄严肃穆！

可是，这还不够。我请你们关注的是"渔樵"二字。在中国文学里，永远不要忽略了这个"打鱼"的和"砍柴"的，他们早已是一种文化的象征，一种理想的化身。还记得屈原的那个故事吗？那个"莞尔而笑，鼓枻而去"的渔父，那个飘然而来，又唱着"沧浪之水清兮，可以濯吾缨；沧浪之水浊兮，可以濯吾足"而去的渔夫，与劳心苦志，形容憔悴的屈原比，他实在是潇洒旷达，睿智超脱的。也别忘了你们刚才提到的那首《临江仙》，它的下半阕就是"白发渔樵江渚上，惯看秋月春风。一壶浊酒喜相逢，古今多少事，都付笑谈中"。可以说，中国的渔樵，闲适，逍遥，清高，他们遁入自然，融入自然，和青山绿水一起构成了一幅典型的中国画卷。

渔父、樵夫，经典的文学意象，洒落超脱、全身远害的文化象征，他们出现的时候，你们千万要睁大眼睛。

## "放下"的尊严

**双调·寿阳曲**
【元】马致远

他心罢,咱便舍,空担着这场风月。一锅滚水冷定也,再撺红几时得热。

你们这个年龄,正是钟情纳兰词的年龄,正喜欢着典雅优美,风花雪月。所以,对于元曲的通俗、直白、幽默,你们总是一笑了之,并不愿意去细细地体会,其实,"大俗"正是元曲的特色,它以俗为雅,寓庄于谐,嬉笑怒骂,为中国诗歌创造了一种奇异的美。

读这首《双调·寿阳曲》时,你们被"一锅滚水冷定也,再撺红几时得热"惹笑了,又拿了"剃头挑子——一头热"等俗语来打趣。其实,这就是元曲,泼辣辣的风格,风趣真实的语言,不遮掩、不修饰,自然也就不虚伪、不造作。

但这支曲子,最痛快,最淋漓的还是第一句"他心罢,咱便舍,空担着这场风月"。——既然你的心已经不在这里,我也就应该停止了,无论之前之后是什么,会怎样,我都担着就是了!

这句话,是每个人都有勇气说出的吗?这种事,是每个人都可以坦然面对的吗?这种通达,是每个人都可以拥有的吗?在今天的流行歌曲中,我们听到的更多的不是"你身上有她的香水味,是我鼻子犯的罪"吗?不是"所以我求求你,别让我离开你"吗?不是"告诉我,你情感永不移,今生我不能没有你"吗?

当对方的爱不在,有多少人可以勇敢地说"byebye"?

我们会不舍,不舍曾经的浪漫、爱恋,不舍对方曾给予的呵护与温暖。

我们会不甘,不甘就此放弃曾经的付出,不甘就这样看着他走开,弃自己于不顾。

于是,我们或苦苦哀求,或死死纠缠,或自虐以威胁,或伤人以报复,结果弄得泪流满面，心碎难当，两败俱伤。

也或者，我们理智地感觉到不得不分手了，却不能够潇洒地掉头就走，而是一顾三叹，余情未了，在决定离开的第一秒钟里就开始痛恨和后悔，结果是把自己陷入一片沼泽，换回的却是更深的冷漠。

所以，不要小看这句并不"高雅"的话，它不仅是洒脱，还是一种尊严，爱的尊严。

可是，这还不够。我要你们体会的，并不仅仅是这里的勇敢和通达，而是勇敢和通达背后的东西。因为，爱的表达方式可以有雅俗之分，但爱本身不会因此就有高低上下。那么，当这个女子说出"他心罢，咱便舍"的时候，她真的可以一转身就忘掉过去，一甩头就心如平镜了吗？

怎么会呢？只要爱过。

这句话之前，应该是无数的回忆，无限的痛苦，无尽的矛盾；这句话之后，定会是止不住的眼泪，按不住的心痛。可是，有了这句话，就有了决心，勇气和尊严。

喜欢这简单的六个字，不拖泥带水，不哭哭啼啼；喜欢这个"咱"字，虽然就是"我"的意思，但比"我"多了一份自重的洒脱；喜欢这个"便"字，快刀斩乱麻，干净利落。当然，更喜欢这个"担"字，痛苦也罢，懊悔也罢，回忆也罢，无法逃避，无法抹去，那就让我担当吧！

放手让爱的人走，并不是一件容易的事。但是，这是唯一的方法。既如此，何不狠狠心，放开手呢？

当然，我也喜欢另一种告别，就像那首《当爱已成往事》里唱到的："往事不要再提，人生已多风雨，纵然记忆抹不去，爱与恨都还在心里，真的要断了过去，让明天好好继续，你就不要再苦苦追问我的消息……"

唯其如此，我们才能给爱一个空间，才不至于在哭泣和纠缠中把曾经美好的感情都拖累成厌倦。

# 伤怀于内，往往伴狂于外

**仙吕·寄生草**
【元】白朴

长醉后方何碍，不醒时有甚思。糟腌两个功名字，醅渰千古兴亡事，曲埋万丈虹霓志。不达时皆笑屈原非，但知音尽说陶潜是。

有些元曲是很难讲的，虽然语言上依然通俗而畅达，但要走向作者内心深处并不容易。元代文人的集体性的处境之尴尬、进退之两难、精神之痛苦，是中国历代知识分子中少见的。而这样的痛苦的表现方式，往往既不是寄托遥深式的，也不是长歌当哭式的，它会正话反说，会嬉笑怒骂，会貌似旷达。

于是，学习白朴的《仙吕·寄生草》时，我们选择了比较阅读的方式。

这首作品是有感伤的。你看，"长醉""不醒"，是伤怀的标志啊。冯延巳说"日日花前常病酒，不辞镜里朱颜瘦"；范仲淹说"明月楼高休独倚，酒入愁肠，化作相思泪"；晏几道说"梦后楼台高锁，酒醒帘幕低垂。去年春恨却来时"。但是，白朴的表达方式却是与众不同的，别人的"醉"和"梦"都是令人黯然神伤的，他却说："长醉后方何碍，不醒时有甚思。"这是两个反问句，看上去颇为洒脱，还有点狂放不羁的味道。但是，这是真的洒脱吗？这无碍、无思的前提是什么呢？

你们很聪明，其中一个竟然笑起来，说："老师，我妈妈就是这样的，她每次生我的气的时候，都这样说——我没有生气，我为什么生你的气？你怎样和我有什么关系？"大家一起笑起来。真的呢，我们一下子明白了"正话反说"的意思，母亲是最爱我们的人，她越是说这些听上去"轻松""洒脱"的话，就越是在伤心难过生气呀。

这首作品里是有狂放的。你看，"糟腌两个功名字，醅渰千古兴亡事，曲埋万丈虹霓志"，仿佛真个把一切功名抛弃，把千古兴亡看破，把传统价值观否定。但我们来读读同样狂放的李白吧，他说"天生我材必有用，千金散尽还复来"，他说"人生得意须尽欢，莫使金樽空对月"，他说"安能摧眉折腰事权贵，使我不得开心颜"，有区别吗？

有的，李白的狂放是指向"自我"的，这里有一个大写的"我"存在，要也罢，不要也罢，那是要看我乐不乐意，至于外在的一切不过是"我"的奴隶。但白朴的狂放是"向外"的，好像一定要在对外在一切的否定和践踏中才能找到一点内心的安稳和平衡。

"他说得太强烈了。"你们说。我知道你们的意思，是指那"糟腌""醅渰""曲埋"几个词，太过发狠，太过激越，反而不对了。关于这一点，我们早就在韦庄的《菩萨蛮》和陆游的《钗头凤》里感受过，那句"未老莫还乡"，那句"山盟虽在，锦书难托，莫！莫！莫！"是一个更甚一个的强烈与激越，却也是一个更甚一个的无奈和痛苦啊。

这首作品里也是有对隐逸的向往的。你看，"但知音尽说陶潜是"。陶渊明其实早已经用他的清高耿介，用他的质朴真实为中国的士大夫筑了一个精神的"巢"，赞美他并向往他并不奇怪，可奇怪的是前面那句"不达时皆笑屈原非"，"隐"是仕而不顺后退而求其次的事，屈原的宁折不弯不是人人可以做到，却是大家共所钦佩的，在这里仿佛不被认同，反被嘲笑。

"这是哀其不幸，怒其不争吗？"你们问。

感觉是对的，但并不准确。屈原可不是鲁迅笔下的阿Q。

我想，应该是哀屈原之不幸，怒自己之不争。或者，是哀自己之不幸，怒现实之不争吧。

真正的"隐者"是不"怒"的，陶渊明说："归去来兮，田园将芜，胡不归！既自以心为形役，奚惆怅而独悲？"这才是真正的明净与欣喜，是别无所求的从容和怡然。没有失落，没有愤怒，也绝不找什么借口，回来躬耕田亩，不是谋生计，而是要安顿自己的灵魂。这就是为什么陶渊明的诗那样平淡自然，情韵醇厚。而这些元曲作家呢，想归隐，没有陶渊明的宁静，想反抗，又少了屈原的刚烈。种种矛盾，变成了种种挣扎，苦闷和愤慨郁积于心，一旦发而为诗，就难免锋芒毕露。

伤怀于内，却又佯狂于外，这才是元散曲的精神内核。田守真在他的《反传统：元散曲的艺术追求与精神实质》中说：到了元代，传统的极富权威性的做人、做诗的准则都变了,"处于下层混迹市井的文人面临的是一个完全异于自己的世界,强烈的幻灭感和深沉的悲愤使他们颜色无法再温润,性情无法再柔和。相反,他们变得狂傲,变得泼辣,变得表面上的玩世不恭。于是他们自然地甚至可以说是自觉地抛弃了传统的温文尔雅的艺术格局,以俗为雅,寓庄于谐,嬉笑怒骂,淋漓酣畅,从而形成了以俗、谐、露为主要特征的新艺术格局"。

至于这首貌似旷达的作品,还是刘永济说得好:"语虽似旷达,而讥时疾世之怀,凛然森然,芒角四出,可谓怨而至于怒矣。"

# 爱，从来是百转千回

> 越调·凭阑人·寄征衣
> 【元】姚燧
> 欲寄君衣君不还，不寄君衣君又寒。寄与不寄间，妾身千万难。

学习姚燧这首《越调·凭阑人·寄征衣》的时候，你们刚在逻辑课上弄明白"二难推理"，所以读完就笑了，告诉我："老师，这是二难推理。"

是的，这是二难推理，"欲寄君衣君不还，不寄君衣君又寒。寄与不寄间，妾身千万难。"简单几句话，却把一个活泼聪慧、娇羞可爱，忍受着相思之苦的女子塑造得惟妙惟肖。而你们很准确地感受到那个"难"的简洁有力。可是，为什么会这样"难"呢？

"因为爱是自私的呗。"几乎没有太多思考，就有人这样回答。大家再一次笑了。

是的，爱是自私的。那你们有没有这样进退两难过，有没有这样矛盾重重过？

说不出具体的事件，但你们一致认同的是，面对自己在意的人，在意的事才会这样的。就像这个女子，寄了寒衣怕丈夫不再回来，不寄又怕他真的受冻。寄是爱，不寄也是爱，可是爱与爱竟不能相容，竟不可兼得，竟会打架、会争斗，这是多么艰难的选择！

那么，这争斗的结果会是什么呢？两"难"之中，她会选择那一个呢？

"肯定是'寄'啊，这还要问吗？"你们对我的问题表示出一点"多余"的神情。

是的，争斗的结果是没有悬念的，这些衣物，会早早寄出，会准时到达。就像孟郊的《游子吟》，"临行密密缝，意恐迟迟归"，无论母亲多么担心孩子一去不回，无论她心中有怎样的矛盾和牵挂，她都会把手中这件衣服做得暖暖的、缝得密密的。一个"恐"字，道出了母亲内心的百转千回，一个"密"字，写尽了母亲心中的绵绵深情！

那么，"难"是因为自私吗？"爱"是自私的吗？

这一次，你们都没有说话。

学过了唐诗宋词，我们早就知道，爱是难的。难就难在爱本来是自私的，却又是无私的。爱本来是要实现自我的满足的，却又常常是实践着自我的牺牲的。

我想，没有自私，不是真爱，可是，没有无私，不是大爱。自我满足，是爱的本质，自我牺牲，是爱的升华。

其实，千百年来，心中有爱的中国女人都喜欢用"缝衣""送衣"的方式表达爱，编织爱，体味爱，传递爱。我们都读过谢朓的那首小诗：

夕殿下珠帘，流萤飞复息。长夜缝罗衣，思君此何极。

当日落西山、珠帘垂下的那一瞬间，思念就如萤火虫一样从某个不知名的角落飞起来，闪闪烁烁，无止无休。而能陪伴着我们度过那漫漫长夜的就是手上的这件罗衣呀，一针一线，针线的行走将思念拉得很长，衣料的柔和将心温得很暖……

还有王炎的那首《梅花引》：

裁征衣，寄征衣，万里征人音信稀。朝相思，暮相思，滴尽真珠，如今无泪垂。　闺中幼妇红颜少，应是玉关人更老。几时归？几时归？开尽牡丹，看看到荼蘼。

爱人不在，能做的就是为远方的他"裁征衣，寄征衣"。每一剪，每一线，都是心痛和思念。可即便如此，她仍然说："闺中幼妇红颜少，应是玉关人更老。"咽着自己的眼泪，却度着对方的苦痛，受着岁月的煎熬，却念着对方的衰老，这就是中国女人。

是啊，爱总要有所依附，有所寄托。当爱人远在天涯，无从寻觅，我们总需要有一件东西，能将自己和远方的爱人联系在一起。柔情的中国女人选择了长夜缝制的衣物，因为它是最实在的，穿在爱人身上，精致、温暖、贴身。它又是最浪漫的，沉沉的夜，如豆的灯火，独坐的身影，轻轻的叹息，悠长的思念，如烟的往事，似水的柔情，这一切，凝于细密的针脚，美丽的花纹，盘结的纽扣。于是，那一个个漫长清冷的夜变得饱满而温馨……

至于那个"难"字，我们且不去管它是什么推理，什么逻辑，爱，哪有逻辑可言！

# 要的就是这份斑斓

## 北越调·寨儿令·夏日即事
### 【元】王九思

豆角儿香,麦索儿长,响嘶啷车儿风外扬。青杏儿才黄,小鸭儿成双,雏燕语雕梁。红石榴花满西窗,黄蜀葵叶扫东墙。泥金团扇影,香玉紫纱囊。将,佳节遇端阳。

---

教材上选了王九思的这首曲子,真好。我以为,你们将它改变一下就是很好的一首儿歌,将来即使在小学的讲台上,也还是用得上的。夏日即事,就是把夏天所见到的物象记录下来。你看,长长的豆角儿,淡黄的麦穗儿,满树的青杏儿有的已经开始变黄,还有一身嫩黄嫩黄绒毛的小鸭儿,火一样的石榴花……我还没有说完,你们就感慨:"这也太斑斓了吧!"

是的,太斑斓了。如果我们仔细去计算,这首曲子中出现的色彩和带着色彩的物象不下十种,简直就是一块调色板了。

可是,这里的哪一种颜色不可爱呢?绚烂的夏天,美好的生活,生机勃勃的世界,而且,这就是我们每个人都可以感受到,都曾经感受过的美好情趣啊。

"一副美好的图画。"我说。

"只能用儿童画吧?"你们笑。

还真是的,清墨山水是很难表现这一份斑斓的,如果用油画,那又太难以调和了。

其实,你们一语道破的,不只是这首作品的特点,也是元曲的审美特征啊。口语化的语言风格,放旷朴野的艺术个性,一派的天真烂漫,一派的通透诙谐。

我们就从这色彩说起吧。

色彩,是大自然中一切事物都有的属性。而作为以语言文字为工具形象化地反映客观现实、表现作家心灵世界的文学艺术,更是从来都不吝啬对于事物色彩的描摹。在这一点上,它甚至比美术创作有着更多的优势,因为文学欣赏是一种依赖于想象与联想的思维活动，它可以打破自然界色彩的局限，成为一种与人的感情、精神相互依存与补充的、具有无限可能性的审美对象。而当我们在诗歌中感受这万千色彩时，会发现，这些文学作品对于色彩的运用与表达，不仅体现着创作主体的个性与审美特点，也体现出鲜明的文体特征与时代特征。那么，元曲的特征是如何在色彩中呈现出来的呢？我们再来看一些句子吧：

  黄芦岸白蘋渡口，绿杨堤红蓼滩头。——白朴《双调·沉醉东风·渔夫》

  绿水边，青山侧，二顷良田一区宅。闲身跳出红尘外。紫蟹肥，黄菊开，归去来。——马致远《南吕·四块玉·恬退》

  晚云收，夕阳挂，一川枫叶，两岸芦花。——徐再思《中吕·普天乐·西山夕照》

你们说，这些颜色给人什么样的感觉？

  温暖，灿烂，热烈，饱满，很强的对比。即使不直接写颜色，所写的物象也是颜色极鲜亮的……

  对。酣畅淋漓的，丰富斑斓的，也是直接强烈的。这不就是元曲吗？

  任讷说："曲以说得急切透辟、极情尽致为尚，不但不宽弛，不含蓄，且多冲口而出，若不能待者，用意则全然暴露于辞面，用比兴者并所比所兴亦说明无隐。此其态度为迫切、为坦率，恰与词处相反地位。"元曲中的颜色，就是这样张扬的，毫不掩饰的，大红大绿，大黄大白，而且饱和度极高。所谓"恰与词处相反地位"，当然是就词和曲的整体艺术特色而言，可是，只看其色彩及物象的使用，又何尝不是如此呢？宋词中出现频率很高的物象，如淡烟、丝雨、淡月、黄昏、烟草，哪一个不是朦胧含蓄、隐约幽婉的呢？可元曲就不同了，它的大红大绿是未经作者加工的最自然的本色。对了，自然，本色，这不就是元曲吗？

  话到这儿，你们一下子热闹起来，我知道，是某一个地方突然打开了。

  "民歌，民歌就是这样，'山丹丹花开红艳艳''青线线那个蓝线线，蓝个英英采哟'……"

  是啊，民歌，那么色彩饱满的民歌。其实，所有的民间艺术，比如，年画、剪纸、秧歌的服装，都是那样眼花缭乱、美不胜收的啊。

  大红大绿，大俗大雅。来自于民间的散曲，就这样带着一股子泥土气息，也许有些艳俗了，但也因此多了一份率真，一份活力，一份生机勃勃，也因此区别了唐诗宋词，拥有了自己独特的、不可替代的审美价值。

  元曲，要的就是这份斑斓。

# 量词的意境

**双调·殿前欢·观音山眠松**

【元】徐再思

老苍龙,避乖高卧此山中。岁寒心不肯为梁栋,翠蚴蜒俯仰相从。秦皇旧日封,靖节何年种,丁固当时梦。半溪明月,一枕清风。

徐再思是元散曲作家中用数词的高手,他的"枕上十年事,江南二老忧"是感动了我们的。徐再思还是用量词的高手,读《双调·殿前欢·观音山眠松》这首作品,我们知道此曲借松喻人,寄寓着作者自己的人生理想。而且他紧扣"眠松",用拟人化手法,联想点染烘托,塑造的完美的松树形象,也是作者所仰慕的高人的象征。但我们还是不约而同地喜欢上了最后一句——半溪明月,一枕清风。但让我没有想到的是,有同学犹豫了许久还是大胆地提问:"老师,是印错字了吗?是'一枕清风'还是'一阵清风'啊?"我想,这多少和你们经常用电脑录入汉字有关系吧。

虽然这个问题立刻遭到大多数同学的反对,但提问者也不无自己的依据和道理。你们学习现代汉语,知道什么是规范的数量词。的确,说"一阵清风"是规范的,"一枕清风"的"枕"字就已经是名词作量词的用法了。其实,量词在构词成句规则中会表现出极大的扩容性,名、动、形等词皆有临时借用并借以固化为量词的现象,在这一过程中,既有对修辞手法的利用,又是修辞手法的具体承载。它突破了一般意义上的量词的作用,而成为一种语言的艺术,特别是在中国的古诗词中,它更直接用这种方式参与了作品审美意境的构建,不仅生动传神,而且具有独特的艺术魅力。

于是,我们一起寻找古诗词作品中的量词,并领略它的独特之美。

陆游《鹊桥仙》说:"一竿风月,一蓑烟雨,家在钓台西住。"一个"竿"字,创造了多么丰富的语言环境和可供想象的空间啊。风月是不以"竿"来计量的,"竿"乃"篙"也,有篙必有船,那是一叶小舟,划过清波绿水,打碎湖中明月,穿过清风徐徐,沐浴月光朗朗……于是,我们看到了飞流清泉,想起了闲云野鹤,听到了笛声悠扬,感受到了渔者的悠闲自得。正所谓风月原本平常物,一竿划过境界出。

吴文英的《风入松》有语曰:"楼前绿暗分携路,一丝柳,一寸柔情。"柔情怎么会用"寸"来做量词呢?这其中就有了修辞手法的运用。我们说"肝肠寸断",这里的"寸"字是作为长度的计量单位的,一寸寸的断裂是一点点的心碎,所以欧阳修也有词说"寸寸柔肠,盈盈粉泪"。而这里,即是暗用此意,直接将"一寸"修饰"柔情",不仅见情之细腻,更见情之痴苦。

又如贺铸的"一川烟草",元曲中的"一川枫叶",都用一个"川"字写出了无限的忧愁,写出了无边的气魄。什么"漫山遍野",什么"蓊蓊郁郁",什么"连绵不断",都在这个最简单的量词中被一网打尽了!

还有,"一枚安乐窝",虽小,却温暖,想一想下蛋的母鸡窝,哑然失笑。"一帘幽梦",那闪闪烁烁的珠帘,该摇曳着多少痴情的梦想?"见钱塘一派长江",还有什么能比这个"派"字更好地表现出长江的滚滚气势和泱泱气派?

那么现在,我们回来看"一枕清风",这里"枕"的使用就是人的介入,就是景与情的融合,就是自然与人的和谐。这就像我们读韦庄的《菩萨蛮》,其中写江南道:"春水碧于天,画船听雨眠",初读以为这是写景,赞叹江南春色之美。仔细品味,才发现,这里是写一种生活,那个"眠"字在其中,就不是水美、船美,而是生活之惬意了。苏轼词中多有"一枕清风""一枕初寒",写的就是人的心境啊。

推荐你们课后去读的,是明末文人张岱的小品文《湖心亭赏雪》,其中有这么一句:"湖上影子,唯长堤一痕,湖心亭一点,与余舟一芥,舟中人两三粒而已。"那"一痕""一点""一芥""两三粒",岂不是最美的水墨画?岂不是最美的意境?

# 听一出戏吧

**西厢记·崔莺莺夜听琴**

【元】王实甫

【混江龙】落红成阵,风飘万点正愁人。池塘梦晓,阑槛辞春。蝶粉轻沾飞絮雪,燕泥香惹落花尘。系春心情短柳丝长,隔花阴人远天涯近。香消了六朝金粉,清减了三楚精神。

每年讲戏曲的时候,都有一个艰难的开始。

对这种曾经在中国大地上那样风靡过、辉煌过的艺术,你们很陌生。并且,因为陌生而不喜欢。是的,我确定你们是因为陌生而不喜欢的。如果你们愿意走近它、了解它,愿意在那丝竹管弦、唱念做打中,愿意在那一个眼神、一声叹息里静心怀想,你们一定会更加懂得什么叫戏如人生、人生如戏,你们一定会沉浸其间,在某一个时刻忘却了时空,忘却了自己。

我们的课是从你们所略知的那"一二"开始的。

你们说,听戏太让人着急了,就那么几个字,会咿咿呀呀唱上半天。这种感觉,在鲁迅的《社戏》里我们也读过的。的确,戏曲的唱腔,戏曲对咬字吐音的严格要求是我们暂时不能理解的。但是,戏不仅是"慢"的艺术,相反,它也是"快"的,它是在那样一段极为有限的时间和空间里,展现了人世的悲欢离合,串起了人生的前尘后梦。只是在幕起幕落之间啊,时空流转,恍如隔世。觉得它"慢",是因为我们太"快"了,我们每一天每一天,只会匆匆走路,不会停下来看路边风景;只会睁眼闭眼,不会做一个缠绵华丽的美梦;只会不断地向外去寻找、占有,不会静下来内省、观照。我们行走得多么匆忙啊,以至于只是在走,忘了来时的路,又忘了要去哪里。

有时间,坐下来听一出戏吧。那里,慢的是节奏,快的是时空,慢的是体验,快的是故事。于是,在戏里,在听戏的时候,我们终于放大了时间,用那样"短"

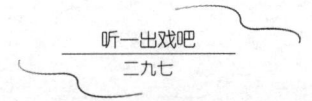

的一段时光，感受了那样"多"而"长"的故事与心情。

你们说，戏是假的。什么骑马、上楼、划船，不过是"一比画"而已。两张凳子，一张桌子，就什么都"解决"了，实在是单调而乏味。其实，宗白华先生在他的《中国艺术表现里的虚与实》一文中，曾很好地阐释过，可惜，你们学了文章，却并没有理解其深意。中国的戏曲，中国的整个儿艺术，都是写意大于写实的。在舞台上，自然是"双手一摇，轻舟已过万重山"，"鞭子一扬，春风得意马蹄疾"的，要不然要怎样呢，要把一切都搬上舞台吗？其实所有的艺术都不是纯粹写实的，即使你们喜欢看的电影大片，即使那些丰富的、刺激的、让人目不暇接的场景，也不是可以完全复原的。艺术是什么？艺术是生活和现实的一种特殊的呈现方式，用最少的东西，展现最真实和丰富的生活，就是最好的艺术。"写意"的，不是"假"的。在艺术里，没有任何一种道具或表现形式会是"假"的，"假"的只能是对内容、对情感、对生活和现实的背叛。中国的戏曲，不过是用了最写意的手法来展现最真实的生活。即便是《牡丹亭》那样的浪漫和梦幻，也是充满了最现实的渴望和最真诚的深情啊。

你们说，戏里的妆容太过夸张了，京剧的白脸、红脸等都成了符号了。我却把这样的"夸张"看作了最大的真诚。现实中的我们是不化这样的妆的，但那无形的面具岂不是更大的虚伪？而在我们的戏曲里，就用这样的化妆透着一份明明白白的爽利，透着一种让你无法回避的真实和撞击。

你们说，中国的戏太像"戏"了。是的，我们自己也说"无巧不成书"，可是，它不过是把人生的种种偶然和巧合粘贴到了一起，让你在浓浓的"戏"味中品味生活的"味道"。

……

中国的戏曲，有多么美妙、繁复甚至是奢侈的形式，但形式并没有大过内容，如果你愿意坐下来，静静地聆听，你会知道，它的深情和俊美。

# 千古一状元

## 西厢记·张君瑞闹道场

张生：

【混江龙】向诗书经传，蠹鱼似不出费钻研。将棘围守暖，把铁砚磨穿。投至得云路鹏程九万里，先受了雪窗萤火二十年。才高难入俗人机，时乖不遂男儿愿。空雕虫篆刻，缀断简残编。

行路之间，早到蒲津。这黄河有九曲，此正古河内之地，你看好形势也呵！

【油葫芦】九曲风涛何处显，则除是此地偏。这河带齐梁，分秦晋，隘幽燕。雪浪拍长空，天际秋云卷；竹索缆浮桥，水上苍龙偃。东西溃九州，南北串百川。归舟紧不紧如何见？却便似弩箭乍离弦。

　　《西厢记》里的张生是个"志诚种"的形象，第一次见莺莺就魂飞魄散的样子让人忍俊不禁，但事实上，这也是一个有知识、有理想的年轻人。剧本里张生一出场的唱词就很大气潇洒。你们看，赶考路上，面对滚滚黄河，他一面回顾多年苦读的艰辛，一面又为眼前的壮美景象感染。那唱词里，有酸辛，有自负，有一点牢骚，更有无限壮志，活脱脱一个风流儒雅、意气风发的书生形象。

　　"这都不重要，重要的是能考上状元。"你们说。

　　是啊，在才子佳人戏中，考状元简直就同拾草芥，不考便罢，一考一个准。可是，我们也知道，这是作者求"大团圆"的最佳甚至是唯一途径了，否则，再是"有情人"，也难"成眷属"。

　　"好在，时代不同了，你们不用非考上状元才能娶老婆了。"我和你们开玩笑。没想到，这激起了你们的"不满"。"老师，没有多大区别，除去几百年时光的基本进步利息外，今天的高考状元与那时的状元也没有什么本质上的区别。"你们说。我想我能理解那个"基本进步利息"的意思，应该是说因时代不同而在形式上或者表象上具有的某些进步，但这进步只是量变，并未引起质变。

　　会是这样吗？我心里一下子不能认同，但我也从未思考过这个问题。怎么可能，封建时代的科举与今天的高考？可怜的最终会生产出"范进""孔乙己"的取士制度与今日的号称日渐国际化的中国教育？

　　但你们是严肃的，并且认认真真地寻找着古今"状元们"的相同之处。

都是国家考试的产物。科举本来就是封建王朝通过考试选拔官吏的一种制度，殿试甚至是由皇帝亲自主持的。而状元呢，是这个国家考试中的最大胜利者，得了状元，那接下来升官发财做驸马都不在话下。几百年过去了，新式教育也早已确立，可是，这高考依然是"国考"，是"全民皆兵"式的考，高考状元的待遇更是比过去有过之无不及，鲜花、掌声算什么，政府、学校都亲自参与宣传，海内海外都来争夺生源……你们说得真不错。这些年，高考小状元简直被吹捧得上了天，状元所在学校像中了亿万大奖，欣喜若狂，奔走相告，好像只要出了一个状元就足以掩盖其他任何不足，至于状元之后还有多少学生上不了大学，还有多少学生被考试折磨得死去活来，那是无法也不必去在意的事情了。最有意思的是，有些政府教育部门亲自带着媒体高调宣传，教育官员个个红光满面，精神抖擞，这个状元就是他们的政绩，就是所谓教育质量的代名词。古人中举，不过"春风得意马蹄疾，一日看尽长安花"，今日的状元，却早已成了中学招生的金字招牌，大学招生的面子工程。这背后的利益争夺及商业性价值，是古代状元们难以想象的。

都是运气好的人。其实，哪一个状元不是靠的运气？古代状元的运气在于主考官对不对眼，喜不喜欢；今日状元的运气在于试题猜不猜得准，作文蒙不蒙得上，哪一个都有很大的运气的成分。——这倒是的。高考的第一名，比第二名就多个半分一分，绝对不是实力的差别而是运气的好坏。记得有一个资料说高考状元们都有很好的心态，因为他们都没有想到过自己要当"状元"。而在我看来，这恰恰说明了成为状元的"偶然性"。谁会成为高考状元？这绝对是比预测世界杯谁会夺冠难得多的，甚至几乎完全不可预测的问题。可是，我们中国人就是信运气而不信实力的，所以才会举国上下、大张旗鼓地表彰少数几个人的"运气"。但，这不是好事，至少在导向上，它失去了教育应有的责任和尊严。

都是很难留名青史的人，或者说是"被捧杀的人"。成为状元，一方面要面对太多的夸奖和吹捧，还有各种各样的"好处"与奖赏，要经得起名利的诱惑，保有一颗平常心就很不容易。而另一方面，既是国家考试的产物、教育体制的产品，就意味着必须进入这个"体制内"，因此少了自己的个性，少了与众不同的声音，久而久之，湮灭在众生之中也是人之常情。就像我们读古诗，李白、杜甫、孟浩然，个个都不是"状元"。今天呢，所谓"第十名"现象好像也在证明着高考状元们的职业业绩是很难与其学业成绩成正比的。著名的"钱学森之问"曾让我们反思大学教育，同样，这一问也在告诉我们，高考状元并不等于"杰出人才"，甚至，也难以成为"杰出人才"。

都是中国式作弊产生的原因之一。说到考试作弊，我记得曾经被一个古代科举作弊的"小抄夹带"展览震得说不出话来，古人的智慧在那些作弊手段和作弊技术上的体现似乎已经超出了考试本身。今天随着现代化技术的产生与发展，作弊手段更是到了"只有想不到，没有做不到"的地步了。当然，我知道你们的意思，不是说状元都是作弊得来的，而是说，"状元"的头衔与风光召唤着、吸引着中国式作弊的层出不穷、推陈出新。何况，这种技术性的作弊比起贿赂考官、雇佣枪手、领导批示等实在已经是等而下之了。更何况，在教育体制和监管部门难以服众的今天，这种技术性作弊已经可以忽略不计了。

都是"应试"的既得利益者，又是"应试"的牺牲品。

都是学校和老师的"名牌产品"和"宣传工具"。

……

你们还在热烈地讨论，我却已经有点走神了。我们必须承认，今天的应试教育就是科举制度遗留下来的一个复杂的问题。今天的高考状元在本质上也是应试教育的产物。但错不在这些状元们，从某种角度讲，这些"状元"是高考的"招牌"，而高考，是庞大的应试教育产业链的基石！这也说明了为什么我们今天没有多少真正的教育家却有很多很多的"考试专家"，没有多少真正的素质提升，却有很高很高的"应试成绩"。

成败皆分数，千古一状元。也许，只有我们的社会、学校不再看重"分数"和"状元"的时候，我们的教育才会有一点希望。

## 生命的行李

### 西厢记·长亭送别
[元] 王实甫

【朝天子】暖溶溶玉醅，白泠泠似水，多半是相思泪。眼面前茶饭怕不待要吃，恨塞满愁肠胃。"蜗角虚名，蝇头微利"，拆鸳鸯在两下里。一个这壁，一个那壁，一递一声长吁气。

我们喜欢崔莺莺，不仅仅是因为她对爱情的勇敢和担当，还在于她不同于张生不同于崔母的价值观。《长亭送别》中，她多次说到这样的话：

"'蜗角虚名，蝇头微利'，拆鸳鸯在两下里。"

"你与俺崔相国做女婿，妻荣夫贵，但得一个并头莲，煞强如状元及第。"

"你休忧文齐福不齐，我则怕你停妻再娶妻。休要'一春鱼雁无消息'，我这里青鸾有信频须寄，你却休'金榜无名誓不归'。此一节君须记：若见了那异乡花草，再休似此处栖迟。"

……

在莺莺看来，什么状元及第，什么金榜题名，不过是"蝇头微利"，夫妻恩爱，两厢厮守是比这些更重要的东西。她甚至大胆地说出"妻荣夫贵"这样"大逆不道"的话，要知道，中国人从来要的都是"夫荣妻贵"，就是今天，一个男人靠女人过上好日子，也依然是要被骂被"白眼"的。

当然，这样的价值观只是莺莺小姐的一厢情愿，她说得再好听也阻止不了张生上京赶考的步伐。让我稍感意外的是，你们居然很能理解张生的"毅然辞别"。

"莺莺说得不错，可是这门不当户不对的婚姻迟早要有问题的。"

"男人吗，总归要有些事业心的，像莺莺说的做崔相国的女婿，那不真成了吃软饭的了？"

"对男人来说，爱情不是唯一，最重要的是事业！"

"中国最好的婚姻不就是'郎才女貌'吗？男人要事业，女人要贤惠。"

……

很有意思，你们不说"功名"，而是有意无意地用了"事业"这个词，好像这样就更显得"合理"了。可是，请问，在你们眼里，"事业"与"功成名就"有什么区别？"功成名就"与"功名"有什么区别？

你们不回答我的问题，却说："老师，没有这个功名又该怎么生活呢？"

是啊。我能理解你们心里的困惑，我也不能要求大家都去做陶渊明、苏轼，甚至我自己也在每天忙忙碌碌，为的不过是"吃穿"二字，过的不过是最凡俗的生活。但我想提醒大家的是，不要把生存和生活完全等同起来；我想问的是，所谓名利，是生命本身还是身外之物？

讨论变成争论，依然是热烈的。但还好，越来越多的同学同意这样的说法，那就是，名利关乎最基本的生活，但并不是生命本身的意义和价值。最令我叫好的是这样一句话——生命是一条幽深的路，有时候，我们也看不清它的方向，而名和利往往也在这条路上，是我们生命的行李。——多好，多好的一个比喻啊，名与利，就像我们生命的行李。

那么，亲爱的，走在路上的我们，是需要更多的还是更少的行李？

接下来的讨论，因为这个睿智的比喻而变得更加清晰，每个人的表达似乎也更加明白流畅。

有一点行李对旅途是有帮助的，但一定不能多，否则就成为累赘了。——是的，我们都可以想象，一个每晚都想睡在五星级宾馆的人，是永远也登不上珠穆朗玛峰的；一个身上永远都全副武装、应有尽有的人，是走不到更远的远方的。

行李，换一个词就是包袱吧；包袱，更多的时候就是负担吧；一个负担更重的人，一定是走得更近的人。——这并不是一个简单的文字游戏，而是一个最普通不过的道理。可是为什么，走在生命的路上，我们总是不断地给自己增加负担呢？房子要越大越好，职位要越高越好，车子要越贵越好。我们的行李，越来越沉重，生命的路，越走越艰难。

行李，其实也是一种束缚啊。就像我们去爬山，带的东西太多，就会占了你的后背，占了你的左手，又占了你的右手，最后你发现，你全部被这些东西占用了。——实在是最真实的体验和感受。当那样的"被占用"成为一种习惯时，我们的生命还有什么意义，还有什么灵气？

回到我们的《西厢记》中来，回到整个中国戏曲和文化中来，我们是否觉得，生命的行李实在是太琐碎也太沉重了？

张生是不会为莺莺停留的，因为作为一个读书人，他的行李是金榜题名、光宗耀祖、门当户对、男才女貌、衣锦还乡……一个背负着这样多的行李的人，是无法把爱情当作生命中的唯一的。还有那个蔡伯喈，所谓三辞三不从，说到底，都是名利的牵绊，这些东西，背得太久，就长到了肉里，变成了身体的一部分，想放下都难了。

"有没有轻装前行的人？"你们问。

当然有，陶渊明辞官回家，归去来兮，就把那些行李都放下了。而且，没有行李的他是多么轻松惬意啊。"舟摇摇以轻飏，风飘飘而吹衣"，他简直要飞起来了。还有袁中郎，坚决地辞去吴县县令后，觉得"湖水可以当药，青山可以健脾"，放下了名利，他的行李中甚至连强心丸也不用带了，青山碧水，就是最好的药。

还有一个有趣的现象，值得我们去关注，那就是几乎每一个向往自由、尊重生命本身价值的人都不曾需要过太多，他们从未想要在雕栏画栋、红灯高悬的游船上得到逍遥与自在。他们需要的不过是一只"小舟"，一叶只承载着自己的扁舟。所以，李白说"人生在世不称意，明朝散发弄扁舟"，苏轼说"小舟从此逝，江海寄余生"，周邦彦，也要靠着"小楫轻舟，梦入芙蓉浦"……

"难道，一个男人，连事业都不要了？"你们还是放不下这伟大的"事业"。可是，如果事业就是名与利，不要又何妨？如果事业不是名与利，名利于它又何妨？

让我们生命的行李，轻些，再轻些。

# 冤在哪里

## 窦娥冤（第三折）
【元】关汉卿

【滚绣球】有日月朝暮悬，有鬼神掌着生死权。天地也只合把清浊分辨，可怎生糊突了盗跖颜渊？为善的受贫穷更命短，造恶的享富贵又寿延。天地也做得个怕硬欺软，却元来也这般顺水推船。地也，你不分好歹难为地？天也，你错勘贤愚枉作天！哎，只落得两泪涟涟。

---

《窦娥冤》作为元杂剧的优秀代表作之一，历来以酣畅淋漓的曲词和窦娥这一充满反抗精神的女性形象为人激赏。而你们呢，几乎把"我比窦娥还冤"当作一句好玩的日常用语。所以，上课伊始，你们并没有严肃起来。

其实，我只有一个问题需要你们思考，那就是，窦娥到底冤在哪里？

"当然冤了，她又没有药死张驴儿的父亲，却代人受过，被判死刑，不冤吗？"

这没有错。可是，窦娥的冤屈仅仅就是因为她并未下毒药死"公公"，却被张驴儿告上官府，做了不清不白的冤死鬼吗？如果真是这样，窦娥实在算不得太冤，因为在那个黑白颠倒、官府昏庸的时代，像窦娥这样的"冤魂"绝不罕见，只不过在关汉卿的巨椽之下，她成了艺术的典型，具有了更强锐的震撼力。

你们有些茫然。

这样吧，我们先把这个问题放在一边，来说说她身上的"反抗精神"吧。

窦娥身上的反抗精神是毋庸置疑的，她从反抗张驴儿的淫威开始，直至反抗官府的黑暗、天地的不公，显示出一个弱女子的刚烈性情。特别是在【滚绣球】这支曲子中，窦娥对当时的黑暗社会做了相当深刻的揭露和毫不留情的诅咒，甚至对封建统治秩序给予了全面的否定。但是，我想知道的是，这么一个看上去苦命而柔弱的女子，为什么这么勇敢地反抗？她都在反抗什么，到底是什么支撑着她的反抗行为呢？

窦娥反抗过张驴儿的淫威。对张驴儿的逼婚，她誓死不从，用自己的方式维护着人格的尊严，这一点并不难理解。但是，在这一事件中，窦娥对婆婆的态度却有些出人意料。我们知道窦娥是个百依百顺的贤孝媳妇，她为使年迈的婆婆免受刑法宁愿去死，但当婆婆在无奈之下对张驴儿父子态度暧昧时，窦娥却对婆婆进行了不留情面的指责和嘲笑——

【梁州第七】这一个似卓氏般当垆涤器，这一个似孟光般举案齐眉，说的来藏头盖脚多伶俐！道着难晓，做出才知。旧恩忘却，新爱偏宜；坟头上土脉犹湿，架儿上又换新衣。那里有奔丧处哭倒长城？那里有浣纱时甘投大水？那里有上山来便化顽石？可悲，可耻！妇人家直恁的无仁义，多淫奔，少志气；亏杀前人在那里，更休说本性难移。

这指责是何等地义正词严，这嘲笑又是何等地理直气壮！显然，对窦娥这个弱女子来说，她的背后是有强大的精神后盾的，这后盾不就是封建社会"一女不事二夫"的贞洁观、道德观吗？其实，丈夫死后，年轻的窦娥早已别无他求，只想守着婆婆安然度过余生。但这"别无他求"中是有许多痛苦和无奈的，正像她自己所说："满腹闲愁，数年禁受，天知否？天若是知我情由，怕不待和天瘦。"但她无法解释自己的命运，更无力改变自己的命运，她只能按照封建伦理道德所要求她的那样去度完自己的余生——

【天下乐】莫不是前世里烧香不到头，今也波生招祸尤？劝今人早将来世修。我将这婆侍养，我将这服孝守，我言词须应口。

有"修来世"的人生信念在胸，有"贞洁观"的道德武器在手，柔弱的窦娥怎能不大胆反抗，又怎能不理直气壮？可见，窦娥反抗的并不是封建礼教，恰恰相反，她的反抗是为了更好地恪守这礼教所要求她的一切！

窦娥也反抗过官府。这种反抗主要体现在两个方面，一是面对官府的毒打逼供窦娥毫不屈服，即便已是"肉都飞，血淋漓"仍坚持"委的不是小妇人下毒药来。"另一方面是被冤判死刑后，她发出的"这都是官吏每无心正法，使百姓有口难言"的痛斥之声。但很显然，这最后的"清醒"是她以生命为代价换来的感性甚至本能的呼喊。事实上，在此之前，她对官府，对这个封建统治机器，对封建秩序的维护者是坚信不疑的。所以，当张驴儿问她是"官了"还是"私了"的时候，她不假思索地说："我情愿与你见官来！"这种"不假思索"，既是对自己清白的信任，更是对封建官府可以还自己一个清白的信任，她自信贞孝两全，也坚信封建法律的永恒、正义！她绝没有想到，自己所信任的是一个"清浊不辩"的官府，她把命运交付的是一个"告状来的要金银"的官吏！

窦娥还反抗过天地鬼神。【滚绣球】中"天地也，做得个怕硬欺软，却元来也这般顺水推船。地也，你不分好歹何为地？天也，你错勘贤愚枉做天"的唱词被认为是窦娥反抗精神的最高体现，因为她"不仅诅咒了封建官府，连日月鬼神、天地都否定了"。可是，如果真的这样，她临死前又何以向天发下"三桩誓愿"，将证实自己清白的希望寄托在天、地身上，甚至说："你道是天公不可欺，人心不可怜。不知皇天也肯从人愿。"事实上，不仅窦娥，"天"早已成为我们民族心理结构中最具调节功能的机制之一。从《诗经》中的"母也天只，不谅人只"到汉乐府民歌中的"上邪！我欲与君相知，长命无绝衰"，从李白的"大道如青天，我独不得出"到龚自珍的"我劝天公重抖擞，不拘一格降人才"……可以说，"天"在我们民族心理中是真理、正义、公道的化身，岂是一个弱女子窦娥可能去否定的？所以，她临刑前的悲怆呼喊，与其说是痛斥、否定天地，不如说是希望感天动地，而剧结尾处窦娥三桩誓愿的实现，也在印证着这出剧的全名——感天动地窦娥冤！

原来，支撑着窦娥的反抗行为的，恰恰是封建思想和封建道德！

这个发现，多少令你们有些吃惊。

是的，我们不能否认，窦娥是一个勇于反抗的刚烈女子，而且，在那个长夜漫漫的时代，她以生命划出的灿烂火光直到今天也依然耀眼而灼热。但是，她所反抗着的，却并不是封建秩序和封建道德。因为要守贞洁，所以她理直气壮地反抗婆婆和张驴儿（当然，作为地痞无赖的张驴儿也绝无可爱之处）；因为相信封建官府，所以她将生命轻易交付；因为相信天地的公正，所以她临死发誓，要见"湛湛青天"。正是在这个意义上，我们明白了窦娥的冤情所在，一个虔诚地恪守着那个社会一贯标榜的道德规范和法律规范，思想行为从未越过雷池半步的弱女子，一个善良、忠孝又刚正不阿的苦命人，一个对生活只知奉献不知索取的小人物，却被她所信任的社会扼杀了，这才是"冤"，是"天地奇冤"！也是在这个意义上，与《西厢记》中的相国小姐崔莺莺相比，窦娥的思想行为中更多对封建统治的依附，对封建伦理的恪守。

最后，把这句话送给大家，共勉——一个人倘若没有对其所信仰的对象的深刻思考，甚至怀疑，他所具有的信仰就会不堪一击。

## 可恨还是可怜

### 张协状元·张协拒见贫女

【五更传】是我夫，不相认，见着我忙闭了门。我当初闭门不留伊，你及第应是无分。千余里，到此来，望你厮存问。目下要归没盘缠，我今宵，更无投奔。

【同前】你记得，要去京里，卖头发把钱与伊。当初道嫁鸡便逐鸡飞，好言语叫奴出去！没盘缠，回乡里，买柱好香祝苍天，愿你亏心，长长荣贵。

　　虽然接触戏曲一段时间了，虽然大家早已习惯了那个无论怎样牵强都要"大团圆"的结局，但你们还是被这个叫张协的负心男人激怒了。的确，这个男人简直集一切"可恶"于一身。始乱终弃，忘恩负义，狼心狗肺……你们有一连串的词在等着他，而且还觉得不过瘾。也因为如此，你们第一次对那个大团圆的结局表示了坚决的抵制，"怎么会这样？"你们说。

　　愤怒解决不了问题。我们还是冷静下来好好审视一下这个中国早期南戏中的经典形象吧。你们说他可恨，为什么呢？

　　可恨在他忘恩负义。他上京赶考，途中被强盗所伤，是贫女救了他，还不顾一切地支持他去赶考，为了筹盘缠，连头发都卖了。结果他高中状元就不再认这个救命恩人、结发妻子，他还有点良心吗？

　　可恨在他自私凶残。贫女被弃，回到故乡，可是再次偶遇，他为了遮掩自己的这段经历和已婚的事实竟然要杀人灭口，这还有天理吗？这太过分了！

　　男人无能也够可恨。他被强盗所伤，又被贫女所救，结果呢，身体康复后不是去打工赚钱，不是想着怎样养活自己，而是靠贫女讨饭做粗活来养活，他还好意思在那儿读书备考，真是又无能又无耻。

　　可恨在他那个奴才相。已经抛弃了贫女，有本事就坏人做到底啊，可是面对顶头上司王德用的要求，就答应再娶贫女，破镜重圆，他到底还有没有底线啊？

　　……

因为气愤，你们难免用词激烈。但你们没有错。这的确是个让人看不上的男人。你看，被强盗所伤，露出的就是可怜相；考中状元，就一副猖狂相；面对寻夫上京的贫女，是一副凶残相；等到王德用为报女儿之仇跟随他到任地，他又露出一副奴才相。真是可恨之极！

我没有要同情他的意思，只是，你们不觉得，张协的故事和形象无论在现实中还是在文学作品中都不是个例吗？你们不觉得，张协所走的每一步都伴着无奈和悲哀吗？或者，你们不觉得这样一个所谓始乱终弃、忘恩负义的故事的背后，就是中国久远的历史和文化吗？

这样吧，我们换一个角度，设身处地地为张协想想，除了可恨，他是不是也很可怜呢？

十年寒窗，囊萤凿壁，对一个出身低微的书生来讲，科举是他唯一可以走的路。可是，这个书生，还未进入到那个大筛子里面，就已经被强盗所伤，差点丧命。面对这群强盗，他是绝无还手之力的。五谷不分，手难缚鸡，中国的读书人不仅在理想上被剥夺得无路可走，在身体上也早已付出了无路能走的代价。我们可以想见，那个瘦弱的身躯在面对一群盗匪的时候，是多么无助又无奈！

贫女相救，给了张协生的希望。我们总以为张协是忘恩负义的东西，可是，在破庙里因人撮合而与贫女结为夫妻的张协，难道不是为了报恩而是为了爱情吗？一个身家性命都保不住的男人，一个有满腹经纶却连赶考的路都走不完的男人，只能用"娶了"贫女的方式来委屈就全、苟且偷生。贫女对他而言，不只是曾经救了他命的人，还是他今后活下去的指望。一个穷书生，一个想把才华卖给朝廷却不能的书生，此时只能将身体卖给贫女，这样的处境，遑论什么尊严和爱情。

上京赶考，靠的是贫女苦心攒下的一点钱，甚至是卖了头发凑齐的钱。试问，这一路，张协走得该是多么小心翼翼、如履薄冰？他所背负的何止是理想，还有良心、道义，还有身家性命！

中了状元，可谓一跃过龙门，等着他的将是数不尽的荣华富贵。其实，今天我们是很难想象"状元"对于一个穷书生的意义的，那不是简单的"天上地下"可以言尽的。此时的张协，面对那个原本就无感情，现如今又衣衫破烂、在府外叫骂自己是个负心汉的贫女，怎么还能心平气和地"夫妻双双把家还"？

做了状元的张协，也并不能把握自己的命运，做自己的主人。面对枢密使王德用的逼婚，他自以为是地拒绝了，尽管这拒绝也许无关贫女，但关乎他自己的好恶也是无可厚非的。结果呢,却招来记恨与报复,以至于后来受到王德用的百般刁难和嘲弄。

阴差阳错,大难不死的贫女被王德用收为义女。张协在被王德用戏弄刁难并再次被提婚后,已经全无还手之力,也无还击之心,唯有感恩戴德,依附靠拢,因为现实告诉他,个人尊严和诉求在权力面前实在是一文不值。他能做的,就是放弃人格来维护现有的利益与地位,至于爱情,见他的鬼去吧!

这样的一个张协,不是也很可怜吗?然而,更可怕的是,这不是个案,而是中国知识分子的群体性处境。其实,在类似的故事里,并无太多的正义和善恶可言,就像那个王德用,看似为贫女出了气,做了主,实际上不过是"官大一级压死人"。这里有的只是权力和对权力的欲望。在中国的封建社会,权力的能量几乎是无限大的,张协一类的文人只能靠知识获取权力,而要想维持这种权力,就必须与权力形成同构的关系,否则,就只能被抛弃,被消灭。文人要摆脱对权力的依附就需要拥有足以和权力抗衡的力量,这在当时,甚至现在,都是不可能的,因为在文化精神上,我们并没有一个可以制衡权力的话语体系或者价值标准。

因此,我们就会看到张协可恨面目背后的可怜,一无所有的他们,为了生存,能放弃的就只有自我和人格了。这也许就是为什么黑格尔在论及中国时说:"中华帝国是一个神权专制政治的帝国……个人从精神上来说没有自己的个性。"没有自我的存在,总是可怜大于可恨的吧。

# 半推半就之间

## 琵琶记·琴诉荷池
【元】高明

〔一枝花〕闲庭槐影转，深院荷香满。帘垂清昼永，怎消遣？十二栏杆，无事闲凭遍。闷来把湘簟展，梦到家山，又被翠竹敲风惊断。

〔南乡子〕翠竹影摇金，水殿帘栊映碧阴。人静昼长无外事，沉吟，碧酒金樽懒去斟。幽恨苦相寻，离别经年没信音。寒暑相催人易老，关心，却把闲愁付玉琴。

　　《琵琶记》是南戏的代表作。从元杂剧的才子佳人，到南戏的痴情妻和负心汉，（用你们的话来说，叫从偶像爱情到家庭伦理）我们深深感到，对人的征服真的是文化和思想的征服，《西厢记》中青年男女对爱情的渴望与大胆追求瞬间便被南戏中忍辱负重的贤妻和追逐名利的儒生所取代了。南戏曲目中极其相似的情节和人物激起的不仅是你们的兴趣，还有你们的气愤，但引发的却是思考。

　　对这样一个叫蔡伯喈的男人我们能说些什么呢？他一路走来，似乎都良知未泯，似乎都无可奈何，似乎都满腹委屈。科举考试也曾"辞"过，无奈老父苦苦相求；朝廷命官也曾"辞"过，无奈忠孝不能两全；相府入赘也曾"辞"过，无奈荣华美女就在眼前……

　　你们似乎对这些"无奈"并不买账，任我怎样想用这"无奈"来赢得你们对他的理解与同情，你们只是一笑，然后就一语道破——半推半就。

　　我也忍不住笑了。想起关汉卿的一首散曲：

　　　　碧纱窗外静无人，跪在床前忙要亲。骂了个负心回转身。虽是我话儿嗔，一半儿推辞一半儿肯。

　　这样的"半推半就"原本是女性才有的娇嗔和羞涩。不用多费心思，就知道，这里"推"是假，"就"才是真，"推"是形式，"就"却是内容。半推半就之间，是火热的爱情，也是真诚的表白。那么，这蔡伯喈的半推半就是什么呢？

　　我原以为是懦弱，是中国传统知识分子所特有的优柔寡断、委曲求全，我甚至准备了很多的例子要说明这一点。从古至今，从蔡伯喈到《家》里的高觉新，中国知识分子大多不敢直面人生，也不敢坚持个人意愿。他们在压力面前习惯的是回避和退让，是妥协与调和，是鸵鸟式的自我欺骗，但这样的过程中，总还是不乏真诚和痛苦的。就像余秋雨提到《家》中的高觉新时所说："他犹豫得那么认真，中庸得那么诚恳，最后带来的却是全局的破碎和自己的悲剧。这是二十世纪中国多少温和的改革者、善良的掌门人的集体写照，也是社会群体心理的集体写照。"

但你们却更直截了当，你们说，不过是虚伪而已，不过是借口而已。

蔡伯喈当初告别家乡，除了父亲的希望，岂不是怀着一跃而过龙门的侥幸？他辞朝官不做，除了内心一点愧疚，岂不是做给皇帝看的一种"姿态"？他入赘相府时，不也流露着"喜书中今日，有女如玉"的想法？至于那些推辞，不过是"作秀"，不过是为自己寻求的安慰和借口。你看，入赘相府，锦绣披身，美人相伴的蔡伯喈幽幽唱着"梦到家山，又被翠竹敲风惊断"，多么矫揉造作。为什么惊断他的梦的，不是他年迈衰老的双亲，不是那个吃糠咽菜的赵五娘？他应该一身冷汗从梦中醒来，却还说什么"翠竹敲风"，真是够"虚伪"！

……

我该说什么呢？我想你们是对的。"虚伪"是一个比"懦弱"来得更准确的词语。没有什么人比一些所谓的"知识分子"更会"作秀"的了，而这种"作秀"被你们一笔勾勒，如此生动。"半推半就"，是啊，刘备到手的徐州，宋江的第一把交椅，哪一个不是半推半就的产物？

半推半就，这种姿态是极能迷惑人的，而且即使看穿也无法说穿，于是就真假难辨，深浅不测，含糊暧昧。也于是，半推半就之间，如愿以偿。

忽然开始怀疑，我的所谓"软弱说"是不是也是虚伪的一种表现，一种为同类找寻的借口？其实看穿了，却不愿意如是说。

# 从偶像爱情到家庭伦理

## 琵琶记·糟糠自厌

**【元】高明**

【山坡羊】（旦上）乱荒荒不丰稔的年岁，远迢迢不回来的夫婿，急煎煎不耐烦的二亲，软怯怯不济事的孤身己。（白：苦！）衣尽典，寸丝不挂体。几番拼死了奴身己，争奈没主公婆，教谁看取。（合）思之，虚飘飘命怎期？难捱，实丕丕灾共危。

【前腔】滴溜溜难穷尽的珠泪，乱纷纷难宽解的愁绪，骨崖崖难扶持的病身，战兢兢难捱过的时和岁。（白：我待吃你呵。）教奴怎么吃？思量起来，不如奴先死，图得不知他亲死时。思之，虚飘飘命怎期？难捱，实丕丕定共危。

【孝顺歌】呕得我肝肠痛，珠泪垂，喉咙尚兀自牢嗄住。（白：糠那！）你遭砻被舂杵，筛你簸飏你，吃尽控持。好似奴家身狼狈，千辛万苦皆经历。（白：这糠，我待不吃你呵。）教奴怎忍饥？

【前腔】糠和米本是相倚依，被簸飏作两处飞。一贱与一贵，好似奴家与夫婿。终无见期。（白：丈夫，你便是米呵。）米在他方没寻处。（白：奴家恰便似糠呵。）怎的把糠来救得人饥馁？好似儿夫出去，怎的教奴供给公婆甘旨？

　　学习南戏的时候，我们作了一个比较研究，即把北杂剧的故事情节、人物形象和南戏的进行对比分析，看有什么不同。虽然，这两者的不同是很容易看得出的，但我依然对这样的教学设计感到满意，因为这种比较会达成很多目的。比如，你们会进一步体会和感受到北杂剧的和南戏的"类型化"特征，这将帮助你们去更好地阅读其他作品；你们会看到中国戏曲在不同阶段呈现出的不同的特点，从而更清楚其变化与发展；你们会对学习更感兴趣，通过自己的探究去发现一些东西，而不是等着老师告诉你……

讨论的热烈完全在我的预想之中，而结论不仅正确，还很精彩。

北杂剧以《西厢记》《墙头马上》等为代表，才子佳人的模子。

南戏以《张协状元》《琵琶记》为代表，痴情女子负心汉的套路。

但也有不变的，如男的一定中状元，最后一定大团圆。

更不变的是，那男子在爱情前的逃避与懦弱，在婚姻中的不负责任与攀权附贵。

我对你们的表现表示满意，但你却一副无所谓的样子，说："老师，这有什么难的，从北杂剧到南戏，其实就是从偶像爱情剧到家庭伦理剧，现在电视上还是这些东西。"

你的回答，让我的心里也一亮。真的是太准确了。

青春、偶像、爱情。这不就是才子佳人戏吗？张生、裴少俊、王文举，哪一个不是英俊潇洒，风流倜傥？崔莺莺、李千金、张倩女，哪一个不是妙龄少女，倾国倾城？如若放在今天的电视剧中，所选的演员也一定是那些号称什么"小旦""小生"的人啊。而且，其漫长的故事，主题一定是爱情，爱情，一定是多磨，多磨，一定是好事。如果说不同，那可能就是在杂剧几乎千篇一律的"女强男弱"的格局中，又多了一种"男强女弱"的模式，如此而已，如此而已！

家庭、伦理、道德。这不就是南戏吗？张协、蔡伯喈，哪一个不是为了权贵丧失了对结发妻子甚至父母双亲的责任？贫女、赵五娘，哪一个不是在婚姻中守着"嫁鸡随鸡嫁狗随狗"的信念百般承受、苦苦挣扎？

从北杂剧到南戏，中国戏曲的主题被你一句话就说中了。

而且，也像你说的一样，打开今天的电视机，到处充斥的还是这些东西。

"老师，这就是所谓文学'永恒的主题'吗？"你们问。

在你们看来，千年不变，还是这些东西，也许，这就是文学永恒的主题。可是，我一下子不知道该怎样回答你。说不是，事实胜于雄辩；说是，那岂不是中国文学的悲哀？

这样吧，我们先来看看文学永恒的主题有哪些。

"爱情！"你们大声喊。是的，爱情是永恒的主题。让我们一起来回忆那些经典的爱情故事吧。《德伯家的苔丝》《红楼梦》《罪与罚》《乱世佳人》《简·爱》《伤逝》……相比较而言，才子佳人戏里的哪一个算是真正的爱情主题呢？《西厢记》的所谓爱情，不过是一个书生寂寞读书生涯中的点缀，不过是金榜题名的锦上添花，充其量，不过是男人女人之间最本能的相互吸引。你看那些曲辞，华美中难免艳俗。没有生命对生命的理解与同情，没有了灵魂的痛苦，甚至没有人格尊严，这是爱情吗？我宁愿称之为"艳情"。

当然，文学的永恒主题还有很多，比如死亡、战争、复仇。可是，无论是才子佳人戏还是南戏，都不在其中。

"人性"。你们说。是啊，"人性"是个万宝囊，涵盖的东西实在太多了。而从这个角度，我们在那些戏曲中看到的"人性"，又是什么呢？男人的自私与懦弱，女人的一厢情愿与含辛茹苦。它的根基，就是中国读书人的那些不切实际的幻想，那些逃避软弱的借口，那些既不正视现实，也不反思自己的掩饰！这些，算是人性的一种。可是，我多么希望，这不是中国读书人的"永恒"！

从偶像爱情到家庭伦理，从北杂剧到南戏，从古典到现代，中国文学，应该走出这个帝王将相、才子佳人的圈子，应该有更大的担当。

# 第四种答案

## 浣纱记·迎施
【明】梁辰鱼

（生）我与小娘子本图就谐二姓之欢，永期百年之好；岂料家亡国破，君系臣囚，幸用鄙人浅谋，得放主公归国。今吴王荒淫无度，恋酒迷花。主公欲搆求美女，以逞其欲。寻遍国内，再无其人。偶尔称扬，只有小娘子仪容绝世，起来，主公遂有访求之心，小娘子尚无见许之意，故敢特造高居，询可否，小娘子意下何如？

（旦）贱妾不过是田姑村妇，裙布钗荆，岂宜到楚馆秦楼，珠歌翠舞？况当时既将身许，三年遂患心疼。尊官为国，伏望别访他求；贱妾为身，恐难移彼易此。

　　因为对西施的兴趣，《浣纱记》的学习不那么枯燥了。其实，对于西施其人，你们除了"美丽"之外，并没有太多其他的印象，倒是对"东施效颦"的故事颇为熟悉。

　　关于西施，历史上并没有太多的记载。好在文学不是历史，我们只需在其中寻找我们所理解的人生，所寄托的情感。

　　这本戏给了西施一个较为完满的结局，越亡之后，范蠡功成不受，与西施扁舟归隐。无论中间经历了多少灵与肉的磨难，这个结尾却是不失美丽和浪漫的。

　　但在我的心里，一直有一个结。我其实很喜欢"迎施"这一出西施的唱词。面对等待了三年却劝说她远赴吴国，以"沼"夫差的范蠡，她唱道："贱妾不过是田姑村妇，裙布钗荆，岂宜到楚馆秦楼，珠歌翠舞？况当时既将身许，三年遂患心疼。尊官为国，伏望别访他求；贱妾为身，恐难移彼易此。"我相信这才是真正的西施，她的言辞不算犀利，态度却极鲜明，不卑不亢，有礼有节。甚至，这其中也有批评和不满。

　　我心里的"结"就在此后她的飘然前往中，她到底是为了什么呢？这三年是怎样度过的呢？三年之后，她该怎样面对范蠡呢？

　　作为一个女人，我以为西施即使答应范蠡的请求，内心也一定是痛苦万分的。虽然范蠡的那一番"江东百姓全赖是卿卿"的高论会让西施有所感触，但我相信，她的最终"应承"，更多的不是为了所谓家国与百姓，而是为了眼前这个她深深爱着并苦等三年的男人。

所以，我常常怀疑那个携手泛舟的结局。即便可以为国牺牲，即便可以原谅范蠡的无奈，又怎么可以英雄般凯旋？怎么可以面对这份千疮百孔的爱情？

我把有记载的三种不同的结局给了你们，让你们选择并说出理由。

一、吴国灭，越国迎回西施，范蠡辞官，携西施泛舟太湖。

二、吴国灭，越王勾践迎回西施却也"接收"了西施，范蠡只好独自离开。

三、吴国灭，越国迎回西施却因"女人祸水"将其沉塘。

你们的讨论不仅热烈，简直充满了激情，但归纳起来，选一者多出于美好而善良的愿望；选二者认为勾践又怎样，作为"男人"，自有"天下乌鸦一般黑"的本性；选三者理智而冷静，认为这才是符合中国"国情"的结局。我也常在三种答案中犹疑不定，感情与理智，事实和愿望，很多时候是相背离的。

但是，你们居然有人给了第四个答案。

"西施既能亡吴，说明吴王是多么宠爱她，三年的宠爱算不算一份真情和深情？西施也是人，还是一个美丽温柔的女人，怎么可能不被这样的爱打动？与范蠡的所谓'无私'相比，夫差的'自私'才是女人所要的爱，结局应该是西施也爱上了夫差，再加上内心的愧疚，就算陪他死也是正常的。"

这个答案，没有引起哄然的笑声，相反，让大家从激动的讨论中安静了下来。是啊，如果我们是西施，最后，会选择谁呢？是那个无私的、聪明的，可以献出自己爱人的范蠡，还是那个多情的、沉迷的，可以不要江山只要美人的夫差？如果我们是西施，最后，会何去何从呢？是像个英雄一样的凯旋，品尝着胜利的喜悦，分享着胜利的果实，还是独自承受着三年的梦魇，再也无法面对从前？抑或是，在吴灭的瞬间忽然消解了所有的"意义"和"目的"，忽然发现，三年的时间，已经无法割舍与夫差的深情和纠缠？

也许是女孩子占了班级的绝大多数的原因吧，这第四个答案居然很快成为被选率最高的一个，你们纷纷"倒戈"，宁愿不再相信那些记载和传说。

我知道，没有哪一个选择是对的，或错的，但这个选择却是更人性的。

"老师，你选哪一个？"你们问。

我想，我至少不会选英雄般的凯旋，除非，西施是个被训练过的职业间谍。

## 只为你似水流年

### 牡丹亭·惊梦
【明】汤显祖

【山桃红】则为你如花美眷,似水流年,是答儿闲寻遍,在幽闺自怜。小姐,和你那答儿讲话去。(旦作含笑不行)(生作牵衣介)(旦低问)那边去?(生)转过这芍药栏前,紧靠着湖山石边。(旦低问)秀才,去怎的?(生低答)和你把领扣松,衣带宽,袖稍儿揾著牙儿苫也,则待你忍耐温存一晌眠。(旦作羞)(生前抱)(旦推介)(合)是那处曾相见,相看俨然,早难道这好处相逢无一言?

---

杜丽娘的爱是那样不可思议,震撼人心。只为了一个梦啊,就相思成疾,郁郁而终。你们感慨着,但最多的是叹息:至于吗?何必呢?

你们说,为一个相爱的人去死,或许还值得,为一个根本不曾谋面的"梦中"人去死,太奇怪了。

那什么是"值得"呢?

我也知道,很多爱,是因为相互的付出,是因为对等的奉献,让我们觉得"无憾"。梁山伯与祝英台,刘兰芝和焦仲卿,罗密欧与朱丽叶……他们爱得热烈,死得无悔,他们给自己也给了对方一个"说法"。

可是,这世上最好的深情,最好的爱,都未必是有结果的,也未必是对等的。你们还记得那条小小的美人鱼吗?她救了一个并不知道被她救下的王子,并且爱上他,并且为了可以和他在一起,交换了自己美丽的声音,又献出了自己美好的生命。而那个王子,在一无所知中爱着别人,在小美人鱼无言的痛苦中娶了别人。小美人鱼,她值得吗?

在杜丽娘的这场春梦中,是没有值得或不值得的。那个梦,唤醒的是她的青春,她的生命,是她所体认的全部价值。寻梦未果的杜丽娘其实死得是从容的,她说,"这般花花草草由人恋,生生死死随人愿,便酸酸楚楚无人怨",她还说,"打并香魂一片,阴雨梅天。守的个梅根相见"……"梦"是什么?"梦"是一种情怀,一种追求和寄托,对杜丽娘来说,"梦"就是她青春和生命的寄托,"寻梦"就是她活着的价值和意义。那么，死又有什么"不值得"的呢？

……

我们这样争论着，探求者。那一段海峡两岸艺术家精心打造的"青春版"的《牡丹亭》让我们渐渐沉浸在优美柔婉的唱腔中，也让我们的探讨少了些世俗的功利。

你们常常给我惊喜，有些是意外。这一次，你们又在这段经典中找到了一个"值得"的理由，那是杜丽娘梦中的柳梦梅的一句唱词"则为你如花美眷，似水流年……"你们说得多好啊，柳梦梅的爱不也是很奇怪，很不可思议的吗？他的到来，并不为别的，不为杜家的地位，不为自己的前程，他说，我的到来只是因为你是如此美丽，而青春是如此短暂。只是因为，你一个人幽闺独闭，自怨自怜！

还有什么比这更干净更深情的表白吗？只为你"如花美眷，似水流年"！你如此美好的生命是要人来呵护与爱恋的，你如此短暂的青春是要人来欣赏与缠绵的！

忽然想起一首老歌："我踩着不变的步伐，是为了配合你到来……"这是什么样的情感和爱恋呢，我和你的存在，只是为了彼此的证明，只是为了赴一场前生的约定！

"这不也是一种寻找吗？"你们说。

是的，这也是一种寻找啊，这相互的寻找和爱恋多么像前世的缘分，多么像既定的宿命。所以，当四目相对的瞬间，他们觉得"相看俨然"，似曾相识，彼此都不需要太多的语言。

为了这样的男人和这样的爱情，杜丽娘是值得的。

讲到这里，大家几乎是不约而同地想到了《红楼梦》，想到了宝玉和黛玉的初次相会。那也是惊心动魄的"似曾相识"，那也是命中注定的前世的"奇缘"！

所以，在《红楼梦》第二十三回的时候，素来不喜欢戏文的林黛玉被那远处传来的杜丽娘的唱词感动了，她感慨、赞美、如醉如痴。文中这样写道：

> 这里林黛玉见宝玉去了，又听见众姊妹也不在房，自己闷闷的。正欲回房，刚走到梨香院墙角上，只听墙内笛韵悠扬，歌声婉转。林黛玉便知是那十二个女孩子演习戏文呢。只是林黛玉素习不大喜看戏文，便不留心，只管往前走。偶然两句吹到耳内，明明白白，一字不落，唱道："原来姹紫嫣红开遍，似这般都付与断井颓垣。"林黛玉听了，倒也十分感慨缠绵，便止住步侧耳细听，又听唱道是："良辰美景奈何天，赏心乐事谁家院。"听了这两句，不

觉点头自叹，心下自思道："原来戏上也有好文章。可惜世人只知看戏，未必能领略这其中的趣味。"想毕，又后悔不该胡想，耽误了听曲子。又侧耳时，只听唱道："则为你如花美眷，似水流年……"林黛玉听了这两句，不觉心动神摇。又听道："你在幽闺自怜"等句，亦发如醉如痴，站立不住，便一蹲身坐在一块山子石上，细嚼"如花美眷，似水流年"八个字的滋味。忽又想起前日见古人诗中有"水流花谢两无情"之句，再又有词中有"流水落花春去也，天上人间"之句，又兼方才所见《西厢记》中"花落水流红，闲愁万种"之句，都一时想起来，凑聚在一处。仔细忖度，不觉心痛神驰，眼中落泪。

你们看，这就是文学。它可以产生在不同的年代，它可以拥有不同的形式，但它，会有着同样的情感。当我们回过头去，在这些文字里探求和漫溯的时候，它就像杜丽娘唱词中的"如线"的春天一样，摇曳、荡漾，激起我们心中的波澜。

当然，回到这个梦，我们也不必太计较因它而有的生和死，不必太计较它是否荒唐。余秋雨的一段话值得我们借鉴:《牡丹亭》的情不是一种手段，而是目的。因为它是至情，为了至情这样一个终极的目标，中间所有的荒诞，所有今天解释不清的情节都可以忽略，而去相信至情至性。

# 为何而死

**牡丹亭·寻梦**
【明】汤显祖

【江儿水】偶然间心似缱，在梅树边。这般花花草草由人恋，生生死死随人愿，便酸酸楚楚无人怨。待打并香魂一片，阴雨梅天，守的个梅根相见。

我不知道，杜丽娘的"死"在你们看来，是不是过于奇特了。一个十六岁的姑娘，为一个梦，为一个梦中的男人，为那片刻并不真实的欢愉，郁郁而终。这对于你们这些可以享受青春、享受生命和自由的孩子来说，是不是有点莫名其妙了。

好在，我们有那么多可以利用的资源。在网络教学的背景下，我们可以了解杜丽娘所生活的那个时代，那个幽暗的被无数贞节牌坊挡住前路的十六世纪的中国社会。我们可以查阅作者的情况，那个和莎士比亚同一时代的东方戏曲大师，他曾试图在那片幽暗中打开一个天窗，引进哪怕一丝的温暖阳光。我们甚至还一起观看了大型纪录片《世界遗产在中国》中那个昆曲的专题，唯美的画面、情景的再现把我们一起带进那如梦似幻的意境……当然，这一切都不能取代我们自己的阅读。教材上"游园惊梦"部分被我们一遍遍地诵读，体会。于是，有了这样一个问题：杜丽娘，到底是为何而死？

在你们的连珠妙语之中，我只能做一个忠实的听众和记录者。

杜丽娘是为爱而死。她爱上一个英俊男子，更渴望被这个人所爱，因为得不到这样的爱，她宁愿死，她只能死。爱是什么？爱是一种力量，这种力量是可以让人出生入死的，例子不胜枚举，归结为一句话，就是元好问的"问世间，情为何物，直教生死相许。"

——这个答案听上去不新奇，但谁又能说不是这样的呢？爱，是我们生命中最强大的驱动力。父爱、母爱、情人之爱、家国之爱，无论哪一种，都可以让我们面对死亡从容不迫。

　　杜丽娘是为自由而死。这不是简单的为"爱"而死，因为，她的爱并没有受到多少阻挠，不像《倩女离魂》中，张倩女的爱被母亲阻挠。而且，也不是被所爱的人抛弃，因为那个男人只是在梦中，梦中对她也是千般怜爱的，所以，她不是因为"爱"而死，而是因为"自由"。当她从梦中回到现实的时候，她发觉自己根本就得不到这样的爱情，因为她没有自由，没有行动的自由，更没有情感的自由，她是因为这个才死的。

　　——这个回答，让我更加明白汤显祖所谓"至情"的含义了。什么是"至情"？就是一种纯粹的无法用任何"理"去说明的感情。它可以只是在梦中，它可以没有任何具体的反面的"对手"，但只是为了对它纯粹的追求，就可以让人去死，去生。的确，杜丽娘的这份爱情并没有遭遇现实的具体的阻隔，但是，她的青春和美梦是包裹在一个死气沉沉无法摆脱的烂泥潭中的。她没有自由，因此，她注定无法像梦中那样去爱，去得到爱，所以，她只能"死"。也正因为这份"爱"没有具体的对象，也没有具体的对手，我们才会明白，"至情"，是人性最原始又最纯粹的爱。

　　杜丽娘是为生命的觉醒而死的。在那个时代，像杜丽娘这样的女性很多，为什么只有她死了？因为她觉醒了。她走进大花园看到那满园春色的同时，也发现了自我的存在和美丽，她看到了这样一个"我"，但这个我又没有别人欣赏和爱恋，就像那"都付与断井颓垣"的春天，她觉得自己的价值不能实现，所以宁愿选择死。

　　——看来，你是读懂了《牡丹亭》的。十六岁的杜丽娘在满园春色中看到的是自己，是自己的价值，她渴望实现这价值！是的，不是所有的生命都有力量，只有那种自我发现和自我觉醒了的生命才有力量。而且，一旦觉醒，这个生命就会迸发出灼热的光芒，就会自我燃烧，在所不惜。

　　杜丽娘就是为梦而死的。大家不要只把她的"梦"当作简单的"梦"去理解，其实"梦"也是梦想的意思。她是因为自我的觉醒才有了那个大胆的梦，又因为这个梦不能实现而无限感伤至死。

　　——你们还是回到"梦"上来了！爱是一个梦，自由是一个梦，一切今天看上去再寻常不过的东西在那个时代都变成了渴望却不可及的"梦"。这是杜丽娘的梦，是当时无数女性的梦，也是作者的梦。一方面，现实的逼迫把一切美好的情感都变成了"梦"，而另一方面，作者要和杜丽娘一起用这个"梦"去对抗黑暗的现实，去实现梦中的理想。今天的我们，梦境是不同的，但为了梦去出生入死，为了梦而勇往直前，不是一样的吗？杜丽娘，不过是所有美梦的载体！其实，很多东西，当我们能够滤去它的表面而探索到其本质的时候，我们会发现，它们离得那么近。这门课是从《诗经》开始的，还记得那首《蒹葭》吗？"蒹葭苍苍，白露为霜。所谓伊人，在水一方。溯洄从之，道阻且长。溯游从之，宛在水中央……"那也是一个梦境，一个理想，一种追求，那"伊人"也是所有美梦的载体，让我们用尽一生的力量，执着无悔。

你们的回答给我那样多的启发和联想。我记录下这些回答，甚至在心里，开始设计要把这些话作为你们结束这门课时的赠言。我多么希望这些声音永远回荡在你们心间，不会因为时间而黯淡。

最后，我想说，愿你，愿我，愿我们永远不要失去一颗有梦、有爱的心。

# 一生爱好是天然

> **牡丹亭·游园**
> 【明】汤显祖
>
> 【醉扶归】（旦）你道翠生生出落的裙衫儿茜，艳晶晶花簪八宝填，可知我常一生儿爱好是天然。恰三春好处无人见。不提防沉鱼落雁鸟惊喧，则怕的羞花闭月花愁颤。（贴）早茶时了，请行。（行介）你看：画廊金粉半零星，池馆苍苔一片青。踏草怕泥新绣袜，惜花疼煞小金铃。（旦）不到园林，怎知春色如许？

我们学习《牡丹亭》，总是被《游园惊梦》的优美曲词吸引。杜丽娘和春香，两个小姑娘的联袂出演让我们感受到青春之美，深情之美。和《西厢记》中红娘的老道、泼辣不同，《牡丹亭》中的小春香天真烂漫，活泼可爱，简直就是杜丽娘天性中被压抑的另一面。

郑重出行的杜丽娘简直把这次游园当成出嫁一样，她选择了良辰吉日，她打扮了如画容颜，她激动、渴望，又有些犹疑、担心。小春香不同，她的喜悦是不加掩饰也无须掩饰的。

当春香忍不住对着精心打扮的杜丽娘说："今日穿插的好"时，杜丽娘应道："你道翠生生出落的裙衫儿茜，艳晶晶花簪八宝填，可知我常一生儿爱好是天然。"

争论在最后一句，因为有人问："对于春香的称赞，杜丽娘到底是喜是忧？"

这个问题真好。只从字面和情节上看，我们很容易把杜丽娘的回答理解成一种欣慰和高兴。当春香夸赞她美丽时，她说，我本来就是这样啊，爱美，是我的本性，是我一生的追求！

可是，有一个词我们不得不注意——"可知"。显然，与前面的"你道"相承接，这"可知"的意思就是"不知"。也就是说，对于春香的夸赞，杜丽娘并没有完全认同，更没有沾沾自喜。她的那句回答，不是"兴奋地"，而是"幽幽地"。

我想，我们还是要先来解决一个问题："'天然'到底是什么意思？"

其实，这个问题的答案就在曲词中，就在我们对杜丽娘性格的理解中。

天然，是与生俱来的、自然赋予的。李白有诗："清水出芙蓉，天然去雕饰。"这是一种与打扮、装饰无关的天然之美。春香对小姐"穿插的好"的称赞并没有让杜丽娘兴高采烈，因为，杜丽娘更看重的是自己那一份与生俱来的美。所谓"沉鱼落雁鸟惊喧""羞花闭月花愁颤"并不是杜丽娘的自以为是。这样的感慨，与其说是一种"天生丽质难自弃"的自我欣赏，不如说是一种"自古红颜多薄命"的幽怨。青春的封闭，生命的压抑，让杜丽娘越发感觉到内心的孤独与寂寞。她需要的不是别人对其外在装饰的夸赞，而是对其美好青春和生命的欣赏。是啊，那裙衫再美，花簪再艳，都无法充实一个十六岁少女渴望爱与被爱的心。她一定在内心说："春香啊，你只看到我穿戴得漂亮，可是，谁来欣赏我生命的美丽？"

而当杜丽娘走进后花园后，满园的春色让她忍不住惊叹，让她感慨："不到园林，怎知春色如许？"园中的一草一木都让她喜爱。这一份对自然的春光和景物由衷的赞美和怜惜，为我们理解"一生爱好是天然"又加了一层注释。杜丽娘爱的是大自然的美，也是最本色的生命的美。所以，她那么自然而然地就在"二者"中找到了共鸣。她在美丽的园林中看到了自己美丽的青春，她在无人观赏的景色中看到了无人爱恋的自己。于是，她唱道："原来姹紫嫣红开遍，似这般都付与断井颓垣。"

"那作者是在这里做一个铺垫吗？杜丽娘在这里表现出爱好'天然'，而后来她的性格中最重要的东西就是顺应'天性'。"

你们说得真好。天然的另一个意思就是"天性""本性"。而杜丽娘所做的一切，不过就是顺应了这份"天性"，也就是歌德所说的"哪个男子不钟情，哪个少女不怀春"。这份对"天性""人性"的尊重和顺应，与杜丽娘《游园》时表现出的对自然春光的赞叹、对自我美丽青春的怜惜确实是一脉相承的啊！然而，就是这样的"天性"，在那个时代变成了洪水猛兽，人的一切最正常不过的需要和欲望都被压制，被泯灭。在人人都是"病梅"的时代，要做一棵风中摇曳的树，就成了最大逆不道的事情。也因此，杜丽娘变成了一面旗帜，一面纯情、至情、真性情的旗帜，高高飘扬在那个禁锢人性、扼杀生命的黑暗的天空。

"没有活在那个时候，真好！"你们感慨。

是啊，你们有这样饱满的青春，这样自由的生命和爱，是一件多么值得庆幸的事。可是，还是让我们回到"天然"二字上来。今天的我们，真的就懂得尊重和珍惜"天然"了吗？

你们爱大自然吗？我不敢肯定。你们是在电脑前长大的一代，离开电脑、手机，离开网络和游戏，你们会茫然无措，会空虚失落。你们真地感受过日月星辰的迁移吗？真的留意过春夏秋冬的变化吗？真的为一朵花哭过笑过吗？

你们爱最自然朴素的美吗？我不敢肯定。我看到的，是长长的假睫毛遮住了清澈的双眼，厚厚的脂粉掩盖了青春的容颜。你们年轻，却又不再年轻。

你们真的尊重自己的情感而不被金钱、物质所蒙蔽和扭曲吗？我还是不敢肯定。你们总是要么爱上了金钱，要么放纵了情感……

杜丽娘的幽怨，是那个时代的黑暗所致。可是，对于"天然""天性"的尊重却在每一个时代都显得匮乏稀缺而弥足珍贵。有时候，是环境扭曲了我们；有时候，是我们失去了自己。

我想，一个真正幸福的人，是能够直接面对自然和生命的人。所以，不要忘了离开电脑出去走走，不要忘了洗清妆容露出真相，不要忘了精神的家园和回家的路。

# 好文章，总是常读常新

## 牡丹亭·游园
【明】汤显祖

【皂罗袍】原来姹紫嫣红开遍，似这般都付与断井颓垣。良辰美景奈何天，赏心乐事谁家院。朝飞暮卷，云霞翠轩；雨丝风片，烟波画船。锦屏人忒看的这韶光贱！

看毕淑敏的《常读常新的人鱼公主》，颇有感慨。其实，优秀的作品都是这样的，不同的年龄、不同的情境、不同的经历，总是读出不同的感受和心情。我一直相信那句话，阅读史就是一个人的精神成长史。

就像这部《牡丹亭》，每年备课、上课，我都为上一年的课感到遗憾，我都在想，为什么去年没有读懂这里呢？是的，这是读不完的《牡丹亭》，是一场似有还无的春梦，一种似梦还真的爱情，一个死而复生的传奇，最后凝成对青春的思念和不朽的呼唤，凝成一部爱情的神话。

袁行霈先生的《中国文学史》中有这样一段话："'惊梦'作为古典戏曲中最令人感佩、发人深思的儿女风情戏，整体浸润着浪漫主义的感伤之美、追求之美、情爱之美和理想之美。"喜欢这段话，所以，每年，都会和你们一起一遍遍读，一遍遍想。

**一、没揣菱花，偷人半面，迤逗的彩云偏。**

准备去游园的杜丽娘像往日一样梳妆打扮，并贴上了"宜春髻子"，但当她像往常一样去照镜子，在镜子里看到自己美丽的容颜时，还是一下子惊讶了，躲避了。这惊讶和躲避来自一个少女的腼腆和羞涩，更来自一种青春的萌动和生命的觉醒。

其实，"对镜贴花黄"应该是杜丽娘每天都做的事情，但独有这次，她羞涩而有点慌乱了，她责怪菱花"偷"窥了她的美丽。为什么呢？是因为她的内心已经充满了故事，已经填满了某种神秘的憧憬和渴望。

我常想，在人类一点点从无知愚昧走向自我和文明的过程中，"镜子"一定是起过极重要的作用的。当一个人第一次，然后一次次在类似镜子的物体上发现一个"我"的时候，一定是充满了惊讶、好奇和欢喜的。此后，才会有"我"，才会有"自我"的意识，才会有对生命的膜拜和尊重。

现在的我们，用在美容上的时间越来越多，用在"自我"发现上的时间却越来越少。"我"是谁？我们的镜子在哪里？生活的节奏越来越快，所以我总以为，当我们还能够常常一个人对着镜子中的自己揣摩和打量的时候，我们就还有一颗柔软而湿润的心；当我们还能够捧起书本与古往今来的人们交流谈心的时候，我们就还有一个行走而宁静的灵魂。

**二、可知我常一生儿爱好是天然。**

梳洗后的杜丽娘让人眼前一亮，小春香也忍不住称赞小姐"今日穿插得好"！可是，杜丽娘似乎并不"买账"。她幽幽地说："可知我常一生儿爱好是天然。"什么是天然？顾名思义，是自然、是天性。杜丽娘的青春之美是"天然"，园子里的姹紫嫣红是"天然"，生命的觉醒是"天然"，对爱情的渴望和追求也是"天然"。只是那个时代，这一切都被剥夺了，她只能用"死"去抗争。

可是多么奇怪啊，当今天的我们有了更大的空间、自由和权力去获得这份"天然"的时候，我们却又拼命地去追求相反的东西了。要把黑的头发变成黄的，再把黄的皮肤变成白的；要把自己的眼睛和鼻子变成其他某个人的，再把其他某个人的颧骨和眉毛变成自己的；要把生命中最无价的青春和爱情标上价格出售，再把最不值钱的虚荣和权力当成怀中的无价之宝……

**三、不到园林，怎知春色如许！**

十六岁的杜丽娘第一次迈进自家的后花园，忍不住发出了这样的感慨。春天，也是第一次这样丰富，这样具体，这样神奇地展现在她的面前。她的"这一次"缘于一个偶然，缘于那个天真可爱的小春香。小春香当然不会想到，这对她的小姐来讲，原来是一次"致命"的诱惑！它唤醒了杜丽娘的青春和生命，也就同时改变了杜丽娘的生活和对生活的期望。

李宗盛有一首歌："曾经真的以为人生就这样了，平静的心拒绝再有浪潮……"是的，平凡琐碎的生活，幽闭孤单的心灵，让我们常常以为，人生就是这样了，于是我们拒绝了所有的可能和浪潮。杜丽娘是被严格的管教锁住了，我们却常常是被自己锁住了。

是啊，周围的一切太熟悉了，亲人，朋友，同事，这就是我们生活的全部，无法割舍，也不敢放弃。但我们不知道，就在这样一个和我们融为一体的环境中，我们不仅失去了自我，也失去了生命的落差。曾经的瀑布变成溪流，又变成潭水，终于，死了，沉寂了。

为什么不试着走出去呢，试着走向外面的世界，试着换一种生活的环境，甚至，试着换一种活法？人生的魅力就在于无限的可能和无穷的未知。放弃了探索，就不会再有发现，没有了发现，就不会再有创造。

在未知的世界里，等待我们的可能会有风雨，会有黑暗，但最大的可能是，会有一座美不胜收的园林，让我们感慨：不到园林，怎知春色如许！

**四、原来姹紫嫣红开遍，似这般都付与断井颓垣。**

最早知道这一句，是因为《红楼梦》。林黛玉本来是不喜欢戏文的，但她偶然听到了这两句，便不禁心动神摇，感叹戏文里也有好东西。好在哪里？其实，是好在它触及了听者的内心，让他们之间惺惺相惜，同病相怜。最美的春光，原要人来观赏，最美的生命，原要人来爱恋。但世事却常不如此，甚至常常错位，于是就有了惋惜，有了悲伤，有了生命的不满足。于是我们开始寻找，既寻找自己的美丽，更寻找人生的知己，当这两者同时存在的时候，我们称之为"生命的价值"。

小的时候不明白，杜丽娘家的花园怎么会是"断井颓垣"？其实，这只是一种对比的写法，是美与美的无人欣赏带来的心理落差。所有的美都等待发现，而被发现的美又会唤醒发现者自我的灵魂和探索，这就是所谓的"相互激发"吧。最好的爱和欣赏是双方的相互激发和证明。

每个人计算生命价值的方式是不一样的，有人要平淡的一生，有人要绚烂的一瞬。但如果可以有"知己"，则有可能拥有平凡又绚烂的一生。

**五、牡丹虽好，他春归怎占的先？**

牡丹是什么？牡丹是花中的富贵之子，绚丽娇艳，国色天香。小春香遗憾着满园春色牡丹却还没有绽放，可是杜丽娘却说："牡丹虽好，他春归怎占的先？"是啊，无论牡丹的美有多么雍容华贵，无可争议，它都只能是百花的一种，它都不可能是春天的全部。

我们常常以为自己是世界的中心，是别人的全部。要求自己一枝独秀，也要求别人情有独钟。其实，无论这枝花多么美丽，它都无法代表整个春天。牡丹的高贵，也并不是它占尽所有先机，抢尽所有风头，而在于，它只在属于它的四月，盛开属于它的辉煌与绚烂。

杜丽娘也只为她的柳梦梅死而复生。我们又何尝不是如此呢？

**六、观之不足由他缱，便赏遍了十二亭台是枉然。**

美丽的园林让小春香流连忘返，她忍不住赞叹："这园子委是观之不足也。"可这时的杜丽娘却说了一句多少有点"扫兴"的话："观之不足由他缱，便赏遍了十二亭台是枉然。"不是一直在为这园子的美惊奇不已吗？不是在心中感叹着"春色如许"吗？为什么却枉然了呢？字面看来，好像在说，这园子的美是永远也赏不尽的，想一次就看透、就赏完是不可能的。姹紫嫣红本已炫人耳目，何况风花雪月，何况春夏秋冬！

可是"枉然"二字又透露出多少失望和遗憾：赏遍亭台赏不尽春天，赏尽春天赏不尽生命。园子的美尚有人欣赏，我的青春又该托付与谁人？这是生命的寂寞，这是已知的悲哀，这是无所寄托的失落。李商隐说"此情可待成追忆，只是当时已惘然"，林黛玉说"侬今葬花人笑痴，他年葬侬知是谁"，都是同样的伤和痛吧？

或者说，"枉然"来自主客体间的"疏离"，因为它和"我"之间没有建立起一种关系，所以它安慰不了"我"的孤独，它也满足不了"我"的渴望。就像小王子和他的玫瑰，世上有千朵万朵玫瑰，但哪一朵都不像他的玫瑰那样与众不同，那样让他牵挂。这不是杜丽娘的园林。但是，当杜丽娘再次游园并在梦中见到柳梦梅后，这园子就成了"她"的田地，就成了她生也梦绕死也魂牵的地方。

那么我们，有没有自己的园林？

# 慢慢走

**天平山中**
【明】杨基

细雨茸茸湿楝花,南风树树熟枇杷。
徐行不计山深浅,一路莺啼送到家。

　　江南春色,早已被诗人描摹殆尽,因此,这首元末明初的绝句原本不过是个补充说明。但千层浪来自于一块小小的石头。你们问:"老师,'不计山深浅'该怎样理解?是作者主观上忽略不计,还是客观上因为'徐行'而无法计?"

　　是啊,山还是那座山,路还是那条路,那么,其"深浅"是因何而变呢?显然,诗歌在轻快流丽中带着一份理趣,这也是元末明初诗歌在学过唐诗之后又学宋诗的表现。

　　答案其实很简单,就在于"徐行"二字,只是我们要找到的是它和"深浅"之间的关系。

　　"慢慢走,自然就稳当。好比汽车行在颠簸的路上,慢下来,就会显得'平稳',那不是路变平了,是车上下的频率低了。"

　　"什么频率!把诗说得跟物理学似的,没意思。应该说,慢慢走,每一步都贴住地面了,所以就稳当了。"

　　"这其实有一个相对的概念在里面。慢慢走,路相对就变得长了,路长了,同样的高低起伏就相对变'缓'了。"

　　"都不对。作者慢慢走,是被一路美丽的春色吸引了。他只顾享受这美丽的春天,哪有工夫去计较深深浅浅!"

　　"我同意。苏轼那首《定风波》不也说吗,'莫听穿林打叶声,何妨吟啸且徐行',这完全是作者的忽略不计。一个人的心,用来感受美好的东西,自然就忽略了其他的打扰。"

……

慢着，让我们也慢慢"走"，重新梳理一下你们刚才的话，重新感受这句看上去极普通的诗句背后的趣味。

慢慢走，就等于在无形间延长了原来的路。于是，那看上去的坎坷与崎岖也因为"延长"而变得平坦。

慢慢走，每一步才能真实地与大地相接。只有当我们脚踩大地的时候，我们才有了生命的根，才有了灵魂的宁静与踏实。

慢慢走，才可以欣赏到路边的无限风光，这丰富华丽的世界，才不至于"成了一个了无生趣的囚牢"，才可以令我们在对美丽的欣赏中忘却了人生的苦痛，觉得"总是有路可走，有美相伴"。我们总是过于匆忙了，没有时间停留，没有时间思考，以为可以"一日看尽长安花"。而当夜深人静，才发觉走过的路一片空白，我们没有带走什么，更没有留下什么。

慢慢走，我们才有可能在路边留下些什么，也许就是冰心所说的："爱在左，同情在右，走在生命的两旁，随时撒种，随时开花，将这一径长途，点缀得香花弥漫，使穿枝拂叶的行人，踏着荆棘，不觉得痛苦，有泪可落，却不是悲凉。"

慢慢走，我们才在从容中获得了一点气度，既然享受过了这路旁的鸟语花香，那么间或而来的风雨雷电也是另一种风景了吧？

其实，我们的诗歌学习又岂不需要一种"慢慢走"的心境呢？我们总是过于强调背诵而忽略了体验和思考。生吞活剥的背诵锻炼了我们的记忆力，但只有细嚼慢咽的思考才赋予我们对文字的感受力。就像此刻，你们为着一个小问题停下了脚步，所以能够在最细小的文字中感受着最丰富的思想。

最后把一句话送给大家，这是普希金在《叶甫盖尼·奥涅金》第一章的开头引用的俄国诗人维亚赛姆斯基的诗句：

活得匆忙，来不及感受。

所以，人生的路，让我们慢慢走。

# 有多少咫尺天涯

**燕子矶口占**
【明】史可法

来家不面母,咫尺犹千里。
矶头洒清泪,滴滴沉江底。

是因为史可法的这首诗,我们谈到了"距离"。

其实你们知道史可法,是因为那篇《左忠毅公逸事》。他"吾上恐负朝廷,下恐愧吾师"的铮铮誓言犹在耳边,但在那篇文章中,他的出现更多是为了烘托左光斗的凛然正气。后来,我们一起学习了《桃花扇》,"誓师"一出让我们记得了那个苦撑大局又独木难支,用一腔热血换来十万残兵的悲剧英雄。每次读到他对自己的部下说"从来降将无伸膝之日,逃兵无回颈之时。那不良之念,再莫横胸;无耻之言,再休挂口",我都会热血沸腾,我都想成为站在他身旁的一个兵,让死也变得痛快淋漓。

而这首《燕子矶口占》让我们看到了一个英雄、一个男人的另一面。

"来家不面母,咫尺犹千里。矶头洒清泪,滴滴沉江底。"你们很自然地想起大禹的"三过家门而不入"。的确,这是大致相同的情节和无奈。外面是洪水泛滥,是大敌当前,是千疮百孔,是国难临头;里面,是母亲的牵挂,是妻儿的等待。但是,无法犹豫,不能迟疑,只能是空劳牵挂,只能是毅然离去。国家,家国,原来是那样沉重的字眼,是那样无法分割却又常常不能兼顾的情怀。

你们没有质疑那句"滴滴沉江底",你们深知那沉入江底的不是眼泪,是心事,是深情,是忧愤。你们感慨的是那句"咫尺犹千里"。"还有比这更无奈的事情吗?"你们说。是的,遥远的阻隔让人绝望,也让人因绝望而释然。无奈的是,似乎唾手可得却难得,仿佛近在咫尺却天涯。

所以，在电影里，我们常看到远隔天涯的人相互思念却显得温馨浪漫，而近在咫尺的人隔着一层玻璃一扇门却泪流满面，肝肠寸断，是吗？我这样问，你们都笑了。

这世上，最远的距离在人的心里，而只要有爱，多少天涯都可以变成咫尺。你看，苏轼对苏辙的思念因为"千里共婵娟"而欣慰，王勃和朋友互为"知己"而"天涯若比邻"，贺铸和妻子阴阳相隔，照旧可以"旧栖新垅两依依"，牛郎和织女也相信"两情若是久长时，又岂在朝朝暮暮"。

可是，此时的史可法与母亲近在咫尺却难以相见，那是怎样的无奈和痛楚啊！

但我想说，这样的无奈并不可悲。虽然无法相见，可是，无论彼此空间的距离有多远或者多近，母亲不会因此少了哪怕一丝的牵挂，儿子不会因此淡了哪怕一毫的忆念。史可法是那样爱着他的母亲，他在另一首小诗《忆母》中这样写道：

母在江之南，儿在江之北。

相逢叙梦中，牵衣喜且哭。

江南江北一梦牵，喜极而泣心相连！天涯如咫尺的相思给人温暖，咫尺却天涯的无奈令人心酸，但因为有爱，一切都不可怕，都不可悲。

最可怕可悲的是什么？

我想，那是身体的距离和心灵的距离的反差。所谓貌合神离、同床异梦，所谓形同陌路、视而不见，所谓"共眠一舸听秋雨，小簟轻衾各自寒"……那才是真正的咫尺却天涯！

说到这里，想起木心先生讲授《福音》时的一段话，他说："凡伟大的儿女，都使父母痛苦的。往往他们背离父母，或爱父母，但无法顾及父母。"他又说："若希望儿女伟大，好的父母应承当伟大的悲惨。"范滂、史可法，这些伟大的儿子，注定要让他们的母亲承当伟大的悲惨。

所以，让我们回来，用最深沉的爱和最真诚的深情来读："来家不面母，咫尺犹千里。矶头洒清泪，滴滴沉江底。"

# 喜欢猪八戒

## 西游记·四圣试禅心
【明】吴承恩

三藏坐在上面，好便似雷惊的孩子，雨淋的虾蟆，只是呆呆挣挣，翻白眼儿打仰。那八戒闻得这般富贵，这般美色，他却心痒难挠，坐在那椅子上，一似针戳屁股，左扭右扭的，忍耐不住，走上前，扯了师父一把道："师父！这娘子告诵你话，你怎么佯佯不睬？好道也做个理会是。"那师父猛抬头，咄的一声，喝退了八戒道："你这个孽畜！我们是个出家人，岂以富贵动心，美色留意，成得个甚么道理！"

《西游记》，真是古典名著中大家最熟悉的一部了，我们哪一个不是从小看着西游记故事的动画片长大的呢。以至于，我一提孙悟空，你们立刻唱："猴哥猴哥，你真了不得……"一提沙僧，你们又马上说："大师兄，师父被妖怪抓走了……"

其实，这部看上去充满"童趣"的作品在中国古典长篇小说的创作中是很重要的，特别是它的人物形象的塑造，更丰满，更真实，更接"地气"。比起《三国演义》的帝王将相，《水浒传》的英雄豪杰，这部写神魔的小说倒塑造了非常真实的"人"。

问题再简单不过。"师徒四人中，你们最喜欢谁，为什么？"

答案当然是多元的，而且理由也丰富得很，但有一点很奇怪，就是喜欢唐僧的人总是不太多。你们觉得他懦弱、无能，还有点"虚伪"；你们说他没有那几个徒弟简直寸步难行；你们说无能不要紧，关键是有时候还自以为是。我知道，是那一出"三打白骨精"让大家气不过。其实，心平气和地想想，没有那几个徒弟，唐僧就不会去取经了吗？当然不会。他的过人之处正在于他的干净、执着，正在于他可以为了理想而放弃世俗的一切。他自己也许没有徒弟那样的本领，但他的执着追求和无怨无悔是这个团队最重要的精神力量，也一点点打动了徒弟们。或者说，没有徒弟中的任何一个，"西天取经"都会成行，但没有唐僧，这条路是无论如何也走不通的。

"老师一定最喜欢唐僧吧？"你们故意说。

其实，我最喜欢的是猪八戒。在四大古典名著的众多人物形象中，我最喜欢两个，除了林黛玉，就是猪八戒了。

你们大笑，因为这个名字并列在一起，实在让人不落忍。

那我说说自己的理由吧。

喜欢林黛玉，是因为她袅娜飘逸，风灵神秀，高不可及处正是我们对美好人性的向往；喜欢猪八戒，理由却恰恰相反，因为他相貌丑陋，贪吃好色，可笑可气处正是我们在现世人生的写照。

在《西游记》的师徒四人中，八戒无疑是缺点最多的一个。你看，唐僧是名副其实的高僧，心怀赤诚，六根清净，无论面对手段高超的女妖，还是风情万种的女王，都能毫无欲念，坐怀不乱。我不愿像别人那样去揣度他是否具有男性的正常生理功能，我更愿意相信他是在用来自"佛"的巨大精神力量克制着自己的欲望，并在这种克制中超越肉体，找到一种庄严的美。但是，对大多数人来说，克制的结果不是人性的升华，而是压抑后更大的爆发，关于这一点，弗洛伊德早已在他的理论中给了我们清楚的解释。而且，既然人无法摆脱"肉体"，克制就显得生硬而粗暴，无法让我们心服口服。悟空更不必说，他的勇敢、机智、顽强与执着使他成了一个无往而不胜的解除磨难的英雄，虽有些性急爱逞强的毛病，但也仅是气质使然，绝不掩英雄本色。沙僧呢，虽没有悟空那样的力和智，却也因非凡的忠诚与纯净成为另一种"超人"。

只有猪八戒，虽是天蓬元帅出身，却长得长鼻大耳，其貌不扬，又一时无法泯灭食色两欲，故常因此丢人现眼、出乖露丑，又爱斤斤计较，使乖弄巧，因此成了取经路上最不稳定的因素和最大的笑料。但也正因为如此，我们看到了一个实实在在的"人"，也看到了我们自己。你们看：他向往异性，也曾为拥有一个家拼命劳作；他食欲旺盛，总会为一桌美酒佳肴垂涎三尺；他偷懒贪睡，化斋巡山成了他独自逍遥的好机会；他斤斤计较，也曾在大敌当前时临阵脱逃……为此，他没少受悟空的嘲讽和捉弄，就连厚道的沙僧也忍不住时时给他个提醒。可八戒的可亲可爱之处似乎也在于此，因为，他比他的师父、师兄、师弟们更多了一份"人情味"。这份浓厚的"人情味"甚至让我们忍不住想，达尔文的进化论没错，但在对人的前身的考证上有点偏差，因为就性情而言，更像人的，不是"猴"，而是"猪"！

喜欢猪八戒，不仅因为他身上这些难以泯灭的可恨又可爱可亲的世俗欲望，更因为他对这些欲望的毫不掩饰和坦然面对。饿了要吃，渴了要睡，累了要异性的温存，这些在悟空看来可笑，在唐僧看来可恶的欲念，在猪八戒眼中却极为自然。所以，虽然向着佛光前行，他依然对高老庄念念不忘；虽有沙僧的善意提醒，他依然据理力争——"斯文，斯文，肚里空空！"他从未为自己的"欲望"感到羞愧或受到所谓"良心"的折磨。但是，这些最人性的欲望在现实生活中却常常折磨我们，因为我们更虚伪，更造作，更喜欢用空洞的言论和虚假的表情掩饰内心的真正需要。

其实，承认欲望，就是承认人自身。史怀哲博士曾提出要"敬畏生命"，要"尽力做到像人一样地生活"。可是，什么是"人的生活"？我想，像人一样地生活也一定是能满足人的正常欲望地生活，所以，贫穷、饥饿、禁欲……这些"非人"的生活，我们都不要。可是，欲海无边，沉溺其中又是另一种痛苦，另一种"非人"，所以，猪八戒的可敬之处还在于他在对"欲望"的节制中获得的"人性"的尊严——对翠兰念念不忘但并未因此放弃取经之路；偷懒贪睡但在关键时刻也能助悟空一臂之力；为"生"而临阵脱逃但每每临死又大义凛然；对自己"挑担"的分内工作更是兢兢业业，毫无怨言……我想，这就是像人一样地生活了。八戒从未成为欲望的奴隶，把自己变成一根"简单的消化管道"。他的可贵在于，既不以欲望为罪恶在自我压抑中扭曲至变形，又不以之为全部的追求在自我放纵中膨胀至虚无，而是能集合起内心点点滴滴善的、美的、正义的力量与可能扩散而导致"非人"的欲望抗衡、抵消。于是，他成了这样的"人"：不忘情于世俗的享受，但还执着追求理想；使乖弄巧，好占小便宜，但又纯朴天真，憨厚可爱；贪图安逸，偷懒散漫，但又不畏艰难，勇敢顽强。

真正做到"像人一样地生活"是困难的，因为人无法摆脱肉体本身，而如果没有强大的精神力量，就很难与这肉体的神秘莫测和本能欲求相对抗。中国古代就有人性本善、本恶之争，但我更喜欢耶稣的话：人是有罪的。这罪源于内心的欲望但并不是欲望本身，只有当欲望超越了一定的界限之后，才会成为"罪"。人必须承认自己是有罪的，但也必须相信隐藏在内心深处的道德感和良心。只有这样，人才能"认罪"，才能聚集内心向善的力量赎罪，并在赎罪的过程中拯救自己，获得"做人"的尊严。

在《西游记》的师徒四人中，八戒是世俗欲望的代表，但正是他"有欲"地不断前行，让我们看到了自身的缺陷和克服这种缺陷的可能性，以及最终获得救赎的希望。

你们说呢？

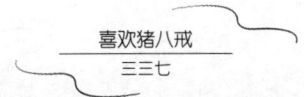

## 不过是顺其自然

**落叶**

【清】吴嘉纪

枝上曾几日,夜来秋已终。
又随天地意,乱下户庭中。
不静月斜处,偏惊头白翁。
何须怨摇落?多事是春风。

拿出这首诗原本是为了讲那句"羌笛何须怨杨柳,春风不度玉门关"。但你们对最后一句的兴趣已经超过了目的本身。

要理解这首诗并不难。作者在对落叶的吟咏中感受并抒发了人生短暂、春秋代序的感慨。但最后一句似乎与前面的吟咏隔着遥远的距离,需要我们细细地品味。作者说,何必去埋怨是秋风摇落了树叶呢,要怪也只怪多事的春风。言下之意,若没有春日的芽萌叶发,也就没有了秋日的叶落空庭。

"这怨得着吗?难道我们死的时候还要埋怨不该出生?"你们很困惑。

但这恰恰说中了诗的旨意。与其埋怨秋日萧条,不如埋怨春夏的繁茂;与其感叹人生暮年,不如责怪青春年少;与其愤懑必来的死亡,不如当初就没有出生。我想,作者是在说,所有的繁盛都蕴藏了衰败,所有的新生都预示着死亡,一切有开始就有结束,这就是人生的悲哀。

我这样说着,以为这是能给你们的最好的答案。但你站了起来:"老师,我觉得作者不是写的'悲哀',而是一种豁达。既然一切本来就是这样的,是上天安排好的,谁也躲避不了,那就顺其自然好了,不必埋怨,不必悲哀。"

我听懂了你的意思,并且,我震惊于你的"顺其自然"!

我原以为,这首诗的妙处在于作者把那份哀怨传达得婉转而缥缈。你看,他从一片落叶写起,首联的"曾几日"让人想起那些枝繁叶茂的季节;颔联的"乱下"

让人感到万物的无常；颈联"偏惊"二字虽不失宽厚，但多少是有些幽怨的；尾联虽说是"何须怨"，但实际上是把"怨"字写得更深更重了，因为这份"怨"何止近日，已在当初！甚至，我曾经拿了李商隐"此情可待成追忆，只是当时已惘然"来与这一句类比。

　　但你却把这一切理解为"顺其自然"。你说得多好啊：作者看上去是在写落叶带给他的感慨，特别是联想到自己已"白头"的触目惊心，但实际上，他早已懂得这是"天地的安排"，谁也无法改变，谁也无须改变。特别是尾联，当他说，"多事是春风"的时候，其实是在表达这样的意思，如果我们这都要埋怨，那这世上还有什么不埋怨的呢？没有春就没有秋，没有生就没有死，没有繁华就没有衰败，没有青春就没有苍老，没有欢笑就没有眼泪。你自然不会也无须去埋怨春风、青春、繁华、新生，那当然也就没有必要去埋怨秋雨、苍老和死亡。因为，它们都是"天意"，都是一体的。

　　都是一体的！这就是庄子的"一死生，齐彭殇"吧。在庄子看来，生与死无别，夭折和长寿一样，生命不过是一个由自然回归自然的过程。所以，当他的妻子去世时，他可以安之若素，"击缶而歌"，仿佛一切不过如四季更替。

　　很多人不赞同庄子的说法。还记得吗，王羲之的《兰亭集序》中就说："死生亦大矣！"但是，庄子的思想毕竟给了我们一个另眼看世界的角度。人的生命如同世间的万物一样，都是自然的一个部分，都处于自然的变化当中。生老病死，是一个过程，甚至，在某种程度上，生是一种偶然，死则是一种必然，哪一个新的生命不是带着死亡的契约书而来的呢？如此来看待生命，人们也许就会摆脱对死亡的恐惧，亦不会为生命的无常而感到悲哀吧。

　　重新来读这首诗，竟在最后一句中看到了诗人的一丝得意与微笑，是啊，一切，不过是顺其自然。

## 男人去干什么了

**桃花扇·却奁**
**[清] 孔尚任**

（旦怒介）：官人是何等说话，阮大铖趋附权奸，廉耻丧尽；妇人女子，无不唾骂。他人攻之，官人救之，官人自处于何等也？

【川拨棹】不思想，把话儿轻易讲。要与他消释灾殃，要与他消释灾殃，也提防旁人短长。官人之意，不过因他助俺妆奁，便要徇私废公；那知道我香君眼里，原放不到这几件钗钏衣裙。

（拔簪脱衣介）脱裙衫，穷不妨；布荆人，名自香。

---

你们了解了《桃花扇》的剧情后，立刻就说："哎，终于不一样了！"

我当然知道你们说的"不一样"是什么意思。因为，前期我们实在太熟悉"才子佳人"的套路了，所谓"才子佳人一见钟情，封建家长棒打鸳鸯，赴京赶考金榜题名，衣锦还乡终成眷属"，已经成了你们嘴里的"顺口溜"了。即使是那样如梦如幻震撼人心的《牡丹亭》，也并没有完全摆脱这样的窠臼。

而现在，《桃花扇》来了，李香君来了。那么厚重而真实的历史背景，那么敏锐而深刻的政治嗅觉，已经完全不是金榜题名的俗套了。而李香君呢，简直就是光彩照人，她明辨是非、关心国事，她忠贞坚强、人格独立，也全然改变了我们心中的"佳人"形象。

与著名的"骂筵"一出相比，我更喜欢"却奁"里的唱词。因为，这段唱词是对着她所爱的那个男人侯方域以及侯方域的朋友杨文骢，而不是对马士英、阮大铖之流。我以为，正是面对着侯方域能有这样义正词严的表达，才让我们看到了一个不再依附于男人，而是有着独立人格的女性形象。当然，你们还会有些诧异，"好不容易看到这么个人，还是妓女。"是的，"妓女"这个词实在让你们不好接受，但是，请不要以为这个词代表的就是皮肉生意，就是给钱什么都能干。"妓"从"伎"而来，在古代，"伎"是指专习歌舞等技艺的女艺人。而且，纵观历史，在很多国家和地区，妓女，都曾是一种文化。恩格斯就说过："在雅典的全盛时期，则广泛盛行至少是受国家保护的卖淫。超群出众的希腊妓女，正是在这种卖淫的基础上发展起来的,她们由于才智和艺术趣味而高出于古希腊罗马时代的一般水平之上。"

不过说到这里,这些中国戏曲也挺有意思,那些依附于男人,靠男人去赢得所谓幸福的女性都是大家闺秀,或者小家碧玉,倒是一些风尘女子显示了其独立的人格精神,甚至,明清时期的风尘女子已经开始附庸政治,不仅在艺术,而且在政治上占有一席之地。

这段唱词多好啊,面对自己的爱人,面对一段幸福的开始,李香君依然保持着清醒的头脑,她一边拔簪脱衣,一边说:"那知道这几件钗钏衣裙,原放不到我香君眼里。"这是怎样的高傲与自信啊。

可正因为讲到这里,你们笑了:"老师,你还说不落'才子佳人'的窠臼呢,这不又回去了吗?"我一下子没有明白你们的意思,你们说:"再简单一点说吧,那些男人都干什么去了,不管爱情,还是政治,怎么需要勇敢站出来的时候都是女人啊,甚至妓女也比他们强。"

真的啊。我所说的不落窠臼,好像要加一个括号,括号里是"男性除外"。

但是,我又该怎样回答你们的问题呢?我说,男人都去考科举了?都去逛妓院了?都去编才子佳人戏了?

"气节"这个词,好像本来就是为男人、为中国读书人而造的,他们动辄以"气节"自居。可是,当李香君们还在苦苦坚持,以死抗争的时候,他们在哪里,又在干什么呢?

"懦弱!"你们说。其实,懦弱只是表面,"依附"才是本质。中国历史上,很多读书人那点价值,不是知识给的,更不是女人给的,而是权贵给的,是所谓主流文化给的。没有当权者看重,没有政治的青睐,他的那满腹才华不过是"多乎哉,不多也"的笑柄!

"学而优则仕",这张笼络读书人的大网,几乎是无往而不胜的,它以体制内的晋身之途给无数读书人带来追求和梦想,一旦进入这张网,想出去就不容易了。

反倒是女人,离政治远些,离权力远些,离"气节"就容易近些。

不过,有两点我想说。一是,女人不依附政治,却依附男人。即使李香君这样的女性,不也是男人的工具吗?不也是到死都活在男人的谎言和自己的气节幻想中吗?

二是,不能因为这些男人,就否定了"气节",除了侯方域,我们的民族历史上,还有屈原,还有陶潜,还有杜甫,还有文天祥。

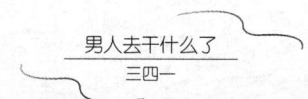

## 何必相亲

### 画堂春
【清】纳兰性德

一生一代一双人，争教两处销魂。相思相望不相亲，天为谁春？

浆向蓝桥易乞，药成碧海难奔。若容相访饮牛津，相对忘贫。

　　说到这首词的时候，网上正热炒着一对整日大秀恩爱的娱乐圈夫妻瞬间离异的消息，所以，你们并不同情词中的主人公。你们说："相思相望，何必相亲？"

　　这话是有道理的。何况，你们有那么多的证据。现实中，我们每天耳闻目睹着那些纷繁缭乱的分分合合。多少所谓的爱情童话，总是在我们还没有描绘完的时候，就已经破碎成风中的纸屑。而在古诗词中，也永远是相思情浓，相守意短，多少佳作绝唱，都是相思相望的结晶，却非相守相亲的硕果。

　　爱情有多长？你们问。

　　我忽然想起好像在哪里看到一篇文章，说科学家们从生理的、心理的角度研究过这个问题。所谓爱情只有大约三个月的时间，三个月之后，也许彼此间有习惯、有依赖、有亲情，但爱情已经不在了，自然死亡了。

　　说真的，这是多么令人泄气、失落甚至气愤的论断啊。我们心中神圣而美好的爱情，一经"科学"之后，竟然变得索然无味，还充满了动物的气息。

　　但是，我也难以拿出更有力的证据来说明爱情的地久天长。倒是有太多的例子可以证明，不相守的爱情才会长久。牛郎织女、梁山伯与祝英台，西方人也不能幸免，罗密欧与朱丽叶如此，《廊桥遗梦》亦如此。

　　这是爱情的宿命吗？或者说，那些走马灯一样更换着女友或男友的人，并不是花心，反而是真诚，是在不断地寻找着真正的爱情？

　　可是，每一个身在爱情之中的人都会相信，爱，是为了相守，爱，必要相守。容若的词打动我的，倒也不是"天为谁春"的喟叹和凄凉，而是，他对于爱情的执着与信任。

"若容相访饮牛津，相对忘贫。"他相信，只要相爱的人在一起，什么困难都是可以不计的，什么烦恼都是可以忘却的。

现实也许远非如此。现实所演示的，也许就是"贫贱夫妻百事哀"，也许就是"泪痕染得牛衣透"。可是，如果对于爱情，我们都不曾有过最单纯的设想，不曾有过最善良的愿望，不曾有过最朴实的信任，不曾有过精神上最轻灵的飞翔和超越，那么，我们算不算有过爱情呢？

你们说：贫贱，可以杀死爱情。

可是，富贵杀死的不仅是爱情，还有亲情。

你们说，爱情，总得有所依附。

可是，要有所依附的不仅是爱情，一切都在生活之中。

你们说，相思虽然痛苦，但也很美好。

可是，相爱，从来都是为了相守，而不是为了相思。

……

请原谅，我真的不是为了和你们"对着干"。我岂不知，爱情短暂而亲情永恒，相思虽苦却情深义重？可是，我仍然相信，并希望你们也相信，爱情的长久不是它本身维持的时间有多长，而是，它在我们的心中可以活多长。有些爱，瞬间已是永恒。把席慕蓉的一首短诗送给你们吧，无论怎样，爱情，会永恒。

其实　我盼望的
也不过就只是那一瞬
我从没要求过　你给我
你的一生

如果能在开满了栀子花的山坡上
与你相遇　如果能
深深地爱过一次再别离
那么　再长久的一生
不也就只是　就只是
回首时
那短短的一瞬

# 不敢叹风尘

**岁暮到家** 【清】蒋士铨

爱子心无尽，归家喜及辰。
寒衣针线密，家信墨痕新。
见面怜清瘦，呼儿问苦辛。
低回愧人子，不敢叹风尘。

这本来是一次课外作业，因为母亲节将至，我们让大家找一些写母爱的诗歌来读一读。这首《岁暮到家》有很高的入选率。但当我在课上提及的时候，你站了起来，你说："老师，我在网上也查到这首诗了，但我没有选，因为，我觉得这首诗虽然写了母亲和母爱，但更是在写儿子，写他在外的辛苦，也写他对母亲的孝心。"

我完全明白你的意思。因为，我在大学时第一次读这首诗，就被最后的两句所感动。"低头愧人子，不敢叹风尘"。

母亲的爱是毋庸置疑的，是我们每个人都曾感受到的。她什么都不要，只要孩子能平安回来；她永远在操劳，在准备，即使她准备的这一切孩子并不需要；她眼里，离开家的孩子总是辛苦的，总是比走的时候消瘦了；她心里只有孩子，几乎没有自己……

可是，母亲的儿子呢？他离开的时候，眼里往往是大千世界的精彩，他回来的时候，心里又满是外面世界的无奈。他年轻，只感受着自己的苦痛，只顾及着自己的未来，他还来不及为母亲想。

这里感动我们的是一个"愧"字。对于母亲，我们有多少人会有愧怍之感呢？我们总以为母亲所做的一切都是理所当然的。母爱充溢在我们的周围，已经让我们丧失了应有的感受力，甚至，我们常常抱怨，母亲为我们做得还不够多，能给我们的还不够好。现在，让我们都静下来，想一想，对于母亲，我们有没有惭愧，有没有谦卑？

我们常把"感恩"二字挂在口头，却少有人真正懂得"感恩"。我想，我们之所以不懂得"感恩"，其实最根本的原因就在于我们没有"惭愧"和"谦卑"。既然认为一切于我都是应该的，都是天经地义的，那么，我们还感激什么呢？佛经中有一句话叫"惭耻之服，于诸庄严，最为第一"。只有懂得惭愧、有羞耻之心，才会懂得感恩，安身立命。

还有就是这个"敢"字。面对母亲，作者说"不敢"。同学们，我们今天的人，今天的社会，最缺少的不就是"不敢"吗？我们什么都"敢"，因为肆无忌惮，所以为所欲为，我们敢作假，敢害人，敢欺诈，敢吸毒……

"不敢叹风尘"，"不敢"是因为愧疚，因为不忍，因为没有什么可以奉献给母亲，因为两手空空，却让母亲牵挂了那么久，担心了那么多。而"风尘"二字，又岂不是"不着一字"的"风流"？出门在外的孤独、辛苦、思念、无奈，在母亲面前，不敢说，也不用说。

中国的孝道讲究一个"顺"字，而实际上，我们能为父母想得很少，能完全顺从父母意愿的就更少。做儿女的，能不让父母担心、受怕、吃苦，已经算是"孝"了。

那么，为了母亲，让我们学会承受、坚强和担当。

# 「缘」与「分」

**红楼梦·终身误**
【清】曹雪芹

【终身误】都道是金玉良缘,俺只念木石前盟。空对着,山中高士晶莹雪;终不忘,世外仙姝寂寞林。叹人间,美中不足今方信。纵然是齐眉举案,到底意难平!

我用了很长时间来讲我对《红楼梦》中的"木石前盟"与"金玉良缘"的看法,你们却言简意赅,一语道破:"老师,这就是所谓的缘分,'木石前盟'是缘,'金玉良缘'是分,黛玉宝玉有缘没分,宝玉宝钗有分没缘"。

我不知道你们为什么会把"缘分"这个词分开来讲,但你们的意思我是大约明白的,而且,我知道你们的表达是比我那些复杂的阐述更准确的。

木石前盟是"缘",是前生的注定,是冥冥之中的安排,是命运的不可捉摸,是相遇的无可解释,是前世神瑛侍者的浇灌,是今生绛珠仙草的眼泪,是宝玉黛玉初见时的似曾相识,是忽然之间自怨自恨的摔玉,是并非目的却莫名其妙的小气……

金玉良缘是"分",是那块莫失莫忘的玉和那把不离不弃的锁,是"白玉为堂金做马"的贾府和"珍珠如土金如铁"的薛宅,是才貌的般配,是财富的对等……

或者,也可以说,"缘"是情,"分"是理;"缘"是赤裸裸的灵魂的纠缠,"分"是无遮掩的身份的对等;"缘"是我们无所顾虑、无所畏惧的对爱情的追寻,"分"是我们必须权衡、有所放弃的对生活的维持。

木石前盟是"缘",是灵魂与灵魂的交互,但它却没有现实的土壤,所以,它可以是心与心的碰撞,可以是生与死的承诺,可以是净化与毁灭的力量,却偏偏成就不了好的婚姻。而金玉良缘是"分","分"虽然只是整体的一部分,可是,有了它才有了整体，才有了平衡，才有了一个中规中矩的婚姻，虽不净化人却也不毁灭人。

那么，爱情和婚姻真的不是一码事吗？这太可怕了。——你们又被自己的答案所引发的事实震惊了。是的，这太让人不可思议了。好吧，我们再做一个假设吧：如果黛玉嫁给了宝玉，他们的生活会是什么样子的呢？如果梁山伯与祝英台成了亲，那么梁兄是否承受得起岳父的白眼和蔑视呢？如果小美人鱼做了王子的新娘，是不是结局就一定是"从此王子和公主过着幸福的生活呢"？

这样的假设和想象总是大煞风景的。于是，我们看到，艺术中最美好最光洁最震撼人心的爱情往往定格在婚姻之前，甚至，定格于死亡和毁灭。

好的婚姻都没有爱情吗？你们问。

我该怎么说呢？你们如此年轻，应该等待爱情的照耀，应该相信爱情的美好。只是，爱情和婚姻也许真的是两码事，前者因不计现实的利害而带给人生命的战栗，后者因维护现实的要求而带给人生活的从容。好的婚姻也许就是，我们把好的爱情变成了好的生活，却并不为爱情不再而失落、遗憾、伤痛。

但我现在不会这样说，只是祝愿你们，在这一生，曾轰轰烈烈地全身心地爱过，也曾平平淡淡却不失真实地生活过。

# 爱情的策略

## 红楼梦·诉肺腑

**【清】曹雪芹**

这里宝玉忙忙的穿了衣裳出来,忽见黛玉在前面慢慢的走着,似有拭泪之状,便忙赶上来,笑道:"妹妹往那里去?怎么又哭了?又是谁得罪了你?"林黛玉回头见是宝玉,便勉强笑道:"好好的,我何曾哭了。"宝玉笑道:"你瞧瞧,眼睛上的泪珠儿未干,还撒谎呢。"一面说,一面禁不住抬起手来替他拭泪。黛玉忙向后退了几步,说道:"你又要死了,这么动手动脚的!"宝玉笑道:"说话忘了情,不觉的动了手,也就顾不得死活。"黛玉道:"你死了倒不值什么,只是丢下了什么金,又是什么麒麟,可怎么样呢?"一句话又把宝玉说急了,赶上来问道:"你还说这话,到底是咒我还是气我呢?"黛玉见问,方想起前日的事来,遂自悔这话又说造次了,忙笑道:"你别着急,我原说错了。这有什么的,筋都暴起来,急的一脸汗。"一面说,一面近前伸手替他拭面上的汗。宝玉瞅了半天,方说道:"你放心。"黛玉听了,怔了半天,说道:"我有什么不放心的?我不明白这个话。你倒说说怎么放心不放心?"

宝玉叹了一口气,问道:"你果不明白这话?难道我素日在你身上的心都用错了?连你的意思若体贴不着,就难怪你天天为我生气了。"黛玉道:"我真不明白放心不放心的话。"宝玉点头叹道:"好妹妹,你别哄我。你真不明白这话,不但我素日白用了心,且连你素日待我的心也都辜负了。你皆因总是不放心的原故,才弄了一身病了。但凡宽慰些,这病也不得一日重似一日了。"黛玉听了这话,如轰雷掣电,细细思之,竟比自己肺腑中掏出来的还觉恳切,竟有万句言语,满心要说,只是半个字也不能吐,却怔怔的望着他。此时宝玉心中也有万句言语,不知从那一句上说起,却也怔怔的瞅着黛玉。两个人怔了半天,黛玉只咳了一声,眼中泪直流下来,回身便走。宝玉忙上前拉住,道:"好妹妹,且略站住,我说一句话再走。"黛玉一面拭泪,一面将手推开,说道:"有什么可说的。你的话我早知道了!"口里说着,却头也不回竟去了。

你们对宝黛爱情的惋惜，是和当年的我一样的。小时候读《红楼梦》，也特别不能理解黛玉的"小心眼儿"，再大一些的时候，不再讨厌她的小心眼，又有些"恨"她的"不聪明"，总是想，哎呀，你为什么一定要和宝玉生气要说话尖刻要目下无尘呢？你为什么不能向宝钗学习迎上安下见机行事八面玲珑呢？你为什么不可以委曲求全，忍一忍、让一让，先争取了和宝玉的婚姻再说呢？……我这样说着以前的阅读体会的时候，你们全都找到知音般地使劲点头：是啊是啊，黛玉什么都好，就是太缺少爱情的策略了，就是太不知道怎么保护自己，怎么得到自己想要的东西了。

一个聪明的女生在你们的七嘴八舌中站起来问："老师，你说这是你以前认为的，那么现在呢？你不再这样认为了吗？"

是的，我不再这样认为了。虽然我还没有特别准确的语言去说清我的感受，但真的，我已经不再这样想了。我会问自己：爱情，真的有策略可言吗？

当我们爱上一个人，我们会每天琢磨说什么样的话、做什么样的事来讨他的欢心吗？我们会像一个军师一样根据爱情形势的发展而制定不同的行动方针吗？我们会绞尽脑汁算计着怎样让他陷进自己编织的爱情网络吗？我们会微笑着对那个围绕在他身边不肯离去的女子说"你先请"吗？

我认真地这样说的时候，你们却大笑起来："老师，那还是爱情吗？"

是的，那不再是爱情了。

但黛玉和宝玉之间是有爱情的。因为爱，所以有嫉妒的理由，有表白的冲动，有占有的欲望；因为被爱，所以有真实的可能，有小心眼的权力，有任性的必要。于是，有了灵魂的面对，有了心灵的契合，有了无法掩饰的渴求。

爱情是全部的理由。所以，黛玉会因宝玉不明白她的心而生气，但估计不会计较薛蟠是否懂得她的心思；黛玉会因为宝玉被宝钗"绊住"而嫉妒，但估计不会因为宝玉为香菱换了一条裙子而吃醋。所以，薛蟠虽极其可恶，黛玉却不必尖言刻语；香菱虽聪慧不过宝钗，黛玉却可热情待之。那么，我们是否可以说，在对待薛蟠之流、香菱等人，黛玉也是很有策略很大度的呢？

爱也是全部的目的。生气不是目的，小心眼儿不是目的，忌妒更不是目的。在有些人看来，这些不是目的的东西妨碍了目的的完成，损毁了彼此的爱情。可是，在我看来，那些所谓分寸、技巧、策略乃至艺术，对爱情来言，都是一种亵渎，都有欺世盗名的嫌疑。当你还能冷静地观察对方和自己，算计着彼此的得到和失去，计划着每一个棋子的位置，制定着进退的方针和策略时，你是在陷入爱情，还是在制造阴谋？

何况，这是一场无人做主也无从证明的爱情！除了相互的折磨，除了那没完没了的眼泪、争执、后悔之外，谁，什么，还能给这份爱情一个说法呢？

如果黛玉不爱宝玉，她就会有了和这位贾府贵公子和谐相处的策略；如果黛玉有了结好宝玉又讨好上下的"策略"，她就必然会失去这份爱情，她就不会再是黛玉，或者，她就变成了另一个薛宝钗，那么，何必再谈爱情？

"爱情不也需要好好经营吗！"有人问。

爱情怎么可以经营？宝钗会"经营"，恰恰因为她不在乎爱情，只有黛玉那样不计后果，任性而为，哪怕放弃生命也绝不退让才是真的爱情啊。需要经营的是婚姻，当爱情不在，我们的"经营"会把爱情变成亲情，让我们依然幸福地生活。

我知道，你们看到过太多的谈技巧和策略的书，并且受益匪浅。关于写作的策略、学习英语的策略，我不敢多言。但对于爱情，我拒绝策略，拒绝经营。

## 只为自己的心

### 红楼梦·俏语谑娇音
**〔清〕曹雪芹**

不料自己未张口,只见黛玉先说道:"你又来作什么?横竖如今有人和你顽,比我又会念,又会作,又会写,又会说笑,又怕你生气拉了你去,你又作什么来?死活凭我去罢了!"宝玉听了,忙上来悄悄的说道:"你这么个明白人,难道连'亲不见疏,先不僭后'也不知道?我虽糊涂,却明白这两句话。头一件,咱们是姑舅姊妹,宝姐姐是两姨姊妹,论亲戚,他比你疏。第二件,你先来,咱们两个一桌吃,一床睡,长的这么大了,他是才来的,岂有个为他疏你的?"林黛玉啐道:"我难道为叫你疏他?我成了个什么人了呢!我为的是我的心。"宝玉道:"我也为的是我的心。难道你就知你的心,不知我的心不成?"

---

每次讲《红楼梦》,宝钗和黛玉都会引起大家的争论。照例,我会提醒你们,你尽可以说自己喜欢谁或者不喜欢谁,但不要轻易说,谁好谁不好。

喜欢一个人,确实是我们自己的事情,但评价一个人,还要懂得这个人。当我们完全无法想象一个人的处境的时候,我们有什么资格去评判他呢。

"可是,要懂一个人太难了,宝玉都未必懂得黛玉啊。"你们说。

说的好。宝玉是不能完全懂得黛玉的。他只是爱着黛玉,心疼着黛玉,小心翼翼呵护着黛玉,但是,处境不同,经历不同,文学的修养不同,人生的感悟不同,要完全懂得,是多难的事情啊。

也正因为如此,宝黛二人之间常常有误会、有隔阂。第二十回的时候,因为宝玉到宝钗那里玩,黛玉生气了。宝玉来解释,黛玉却说:"我难道为叫你疏他?我成了个什么人了呢!我为的是我的心。"这句话,总是让你们争论不休。

"这是借口,其实,本质上还是嫉妒,还是因为宝玉亲近了宝钗。"

"说借口太重了,是有点不好意思,被宝玉一语中的,黛玉也觉得不好意思,所以这样为自己解释一下。"

"嫉妒又怎么了?爱情本来就是自私的,难道要黛玉说'宝哥哥,你去得好,显得咱们大气'?"

你们说得都有道理。但是,我只想问一个问题,黛玉的小心眼儿,黛玉的紧张,黛玉对宝玉的"折磨",真的是因为嫉妒吗?或者说,嫉妒真的是本质吗?

"嫉妒源于爱，爱是本质。"你们无须多虑，只从对问题的第一感受上就可以本能地做出反应。

那我们就沿着这样的路子去理解和思考吧。

如果黛玉可以确信宝玉的爱，而且是百分之百的爱。

如果黛玉的这份爱是家长可以做主的爱，像宝钗那样，不必自己操心。

如果黛玉的这份爱是可以自己做主的爱，像今天的你们一样，爱谁就是谁。

如果……

那黛玉就会很大气，很从容，很风度翩翩吧。

一份无可证明、无所依附、无人做主、无法明说的爱情，只能用各种不正常、很偏执的方式表现出来。面对宝玉"亲不见疏，先不僭后"的道理，黛玉该怎么解释呢。承认自己是嫉妒？可是，这份伤心明明和宝钗没什么关系！承认宝玉说得有道理？可是这道理黛玉也明白，只是她的爱情和婚姻是不以这个道理为转移的。

嫉妒是客观存在的，但不是本质。道理是堂而皇之的，但无济于事。于是，什么都没有的黛玉，只剩下了一颗爱着宝玉的心。

"也就是说，黛玉这样做，是因为对宝玉的爱。"你们认同了。

但是，这还不是最可贵的。最可贵的是，以黛玉的聪慧，不会不知道怎样做才能赢得家长们的赞赏，怎样做才能不陷自己于更加孤立无援的境地，但是，她还是率性而为，还是一次次认真地"计较着"。她不肯虚与委蛇，也不肯趋炎附势，这才是美丽的让我们动心的黛玉。

我们每个人，都曾为了一定的"目的"而放弃了、违背了自己的心吧？

"黛玉用生命的代价守住了自己纯洁的爱情和心灵的边界。"你们说。

我听到这一句的时候，已经有些热泪盈眶了。对我们来说，坚守是一件多么困难的事情啊。何况，你用了"边界"这个词！

什么是边界，边界就是原则，就是只属于自己的那个世界。守住了这个边界，我们才能真正成为自己，或者，成就自己。欲望是无限的，多少人都把自己放逐在无限之中，失去了自我。可是，守住是艰难的，因为要抵得住诱惑，要放弃很多很多。

也许扯远了，但我还是要推荐给你们两部作品，一部是卡尔维诺的小说《树上的男爵》，还有一部是电影《海上钢琴师》。两个都是关于"坚守边界"的故事，两个主人公，一个在树上度过了漫长的一生，一个与一艘叫"弗吉尼亚"的邮轮共存亡。他们从上树和上船的那一刻起,直至终老,再也没有踏上陆地半步。

"为什么?"你们睁大了眼睛,觉得太不可思议。

还是去看作品本身吧。其实,两个主人公与黛玉的心,在本质上是一样的。坚守着,不肯迈出边界一步,不肯向任何诱惑低头。因此,成就了一个传奇。

"那也太辛苦了,至少,太不自在了。"你们一时无法理解这两个稍显"极端"的故事。

但是你们用了"自在"二字,而不是"自由"。虽然,也许你本无意区别这两者之间的不同,但听者有心。我想说的是,有时候,恰恰是外人看来的"不自在"换得了自己心灵的"大自由"。孙悟空在天上做"弼马温"的时候是"自在"的,但是他没有得到心灵的自由。因为,那不是他想要的东西,他被欺骗和愚弄了。陶渊明穷困潦倒的时候,我们也很难觉得他是"自在"的,但他的心是自由的。林黛玉显然是不"自在"的,可是,如果让她也一口一个"仕途经济",让她也迎上安下、曲意奉承,让她也像宝钗一样,恐怕,她只会"死"得更早,她连自己都"守不住",连心灵的自由都没有,还如何守得住宝玉,守得住爱情!

选择了坚守,选择了边界,就选择了自我和自由。《海上钢琴师》中的一九〇〇说得多好啊:键盘有始也有终,有八十八个键,错不了,并不是无限的,音乐才是无限的。在琴键上奏出无限的音乐,我喜欢,我应付自如。走过跳板,前面的键盘有无数的琴键,无穷无尽,键盘无限大。无限大的键盘,怎奏得出音乐?

对黛玉来讲,何尝不是这样呢?

守住了自己的疆域,我们才能应对自如,守护了自己的心,才会有真正的自由。

# 最好的名字

## 红楼梦·甄士隐梦幻识通灵
### 【清】曹雪芹

一日,正当嗟悼之际,俄见一僧一道远远而来,生得骨格不凡,丰神迥别,说说笑笑来至峰下,坐于石边,高谈快论。先是说些云山雾海、神仙玄幻之事,后便说到红尘中荣华富贵。此石听了,不觉打动凡心,也想要到人间去享一享这荣华富贵。但自恨粗蠢,不得已,便口吐人言,向那僧道说道:"大师!弟子蠢物,不能见礼了!适闻二位谈那人世间荣耀繁华,心切慕之。弟子质虽粗蠢,性却稍通。况见二师仙形道体,定非凡品,必有补天济世之材,利物济人之德。如蒙发一点慈心,携带弟子得入红尘,在那富贵场中、温柔乡里,受享几年,自当永佩洪恩,万劫不忘也。"二仙师听毕,齐憨笑道:"善哉!善哉!那红尘中有却有些乐事,但不能永远依恃。况又有'美中不足,好事多魔'八个字紧相连属;瞬息间则又乐极悲生、人非物换,究竟是到头一梦,万境归空。倒不如不去的好!"

    学习《红楼梦》,我并没有在做简介的时候就把它的几个别名都告诉大家,这个知识点被放在了最后,放在我们用了三周的时间一起阅读、探究了这部皇皇巨著之后。我想知道,在它的这样几个名字中,你们最喜欢的是哪一个。当然,这个问题要求你们给出的不仅只是一个感性的答案,还要有充分的理性思考,那就是为你们的选择说出理由。

    "红楼梦""石头记""金陵十二钗""风月宝鉴""情僧录",虽然都在第一回就介绍了,但其中有些名字是大家感到很陌生的。而我以为,五个名字中也许会有两至三个成为大家的焦点。结果呢,好像在意料之中,但又在意料之外,因为,我想到的有了,我没有想到的也有了。

    "红楼梦"这个名字依然是最热门的。一方面,大家早已经在情感上认同它了,而且,如果它不好,为什么这么久以来,它才是"大名""学名"呢?另一方面,很多女生喜欢这个名字，是因为"好听""浪漫"。"红楼一梦"，让我们想起纳兰性德的诗："别绪如丝睡不成，那堪孤枕梦边城？因听紫塞三更雨，却忆红楼半边灯。"再者，这个名字也和作品的内容、主题相吻合。你看，那大荒山无稽崖青埂峰下不甘寂寞的石头，被带到这"烟柳繁华地、温柔富贵乡"的人间贾府，经历了荣华富贵、爱恨情仇，最终不过是一场梦，不过是一个虚无和轮回。"红楼"是人间的美景与世俗的荣华，也是女儿们的聚集之地。"梦"却是一场空，一种幻灭，这不就是作品所要表达的吗？这不就是那个"好了歌"的内涵吗？不就是第一回一僧一道说的那段话吗？"善哉！善哉！那红尘中有却有些乐事，但不能永远依恃。况又有'美中不足，好事多魔'八个字紧相连属；瞬息间则又乐极悲生、人非物换，究竟是到头一梦，万境归空。倒不如不去的好！"

也有少数同学说喜欢"金陵十二钗"这个名字，大家笑言这完全是中了张艺谋《金陵十三钗》的毒。但理由还是有的，并且不乏深刻。"本来《红楼梦》就是中国古典文学中绝无仅有的'女儿'的赞歌，它塑造了那样一群至真至美至纯的带着诗意的女性，这是它与其他三部名著最大的不同，也是它在中国古典文学中熠熠闪光的重要原因。那为什么不直接一点，就叫'金陵十二钗'，就让读者关注并领悟到这些诗意女性身上体现出的精神与价值？"

——看来，这是认真思考后的答案。我特别认同那句话，就是，《红楼梦》与其他三部名著最大的不同是对女性形象的塑造。说真的，其他三部作品的成就有目共睹，但其女性观是很奇怪的。《三国演义》里帝王将相是主角，几乎没有女性的立足之地；《水浒传》更不用说，两大主题就是"造反有理"和"情欲有罪"，女性更是被丑化得不像样子；《西游记》呢，基本是女妖精的天下，个个对唐僧心怀不轨。可以说，没有哪部作品像《红楼梦》这样为我们塑造了一群美丽干净，无可比拟的女性形象，作者完全是用审美的眼光去描写她们，赞美她们的。而"金陵十二钗"又是这些女性中的代表，以之为名确无不可，何况听上去还是很有气势的。

出乎我意料的是，很少有人选择"石头记"，原因是"太不诗意了""太直白了"。在你们看来，书的一开始就已经交代清楚了，这些故事正记录在那块石头上——"后来，不知又过了几世几劫，因有个空空道人访道求仙，忽从这大荒山无稽崖青埂峰下经过。忽见一大石上字迹分明，编述历历。"本来就是"石头记"，没有什么深刻的内涵和用意，又不够"美"。

可是，这却是我最喜欢的名字，就像我喜欢"木石前盟"，而不喜欢"金玉良缘"一样。"石头记"，应该不只是说这个故事是记录在石头上的，而是说，整个故事就是一块石头的传记与传奇。你们看，"贾宝玉"，为什么是"假"的宝玉？因为它实际上是一块"真"的石头。这块"无才可去补苍天"的石头在人间转了一圈，终于明白"好就是了"，"了就是好"，最终回到原地，还是一块石头，这真是从寂寞中来，回到寂寞中去。并且，这块石头，又在以后和贾宝玉的出生，和他脖子上的"通灵宝玉"息息相关。更何况，只有这块石头，才配得上那个本质为"木"的绛珠仙草，这不是太神奇太不可思议了吗？记得王蒙在说红楼梦的时候，也是认可"石头记"这个名字的，他说："石头云云，最质朴，最本初，最平静，最终极也最哲学，同时又最令人唏嘘不已。多少滋味，尽在不言中。石头亦大矣，直击宇宙，直通宝玉，登高望远，却又具体而微，与全书的核心道具即宝玉脖子上挂着的那块通灵玉息息相关。这样的名称只能天赐，非人力所能也。"

"情僧录"，是一个大家都觉得极"不好听"的名字。"怎么感觉像网络小说？"你们说。"不止吧，还像那种故弄玄虚，靠耍噱头骗人去看的东西。"的确，这个名字"俗"了很多。但是，我们也应该弄明白它的基本所指。我想，"情僧"当然是指贾宝玉了。他本来是个情种，是个有着博大爱心和脉脉温情的男子，最终看破红尘，出家做了"和尚"，成了"僧人"。我还想提醒大家的是，这个名字其实是其他两个名字的很好的对照。与"金陵十二钗"比，它是另一面，虽然是以一当十二，但宝玉对所有女性的赞美、呵护、懂得、包容，也足以使他与之抗衡了。而与"石头记"放在一起，它是注释说明，是一个故事的另一种表述，只是这种表述太"露骨"了。

我最没有想到的是居然有人选了"风月宝鉴"这个名字。在我看来，这个名字并不比"情僧录"更高明，"风月"二字也让人自然想到男女情爱、风流放荡。另外，《红楼梦》书中虽然有一回专门写到"风月宝鉴"，但贾瑞的故事实在不能算是本书的重要情节，贾瑞也绝不是书中的主要人物。可是，你的回答却让所有人不得不去深思了。

"风月宝鉴是面镜子，贾瑞不听道士'千万不可照正面，只照背面'的话，照了它的正面，结果，正面看是王熙凤的美人像，反面看就是死人的骷髅，最终他还是丢了性命。这说明什么？这说明贾瑞想得到的是美色，而这个美色就是把他变成骷髅的东西，也就是说，世人对美色、对欲望的无限追求将把自己陷入万劫不复的深渊。"

"我们还可以这样理解，镜子的两面，一面是真实的，一面是幻觉。我认为，美女是幻觉，而骷髅是真相，贾瑞以为自己拥抱的是美女，实际上是骷髅。这就是提醒我们，要看清事情或事物的真相，不要把那些名利、美色太当回事，你拼命去拥抱它们，追逐它们，实际上它们就是一堆骷髅！"

　　你的话惊出我一身冷汗，也就是说，作者的用意在告诉我们，我们每个人都有可能成为贾瑞！我们每个人都在欲望的漩涡中分不清哪是真实，哪是虚幻，这不就是《好了歌》中道出的真相吗？

　　你很谦虚，说这并不是你的"深刻"见解，而是书上都写着呢，但大家忽略了。是的，贾瑞死后，书上还有这样一段描述：

　　　　代儒夫妇哭的死去活来，大骂道士："是何妖镜！若不早毁此物，遗害于世不小。"遂命架火来烧。只听镜内哭道："谁叫你们瞧正面了！你们自己以假为真，何苦来烧我？"正哭着，只见那跛足道人从外跑来，喊道："谁敢毁风月宝鉴，我来救也！"说着，直入中堂，抢入手内，飘然去了。

　　镜子说："你们自己以假为真，何苦来烧我？"这不是明明白白的吗，是我们分不清真与假，辨不出是与非。我们一生追逐的东西都是生命中最虚无、最无聊的东西，可惜我们都未曾真正去关注，去理解。我读的时候，也一直以为这只是贾瑞中了别人的毒计，并没有想太多。

　　你的一番话激起了大家热烈的讨论，因为所谓"风月宝鉴"，结合着贾宝玉的顿悟；结合着红楼梦曲的引子——开辟鸿蒙，谁为情种？都只为风月情浓；结合着跛足道人的《好了歌》以及甄士隐的注解。岂不是一个宏大的主题？岂不是揭示了世道人生的荒诞和滑稽？

　　……

　　还要说什么呢？在这样的课堂上，我唯一觉得自己了不起的地方就是，我相信你们，我愿意表达我的真实感受，愿意接受来自你们的思考与智慧。而你们总是比我想的更优秀。用萧伯纳的一句话结束今天的课吧：

　　　　我不是你的老师，只是你的一个伴侣而已。你向我问路，我指向我们俩的前方。

# 在文学和文学史之间

## 人间词话
【清】王国维

温飞卿之词，句秀也。韦端己之词，骨秀也。李重光之词，神秀也。

词至李后主而眼界始大，感慨遂深，遂变伶工之词而为士大夫之词。周介存置诸温、韦之下，可谓颠倒黑白矣。自是人生长恨水长东"，"流水落花春去也"，天上人间。《金荃》《浣花》能有此气象耶？

词人者，不失其赤子之心者也。故生于深宫之中，长于妇人之手，是后主为人君所短处，亦即为词人所长处。

客观之诗人，不可不多阅世。阅世愈深，则材料愈丰富，愈变化，《水浒传》《红楼梦》之作者是也。主观之诗人，不必多阅世。阅世愈浅，则性情愈真，李后主是也。

尼采谓："一切文学，余爱以血书者。"后主之词，真所谓以血书者也。宋道君皇帝《燕山亭》词亦略似之。然道君不过自道身世之戚，后主则俨有释迦、基督担荷人类罪恶之意，其大小固不同矣。

---

为了让大家更好地阅读晚唐五代词，我特意把王国维先生《人间词话》中的经典评论拿出来作为参照资料，我当然希望这些资料要么与你们"心有戚戚"，要么让你们豁然开朗。但结果是这样的：

"老师，我们只看作品是读不出王国维先生所论说的这些东西的，但看了他的东西，就觉得他是对的，又忘了我们最初读时是什么样的感受。"

你们简单的一句，却道出了让我在教学中也往往不知所措的难题。在作品和文学史之间、在自我的阅读感受和别人的经典解读之间，我们该何去何从？

作品的阅读常常是琐碎的、零散的，有了文学史的指导，就显得目标明确，水到渠成。但是，文学史好比修好的水渠，水往哪里流，已经有了规定，读者自然就把自己的阅读引进这水渠，难以突破，更谈不上创造了。同样，自我的阅读感受往往是灵光突现、个性十足的，甚至会和作者本人的表达相去万里，而名人的经典解读一般来讲是更准确也更深刻的。这种阅读展示给我们的是一个更博大、深厚的世界，它会让我们叹为观止，但同时，也让我们立刻缴械，因为在我们看来，以自己的学力，再也读不出更好的东西，所以，心甘情愿沦为一只小小应声虫。

这样的情况在现当代的阅读中也是普遍存在的，所谓"鲁郭茅，巴老曹"，是一种秩序，却也像一个魔咒、一张网，似乎人人只能遵守这个秩序，若想有一点不同的见解和看法，就会被称为"蚍蜉撼大树，可笑不自量"了。

怎么办？我能给大家的是以下几点建议：

一、作品阅读优先，但对阅读篇目的选择可参照文学史。

文学，离开了阅读和体验，就变成了"知识"，而不再是文学。文学的根基在于"人文"和"心灵"，在于那些文字所传达出的美好的情感、深刻的思想，在于它保留了历史，却又可以"让历史告诉未来"。文学的作用在于让每一个阅读它的人得到理想、德行、情操的触摸和照耀，从而活得更加干净、朴素、真实。而文学史，不过是"文学"的副产品，一旦为"史"，就有了成为纯"知识"的可能。但是，面对浩瀚的文学作品，如何进行选择性的阅读是很重要的，在这里，文学史可以提供给我们一种有价值的参考。文学是一定历史条件的产物，又和一定的文学传统有关，所谓"一个时代有一个时代的文学"，文学史所赋予"文学"的一些价值判断可以为我们的阅读选择提供帮助。"唐诗过后是宋词"，读诗，我们为什么不可以从唐诗宋词开始呢？

二、珍视自我感受，但对文本基本内容的把握可参照文学史。

文学作品的阅读，最重要的是自己的感受。别人的东西再好，可以借鉴，却无法完全生硬地变成自己的。既然一千个读者心中有一千个哈姆雷特，我们为什么不宝贝自己眼中的这一个呢？但是，这种完全个人化的阅读也会带来问题，比如，执迷不悟。所以，在对语言、文字、修辞的了解上，是可以通过文学史的论述实现更高的效率的。平淡的陶潜、飘逸的李白、沉郁的杜甫，反过来就变成了陶潜的平淡、李白的飘逸、杜甫的沉郁，这不仅事半功倍，而且关键在于，我们没有背离了作品的"核心价值"。

三、学会独立思考，不仅对文本，也对文学史和参考资料。

尽信书不如无书。无论是阅读作品、文学史，还是专家学者的经典解读，都要拥有独立思考的勇气，养成独立思考的习惯。失去阅读当然谈不上具有独立思考的能力，但只会阅读没有思考，就会把自己变成一个布袋子，阅读将变得没有任何价值和意义。同样，文学史也不是纯客观的历史，何况，文学史研究也是参差不齐的，所以，不要以为一旦进"史"就不可改变。作为普通的阅读者，我们未必会写"史"，但我们也无须把自己放进"史"的大网中，无以挣脱。

四、心灵大于知识，与其背诵文学史，不如关注字词句。

不管是"作品"还是"史"，都不要忘了前面有"文学"二字。而文学的归宿和根基在"心灵",在"人文"。我们太容易把对文学的学习等同于对文学史的学习,以为可以完成那些大大小小林林总总的选择题、填空题就是学好了文学。如果我们一定要在个人的阅读之外对"文学"下些功夫,那一定要把功夫用在对文字、对修辞的关注和体会中。

我喜欢叶嘉莹先生的一段话,她说:"读中国旧诗词,一定要从这些细微的地方分辨出一些作品的相似之中的不同,才能对每一位作者不同之风格、个性有较深切的体认,也才能触摸到一首诗歌之真正的灵魂命脉所在。"你看,"细微""相似""不同"都是作品的阅读,"风格""个性"是可以从作品的阅读中得到并梳理为文学史的体认。而文学的灵魂命脉,依然在前者,不是后者。